古典詩歌研究彙刊

第三輯

龔鵬程 主編

第 16 冊

「神韻」詩學譜系研究
——以王漁洋為基點的後設考察（上）

黃繼立 著

國家圖書館出版品預行編目資料

「神韻」詩學譜系研究——以王漁洋為基點的後設考察（上）
／黃繼立 著—初版—台北縣永和市：花木蘭文化出版社，
2008〔民 97〕

目 2+248 面；17×24 公分（古典詩歌研究彙刊 第三輯；第 16 冊）

ISBN 978-986-6831-93-5（精裝）
1.（清）王漁洋　2.詩學　3.詩評　4.學術思想

821.87　　　　　　　　　　　　　　　　97000361

ISBN 978-986-6831-93-5

9 789866 831935

古典詩歌研究彙刊
第三輯　第十六冊　　　　　ISBN：978-986-6831-93-5

「神韻」詩學譜系研究——以王漁洋為基點的後設考察（上）

作　　者　黃繼立
主　　編　龔鵬程
出　　版　花木蘭文化出版社
發 行 所　花木蘭文化出版社
發 行 人　高小娟
聯絡地址　台北縣永和市中正路五九五號七樓之三
　　　　　電話：02-2923-1455／傳眞：02-2923-1452
電子信箱　sut81518@ms59.hinet.net
初　　版　2008 年 3 月
定　　價　第三輯 20 冊（精裝）新台幣 28,000 元

「神韻」詩學譜系研究
——以王漁洋為基點的後設考察（上）

黃繼立　著

作者簡介

黃繼立，台灣彰化人。國立成功大學中國文學系碩士，國立台灣大學中國文學系博士候選人。目前研究重心為古典詩學、明清美學與文化研究。著有《神韻詩學譜系研究——以王漁洋為基礎的後設考察》(碩士論文)，及〈王士禎《池北偶談》「汾陽孔文谷天胤云：詩以達性，然須清遠為尚」條考辨〉、〈王廷相〈答天問九十五首〉形上論題疏釋〉等學術論文數篇。

提　　要

　　在本文裡，筆者嘗試著以清代詩學大家王士禎的「神韻說」作為後設考察的基點，以建構出一個特殊的詩學譜系，即「以王漁洋為基點的『神韻』詩學譜系」，並思考此一詩學譜系內部的變化及其特殊意義。全文共分七章：

　　第一章為「緒論」。本章旨在說明本文的研究主旨與理論預設，並略加討論「神韻說」這一大型詩學「觀念叢」的構成方式與其間的體系問題。

　　第二章為「論鍾嶸《詩品》在『神韻』觀念史上的意義——兼論以王漁洋為基點的後設考察之合理性」。本章除了為本文從後設角度建構「神韻」詩學譜系的思考，確立一個合理的理論基礎外，並試著討論鍾嶸詩學與王漁洋「神韻說」間的關係，以進一步地定位鍾嶸詩學在「神韻」觀念史上的意義。

　　第三章為「從『截斷眾流』之說看皎然與王漁洋間的詩學因緣」。本章意在指出皎然詩學與王漁洋「神韻說」間存在的詩學因緣，並嘗試釐清「截斷眾流」之說，可能具備的美學意涵，以進一步針對皎然詩學在「神韻」詩學譜系內的地位問題，進行定位的工作。

　　第四章為「王漁洋對司空圖詩論的詮釋」。本章試圖探討王漁洋採取何種方式，對司空圖詩論進行引述與詮釋，並轉化成其「神韻說」建構的一部份，並在此一思考上，探索司空圖詩論與王漁洋「神韻說」間的關連，以嘗試為司空圖在「神韻」詩學譜系內的地位，作一適切的定位。

　　第五章為「姜夔、嚴羽與王漁洋『神韻說』的血緣關係——宋代『神韻』詩學譜系試構」。本章所要討論的是，當我們以王漁洋詩學作為後設考察基點時，姜夔、嚴羽與王漁洋間存在著何種詩學血緣，並在釐清該血脈關連處的基礎上，建構出宋代的「神韻」詩學譜系。

　　第六章為「論明代『格調說』與王漁洋『神韻說』間的聯繫——以李夢陽、何景明、徐禎卿、李攀龍、謝榛、薛蕙、孔天胤為核心的觀察」。本章嘗試以李夢陽、何景明、徐禎卿、李攀龍、謝榛、薛蕙、孔天胤等人的詩學，作為相關思考的核心，並扣緊明七子「格調說」與王漁洋「神韻說」間的關係進行論述，以期能解析出明代「格調說」裡的「神韻」問題，並定位這類「準神韻說」在「神韻」詩學譜系裡的地位。

　　第七章為「結論」。本章除了回顧本文的研究心得之外，也嘗試以圖表的表達方式，將此一「以王漁洋為基點的『神韻』詩學譜系」作具體地呈現，並對該譜系內所衍伸出的幾個焦點議題，進行相關的思考。

謝　辭

　　當動筆寫這篇謝辭時，已接近繳交論文的最後期限。我想任何人在被這麼一本厚重無味的論文熬夜轟炸過後，實在很月再擠出任何精彩且令人期待的東西，特別是文筆拙劣如我。就此而言，它不是一篇動人的序辭，但是它絕對包含著最誠摯的感激。

　　這本論文能夠完成，而且它還能有一點點價值的話，那麼最該感激的人，絕對是我的指導教授廖美玉老師。入師門三年有餘，我從廖老師身上學到的，除了作學問的方法與態度之外，還有一個知識份子所應具備的風骨與氣度。我一直在想，如果沒有廖老師的教誨與督促，一個眾人眼裡散漫的傢伙要完成一本論文，無疑是天方夜譚。其次要感謝的是接下論文初審與最後口試辛苦評審工作的陳昌明老師。陳老師無論是在論文初審或是最後的口試時，都提供了許多相當有價值的意見與思考方向，引導、鼓勵我進一步去思索論文裡外的問題。更值得一提的是，我對美學研究的興趣，也是在修習老師「中國美學專題」課程時被勾起的，可惜的是，該課程隨著我們這一屆的升上碩二而走入了歷史。很幸運地，有廖國棟老師與李正治老師這兩位我所景慕的學者，分別擔任我論文初審與最後口試的評審工作。感謝二位老師在初審與最後口試時，給予相當重要的意見與鼓勵，對我而言，這都會是今後學思的重要資本。最後我要感謝的是名字沒有出現在這篇謝辭裡，但是情意卻常佇心弦上的家人、師長以及親友，如果沒有你們的支持與鼓勵，這篇論文完成與否恐怕還在未定之數。

　　畢業，始終被認為是另一個旅程的開始。這意味著我還是蹣跚地走過了這段艱辛的論文寫作之途。而心情呢？也許只是一再徘徊在成功湖畔、大度山頂峰、寒流來襲清晨六點鐘下的，悠悠浮雲。

2002.2.4　6:05　于台中

目

次

第一章　緒　論

第一節　研究主旨與理論預設

　　清代詩學大家王士禛（1634～1711，字子眞，又字貽上，號阮亭，別號漁洋山人，世慣稱其爲王漁洋。爲求行文之便，筆者下文通稱王士禛爲王漁洋）的詩學以「神韻」爲核心，故世多稱其詩學爲「神韻說」。與「神韻說」相關的研究發軔甚早，遠在與漁洋同時的友人、門生、學者，都曾對此進行過零星的討論。至清代中葉時，詩學名家翁方綱（1733～1818），更作成〈神韻論上〉、〈神韻論中〉、〈神韻論下〉三文，集這類討論之大成，可視爲第一篇討論漁洋「神韻說」的專題論文。於理而言，翁方綱既距漁洋之世不遠，比較不存在著時間上的理解距離問題，且其以詩學名家之姿論「神韻」，應能輕易掌握漁洋詩學要旨，從而爲「神韻說」下一定論。但是在事實上，翁方綱的三篇〈神韻論〉並沒有定論了漁洋的「神韻說」，反而開啓了後世對漁洋「神韻說」五花八門的討論與紛紛擾擾的爭議。蓋「神韻」者，固如翁方綱《復初齋文集》卷八〈神韻論下〉所說：「其所以然，在善學者自領之」〔註1〕，然而各「善學者」的領悟不同，體悟出來的

〔註1〕見清‧翁方綱著，《復初齋文集》（台北：文海出版社有限公司，1969年11月出版），頁346。

「神韻」又何能一致？因此迄至近代，以文學批評史家朱東潤〈王士禛詩論述略〉〔註2〕、余煥棟〈王漁洋神韻說之分析〉〔註3〕、郭紹虞〈神韻與格調〉〔註4〕等爲首的討論漁洋「神韻說」之論文、專著，一再湧現，其原因亦在於此。

　　根據筆者的觀察，王漁洋「神韻說」所以能被研究者一再提出討論的原因，大致有以下三點：第一、從漁洋個人來看，漁洋本身不僅有詩學理論「神韻說」的建構，而且在詩歌創作上亦有相當的成就。研究者無論是立足於漁洋詩論觀察其詩歌創作，或根基於漁洋詩歌創作深入其詩論，在對二者同步地進行討論之下，往往都能獲致不同的啓發。第二、從漁洋「神韻說」背後的美學傳統來看，這一傳統可謂源遠流長，其最遠可推溯至先秦莊子美學，而近亦及明人「格調」之說，是中國詩學流派裡，所能表現的最大向度者之一。研究者從這大傳統中的任何一點切入討論漁洋的「神韻說」，都可能對「神韻說」產生不同的理解與觀感。第三、從「神韻」一詞本身來看，「神韻」在本質上其實具有很大的模糊性。因此即便翁方綱這般的大學者，再三地爲文討論「神韻」，試圖說清其意涵之餘，最後仍不得不在〈神韻論下〉歎道：「神韻者，視其人能領會，非人人皆得以問津也。」〔註5〕「神韻」這種在本質上的模糊性，雖不利於一般人進行理解，但卻也無形增加了研究者解釋的空間，「神韻說」所以可能且也值得被反覆討論的原因，此亦其一。

　　誠如法國哲學家傅科（Michel Foucault，1926～1984）所說：「生命中的有些時候，爲了進一步觀察和思考，有必要知道，能否用人們未想到的別樣方式去思考，能否用人們所未注意到的別樣方式去觀

〔註2〕 見朱東潤等著，《中國文學批評家與文學批評》（台北：台灣學生書局，1984年5月再版），頁367～397。
〔註3〕 同註2，頁399～431。
〔註4〕 見郭紹虞著，《郭紹虞說文論》（上海：上海古籍出版社，2000年5月出版），頁104～171。
〔註5〕 同註1，頁349。

察。」〔註6〕在浩瀚如海的王漁洋「神韻說」研究論著中，如何突破固有的研究範式，如何用別樣的方式去思考、觀察「神韻說」，以俾取得新的研究成果，是筆者在寫作過程裡爲之困惑，同時也反覆沈思的問題。德國哲學家海德格爾（Martin Heidergger，1889～1976）在《存在與時間》（Sein und Zeit）的引言，或許可以指示我們一個新的思索方向：

> 「當你們用到『是』或『存在』這樣的詞，顯然你們早就很熟悉這些詞的意思，不過，雖然我們也曾以爲自己是懂得的，現在卻感到困惑不安。」（原注：柏拉圖〈智者篇〉244a）我們用「是」或「存在著」意指什麼？我們今天對這個答案有了答案嗎？沒有。所以現在要重新提出存在的意義的問題。然而我們今天竟還因爲不懂得「存在」這個詞就困惑不安嗎？不。所以現在首先要喚醒對這個問題本身的意義的重新領悟。具體而微地把「存在」問題梳理清楚，這就是本書的意圖。〔註7〕

海德格爾告訴我們，他思考「存在」問題時採取兩種方式：第一、對「存在」作重新的提問；第二、對「存在」問題進行具體而微的梳理。筆者對「神韻」的困惑，猶如海德格爾對「存在」問題的困惑一樣，從這點來說，海德格爾思考「存在」的獨特方式，很值得我們加以借鑑。那麼，爲了突破固有的研究範式，該如何對「神韻說」進行提問呢？筆者認爲可經由以下兩個步驟進行：第一、我們可以試著改變自翁方綱以來「『神韻』是什麼」的提問方式，進而重新發問爲「『神韻說』裡可能包含什麼」。這兩種提問方式的不同，在於前者是以規範性態度，試圖對「神韻」作本質上的規定，只是以規範性的態度去討論本質上具有相當模糊性的「神韻」，得出的答案自然難以準確，這

〔註6〕轉引自方生著，《後結構主義文論》（濟南：山東教育出版社，1999年4月出版），頁115。

〔註7〕見（德）海德格爾（Martin Heidegger）著，陳嘉映、王慶節譯，《存在與時間》（Sein und Zeit）（北京：生活・讀書・新知三聯書店，2000年9月第二版第三刷），頁1。

是上述的「神韻」爲何會一再被討論的原因。而後者則將暫時中止判斷對「神韻」的討論，而將「神韻說」視爲一個大型的詩學「觀念叢」，嘗試以描述性的方式，勾勒出該「觀念叢」內，具備哪些詩學觀念，詩學觀念間的聯繫一旦被釐清，「神韻」爲何物自可迎刃而解。第二、既然我們的提問對象是「神韻說」，而提問方式則是「『神韻說』裡可能包含什麼」，那麼爲求對「神韻說」裡詩學觀念的精確認識，我們當對其作一歷時性的梳理工作，觀察其中的變化與發展。如此一來，則必然涉及「神韻」詩學譜系的建構問題。

所謂的「譜系」相當於「譜牒」，意爲記錄氏族世系的文件。考「譜系」一詞出現甚早，遠在《隋書》卷三十三〈志第二十八·經籍二〉即見「譜系」一詞的使用記錄：「氏姓之書，其所由來遠矣。……及周太祖入關，諸姓子孫有功者，並令爲其宗長，仍撰譜錄，紀其所承。又以關內諸州，爲其本望。其鄧氏官譜及族姓昭穆記，晉亂已亡。自餘亦多遺失。今錄其見存者，以爲譜系篇。」〔註8〕可見「譜系」在最初運用上，即有氏族傳承的記錄之意。又《舊唐書》卷四十六〈志第二十六·經籍上〉之說，亦值得注意，其云「乙部爲史，其類十有三」而「十二曰譜系，以紀世族繼序」〔註9〕，則簡要地說明了「譜系」的功能，在於記載氏族世代間的繼承關係。一個氏族譜系的形成，完全建立在血緣關係上，因此就血緣上這點來說，凡隸屬同一譜系者，其血緣必有相同之處。此一基本觀念，後世有用以論詩者，如明代胡應麟（1551～1602）《詩藪·內編》卷二說：

> 古詩浩繁，作者至眾。雖風格體裁，人以代異，支流原委，譜系具存。〔註10〕

〔註8〕 見楊家駱編，《新校本隋書附索引》（台北：鼎文書局，1983 年 12 月第四版），頁 990。

〔註9〕 見楊家駱編，《舊唐書》（台北：鼎文書局，1985 年 3 月第四版），頁 1963。

〔註10〕 見吳文治主編，《明詩話全編第 5 冊·胡應麟詩話·詩藪》（南京：江蘇古籍出版社，1997 年 12 月出版），頁 5454。

暫且不論胡應麟用何種方法判定詩歌與詩歌間的血緣關係。在引文裡，他不僅明標「譜系」一詞，並試圖將譜系的觀念，運用到古詩風格體裁的分類當中。經由上述我們可以發現，若要建構一個家族的譜系，當務首要就是釐清該家族的血緣關係。那麼，本文所要建構的「神韻」詩學譜系，自然就是記錄「神韻」這個家族世系的文件，但是我們應當以何物作為建立「神韻」譜系間傳承關係的血緣呢？筆者認為，詩學觀念正可以作為連結該家族世系間的血緣。

　　不過單憑詩學觀念的連結是無法建立一個譜系的，它同時還需要有個理論上的解釋起點，如海德格爾《存在與時間》對詮釋活動的「先行結構」的思索：「解釋從來不是對先行給定的東西所作的無前提把握。」〔註 11〕如此一來，雷瑟夫史基斯（Karlis Racevskis）〈系譜學批評：米謝·傅鈎及其思想體系〉一文對傅科系譜學研究的闡述，就頗值得我們參考：

> 　　傅鈎系譜學研究的目的是因他要探究「現時的本體論」（ontology of the present）的企圖而來的，而且是建立在「現時是歷史的產物」的理解之上：也就是說，我們之所以成為我們目前這個樣子（或更精確地說，我們對自我、及對自我在整個世界中的位置之理解和認知），是受到在我們之前的各種敘述形構塑造而成，早在我們出生之前，它們就已經存在。既然任何文化客體或任何被客觀化的事物都是一個過程的終極產物，這個過程基本上是歷史性的，那麼，我們目前的存在對我們的未來來說，就會是一種作用。〔註 12〕

傅科所謂的「現時」無非是各種歷史敘述所構成的說法，意在說明「現時」即一歷史性產物的觀點。而其系譜學的研究目的，正在於分析「我們」為什麼會是現在這個樣子？「我們」是由那些歷史敘述所構成的？這當中的理論起點，就是「我們」。筆者受到傅科之說啟發，嘗試將

〔註 11〕　同註 7，頁 176。
〔註 12〕　見張雙英、黃景進編譯，《當代文學理論》（台北：合森文化事業有限公司，1991 年 9 月出版），頁 360。

王漁洋的「神韻說」設定爲一歷史敘述的構成物，同時，它亦是「神韻」詩學譜系的終極產物。本此，筆者想在此提出本文討論的幾個理論預設：第一、筆者預設漁洋詩學即「神韻說」；第二、筆者預設「神韻說」爲一詩學「觀念叢」；第三、筆者預設「神韻說」集「神韻」詩學譜系內所有詩學觀念之大成；第四、筆者預設本文討論的基點爲漁洋「神韻說」；第五，筆者預設的觀察角度是「後設」式的。綜上所述，本文所建構「神韻」詩學譜系，可說是沿著漁洋論述所建立的，故名之爲「『神韻』詩學譜系研究——以王漁洋爲基點的後設考察」。本於上述，本文的研究主旨大抵有二：第一、探索漁洋「神韻說」的構成問題，第二、嘗試建構出「神韻」詩學的譜系。

第二節　王漁洋「神韻」的提出及其「論詩三變」

「神韻」一詞在藝術領域內的運用，遠在六朝人物品鑒及畫論裡已見萌端，[註13] 而使用「神韻」論詩，更不是王漁洋的專利。不過由於漁洋爲首位標舉「神韻」一詞爲詩學宗旨者，如他所自負的：「『神韻』二字，予向論詩，首爲學人拈出。」[註14] 本此，漁洋的詩學往往被冠以「神韻說」之名。誠如大陸學者張健在《清代詩學研究》裡所說的：「王士禎的詩學一向被稱爲神韻說，但王士禎本人從來沒有如此表述過，以神韻說概括其詩學起於其門弟子及友人。」[註15] 今

〔註13〕關於「神韻」一詞的出現，及其在六朝人物品鑒、畫論內的用法，讀者可以參見黃景進《王漁洋詩論之研究》（黃景進著，台北：文史哲出版社，1980 年 6 月出版）書〈第四章神韻的意義・第三節神韻二字用法的一般性考察・三、「神韻」的出現及其意義〉，頁 102～105；及易新宙的《神韻派詩論之研究》（易新宙撰，台北：國立政治大學中國文學研究所碩士論文，1983 年 6 月出版）中〈第三章神韻之涵義・第三節「神韻」之出現〉，頁 44～45。

〔註14〕見清・王士禎著，清・張宗柟纂集，戴鴻森點校，《帶經堂詩話》（北京：人民文學出版社，1998 年 2 月出版），頁 73。

〔註15〕見張健著，《清代詩學研究》（北京：北京大學出版社，1999 年 11 月出版），頁 422。

觀漁洋詩論資料中，漁洋雖有以「神韻」一詞論詩之處，卻未嘗有自言其詩學爲「神韻說」者。反倒是其同輩宗弟王掞（1645～1728），在〈誥授資政大夫經筵講官刑部尙書王公神道碑銘〉文內指出：「蓋自來論詩者，或尙風格，或矜才調，或崇法律，而公則獨標神韻。」〔註16〕又漁洋摯友宋犖（1634～1713）的〈誥授資政大夫經筵講官刑部尙書阮亭王公曁元配誥贈夫人張夫人合葬墓誌銘〉一文，指出漁洋稱詩、爲詩「大抵以神韻爲標準」〔註17〕。此外，漁洋門人盛符升（1615～1700）序漁洋的《十種唐詩選》，認爲漁洋「論詩之宗旨」在於「直取性情，歸之神韻」〔註18〕。而同爲漁洋門人的吳陳琰則在漁洋《蠶尾續集》序文內說：「先生……杜門攻詩，聚漢、魏、六朝、四唐、宋、元諸集，無不闖其堂奧，故能兼總眾有，不名一家，而撮其大凡，則要在神韻。」〔註19〕又據翁方綱《復初齋文集》卷三〈坳堂詩集序〉所說：「獻縣戈芥舟坳堂詩集，……顧其稿有任邱邊連寶一序，極口詆斥神韻之非，甚至目漁洋爲神韻家。」〔註20〕可見活動年代在康熙末年至乾隆中葉的河間詩人邊連寶（1699～1772），亦曾將漁洋論詩之旨歸於「神韻」。在上述諸人的論述裡，都意識到漁洋詩學以「神韻」論詩的特色，就此均將「神韻」視爲漁洋詩學的核心。由是可見「神韻」一詞，在漁洋詩學中的重要性。

今考王漁洋正式以「神韻」一詞論詩的最早記錄，出現在順治十八年辛丑（1661）、漁洋二十八歲編《神韻集》之時。漁洋小門生惠棟在《王士禛年譜》的〈順治十八年辛丑（1661），二十八歲〉條下註補說：

〔註16〕轉引自清・王士禛撰，孫言誠點校，《王士禛年譜》（北京：中華書局，1992年1月出版），頁102。
〔註17〕轉引自註16，頁111。
〔註18〕見四庫全書存目叢書編纂委員會編，《四庫全書存目叢書・集部三九四・十種唐詩選》（濟南：齊魯書社，1997年7月），頁278。
〔註19〕見四庫全書存目叢書編纂委員會編，《四庫全書存目叢書・集部二二七・蠶尾續集》，頁325。
〔註20〕同註1，頁152～153。

> 山人……嘗摘取唐律、絕句五七言若干卷,授嗣君清遠兄
> 弟讀之,名爲神韻集。〔註21〕

又《帶經堂詩話》卷四〈纂輯類〉第四則記載漁洋晚年之際,曾見書
商割取這本《神韻集》的七律部分,並隨意摻入他作,另行刊印而自
成一書,易名爲《唐詩七言律神韻集》:

> 廣陵所刻唐詩七言律神韻集,是予三十年前在揚州,啓涷
> 兄弟初入家塾,暇日偶摘取唐律絕句五七言授之者,頗約
> 而精。如皋冒單書青若見而好之,手抄七律一卷攜歸,泰
> 州繆肇甲、黃泰來刻之,非完書也。集中有陳太史其年及
> 二子增入數十篇,亦非本來面目矣。〔註22〕

由於原本《神韻集》今已散佚,我們僅能由上述的簡略記載中,得知
《神韻集》一書,大抵爲漁洋摘取唐人五七言律詩絕句而成的詩歌選
本,可說是本爲指導子姪們讀詩而編纂的教材。至於《神韻集》所標
舉的詩風,我們或可從漁洋本身的天性與幼年的學詩經驗進行推論。
先說漁洋的天性。《帶經堂詩話》卷七〈家學類〉第六則裡,曾記錄
著少年漁洋的讀書情境:

> 予兄弟少讀書東堂,堂之外青桐三、白丁香一、竹十餘頭
> 而已。人跡罕至,苔蘚被階,紙窗竹屋,燈火相映,咿唔
> 之聲相聞,如是者蓋十年。〔註23〕

又清代周亮工所輯《尺牘新鈔》卷一曾載王漁洋〈與友〉一信說:

> 陶弘景入官,而松風之夢故在,此自我輩性情。僕游京口三
> 山掃,雲嵐泱漭,泉石潰薄,真欲脫屣軒冕,卜一枝之隱,
> 於竹林海嶽之間。至今數日,猶夢在江天疊嶂中。〔註24〕

可見漁洋無論是少時讀學或是年長仕宦,對清幽遠逸之美都能心有契
合。或許我們可以這麼說,這種清遠之美遠在漁洋少時,就已融入他

〔註21〕 同註16,頁19。
〔註22〕 同註14,頁98。
〔註23〕 同註14,頁169。
〔註24〕 見清・周亮工輯,《尺牘新鈔》(北京:中華書局,1985年北京新一
　　　　 版),頁28。

的生命當中而無處不在，是構成漁洋美學觀最重要的部分。再說漁洋
幼年的學詩經驗。根據《帶經堂詩話》卷七〈自述類上〉第一則的記
載，漁洋自述說：

> 予幼入家塾，肄業之暇，即私取文選、唐詩洛誦之：久之
> 學爲五七字韻語，先祖方伯府君、先嚴祭酒府君知之弗禁
> 也。時先長兄考功（筆者按：王士祿）始爲諸生，嗜爲詩，
> 見予詩甚喜，取劉頊陽（一相，明相國鴻訓之父。）先生
> 所編唐詩宿中王、孟、常建、王昌齡、劉愼虛、韋應物、
> 柳宗元數家語，使手鈔之。〔註25〕

又惠棟在《王士禛年譜》的〈崇禎十四年辛巳（1641），八歲〉條下
註補云：

> 山人幼有聖童之目，肄業之暇，即私取文選、唐詩洛誦之。
> 久之，學爲五七字韻語。時西樵（筆者按：王士祿）爲諸
> 生，嗜爲詩。見山人詩，甚喜，取劉頊陽一相所編唐詩宿
> 中王、孟、常建、王昌齡、劉愼虛、韋應物、柳宗元數家
> 詩，使手抄之。盛侍御珍示曰：「先生八歲能詩，西樵吏部
> 授以王、裴詩法。」〔註26〕

綜上可見，漁洋其實早在幼年時，就與王、孟派詩風，或非王、孟一
系，但具有清遠特色的詩歌，結了不解之緣。總上兩點我們可以推
論，漁洋《神韻集》的成書，應該與王、孟派清遠詩風有一定程度的
關連。換言之，漁洋在編選《神韻集》時，已多少能神契王、孟派詩
歌的妙處。

　　如上所述，王漁洋雖然可能在早歲編選《神韻集》時，已能默契
王、孟派詩歌之妙。不過筆者認爲漁洋的這本《神韻集》，恐怕仍與
其所謂專尊清遠，典範王、孟派詩歌的「神韻說」，有著某種程度的
距離。觀周亮工輯《尺牘新鈔》卷一漁洋〈答陳其年書〉云：

> 得來書，知近撰婦人集。……家兄西樵（筆者按：漁洋長兄

〔註25〕同註14，頁173。
〔註26〕同註16，頁7。

王士祿），向撰燃脂集，攬擷古今閨秀文章，殆無遺美，十
年以來，至百六十卷。又撰閨中遺事，爲朱鳥逸史一書，……
亦十餘卷，正可與尊著相發明，幸錄一副本相寄，用致西樵，
屬其逸史副本南寄，各以見聞，佐其未逮，如何？橐駝行雄
麗渾脫，鈔有意寄，即錄入神韻集中矣。〔註27〕

漁洋這封寄予陳維崧（1626～1682）的信，大約寫成於順治十六年己
亥（1659）、漁洋時年二十六。〔註28〕如前所述，《神韻集》編成於順
治十八年辛丑（1661）、漁洋二十八歲之年，而由上引予陳維崧書札
可看出，漁洋至少在二十六歲時就已開始了《神韻集》的編纂。然而，
此處「雄麗渾脫，鈔有意寄」的「閨秀文章」亦可選入的《神韻集》，
似乎是與漁洋晚年的「神韻」詩選定本，以王、孟派清遠詩風爲代表
的《唐賢三昧集》有段距離，可見漁洋對「神韻」的體認，存在著一
個不斷深化的過程。究其原因，實在於漁洋的詩論與詩歌創作，存在
著段早年宗唐、中年事宋、晚年復歸唐宗的「三變」曲折歷程，而《神
韻集》正是他早年宗唐的產物。

在王漁洋門人余兆晟的《漁洋詩話》序文裡，載有一段漁洋的晚
年回想，這是與漁洋「論詩三變」最直接相關的記錄。漁洋說：

吾老矣，還念平生，論詩凡屢變；而交游中，亦如日隨影，
忽不知其轉移也。少年初筮仕時，惟務博綜該洽，以求兼
長。文章江左，煙月揚州，人海花場，比肩接跡。入吾室
者，俱操唐音；韻勝於才，推爲祭酒。然而空存昔夢，何

〔註27〕 同註24，頁27。
〔註28〕 據《王士禛年譜》（清・王士禛撰，孫言誠點校，北京：中華書局，
1992年1月出版）所附《王士祿年譜》書〈順治六年己丑（1649），
先生年二十四歲〉條的記載，王士祿「是歲始纂燃脂集，爲序例一
卷」。可見王士祿於順治六年己丑（1649）、二十四歲時，開始編纂
《燃脂集》，王漁洋是年爲十六歲。又漁洋在正文裡說，王士祿向撰
《燃脂集》，「攬擷古今閨秀文章，殆無遺美，十年以來，至百六十
卷」。由是可推測漁洋的〈答陳其年書〉，大約寫在王士祿開始撰集
《燃脂集》後的第十年，順治十六年己亥（1659）、漁洋當時爲二十
六歲。引文請見《王士禛年譜》，頁69。

堪涉想？中歲越三唐而事兩宋，良由物情厭故，筆意喜生，
耳目爲之頓新，心思於焉避熟。明知長慶以後，已有濫觴；
而淳熙以前，俱奉爲正的。當其燕市逢人，征途揖客，爭
相提倡，遠近翕然宗之。既而清利流爲空疏，新靈寖以佶
屈，顧瞻世道，怒焉心憂。於是以太音希聲，藥淫哇錮習，
唐賢三昧之選，所謂乃造平淡時也，然而境亦從茲老矣。

朋舊凋零，吟情如睹，吾敢須臾忘哉？〔註29〕

由上引記錄可見，漁洋早歲宗唐，在論詩、創作上的特色，就是「韻
勝於才」，所以早年的他在詩歌創作上，會出現如〈秋柳四首〉、〈再
過露筋祠〉、〈秦淮雜句十四首〉之類以情韻勝人的作品。然而時至中
年的漁洋，一方面由於大環境上的宗宋詩風盛興，另一方面因爲人入
中年，在心境上產生了變化，因此漁洋也開始把論詩與創作的焦點，
轉向言理、重理趣的宋詩上，這就是漁洋「中歲越三唐而事兩宋，良
由物情厭故，筆意喜生，耳目爲之頓新，心思於焉避熟」的中年事宋
時期。不過畢竟宋詩的根本精神，始終難與漁洋的生命本質相契應；
再加上當代騷壇尊宋「清利流爲空疏，新靈寖以佶屈」的弊端，也逐
一地浮現出來，漁洋由是產生了「顧瞻世道，怒焉心憂」的自我反省
意識；且身仕暮年的漁洋，在心境上又有了「於茲老矣」的轉變。綜
上所述，「太音希聲」、「不言理而理在其中」的唐詩體格，就當代文
學環境來說，是用以對治「空疏」、「佶屈」宗宋風氣的良方；對漁洋
個人而言，則符合其老年心境。本此，漁洋在晚年會有論詩復歸唐宗
的動作，並非是突如其來的變化，只是受到中年事宋的影響，漁洋晚
年的歸宗於唐，就絕不可能單純只是早年宗唐的「韻勝於才」了。筆
者以爲漁洋中年事宋的經歷，對其晚年宗唐的影響，主要在於引導他
從宋詩的「言理」中，悟出唐詩亦自有其「理」，只是這種「理」是
種「不言理」之「理」。在漁洋看來，這「不言理而理自在其中」的

〔註29〕見清‧王夫之等撰，《清詩話‧漁洋詩話》（上海：上海古籍出版社，
　　　　1999 年 6 月出版），頁 163。

唐詩蘊涵，遠較專主道理的宋詩深刻。就這樣，漁洋不僅從唐詩中尋找到了「神韻說」的現實依據，也爲「神韻說」確立了一個理論的堅實基礎，就如引文所說的：「唐賢三昧之選，所謂乃造平淡時也。」《唐賢三昧集》的編選，具體落實了漁洋晚年宗唐的主張。〔註30〕

第三節　論王漁洋「神韻說」的構成

在上文理論預設的討論裡，筆者曾假定王漁洋詩學等於「神韻說」，而「神韻說」則是個以「神韻」爲中心的「觀念叢」，這就意味著「神韻說」並不是由單一的詩學觀念所構成，當中其實包含著眾多的詩學觀念。同時，它還是個由眾多詩學觀念層層結構出來的多層次體系。

先說「神韻說」的底層結構，筆者姑且曰之爲「神韻說」的「基礎層」。筆者認爲王漁洋「神韻說」的基礎是「尊性情」的觀念。漁洋在《師友詩傳錄》第一則裡對「性情」與「學問」關係的討論，可作爲此處代表：

> 司空表聖云：「不著一字，盡得風流。」此性情之說也；揚子雲云：「讀千賦則能賦。」此學問之說也。二者相輔相行，不可偏廢。若無性情而侈言學問，則昔人有譏點鬼簿、獺祭魚者矣。學力深，始能見性情，此一語是造微破的之論。
> 〔註31〕

「性情」與「學問」二者能「相輔相行」、無所偏廢，固然是漁洋的理想，但是在兩者不能兼得時，漁洋絕對是採取先「性情」後「學問」的態度。所謂的「若無性情而侈言學問，則昔人有譏點鬼簿、獺祭魚者矣。學力深，始能見性情，此一語是造微破的之論」之說，正表明了漁洋對「性情」、「學問」不能得兼時，先取「性情」再論「學問」

〔註30〕關於王漁洋「論詩三變」問題的詳細討論，讀者可參見拙著的〈試論王漁洋的「論詩三變」〉（黃繼立著，《雲漢學刊》第八期，2001年6月）一文。
〔註31〕見清·王夫之等撰，《清詩話·師友詩傳錄》，頁125。

的取捨立場。不過這裡需要特別強調兩點：第一、漁洋「神韻說」所推尊詩歌「性情」，並不是毫無蘊藉、一瀉無餘的「性情」，如晚明「公安」派或清代詩家袁枚之流，而是「不著一字，盡得風流」的「筆墨之外」的「性情」。換言之，漁洋崇尚的「性情」，是經由詩人修飾，且須經由讀者神解、玩味的詩外「性情」。本此，漁洋特別鍾情且默契於張九徵對其《過江集》〔註32〕的「筆墨之外，自具性情；登臨之餘，別深懷抱」評語，而數度提及此事。觀《帶經堂詩話》卷六〈自述類上〉第六則載：

> 順治庚子冬在揚州，……有過江集，張吏部（九徵）公選序之云：筆墨之外，自具性情；登臨之餘，別深懷抱。知己之言也。〔註33〕

又《帶經堂詩話》卷八〈自述類下〉第二十一則說：

> 京口張文選公選博物君子也，嘗題予過江、入吳兩集云：筆墨之外，自具性情；登臨之餘，別深懷抱。此語可與解人道。〔註34〕

同時《漁洋詩話》第九十八則亦有相似記載：

> 張吏部公選九徵先生題余過江集云：「筆墨之外，自具性情；登覽之餘，別深寄託。」〔註35〕

張九徵以《過江集》能「筆墨之外，自具性情」云云，等於是稱譽漁洋詩作除了深具「性情」以外，還能以蘊藉委婉的方式達到出來，這不就是漁洋「不著一字，盡得風流」的美學理想嗎？推敲漁洋的心態，自己的詩作能為「解人」知音所認同，被推舉為能達到自己詩學中的最高美學理想，當然是件值得欣喜的事。漁洋所以對張九徵之評屢次

〔註32〕據《王士禛年譜》所繫《過江集》成於順治十七年，漁洋時年二十七：「順治十七年庚子（1660），二十七歲。赴揚州，匡盧公就養偕行。三月到官。……冬至常州。登京口三山，有過江集。」可見《過江集》是漁洋少年任揚州推官時的作品集。引文請見該書頁17。

〔註33〕同註14，頁177。

〔註34〕同註14，頁195。

〔註35〕同註29，頁183。

述及的原因，正在於此。第二、我們說漁洋先「性情」後「學問」，並不是說漁洋但尊「性情」而不言「學問」。觀《然鐙記聞》第一則云：

> 學詩須有根柢。如三百篇、楚詞、漢、魏，細細熟玩，方
> 可入古。〔註36〕

漁洋正標舉出了「學問」對於詩歌創作，乃至詩歌鑑賞的重要性。更重要地是，漁洋並不僅僅指出「學問」對詩家的重要性而已，他本身也身體力行了這個信念。如惠棟在《王士禛年譜》的〈順治十三丙申（1656）二十三歲〉條下補註說：

> 山人自乙未五月買舟歸里，始棄帖括，專攻詩。聚漢、魏、
> 六朝、四唐、宋、元諸集，無不窺其堂奧而撮其大凡。〔註37〕

可知漁洋確實在「學問」面上，下過很深的工夫。近代學人錢鍾書雖然對漁洋詩學頗多非議，但是仍承認漁洋學識之博，實爲有清罕見。其《談藝錄》第三十則〈漁洋竹垞說詩〉條說：「漁洋論詩，宗旨雖狹，而朝代卻廣，於唐、宋、元、明集部，寓目既博，賞心亦當，有清一代，主持壇坫如歸愚、隨園輩，以及近來鉅子，詩學特識，尚無有能望項背者。」〔註38〕實可爲定論。綜上所述，漁洋門人盛符升在《十種唐詩選》序文裡，歸結漁洋論詩宗旨說：

> 我師漁洋先生以唐賢三昧集垂示。……蓋集中所載，直取
> 性情歸之神韻，凌前邁後迴然出眾家之上。由是先生論詩
> 之宗旨，亦足徵信於天下。〔註39〕

《唐賢三昧集》是漁洋的「神韻」詩選本，可作爲漁洋「神韻說」的實際詩例。盛符升說《唐賢三昧集》之選「直取性情歸之神韻」，等於說漁洋以「神韻」論詩的基礎在於「性情」。又鬢齡曾受漁洋指點的伊應鼎，其《漁洋山人精華錄會心偶筆》卷三評點漁洋〈皇廠河道

〔註36〕 見清・王夫之等撰，《清詩話・然鐙記聞》，頁119。
〔註37〕 同註16，頁13。
〔註38〕 見錢鍾書著，《談藝錄》（台北：書林出版有限公司，1999年2月第一版第二刷），頁106。
〔註39〕 同註18，頁278。

中〉時說：

> 詩之妙在于神韻，而神韻之妙存乎性情。……本乎性情，
> 徵于興象，發為吟詠，而精神出焉，風韻流焉。故詩之有
> 神韻者，必其胸襟，先無適俗之韻也。〔註40〕

伊應鼎以「神韻之妙存乎性情」，等於說漁洋「神韻說」的根基在「性情」一處。至於「詩之有神韻者，必其胸襟，先無適俗之韻也」，則是指出漁洋的「性情」是淘洗過的「性情」，非「俗韻」可比，即前述張九徵「筆墨之外，自具性情」。綜上言之，我們可以說漁洋的「神韻說」，是種以淘洗過的「性情」為基礎的詩學。

次論支撐王漁洋「神韻說」的主要柱石，筆者姑且名之為「神韻說」的「核心層」。如黃景進〈王漁洋「神韻說」重探〉所說的：「當詩論中的言外之意與畫論中的傳神思想與餘韻思想結合，就產生王漁洋的神韻說。」〔註41〕「傳神」與「言外之意」（餘韻）兩個觀念，的確是支撐「神韻說」的兩大柱石，又後者較為漁洋所重。本上所述，當漁洋使用「神韻」一詞，時或偏向「傳神」觀念，有時則流露「言外之意」的觀念，更有則兼「傳神」、「言外之意」而言之者，筆者試分述如下。先說漁洋以「傳神」觀念釋「神韻」之例者。觀《帶經堂詩話》卷三〈真訣類〉第六則說：

> 楚人詞、世說，詩中佳料，為其風藻神韻，去風雅未遠。
> 〔註42〕

此處的「神韻」偏向「精神」解。所謂的《楚辭》、《世說新語》的「風藻神韻」去《詩經》未遠，相當於說《楚辭》、《世說新語》兩本書，其文藻與當中所流露出風神，與《詩經》的精神有相通之處。又《帶

〔註40〕 見清·伊應鼎編述，《漁洋山人精華錄會心偶筆》（台北：廣文書局有限公司，1968 年 7 月出版），頁 218。

〔註41〕 黃景進著，〈王漁洋「神韻說」重探〉（中山大學中文系編，《第一屆國際清代學術研討會論文集》，高雄：中山大學中文系，1993 年 11 月出版），頁 560。

〔註42〕 同註 14，頁 78。

經堂詩話》卷十二〈賦物類〉第一則說：

> 趙子固梅詩云：「黃昏時候朦朧月，清淺溪山長短橋。忽覺
> 坐來春盎盎，因思行過雨瀟瀟。」雖不及和靖，亦甚得梅
> 花之神韻。〔註43〕

這裡的「神韻」解釋，亦偏向「精神」。漁洋說趙子固詠梅詩雖不及
林逋，如「疏影橫斜水清淺，暗香浮動月黃昏」之類，但亦能「甚得
梅花之神韻」，是說趙子固的詠梅詩不及林逋，但基本上還是能達到
「傳」梅花之「神」的美學要求。此可與漁洋詞話著作《花草蒙拾》
的〈詠物須取神〉條並觀：

> 疏影橫斜，月白風清等作，爲詩人詠物極致。若「認桃無
> 綠葉，辨杏有青枝」，及李筠翁之「勝若茉莉，賽過荼蘼」，
> 劉叔擬「看來畢竟比花強，只是欠些香」，豈非詩詞一劫。
> 程村嘗云：「詠物不取形而取神，不用事而用意。」二語可
> 謂簡盡。〔註44〕

如《帶經堂詩話》卷十二〈賦物類〉第二則所說：「詠物之作，須如
禪家所謂不黏不脫、不即不離，乃爲上乘。」〔註45〕漁洋以「認桃無
綠葉」諸作爲詩詞之劫，正在於它們的毛病不是太黏就是太脫、不是
太即就是太離。而漁洋摯友鄒祗謨（？～1670）的「詠物不取形而取
神」一語，正揭示了「傳神」觀念的奧義，其爲漁洋所激賞之故亦在
乎此。又《花草蒙拾》的〈雲間數公詞不涉南宋〉條以：

> 雲間數公論詩拘格律，崇神韻。〔註46〕

漁洋說「雲間」詩派所拘守的「格律」，是指古人的「體格聲調」，而
「雲間」派所推崇的「神韻」，則是他們所領會到的古人「神情」。如
此，漁洋此處使用「神韻」一詞，亦是傾向「傳神」的觀念。再說漁
洋以「言外之意」觀念釋「神韻」之例者。觀漁洋嘗在王士祐（1632

〔註43〕 同註14，頁306。
〔註44〕 見唐圭璋彙刻，《詞話叢編・花草蒙拾》（台北：新文豐出版公司，
　　　　1988年2月台一版），頁683。
〔註45〕 同註14，頁305。
〔註46〕 同註44，頁685。

～1681）《古缽集選》裡評乃兄〈同舍弟和李退菴侍郎讀水經注憶洞
庭之作〉、〈賦得揚州早雁〉二作，以爲：

> 二詩秀絕人區，神韻在文句之外。〔註47〕

既如漁洋所評，王士祜詩「神韻」不在詩中而在「文句之外」，就等
於承認此二詩有文外獨絕處，能以「言外之意」取勝，不就是以「言
外之意」觀念釋「神韻」的實例？又漁洋入室弟子汪懋麟（1639～1688）
《百尺梧桐閣集》的〈錦瑟詩話〉，曾引漁洋總評其詞作說：

> 王阮亭士禛曰：「歐、晏正派，妙處俱在神韻，不在字句。」
> 〔註48〕

漁洋說宋代歐陽修、晏殊之詞妙在「神韻」而「不在字句」，而清代
的汪懋麟能承續此一歐、晏傳統，故其詞作亦備「神韻」，有「字句」
以外之美。此語大抵與漁洋評王士祜詩「神韻在文句之外」同意，亦
反映了漁洋的「言外之意」觀念。此外，《帶經堂詩話》卷三〈入神
類〉第五則說：

> 七言律聯句神韻天然，古人亦不多見。如高季迪：「白下有山
> 皆遠郭，清明無客不思家。」……皆神到不可湊泊。〔註49〕

而在《帶經堂詩話》卷三〈入神類〉第五則裡，漁洋亦有類似之說：

> 律句有神韻天然，不可湊泊者。如高季迪：「白下有山皆遠
> 郭，清明無客不思家。」……是也。〔註50〕

又《花草蒙拾》的〈南渡諸子極妍盡態〉條以爲：

> 宋南渡後，梅溪、白石、竹屋、夢窗諸子，極妍盡態，反
> 有秦、李未到者。雖神韻天然處或減，要自令人有觀止之
> 歎。〔註51〕

〔註47〕見四庫全書存目叢書編纂委員會編，《四庫全書存目叢書・集部二四
　　　　五・古缽集選》，頁384。
〔註48〕見清・汪懋麟著，《百尺梧桐集》（台北：文海出版社有限公司，1988
　　　　年10月出版），頁1217。
〔註49〕同註14，頁71。
〔註50〕同註14，頁71。
〔註51〕同註44，頁682。

「神韻天然，不可湊泊」，相當於漁洋論詩時使用的話頭——「色相俱空」、「無跡可求」。漁洋所謂的「色相俱空」，意在說明詩歌裡所描寫的「色相」，只是通往詩歌言外之意的媒介，一旦詩者經由「色相」而超越「色相」，獲致詩歌的言外之意後，「色相」就如得「魚」後之「筌」、得「意」後之「言」、抵「岸」後之「筏」，不必緊抱不放以成負累。詩歌的「色相俱空」，正意味著文字外的深意已經獲得成就。由是可見漁洋的「神韻天然」之說，是其「言外之意」觀念的更圓熟表述方式。最後討論漁洋以「傳神」、「言外之意」觀念同釋「神韻」之例。此間可以《帶經堂詩話》卷二十二〈書畫類下〉第十九則的記載爲代表：

> 米南宮寫陰符經墨蹟細行書，結搆精密，神韻溢于楮墨。
> 〔註52〕

漁洋說米芾寫《陰符經》行書，「神韻溢于筆墨」，可從兩方面說起，漁洋一方面是說米芾墨跡氣韻動人，能傳其人之神，另外一方面又強調這種「溢于筆墨」的米芾之神，即米芾該作的言外之意。如此一來，「傳神」與「言外之意」兩個觀念，在漁洋「神韻」一詞的使用中被冶於一爐。由是可見，「傳神」與「言外之意」在漁洋「神韻說」中，並非是截然不可通約的，相反地，二者之間不僅可以互通，而且時有關連性。

再論王漁洋「神韻說」的頂層結構，筆者姑且曰之爲「神韻說」的「美感境界層」。在「神韻說」的「美感境界層」裡，最能直接表現出漁洋的美學理想，其中對「清遠」、「古雅」之美的追求，是構成此層的要角。觀察漁洋在對「神韻」一詞的使用狀況裡，時有表現出上述兩種觀念者，筆者試述如下。先說漁洋對「清遠」的追求。此可以《帶經堂詩話》卷三〈要旨類〉第四則之說爲代表：

> 汾陽孔文谷（天允）云：詩以達性，然須清遠爲尚。薛西
> 原論詩，獨取謝康樂、王摩詰、孟浩然、韋應物，言「白

〔註52〕 同註14，頁660。

雲抱幽谷，綠篠媚清漣」，清也；「表靈物莫賞，蘊真誰爲傳」，遠也；「何必絲與竹，山水有清音」，「景昃鳴禽集，水木湛清華」，清遠兼之也。總其妙在神韻矣。「神韻」二字，予向論詩，首爲學人拈出，不知先見於此。〔註53〕

引文裡漁洋試圖借薛蕙、孔天胤之說，以「清遠」之說涵括「神韻」一詞，當中隱隱流露出他追求「清遠」之美的觀念。再說漁洋對「古雅」的追求。觀《帶經堂詩話》卷六〈題識類〉第五十八則：

自昔稱詩者尚雄渾則鮮風調，擅神韻則乏豪健，二者交譏；唯今太宰說嚴先生之詩，能去其二短，而兼其兩長。〔註54〕

引文裡的「雄渾」相當於「豪健」，「風調」相當於「神韻」，本此漁洋說「二者交譏」，所謂「二者」即「雄渾豪健」與「風調神韻」。這裡的「風調」近於「古雅」之美而距離「清遠」較遠，可見此處漁洋在使用「神韻」一詞上，是偏向「古雅」一面的，從中流露出的是對「古雅」之美的追求。此外，在《帶經堂詩話》卷六〈題識類〉第五十則裡，漁洋論「神韻」則將「清遠」與「雅」並說：

程孟陽……七言近體學劉文房、韓君平，清辭麗句，神韻獨絕。〔註55〕

在上引稱譽明代詩人程嘉燧七言近體的評語裡，漁洋將「清辭麗句」之後續以「神韻獨絕」，似乎暗示著「清辭麗句」與「神韻」之間的關連。「清」即「清遠」、「麗」即「雅麗」，這裡的「神韻獨絕」之說，實可視爲漁洋以「清遠」、「雅」共釋「神韻」之例。

　　最後討論貫串上述漁洋「神韻說」的「基礎層」、「核心層」、「美感境界層」三重結構的主軸觀念──注重「藝術直覺」。筆者所以認爲注重「藝術直覺」這一觀念，是縱貫「神韻說」三重結構的主要原因，是因爲上文我們提到的「尊性情」、「傳神」、「言外之意」、追求「清遠」、「雅」之美等觀念，不僅無不與「藝術直覺」有關，而且都

〔註53〕同註14，頁73。
〔註54〕同註14，頁161。
〔註55〕同註14，頁157。

需要依賴「藝術直覺」加以完成。舉例言之,「藝術直覺」與「性情」相關者,不得不歸之於漁洋論「佇興」與「偶然欲書」。如《帶經堂詩話》卷三〈佇興類〉第一則說:

> 蕭子顯云:「登高極目,臨水送歸;蚤雁初鶯,花開葉落。有來斯應,每不能已;須其自來,不以力搆。」王士源序孟浩然詩云:「每有製作,佇興而就。」余生平服膺此言,故未嘗為人強作,亦不耐和韻詩也。〔註56〕

漁洋體認到「藝術直覺」在創作過程中的關鍵性地位,因此要求「有來斯應」、「佇興而就」,本此,漁洋說其從不強作詩歌,亦不與人和韻、應酬。由於漁洋「性情」、「藝術直覺」兼重,所以他頗推崇梁代鍾嶸(467?～519?)《詩品》的詩歌在於「吟詠情性」,故不以用事為貴的「直尋」之說,其〈戲仿元遺山論詩絕句三十二首〉之二云:

> 五字清晨登隴首,羌無故實使人思。定知妙不關文字,已是千秋幼婦詞。〔註57〕

就是推崇鍾嶸論詩主「性情」、重「藝術直覺」、不貴用事的主張。至於「藝術直覺」與「傳神」、「言外之意」的關連,則集中在漁洋論「悟」及「興會神到」上。《帶經堂詩話》卷三〈佇興類〉第四則說:

> 世謂王右丞畫雪中芭蕉,其詩亦然。如「九江楓樹幾回青,一片揚州五湖白」,下連用蘭陵鎮、富春郭、石頭城諸地名,皆寥遠不相屬。大抵古人詩畫,只取興會神到,若刻舟緣木求之,失其指矣。〔註58〕

藝術家以「藝術直覺」創作,是創作主體的「興會神到」;欣賞者同樣地需要用使用「藝術直覺」去默契藝術家之意、進入美感經驗的世界,這是閱讀主體的「興會神到」。創作與閱讀主體經由「藝術直覺」進行交流、對話,「傳神」或「言外之意」發生,就在這交流、對話

〔註56〕 同註14,頁67。
〔註57〕 見張健著,《王士禛論詩絕句三十二首箋證》(台北:文史哲出版社,1994年4月出版),頁128。
〔註58〕 同註14,頁68。

的過程中產生。引文裡漁洋舉的王維畫「雪中芭蕉」之事，即是確例。
本此，漁洋亦特重「悟」，誠如施閏章（1618～1683）的妙喻，漁洋
論詩「如華嚴樓閣，彈指即現，又如仙人五城十二樓，縹緲俱在天際」
〔註59〕。而漁洋本身也特別地推崇宋代嚴羽的《滄浪詩話》，其《帶
經堂詩話》卷二〈評駁類〉第十四則云：

> 嚴滄浪論詩，特拈「妙悟」二字，及所云「不涉理路，不
> 落言詮」，又「鏡中之象，水中之月，羚羊挂角，無跡可尋」
> 云云，皆發前人未發之秘。〔註60〕

漁洋推崇嚴羽論詩的原因，正在於「妙悟」之說，頗能與漁洋的「神
韻說」相應。此外，如「清遠」、「古雅」這類美感經驗、美的「純粹
之物」，我們若試圖運用理性、分析性的知識捕捉，則與緣木求魚無
異，只有以「藝術直覺」為羅盤，方是通往美感境界的唯一之途。這
就是漁洋為何屢屢拈出詩例說何為「清遠」，何為「古雅」，而不說「清
遠」、「古雅」為何物的原因。蓋美是難以用分析性的知識確切指明的，
唯有「藝術直覺」才是捕捉美的不二法門。本上所述，由於漁洋注重
「藝術直覺」的觀念既明確又如此具有關鍵性意義，這是筆者將漁洋
這一觀念，作為貫串「神韻說」主軸的最主要原因。

第四節 構設「以王漁洋為基點的『神韻』詩學譜系」的相關思考

當我們以王漁洋對歷代重要詩論家的接受態度作為立論基點，針
對相關詩論家詩學進行後設觀察時，我們是可能由此建構出一個特殊
的詩學譜系，筆者姑且稱之為「以王漁洋為基點的『神韻』詩學譜系」。
不過，在開始建構這個譜系之前，筆者認為有以下三點思考，是需要
提出來特別加以說明的：

第一、在研究文本的擇取上，由於筆者對「神韻」詩學譜系的掌

〔註59〕 同註 14，頁 79。
〔註60〕 同註 14，頁 65。

握，並非是針對文學理論、批評史上的眾詩論家，進行全盤性的研究，而是採取以漁洋爲基點的後設觀察方式，對重要的詩論家進行詩學觀念的交叉比對，因此筆者所選取的研究文本，就必須是要能同漁洋「神韻說」進行對話的詩論家。根據筆者的觀察，以梁代鍾嶸（408～522）爲起點，中接唐代的皎然（730～799）、司空圖（837～908）、南宋的姜夔（1155～1209）、嚴羽（1192？～1243？），下至明代的「格調」派詩論家、徐禎卿（1479～1511）、薛蕙（1489～1541）、孔天胤（1505～1581），等人，符合我們所設定的條件，可以作爲本文討論的主要對象。

　　第二、在該詩學譜系的編排方式上，筆者並不採取單純臚列眾詩論家的方式，而是將眾詩論家及其同漁洋「神韻說」相關的詩學觀念進行交叉陳列，目的除了俾利讀者閱讀外，更重要的是，筆者試圖藉此方式指陳出眾詩論家的詩學觀念，與漁洋「神韻說」之間的可能聯繫。

　　第三、在該詩學譜系的編排體例上，由於筆者認爲在「神韻」詩學譜系所涉及的眾多詩論家裡，存在著「顯性」詩論家與「隱性」詩論家之別。而詩論家「顯性」、「隱性」的屬性劃分，又以該詩論家及其詩學觀念，同漁洋詩學有無直接的接受關係，作爲其間的判定標準。大抵有直接接受關係者爲該譜系內的「顯性」詩論家，無直接接受關係者則爲該譜系內的「隱性」詩論家。

第二章 論鍾嶸《詩品》在「神韻」詩學觀念史上的意義——兼論以王漁洋爲基點的後設考察之合理性

前　言

　　在本章裡，筆者嘗試著討論並解決兩個問題：第一、爲本文從「後設」角度建構「神韻」詩學譜系的思考，確立一個理論基礎，並試圖論證其合理性。筆者將此一後設觀察的基點，設定在清代的王漁洋（1634～1711），原因在於漁洋是公認的詩學「神韻說」完成者與「神韻」相關觀念的集大成者。筆者將漁洋的「神韻說」視爲一大型「觀念叢」，以此爲基點對比前人可能觸及與「神韻」有關的論述，相信能較周全地掌握與「神韻」相關的詩學觀念，也爲我們「神韻」詩學譜系的建構工程，提供一個合理的解釋。第二、討論鍾嶸（467？～519？）詩學與漁洋「神韻說」間的關係，並進一步討論鍾嶸詩學在「神韻」觀念史上的意義。筆者此處將把重點放在鍾嶸對「直尋」的討論及其對「興」義的重新詮釋，與漁洋的「神韻說」可能有何關連之上。此一討論能成立的基礎，不僅在於漁洋

自述其頗能默契鍾嶸的某些詩學觀念，其實漁洋與鍾嶸之間，亦存在著某種程度的詩學因緣。

第一節　以王漁洋爲基點的「神韻」後設觀察

　　清世中葉學人翁方綱（1733～1818），曾著有專文〈神韻論〉三篇暢談他對「神韻」的體悟，以及對前輩詩家王漁洋「神韻說」的理解。翁方綱這系列論文的重點大致有二：第一、翁方綱試圖說明他所體悟到的「神韻」爲何物。觀《復初齋文集》卷八〈神韻論上〉說：

> 神韻者，徹上徹下，無所不該，其謂羚羊挂角，無跡可求，其謂鏡花水月，空中之象，亦皆即此神韻之正旨也，非墮入空寂之謂也。其謂雅人深致，指出訏謨定命，遠猶辰告二句以質之，即此神韻之正旨也。……神韻者，是乃所以君形者也。〔註1〕

又翁方綱《復初齋文集》卷八〈神韻論下〉以爲：

> 其實神韻，無所不該，有於格調見神韻者，有於音節見神韻者，亦有於字句見神韻者，非可執一端以名之也；有於實際見神韻者，亦有虛處見神韻者，有於高古渾樸見神韻者，亦有於情致見神韻者，非可執一端以名之也。〔註2〕

綜上引文所述，顯然翁方綱所體認到的「神韻」特性，在於「徹上徹下，無所不該」。同時，也因爲「神韻」被翁方綱視爲「乃所以君形者也」的詩中之「神」，所以它才有可能「無所不該」的涵蓋所有詩歌。此即《復初齋文集》卷八〈神韻論中〉之說：

> 道無邊際之可指，道無四隅之可竟，道無難易遠近之可言也，然其中其外，則人皆見之。……道是一個大圈，我只立在此大圈之內，看汝能入來與否耳。此即詩家神韻之說

〔註1〕見清・翁方綱著，《復初齋文集》（台北：文海出版社有限公司，1969年11月出版），頁341。

〔註2〕同註1，頁346。

也。〔註3〕

「神韻」就是引文裡翁方綱用以比喻的「大圈」，詩歌是這「大圈」
裡面的具體內容。由是觀之，翁方綱認爲只要是詩歌都有可能具有「神
韻」，此即前述的「神韻」「無所不該」之意。就此而言，「神韻」對
於詩歌不僅存在著本質上的意義，也具有普遍性的價值。第二、翁方
綱指出「神韻說」中的觀念，並非由漁洋首創，其實早在前人詩論中
已多有論及，漁洋提出「神韻說」的貢獻，在於明著「神韻」一詞以
闡發前人相關說法。翁方綱在〈神韻論上〉說：

> 神韻……司空圖、嚴羽之徒，乃標舉其概，而今新城王氏
> 暢之，非後人之所詣，能言前古所未言也。……自新城王
> 氏一倡神韻之說，學者輒目此爲新城言詩之秘，而不知詩
> 之所固有者，非自新城始言之也。〔註4〕，

又〈神韻論下〉云：

> 詩以神韻爲心得之秘，此義非自漁洋始言之也，是乃自古
> 詩家之要眇處，古人不言，而漁洋始明著之也。〔註5〕

翁方綱在上引文裡提出兩個重要的觀點：第一、與「神韻」相關連
的說法，早在漁洋之前已有詩論家提出，並非是漁洋獨創的見解。
第二、漁洋創立「神韻說」的貢獻，主要在於明確標舉「神韻」論
詩。

　　上述的翁方綱觀點，可再從以下兩方面作更深入地闡發：第一、
蓋如上所述，翁方綱雖然認爲「神韻」一義，「非自漁洋始言之」，但
他承認漁洋「神韻說」裡的詩學觀念，始終存在於中國詩學之內。前
引文所謂的「司空圖、嚴羽之徒，乃標舉其概」、「詩以神韻爲心得之
秘，……乃自古詩家之要眇處」，即是此意。不過，由於這類觀念一
直處於未被充分發掘的潛存狀態，所以容易被誤以爲不存在於中國詩
學裡。爲了釐清這點，翁方綱特別使用了「古人（王漁洋之前）不言」

〔註3〕同註1，頁342～343。
〔註4〕同註1，頁340。
〔註5〕同註1，頁346。

一語，而非具否定性意義的「古人不知」。本上所述，可見翁方綱試
圖表達的想法是，中國詩學雖然很早就產生了王漁洋「神韻說」裡的
相關觀念，但古代詩論家對這類詩學觀念的態度，是不作具體整理、
也未給予特定名稱、並且沒有進行過系統性闡述，然而這一切並不妨
礙它們在古代詩學思維中的具體存在。第二、透過翁方綱的論述，我
們不妨以清代漁洋「神韻說」的提出作爲分野，對「神韻」相關觀念
的發展，作二分式的概知。以漁洋「神韻說」的提出作爲基準，在此
之前的「神韻」相關觀念，是處於一種「潛存不彰」的狀態，在經歷
了古人「知而不言」的漫長時期，直到漁洋提出「神韻說」之後，這
類觀念才被徹底彰顯。筆者以爲翁方綱這裡的論述，意在說明「神韻」
相關觀念的整理、「神韻」之名的確立、乃至整個「神韻說」理論體
系的完成，仍不得不待於漁洋的出現。這是翁方綱對漁洋的肯定，也
是他在〈神韻論上〉斷言「昔之人，未有專舉神韻以言詩者」〔註6〕
的主要原因。的確，「神韻說」的提出，爲漁洋在中國的詩學發展史
裡，掙得了一席之地。〔註7〕

當我們對以下這段文字進行解讀時，翁方綱對「神韻」相關理解，
將會明確地呈顯出來。〈神韻論下〉云：

> 世之不知而誤會者，吾安能一一析之，今姑就吾所近見，
> 其最不通者，莫如河間邊連寶之論詩，目漁洋爲神韻家，
> 是先不知神韻乃自古詩家所共具，漁洋偶拈出之，而別指
> 之曰神韻家，有是理乎？彼既不知神韻是詩中所固有矣，
> 反歸咎於嚴儀卿之言鏡花水月，涉於虛無，爲貽害於後學，

〔註6〕 同註1，頁341。

〔註7〕 此一論點，基本上已成爲近代文學批評研究者的共識，此類言論甚
多，而以袁行霈在其《中國詩學通論》（袁行霈、孟二冬、丁放著，
合肥：安徽教育出版社，1996年9月第一版第二刷）一書裡，說得
最爲明白，堪爲此類似言論之代表：「王士禎在清代詩歌史上的地位
與影響，的確穩坐第一把交椅，眾人所言，並非虛譽。不過，若論
後人對漁洋的重視與景仰，大半倒不因其詩歌，而因其在詩學理論
方面完整、系統地提倡並解釋了『神韻』說。」語詳見該書頁889。

　　此非罵嚴儀卿也，特舉以罵漁洋耳。〔註8〕

引文裡的翁方綱論點，是透過批評當世誤解漁洋「神韻說」者而開始
的。翁方綱認爲這類誤會漁洋「神韻說」的例子裡，河間詩家邊連寶
〔註9〕（1699～1772）對「神韻」的謬解，可謂其中極致。翁方綱曾
在《復初齋文集》卷三〈坳堂詩集序〉裡提到：

〔註8〕 同註1，頁347。

〔註9〕 考邊連寶的氏籍爲直隸任邱（今河北境内），河間應係翁方綱統而言
　　　　之者。《清史稿》（趙爾巽，柯劭忞等撰纂，臺北：洪氏出版社，1981
　　　　年8月出版）裡並無邊連寶的專傳，僅將其生平大略附錄於卷四百
　　　　八十四〈列傳二百七十一・文苑一〉的龐塏傳底下，其間論述頗爲
　　　　簡略。在徐世昌所輯的《清詩匯》（徐世昌輯，北京：北京出版社，
　　　　1996年3月出版）附詩人小傳裡，對邊連寶的生平，有較詳細的記
　　　　載，其云：「邊連寶，字肇轸，號隨園，任邱人。雍正乙卯（雍正
　　　　十三年，1735）年拔貢，乾隆丙辰（乾隆元年，1736）舉博學鴻詞，
　　　　庚午（乾隆十五年，1750）舉經學，有隨園集。」但未述及邊連寶
　　　　的生卒年。張行雲在《清人詩集敘錄》（張行雲著，北京：文化藝術
　　　　出版社，1994年8月出版）裡，對此曾加以考證，得出邊連寶生於
　　　　康熙三十八年（1699），卒於乾隆三十七年（1772），享年七十四歲
　　　　的結論。邊連寶工詩，友人戈濤稱「隨園詩以韓孟爲宗，七言歌行
　　　　兼有青蓮、玉川子。晚年深造自得，其剛果之氣，不能自沒於沖夷
　　　　淡寂中」；蔣士銓則説「隨園詩脱絕町畦，戛然獨造。嘗自言曰：『僕
　　　　如孫樵，天付窮骨』」；徐世昌評邊連寶詩「以冷峭爲主，以摹擬爲
　　　　戒」，諸説皆得隨園詩旨。邊連寶詩集，據《四庫全書總目提要》（清・
　　　　永瑢、紀昀主編，海口：海南出版社，1999年5月出版）卷一百八
　　　　十五〈集部三十八・別集類存目十二・隨園詩集〉條所載，有「《隨
　　　　園詩集》十卷《附錄》一卷」，當時的著錄狀況爲「是集前有乾隆丁
　　　　丑戈濤序。而第四卷以下題曰《病餘草》者，皆戊寅以後詩，蓋續
　　　　編而仍冠以原序也。附錄一卷，曰《禪家公案頌》，則其晚耽禪悦，
　　　　讀《指月錄》所作云」。張行雲《清人詩集敘錄》嘗對此進行考證，
　　　　以「《四庫存目》著錄《隨園詩集》十卷，禦史戈源家藏本。是編稱
　　　　草不稱集，凡八卷，首爲戈襄（筆者案：此應作濤，係張行雲之誤）、
　　　　蔣士銓序。」有清乾隆四十年的任丘邊家刻本《隨園詩草》八卷附
　　　　錄《禪宗公案頌》一卷傳世，現存南京圖書館，《四庫全書存目叢書・
　　　　集部二八〇》（四庫全書存目叢書編纂委員會編，濟南：齊魯書社，
　　　　1997年7月）有收是集，足備查考。《清史稿》的邊連寶事蹟，請
　　　　見該書頁13353；《清詩匯》引文請見該書頁1024；《四庫全書總目
　　　　提要》的記錄，詳見該書頁1010；《清人詩集敘錄》之説，詳見該
　　　　書頁919～920。

> 獻縣戈芥舟坳堂詩集，……顧其稿有任邱邊連寶一序，極
> 口詆斥神韻之非，甚至目漁洋爲神韻家。〔註10〕

可知邊連寶視漁洋爲「神韻家」的言論，出現在邊連寶爲戈濤《坳堂
詩集》所寫的序文裡。然而經筆者多方查考的結果，不僅未見戈濤該
集，甚至連邊連寶文集，亦無緣得見。不過所幸邊連寶的相關論點，
仍保存在其《隨園詩草》卷五〈贈李鑑塘表姪〉一詩內。邊連寶〈贈
李鑑塘表姪〉之詩，實可視爲其自述詩觀之詞，詩中有云：

> 讀書與窮理，踏寔用工夫。奈何嚴滄浪，談詩墮空虛。言
> 詮與理障，大聲而疾呼。作詩以言志，言詮那得除？以理
> 爲詩障，理眞受枉诬。本朝神韻家，寔拾彼唾餘。居然登
> 壇坫，玉帛走滕邾。歸存無定旨，痛癢不切膚。所謂風雅
> 者，如斯而已乎？我殊憤所切，誓欲墮其郭。位卑力屛薄，
> 莫能醒群愚。〔註11〕

引文裡邊連寶批判的對象有二，一是宋代的嚴羽（1192？～1243？），
另一則是「本朝神韻家」，即略早於邊連寶的王漁洋。先論邊連寶對
嚴羽的批判。邊連寶抨擊嚴羽，主要就《滄浪詩話》的〈詩辨〉而發，
批評焦點集中在二處：第一、有關嚴羽「詩有別材，非關書也」的論
點；第二、嚴羽認爲「詩有別趣，非關理也」，其「上者」爲「不涉
理路，不落言筌」〔註12〕的說法。先說第一點。在邊連寶看來，作詩
必須以「讀書」這等「實」工夫作爲基礎，脫離「實」工夫言詩，必
流於空虛一途。從這個觀點出發時，邊連寶認爲嚴羽詩說的最大問
題，正出在「詩有別材，非關書也」上。也就是說嚴羽這種論調，可
能引導後世詩家走向單言「別材」、「別趣」之途，而絕棄掉「讀書」
的基本功。在此感觸之下，邊連寶才發出「讀書與窮理，踏寔用工夫。
奈何嚴滄浪，談詩墮空虛」的批評與感嘆。邊連寶的類似論點，亦見

〔註10〕 同註1，頁152～153。
〔註11〕 見四庫全書存目叢書編纂委員會編，《四庫全書存目叢書·集部二八
　　　　○·隨園詩草》（濟南：齊魯書社，1997年7月），頁463。
〔註12〕 見宋嚴羽著，郭紹虞校釋，《滄浪詩話校釋》（臺北：里仁書局，1987
　　　　年4月出版），頁26。

諸於其他詩作，如卷四〈示廷徵〉之作說：

> 徵也腹枵然，時復出警句。所以嚴滄浪，言詩有別悟。又云非關學，此語乃大誤。人生具夙慧，譬之地敏樹。慧以植其根，學以勤灌注，恃慧而廢學，畢竟成蔫菸。〔註13〕

又卷七〈論詩〉一詩也以爲：

> 紛綸古籍腹中藏，百練千研化作霜。嬾向陳人拾剩唾，直從靈府發奇光。錢歸掌握都從貫，金入鑪錘那不祥。具得別才思廢學，蒼生誤盡笑滄浪。〔註14〕

邊連寶雖然認同嚴羽「詩有別材」的說法，但是他特別強調「別材」僅是詩的根苗，而非全部，在學詩的過程裡，想要進一步地自我成長，「學」或「讀書」是其中關揵。在〈示廷徵〉一詩裡，邊連寶運用很生動的比喻說明他的論點。學詩的過程，就像是樹木由幼苗長成巨木的過程，如果說「別材」或「別悟」是「夙慧」，是樹木根苗的話，那麼「讀書」就是灌溉根苗的用水。光依恃「夙慧」而輕忽「讀書」，就像是種植完根苗後，便撒手坐視不理根苗的生長。幼小的根苗未獲得灌溉與良好的呵護，自然會因缺乏水分而乾枯不振，是時即便根苗品種再優良，亦無補於已成「蔫菸」的事實。可知邊連寶以嚴羽「又云非關學，此語實大誤」，並責以「蒼生誤盡笑滄浪」，就是認爲嚴羽的問題出在「具得別才思廢學」上，包括「慧以植其根，學以勤灌注，恃慧而廢學，畢竟成蔫菸」之說，爭的也正是這一點。再說第二點，邊連寶對嚴羽所提出的「詩有別趣，非關理也」，詩歌該「不涉理路，不落言筌者，上也」的說法，顯然持全盤否定的態度，不像他對「詩有別材，非關書也」般地有批判亦有繼承。邊連寶批評嚴羽的「不涉理路」，是以「讀書與窮理，踏寔用工夫」作爲思考起點的，既然「窮理」是作詩的「寔」工夫，那詩與「理」之間的關係就不可能被斷裂。邊連寶認爲嚴羽說詩歌該「非關理

〔註13〕　同註11，頁437。
〔註14〕　同註11，頁500。

也」、「不涉理路」，是在詩歌與「理」間畫出一條界線，製造一種割裂。但就邊連寶看來，詩與「理」之間的這麼一條鴻溝，實際上是不存在的。既無此斷裂，那又何來「理」爲「詩障」之說？相反地，應該說「理」是詩歌的基礎才對。就這樣邊連寶平反了「理爲詩障」之說，提出「以理爲詩障，理眞受枉誣」的論點。此外，在批評詩之上者爲「不涉理路」的同時，邊連寶也對好詩該「不落言詮」的說法，提出質疑。邊連寶認爲「詩」的本質是「言志」，「作詩」就在於「言志」，而「詩」所以能「言志」，正建立在語言文字能傳達詩人之「志」這點之上。那麼當滄浪說「詩」之上者爲「不落言筌」，即「詩」不以語言文字作爲表達「志」的工具時，「詩」如何可能成立？假如「詩」如果連在基本的語言層面都不被確立，那詩人所言之「志」，將著根在何處？據此，連寶的結論是「作詩以言志，言詮那得除」，不具「言詮」的「詩」，沒有成立的可能。

接下來我們可以討論邊連寶對王漁洋的批判。在〈贈李鑑塘表姪〉一詩中，邊連寶直指漁洋繼承了嚴羽「談詩墮空虛」的言論，所以說「本朝神韻家，寔拾彼唾餘」。由於這個原因，邊連寶批評嚴羽的言論，同樣轉移到漁洋身上，批判邊連寶就等於是批判漁洋。我們甚至可以進一步詮釋說，這是邊連寶以指桑罵槐的方式，借批評嚴羽以抨擊漁洋。畢竟，邊連寶也承認了，他對當時風行於神州詩壇的「神韻說」，確實有所不滿。所謂「我殊憤所切，誓欲墮其邪。位卑力屢薄，莫能醒群愚」，即是此意。這或許是翁方綱說邊連寶「歸咎於嚴儀卿之言鏡花水月，涉於虛無，爲貽害於後學，此非罵嚴儀卿也，特舉以罵漁洋耳」的原因。關於這類的詩壇訴訟案件，可以暫時不去理會，我們應該先討論邊連寶視漁洋爲「神韻家」的背後意義。「神韻家」三字該作何解釋比較合宜？筆者認爲「神韻家」應該解釋爲「以神韻自名一家」，原因是從前後文來看，邊連寶認爲漁洋所以「登壇坫」，被視爲當代盟主，號令中州詩壇，係因標舉「神韻」而風靡天下之故，這就是「以神韻自名一家」。邊連寶說王漁洋在當代以「神韻」自名

一家，骨子裡其實還是嚴滄浪的「唾餘」，雖說是對漁洋無情的批評，但從另一個角度來看，不就是承認漁洋的「神韻」之說係本嚴羽而來，而將「神韻說」的提出歸之於漁洋？觀邊連寶這一論點，基本上已與翁方綱〈神韻論上〉的「司空圖、嚴羽之徒，乃標舉其概，而今新城王氏暢之，非後人之所詆，能言前古所未言也」之說，已經沒有什麼差別了。既如上所述，邊連寶在認爲漁洋的「神韻說」係前有所承的說，與翁方綱之說確實有所交集，但是爲何翁方綱會對邊連寶之說提出批評呢？筆者認爲，翁方綱的批評，與邊連寶認爲漁洋「神韻說」曾吸收嚴羽詩學觀念的論點無關，翁方綱批評的是邊連寶將漁洋歸類爲「神韻家」的論述。若依照翁方綱「神韻者，徹上徹下，無所不該」的基本觀點，「神韻」只是一「理」，誠如他在〈坳堂詩集序〉所說的：「神韻者，本極超詣之理，非可執跡求之。」〔註15〕此「理」既泛見於詩中而「無所不該」，既是詩歌的本質，也具有相當的普遍性，非執形跡者可求得，那又如何可能有人能執「神韻」而獨成一家呢？本此，翁方綱不能苟同邊連寶將漁洋歸爲「神韻家」的說法。

　　上述邊連寶與翁方綱認爲王漁洋的「神韻說」雖前有所承，但是標舉「神韻」論詩之說，卻仍須待漁洋提出的類似說法，可以導引我們去思考一個問題，那就是邊、翁二人的這類討論，於理論上有何依據？黃俊傑在〈思想史方法論的兩個側面〉文裡對「觀念史」（History of ideas）理論的討論，可以幫我們解決此一疑惑：

　　　　觀念史家皆有一共同假設：觀念之發展係一不停推進之辯
　　　　證歷程，因任何時代任何思想家思考問題時，必吸收前人
　　　　之思想，以前人之努力結果及問題範圍作爲思維之起點。
　　　　因此，觀念史家乃對思想拓展及改變中內在邏輯（inner
　　　　logic）之辯證發展特予注意。〔註16〕

依此而言，任何一個詩學觀念，都不可能是無中生有、憑空而起的。

〔註15〕同註1，頁154。
〔註16〕見黃俊傑編譯，《史學方法論叢》（臺北：台灣學生書局，1977年8
　　　　月出版），頁162。

其中必定存在著一個「歷時性」的演進過程——從詩學觀念的發生，到詩學觀念的轉型，乃至詩學觀念體系的建構完成與流行。〔註17〕據此我們有充分理由相信，作爲中國古代重要詩學之一的「神韻說」，實際上是一個「不停推進之辯證歷程」的完成，任何討論「神韻」的詩論家，多少都將「吸收前人之思想，以前人之努力結果及問題範圍作爲思維之起點」。

　　翁方綱以爲「神韻說」的觀念，一直固存在中國詩學傳統之中，但是在王漁洋之前，卻存在著一個古代詩論家「知而不言」的歷史階段，直待漁洋提出「神韻說」之際，「神韻」的相關觀念始被「明著」。觀漁洋這一「明著」的實質內容，其實包括了漁洋對「神韻說」內詩學觀念的整理，明確地標舉「神韻」這一詞論詩，並完整地建立了「神韻」詮釋體系三個方面。由今日可見到相關文獻看來，漁洋的「明著」「神韻」詩學觀念，不僅是翁方綱或邊連寶的個人看法，亦是當代多數人的共識。如漁洋同輩宗弟王掞（1645～1728）在〈誥授資政大夫經筵講官刑部尙書王公神道碑銘〉裡說：

　　蓋自來論詩者，或尙風格，或矜才調，或崇法律，而公則
　　獨標神韻。〔註18〕

〔註17〕此處諸語，係借用陳良運在其《中國詩學體系論》（陳良運著，北京：中國社會科學出版社，1998年9月第一版第二刷）中，對中國古代詩學歷時性過程的論述。陳良運認爲中國古代詩學的歷時性發展過程，可以劃分爲四個時期：一、詩學觀念發生與詩學建設初創期，此一階段主要發生在先秦到兩漢這段期間。二、詩學觀念轉型與詩學體系形成期，陳良運將此階段繫之於魏、晉、南北朝。三、詩學觀念體系建構完成與詩歌美學成熟期，該階段的時間是從隋唐到兩宋。四、詩歌文體理論與流派理論發展、繁盛期，這一階段歷經元、明、清三代，清末的王國維是古典詩學的最後一個大師。上述的相關說法，讀者可詳見於《中國詩學體系論》，頁2～14。筆者在此借用陳良運之語，意在說明中國古代的詩學觀念，均有一「歷時性」的演進過程，而此一演進過程是詩學觀念的「發生」——「轉型」——「體系建構的完成與流行」。

〔註18〕見清・王士禛撰，孫言誠點校，《王士禛年譜》（北京：中華書局，1992年1月出版），頁102。

而李元度在〈王文簡公事略〉中，亦持相同的意見：

　　當開國時，人皆厭明代王、李之膚廓，鍾、譚之纖仄，公
　　以大雅之材，起而振之，獨標神韻。〔註19〕

此外，漁洋後學張宗柟在《帶經堂詩話》的纂例中亦說：

　　山人……又嘗拈「神韻」二字示學者。〔註20〕

上引文裡，王、李、張三人均強調漁洋詩學的特色在「獨標神韻」、「拈神韻」。當我們從字面上來看「獨標神韻」或「拈神韻」時，似乎可如郭紹虞所解釋的，漁洋「標舉神韻」是「立一門庭」，以標「神韻」之說以自開一宗，「門庭一立，趨附者固然來了，而攻擊者也有一目標」。〔註21〕然而當我們交叉參照《帶經堂詩話》的記載時，可以發現，王、李、張三氏說漁洋的「獨標神韻」或「拈神韻」，事實上可能有另一種較深刻的解釋，並不只侷限於郭紹虞所說的：「標舉神韻即立一門庭」。

　　在《帶經堂詩話》卷三〈要旨類〉第四則裡有段記錄，王漁洋說：

　　汾陽孔文谷（天允）云：詩以達性，然須清遠爲尚。薛西
　　原論詩，獨取謝康樂、王摩詰、韋應物……總其妙在神韻
　　矣。「神韻」二字，予向論詩，首爲學人拈出，不知先見於
　　此。〔註22〕

在引文中，可以看出漁洋本來以「神韻二字」「首爲學人拈出」而甚爲自負，不料遠早於漁洋的明中葉詩人孔天胤（？），早已有「神韻」論詩之例，漁洋對此頗有「不知先見於此」的惆悵。其實早在漁洋之前，不單只有明代的孔天胤曾以「神韻」論詩，大約略早於孔天胤的薛蕙（1489～1541），及晚於孔天胤的明七子後學胡應麟（1551～1602）《詩藪》、鍾惺（1574～1624）、譚元春（1586～1647）的《詩歸》、

───────────────

〔註19〕同註18，頁121。
〔註20〕見清・王士禛著，清・張宗柟纂集，戴鴻森點校，《帶經堂詩話》（北京：人民文學出版社，1998年2月出版），頁1。
〔註21〕見郭紹虞著，《中國文學批評史》（臺北：藍燈文化事業股份有限公司，1992年9月出版），頁454。
〔註22〕同註20，頁73。

陸時雍（？）的《詩鏡》、王夫之（1619～1692）的《古詩評選》、《唐詩評選》、《明詩評選》等，都曾有以「神韻」論詩的記錄。〔註23〕如此看來，漁洋「拈出神韻二字」的價值，就在於以自覺的態度，對前賢之說加以印證，而使「神韻」的相關觀念日趨完備。如上所述，無論是依據理論層面的「觀念史」理論，或者是詩學現象面的翁方綱之說，我們都可以發現，漁洋確實是「神韻說」相關觀念的整理者與「神韻說」的完成者。綜上所述，無論是從漁洋詩論資料，或是由當代的研究成果來看，「神韻」之說確實存在著一個「歷時性」的演進過程。歷代的以「神韻」論詩，就像是一條綿密且修長的延展線，無論是薛蕙、孔天胤、胡應麟，乃至鍾惺、譚元春、陸時雍、王夫之等人，均是此一延展線上每個或大或小的座標。書寫這條長線，必須通過每個大大小小的不同座標，最後到達的終點、歷代「神韻」之說的結穴處，就是清代的漁洋「神韻說」。由是觀之，漁洋的「拈出神韻二字」，就顯得格外地有意義。漁洋「拈出神韻二字」背後的重大的意義，在於他將中國詩學裡固有的「神韻」相關觀念，加以整理並進行系統表述，並進一步用「神韻」這個詞統合言之，所以漁洋謂之「拈出」。筆者認爲，王掞、李元度及張宗柟，不約而同地論述漁洋之「獨標神韻」

〔註23〕鄔國平、王鎮遠合著的《中國文學批評通史——清代卷》（鄔國平、王鎮遠著，上海：上海古籍出版社，1996 年 12 月出版）書〈第五章清代前期的詩論‧二王士禎〉中，嘗言「『神韻』二字論詩並非肇自漁洋」，如胡應麟、王夫之，乃至漁洋自道的孔天胤等人，以「神韻」論詩的記載都早於王漁洋，此段詳述可參見該書頁 313。又張少康、劉三富合著的《中國文學理論批評發展史下冊》（張少康、劉三富著，北京：北京大學出版社，1997 年 5 月第一版第三刷）書〈第二十一章‧陽明心學和明代中後期的文藝新思潮‧第五節明代中後期的神韻說〉裡，有專節討論胡應麟與陸時雍的「神韻」之說，亦頗足參考，此處論述詳見該書頁 218～223。此外，蕭華榮在《中國詩學思想史》（蕭華榮著，上海：華東師範大學出版社，1996 年 4 月出版）的〈明代第六章擬議變化〉裡，提到胡應麟、陸時雍諸人，均嘗以「神韻」論詩，亦頗具參考價值。有關胡應麟的部分，詳見該書頁 269～271；有關陸時雍的部分，詳見該書頁 294～296。

或「拈神韻」，宜作如此理解。由這個角度理解時，不僅遠較郭紹虞從開宗立派角度，說「標舉神韻即立一門庭」，要來得深刻，而且更能呈顯出漁洋「拈出」「神韻二字」在詩學觀念史上的意義。

　　從研究詩學、美學觀念的角度來看，翁方綱在〈神韻論〉裡提出「詩以神韻爲心得之秘，此義非自漁洋始言之也，是乃自古詩家之要眇處，古人不言，而漁洋始明著之也」的論點，遠較其把「神韻」定位爲「徹上徹下，無所不該」，更發人省思。「神韻」之說既如前所述，被翁方綱及當時多數學人認爲是中國詩學傳統裡的本有之物，直待王漁洋整理前論，建立完整的理論體系，並以「神韻」一詞概括該觀念時，「神韻」的相關觀念才算被徹底地彰顯。然而我們不能不注意，在漁洋之前的「神韻」，確實經歷過一段古人「知而不言」的潛伏期，借用翁方綱的話來說，這段時期是「昔之人未有專舉神韻以言詩者」。在這個「前漁洋時期」〔註 24〕裡，「神韻」相關觀念的發展與演進，無疑令研究者好奇。如何在「前漁洋時期」這一漫長階段裡，透過相關詩學觀念的考掘，從而建立「神韻」的詩學譜系，不僅讓人興奮，也使人困惑，因爲這工作就像「考古學」，如何並且如何能從中國古代詩學的遺跡中，挖掘出「非可執跡求之」的「神韻」問題，是我們所要面對的挑戰。在此，我們不妨將漁洋所提出的「神韻說」，視爲一個「觀念叢」〔註 25〕，這個「觀念叢」，是由數個「詩學觀念」統合而成的。如前所述，漁洋既是「前漁洋時期」「神韻」相關觀念的

〔註24〕 此處筆者使用「前漁洋時期」此一詞彙，其所指是落向王漁洋「神韻說」未建立前，「神韻說」內相關觀念未被漁洋整合的漫長階段。如正文所述，漁洋是「神韻」相關觀念的整理者與「神韻說」的完成者，無論是「神韻」一詞，或是「神韻」理論，都是在漁洋手上得到徹底地彰顯。因此筆者認爲，以漁洋作爲劃分「神韻」詩學觀念史的座標，是一種較爲簡潔的處理方式。

〔註25〕 當然「神韻」這個「觀念叢」必須有一個「劃境」，不能像翁方綱所說的是「徹上徹下，無所不該」，要不將會造成「神韻」這個「觀念叢」的紊亂與駁雜。至於找出該「觀念叢」的「劃境」方法，筆者認爲可以透過歷時性的觀察與後設式的建構，雙管齊下的方式，較有可能達成。

整理者與「神韻」理論體系的完成者，並且明確地以「神韻」一詞概括「神韻」詩學理論。那麼我們可以說，漁洋係集「神韻」詩學觀念之大成，而其詩學「神韻說」〔註26〕的內涵，必然是由眾「前漁洋時期」的「神韻」相關觀念的交集〔註27〕。本此而論，當我們有志後設地建構「神韻」詩學譜系時，自然也必須以漁洋的「神韻說」作為觀察的基點，才有可能順利的延展出「神韻」的詩學譜系。

當我們從後設角度，以王漁洋「神韻說」作為基點，進行「神韻」詩學的譜系建構時，首先將面臨到的問題，就是作為一個觀念叢的漁洋「神韻說」，是由哪些詩學觀念所集合而成的？這裡基本上已涉及了對「神韻說」內容的描述問題。黃景進的〈王漁洋「神韻說」重探〉一文，在歸納、討論近世學者研究漁洋「神韻說」的成果後，總結式地提出以下看法：「漁洋所說神韻，其含義不只一種，而最基本的有兩種含義：一是傳神，即表現事物的深刻精神；一是指具有語言之外深遠的意味，而王漁洋所謂神韻較偏於後者含義。」〔註28〕此外，在該文裡，黃景進除了對「傳神」與「餘韻」之說，進行溯源與檢視的工作之外，並認為漁洋的「神韻說」是「詩論中的言外之意與畫論中的傳神思想與餘韻思想」的結合〔註29〕。根據黃景進的研究成果，我們可以這樣說，在作為一個詩學觀念叢的漁洋「神韻說」裡，「傳神」

〔註26〕 筆者認為，當討論「神韻」是否為漁洋詩論核心這問題時，不妨採取一種較客觀的分析方式，就是先將漁洋「神韻」的實質內容「放入括弧」，如「現象學」（Phenomenology）所強調的「暫時中止判斷」、「存而不論」，而先認識「神韻」一詞在漁洋詩論中的運用模式，以此作為出發點，討論「『神韻』在漁洋詩論中的地位」這一問題時，或許會有比較客觀的結論。

〔註27〕 當然在漁洋手中所完成的「神韻說」，必然經過其自身的淘洗煉鑄，而成為較純粹單一的觀念體系，但是當我們透過對「神韻」這一觀念叢作歷時性的俯視觀察，並與漁洋「神韻說」中的各個詩學觀念進行比較時，或者可以解析出屬於漁洋所創發的詩學觀念。

〔註28〕 見中山大學中文系編，《第一屆國際清代學術研討會論文集》（高雄：中山大學中文系，1993 年 11 月出版），頁 540。

〔註29〕 同註28，頁 560。

這一詩學觀念，指向「神韻」之「神」字，其淵源可溯至古代美學的「傳神思想」；而「言外之意」這一詩學觀念，則指向「神韻」的「韻」字，中國古代美學中的「餘韻思想」是其源頭。「傳神」與「言外之意」這兩組詩學觀念，是構成「神韻」這一觀念叢的兩支主要基柱。黃景進〈王漁洋「神韻說」重探〉一文，以「傳神思想」與「餘韻思想」重新詮釋漁洋「神韻說」，遠較單從「神」或「韻」角度論述「神韻說」者來得深刻且全面，這對於本文試圖釐清的「神韻說」內部詩學觀念的問題，有著相當程度的啓發。筆者在後文裡，將準黃景進的觀點作爲基本立場，將「傳神」與「言外之意」兩組詩學觀念，視爲漁洋「神韻說」的兩大基柱，並作爲筆者對「神韻說」內涵的輪廓式描述。〔註30〕接下來我們將要面對的問題，是漁洋「神韻說」內的詩學觀念，有哪些觀念是「前漁洋時期」固有的？以下筆者將透過對相關詩論家、詩學觀念的歷時性觀察，並交叉比對漁洋的詩論資料，以求逐步地釐清「神韻說」內的個別詩學觀念，並且後設地建構出「神韻」詩學譜系。

第二節　鍾嶸「直尋」之說的分析

在本文裡，筆者以鍾嶸《詩品》作爲討論並建構「神韻」詩學譜系的起點，其原因有三：第一、前文已論及，漁洋是「神韻」詩學觀念的集大成者，其「神韻說」的提出，是中國詩學裡的一大事因緣，因此我們把漁洋作爲後設建構「神韻」詩學譜系的基點。而筆者在檢索《帶經堂詩話》時發現，梁代的鍾嶸及其《詩品》，是漁洋以歷代詩論家、論詩著作爲對象的相關評論裡，生年最早、成書最先者。本此，我們把鍾嶸《詩品》作爲本文第一個討論的對象。第二、在漁洋

〔註30〕　雖然，筆者在此處說「傳神」與「言外之意」兩組詩學觀念，是構成「神韻說」這個大型觀念叢的兩大基柱，但並不意味筆者所認定漁洋「神韻說」，是單由「傳神」與「言外之意」兩組詩學觀念所構成的。

對《詩品》的相關述評裡，筆者發現漁洋「神韻說」當中的某些詩學觀念，與鍾嶸論詩頗多相通之處。這是從詩學觀念的考掘層面，筆者認爲須首先討論《詩品》的原因。第三、清代學者章學誠的《文史通義》卷五〈內篇五・詩話〉說：「詩話之源，本於鍾嶸《詩品》。」又說：「《詩品》之於論詩，視《文心雕龍》之於論文，皆專門名家，勒爲成書之初祖也。」〔註31〕《詩品》爲中國專家論詩之祖，《詩品》裡許多的詩學觀念，雖未必是由鍾嶸創發，但卻是經由其整理，首次被系統地表述出來，這是《詩品》在詩學學術史上的價值。就此而言，《詩品》在詩學學術史發展上，確實有著極大的影響力及相當重要的地位，頗多左右後世詩學觀念發展之處，因此筆者將《詩品》作爲討論「神韻」詩學譜系起點的第三個原因。

此處寫作的目的，在於析解出《詩品》有哪些詩學觀念，契合於王漁洋的「神韻說」，或者是《詩品》的哪些觀念，相當於「神韻說」裡的詩學觀念，所以在本節的討論裡，將以鍾嶸的《詩品》爲主，漁洋的相關詩論資料爲輔。在此處及後文的討論裡，筆者將採取這樣的討論方式：首先就《詩品》與《帶經堂詩話》內的相關資料，進行交叉比對的工作，擇選出鍾嶸、漁洋兩人詩論中的觀念交集點。其次，從二人的觀念交集點出發，討論鍾嶸該詩學觀念的原意。最後，討論漁洋對鍾嶸的詩學觀念，作何種的理解與詮釋，乃至如何將其詩學觀念，轉化爲「神韻說」內部的詩學觀念。

在《帶經堂詩話》卷二評駁類第一則內，有段這樣的記載：

> 余於古人論詩，最喜鍾嶸詩品、嚴羽詩話、徐禎卿談藝錄，
> 而不喜皇甫汸解頤新語、謝榛詩說。〔註32〕

在引文裡，王漁洋明白地表達對古人論詩著作的喜惡。筆者認爲經由漁洋評論歷代詩論家、詩話的相關資料，對比參照眾詩話的主旨，實

〔註31〕 見清・章學誠撰，葉瑛校注，《文史通義》（台北：漢京文化事業有限公司，1986 年 9 月出版），頁 559。

〔註32〕 同註20，頁 58。

可以整理出漁洋對眾詩話的態度，以及爲何對該詩話採取某種態度的原因，並可由此建立出一條以漁洋「神韻說」爲終點的詩學接受脈絡。〔註33〕通觀漁洋詩論資料我們可以發現，漁洋有時雖然會像上引文般，表明對鍾嶸《詩品》一書的喜愛，但是他對《詩品》某些論點的不滿言論，也時有所見的出現在相關資料當中。觀《帶經堂詩話》卷二〈評駁類〉第一則說：

> 鍾嶸詩品，余少時深喜之，今始知其踳謬不少。嶸以三品銓敍作者，自譬諸九品論人，七略裁士。乃以劉楨與陳思並稱，以爲「文章之聖」。夫楨之視植，豈但斥鴳之與鵬鯤耶？又置孟德下品，而禎與王粲反居上品。他如上品之陸機、潘嶽，宜在中品；中品之劉琨、郭璞、陶潛、鮑照、謝朓、江淹，下品之魏武，宜在上品；下品之徐幹、謝莊、王融、帛道猷、湯惠休宜在中品。而位置顚錯，黑白淆訛，千秋定論；謂之何哉？〔註34〕

如《四庫全書總目提要》所說，《詩品》一書之旨在「第作者之甲乙，而溯厥師承」〔註35〕。然而自《詩品》成書於梁朝以後，後代詩論家因爲個別理解上的差異〔註36〕，造成《詩品》在後世接受度上的落差，這種落差，表現在對《詩品》的評價上。如曹旭所說的，「對《詩品》的批評，主要集中在兩方面：一是『源出』問題，二是『品第』問題」

〔註33〕 受限於本文主題與篇幅，筆者在此僅先就漁洋喜愛鍾嶸《詩品》之因稍作討論，其他詩話將分別在後文中另有論述。

〔註34〕 同註20，頁58。

〔註35〕 見清·永瑢、紀昀主編，《四庫全書總目提要》（海口：海南出版社，1999年5月出版），頁1067。

〔註36〕 這種理解上的差異，大致又可分爲兩方面。第一、是發生在《詩品》本身，也就是後世不同詩論家，站在不同立場，對《詩品》一書有不同的理解；第二、是發生在《詩品》所批評的對象上，這裡的批評對象又可分作兩類，第一類的對象是指詩人，第二類的對象則是指作品，不同的詩論家對相同詩人或作品，一定會有不同的理解，即所謂「仁者見仁，智者見智」。這兩種理解上的差異，都可能影響詩論家對《詩品》的評價。

〔註37〕。漁洋不滿《詩品》的「位置顚錯，黑白淆訛」，這就屬於「品第」認知的問題。雖然鍾嶸已特別聲明「至斯三品升降，差非定制，方身變裁，請寄知者爾」〔註38〕，這是自己的觀點，並非是一成不變，關於一百二十三位被品者的品第上下，還有著極大的轉圜與討論空間。筆者以爲，漁洋的「上品之陸機、潘岳，宜在中品」云云，與其說是辨正鍾嶸的論點，不如說是經由這種論點上的辨正，漁洋藉以展開對眾詩人的實際批評。明代詩家王世貞（1526～1590）對《詩品》亦作過類似的批評，在《藝苑卮言》卷三裡，王世貞就以爲「邁凱昉約濫居中品。至魏文不列乎上，曹公屈第乎下，尤爲不公，少損連城之價」〔註39〕。實際上我們可以說，王世貞或漁洋對《詩品》的批評，是各有一套標準的，因爲在其批評《詩品》分品時，已各先有成見滲入其中。因此我們可以說，漁洋自道的深喜《詩品》之語，並不代表對鍾嶸說法的照單全收，以上面論述爲例，我們可以知道，漁洋對鍾嶸詩論的接受，其實是有所取捨的。那我們不禁要追問，漁洋詩論的哪些部分是取自於鍾嶸詩論的？同時，又與其「神韻說」有何關連？

在丁福保所編的《清詩話》裡，曾收錄一部劉大勤與王漁洋討論詩歌問題的記錄，題名爲《師友詩傳續錄》，該書第二十四則記說：

問：「鍾嶸詩品云：『吟詠性情，何貴用事？』白樂天則謂文字須雕藻兩三字文采，不得全直致，恐傷鄙樸。二說孰是？」
答：「鍾嶸所舉古詩，如『高臺多悲風』、『明月照積雪』、『清晨登隴首』，皆書即目，羌無故實，而妙絕千古。」〔註40〕

此處的問者爲劉大勤，答者爲漁洋，劉大勤請漁洋發表對鍾嶸與白居易詩論的看法，這給了我們一條理出漁洋「神韻說」裡詩學觀念的線索。

〔註37〕 見梁・鍾嶸著，曹旭注，《詩品集注》（上海：上海古籍出版社，1996年8月第一版第二刷），頁33。
〔註38〕 同註37，頁192。
〔註39〕 見丁福保輯，《歷代詩話續編・藝苑卮言》（北京：中華書局，1997年3月第一版第三刷），頁1001。
〔註40〕 見清・王夫之等撰，《清詩話・師友詩傳續錄》（上海：上海古籍出版社，1999年6月出版），頁158。

關於白居易的問題可以先不理會，在引文裡漁洋對於鍾嶸「吟詠性情」
與「皆書即目」之說，都表示肯定，特別是對後者推崇至極。讓我們先
還原出劉大勤、漁洋所討論的《詩品》原文，鍾嶸是這樣說的：

> 夫屬詞比事，乃爲通談，若乃經國文符，應資博古；撰德
> 駁奏，宜窮往烈。至乎吟詠情性，亦何貴於用事？「思君
> 如流水」，既是即目；「高臺多悲風」，亦唯所見；「清晨登
> 隴首」，羌無故實；「明月照積雪」，詎出經史？觀古今勝語，
> 多非補假，皆由直尋。〔註41〕

鍾嶸寫作《詩品》時，試圖透過不同文體間的比較，以進一步處理詩
歌的本體論問題。鍾嶸認爲，如詔書、策令之類的「文符」，因爲與治
國大業有關，被賦予經緯政治的沈重責任，因此寫作時有必要借助古
事、古史記載，以典雅、沈穩的語言與事典，加強發表、頒佈時的份
量，以俾取信於民，進一步成就不朽盛事，這是「經國文符」在實際
面的需要，是不可避免的。至於頌、銘、章、奏這類用來頌功稱德、
進陳政事的文體，爲了具備公信力，贏取讀者的信任，所以運用追述
古人功業、陳敘前代遺政的方式，所說之詞的可信度，亦是無可厚非
之舉。可見「經國文符」與「撰德駁奏」這兩類文體，在某種程度上，
具有相當高的同質性，但是詩歌的性質卻遠不同於前者。如果說「經
國文符」這類文體的基本指向，是落在外部的大社會、大環境，「實用
性」重於一切的話；那麼詩歌無疑是「抒情性」的文體，它指向詩人
自身，內在於人的情志、心靈、小宇宙，才是它關切的重心。所以在
鍾嶸看來，「吟詠情性」正是詩歌所以異於其他文體的特質，「情性」，
就是他在本體論上給予詩歌的規定。觀鍾嶸在《詩品》序文之初就說：

> 氣之動物，物之感人，故搖蕩性情，形諸舞詠。照燭三才，
> 暉麗萬有。靈祇待之以致饗，幽微藉之以昭告。動天地，
> 感鬼神，莫近於詩。〔註42〕

詩歌既在本體論上，被鍾嶸規定爲「情性」，所以在作用上，詩歌在

〔註41〕同註37，頁174。
〔註42〕同註37，頁1。

於「吟詠情性」、「感蕩心靈」、「非陳詩何以展其義，非長歌何以騁其情」〔註43〕。很自然地，鍾嶸走向了覓求「自然英旨」、反對用「句無虛語，語無虛字」〔註44〕的道路，畢竟使用典故入詩的寫作方式，不是能眞切表達出情感的好方法。王叔岷《鍾嶸詩品箋證稿》對此曾有一段精闢的論述：

> 夫詩緣情而發，直寫衷懷，若詳故實，則略性情。雖文繁理富，其喜怒哀樂，亦難以逼眞矣。〔註45〕

的確，如引文所說的，詩歌最重視「緣情而發」的感興，因此當詩人過度將目光放在「故實」的運用上時，詩歌「吟詠情性」、「搖蕩性情」的特質，反而容易遭到埋沒。既然「用事」的創作方式，並不適合於詩歌的寫作，那麼是否可以透過對歷代詩歌創作活動的尋繹，從中歸納出一個典範模式？就此，鍾嶸提出了「直尋」的說法。

所謂的「直尋」，從字面上可解釋爲「直書即目所見」〔註46〕，但只是了解這層字面上的意思，對於我們討論「直尋」的內容，並沒有很大的幫助。這時前引鍾嶸用以說明「古今勝語，多非補假，皆由直尋」的詩例，就成了我們體會、參悟「直尋」內容的重要關鍵。考「思君如流水」之句，出自於東漢詩人徐幹的〈室思詩〉之三，該詩全文是：

> 浮雲何洋洋，願因通我辭。飄飄不可寄，徒倚徒相思。人離皆復會，君獨無反期。自君之出矣，明鏡暗不治。思君如流水，何有窮已時。〔註47〕

〈室思詩〉屬於組詩，共有六首，是徐幹採代言體寫作的思婦之詞，內容是寫思婦對離家夫婿的思念。該詩從思婦對浮雲的幻想開始，詩

〔註43〕 同註37，頁47。

〔註44〕 同註37，頁181。

〔註45〕 見王叔岷撰，《鍾嶸詩品箋證稿》（台北：中央研究院中國文哲研究所，1992年3月出版），頁95。

〔註46〕 同註37，頁175。

〔註47〕 見逯欽立輯校，《先秦漢魏晉南北朝詩》（北京：中華書局，1998年5月第一版第三刷），頁377。

的開頭她望著天空，幻想將思念的訊息託付給浮雲，傳達到遠方丈夫的手中，但是因爲浮雲本身也是飄忽不定，實在不堪被交付重任，所以思婦希望還是落空，原本的相思變成了哀怨，情感也隨之低沈起來。沈重的情感，引導思婦從悲觀的角度思考人生，眾人的生離，總究有相聚，但是「君獨無反期」，唯獨思婦和丈夫沒有重會之時，透過我與眾人在差別境遇上的強烈對比，思婦的情緒，進而轉入比哀怨更深一層的悲痛。回顧丈夫離家到今的這段日子，本該是清明潔亮的銅鏡，卻一直是「暗不治」的停用狀態，俗語說「女爲悅己者容」，丈夫遠行後的思婦，如何有心治妝？當鏡子成爲可有可無之物時，整拭也成了多餘的動作，「明鏡暗不治」就是從側面反映出思婦意興闌珊的心緒。最後的兩句「思君如流水，何有窮已時」，比喻了綿綿的流水是永遠不會停息的，就像是思婦對夫君的思念，將永無止境延續下去，沒有窮盡之時。鍾嶸說「『思君如流水』，既是即目」，就是稱譽徐幹〔註48〕的「思君如流水」一語，有直寫眼前景之功。當我們針對「思君如流水」一語作分析時，可以發現「思君如流水」之妙，不只是修辭層面上的「以水流比喻思婦愁思」之妙，更爲人激賞的是該語背後豐富的美學意涵。思婦感念夫婿的心情，本來是內在無形、無可捉摸的，但卻因一時與外界的流水瞬間相觸而興生感發，作爲景物的流水與思婦內在的情意進行交融，抽象的情意，藉著具體的流水得到彰顯和延展，同時，流水也被思婦所「情意化」，原本是沒有生命的流水，也因爲思婦的思念而被賦予生命。這中間有一個「心」、「物」交感的理論基礎，就是鍾嶸在《詩品》序提到的「氣之動物，物之感人」的「物感」說〔註

〔註48〕由於〈室思詩〉六首均爲代言體，係徐幹以思婦的口吻寫思婦的心情，所以就作品的內部視角來說，作者可以是〈室思詩〉裡的「思婦」；而從作品外部視角作觀察，作者雖是徐幹，但卻已是「思婦化的徐幹」。作品內的「思婦」與作品外「思婦化的徐幹」，其實是「一體兩面」的說法，鍾嶸說「思君如流水，既是即目」，係就此「一體」而言。爲方便論述，筆者本文論述將以「徐幹」概總此「一體」。

〔註49〕在古代文學理論的研究工作裡，鍾嶸的「物感」說是一個很重要的課題。例如「心」與「物」的交感如何可能成立？如果可以成立的

49〕，此正如王叔岷所說，「詩之產生」就是「由於物感」〔註50〕。

其他被鍾嶸認定爲經由「直尋」而來的詩句，均具有濃厚的「物感」色彩。「建安之傑」曹植的「高台多悲風」之語，見於其〈雜詩七首〉之一：

> 高台多悲風，朝日照北林。之子在萬里，江湖迴且深。方舟安可極，離思故難任。孤鴻飛南游，過庭長哀吟。翹思慕遠人，願欲托遺音。形影忽不見，翩翩傷我心。〔註51〕

《文選》五臣注說曹植寫作這組詩的主旨，在於「託喻傷政急，朋友道絕，賢人爲人竊勢。別京已後，在鄄城思鄉而作」〔註52〕，這在某種程度上確實說明了曹植寫這組詩時的心態與處境。鍾嶸評「『高台多悲風』，亦唯所見」，是說「高台多悲風」除了和「思君如流水」一樣，都是直寫眼前景，不使典用事、不補假外，也同樣是「心」、「物」交感後所呈現的結果。高處本來就不勝寒，登高樓自然遇大風，所以「高台」的「多風」，是無庸置疑的，但是何以曹植用「悲」形容「風」呢？這就頗值得玩味。蓋風本是尋常的自然現象，是無情、無生命的，但是懷著悲傷情緒的曹植，因爲登高樓遇疾風，本有的情思被自然界的風所引動，從而進入「物感」活動裡。原本是中性的風，被憂傷的曹植投射以哀傷的顏色，而曹植悲傷的情緒，亦伴隨大風的吹襲而瀰漫於天地之間，整個「物感」活動的完成，集聚於「高台多悲風」一句之中。由此可見，當作者現時的情意與現象界的物色，當下地發生交流感應，從而落實爲語言文字時，所謂的「既是即目」、「亦惟所見」，

話，「心」「物」間將採取何種方式溝通？「物感」活動可能有幾種型態？當「物感」活動進行時，詩論家對此活動的內容，如何的進行描述？「物感」說對後世創作或批評產生何種程度的影響？……等等，都有很大的討論空間。由於「物感」說衍生的問題頗爲龐大，且與本文主題無直接關連，筆者對此暫時擱置，待日後有機會再行探討。

〔註50〕同註45，頁48。

〔註51〕同註47，頁456。

〔註52〕見梁・蕭統編，唐・李善注，《文選》（台北：五南圖書出版公司，1998年12月第一版第三刷），頁752。

與其說是作者對實景的客觀描繪，倒不如說是作者所描寫的物色，已是融入自身情思的物色，帶有極強烈的主觀色彩。不僅「思君如流水」、「高台多悲風」如此，張華的「清晨登隴首」、謝靈運的「明月照積雪」亦是如此，這也是王國維《人間詞話》強調「一切景語皆情語也」﹝註53﹞的重要原因。

　　在上文對「思君如流水」和「高台多悲風」二詩的討論裡我們可以發現，當「物感」活動進行時，有兩個必要條件：第一是「作者本身的情意」，第二則是「外在的物色」。所以當鍾嶸論述「氣之動物，物之感人，故搖蕩性情，形諸舞詠」時，其實早已把「作者本身的情意」和「外在的物色」兩個條件，都納入「物感」活動的內部。然而「物感」活動的進行，單憑上述兩個條件，其實是不夠的，因爲畢竟「情思」在我，而「物色」在外，二者之間不必也不需具備必然的連結關係，兩個完全孤立的條件，沒有相互作用下，是不可能形成創作活動的。這時，「直尋」的重要性就被突顯出來了，因爲它是連結「作者本身的情思」與「外在的物色」兩者的必要條件，是使其相互作用進而啓動「物感」活動的動力。那麼「直尋」的內涵爲何物呢？筆者基本上同意童慶炳將「直尋」規定爲「藝術直覺」的說法：

　　所謂「直尋」就是直書眼前所見，而不用經史典故來拼湊、
　　比附。當然，「直尋」並非只求景物的外貌的逼眞，同時也求
　　內在意蘊、神采的透視，這一點從鍾嶸所舉這些情景交融、
　　形神兼備的詩句中可以體會得到。這就說明鍾嶸所強調的「直
　　尋」，也就是不經邏輯推理、知識拼湊的藝術直覺。﹝註54﹞

簡言之，「藝術直覺」是種心靈能力，它出現在藝術領域內，可以瞬間捕捉完整藝術形相，且具有全面整合此一藝術形相的功能。關於此一「藝術直覺」的特色，童慶炳從心理詩學的角度分析說：

﹝註53﹞ 見王國維著，滕咸惠校注，《人間詞話新注》（台北：里仁書局，1994
　　　　年 11 月第一版第三刷），頁 70。
﹝註54﹞ 見童慶炳著，《中國古代心理詩學與美學》（北京：中華書局，1997
　　　　年 10 月第一版第二刷），頁 73。

> 從心理過程看，藝術直覺意味著詩人獲得一種神奇的透視
> 力，即把感知與領悟、觀察與體驗、目睹與心擊、觀看與
> 發見等在瞬間同時實現。〔註55〕

可見「藝術直覺」，存在於詩人本身，是創作主體所擁有的。不僅「物感」活動的發動，需要「藝術直覺」，甚至連結「作者本身的情意」與「外在的物色」，也需借助「藝術直覺」。在整個「物感」活動裡，「藝術直覺」始終站在創作主體面，也就是說，詩人才是進行「物感」活動的主體，物色僅僅只是「物感」活動的對象而已。

觀北宋詩論家葉夢得（1077～1148）《石林詩話》卷中云：

> 「池塘生春草，園柳變鳴禽」，世多不解此語爲工，蓋欲以
> 奇求之耳。此語之工，正在無所用意，猝然與景相遇，借
> 以成章，不假繩削，故非常情所能到。詩家妙處，當須以
> 此爲根本，而思苦言難者，往往不悟。鍾嶸詩品論之最詳，
> 其略云：「『思君如流水』，既是即目，『高臺多悲風』，亦惟
> 所見，『清晨登隴首』，羌無故實，『明月照積雪』，非出經
> 史。觀古今勝語，多非補假，皆由直尋。……」余每愛此
> 言簡切，明白亦曉，但觀者未嘗留意耳。〔註56〕

葉夢得顯然認爲「池塘生春草」之句，與「思君如流水」、「高台多悲風」等詩句一樣，同具「直尋」之妙。考「池塘生春草，園柳變鳴禽」是謝靈運〈登池上樓〉一詩的名句，鍾嶸曾經引用《謝氏家錄》一書，記敘靈運得此佳句的經過：

> 《謝氏家錄》云：「康樂每對惠連，輒得佳語。後在永嘉西
> 堂，思詩竟日不就，寤寐間，忽見惠連，即成『池塘生春
> 草。』故常云：『此語有神助，非吾語也。』」〔註57〕

這段記載屬稗官野史之說，尚有查考空間，但其中的兩處論述，頗發人深思：第一、謝靈運寫詩苦思終日不就，於半夢半醒間見謝惠連，

〔註55〕 同註54，頁70～71。

〔註56〕 見清·何文煥輯，《歷代詩話·石林詩話》（台北：漢京文化事業有限公司，1983年1月出版），頁426。

〔註57〕 同註37，頁284。

竟成就該句。該記述雖看似玄奧，但是當我們從創作心理層面進行剖
析時，所謂的「忽見謝惠連」之說，其實可視爲是「藝術直覺」的瞬
間降臨，「忽」一字，點出了「藝術直覺」飄忽不定的特點。第二、
謝靈運雖對人說，「池塘生春草」一語「有神助，非吾語也」，但從語
氣上看，顯然謝靈運對此語頗引以爲傲。我們可以這樣說，「池塘生
春草」這個中國詩學上的典範，不僅通過了詩論家們的認定，同時，
它也經過作者謝靈運本人的印證。王叔岷曾對「池塘生春草」句之妙，
有過一番說解，頗值得我們參考：

> 登池上樓詩，乃靈運病中所作，所謂「臥痾對空床。」抱
> 病而「褰開暫窺臨。」忽得「池塘生春草」句，病中人睹
> 此春草生機，無怪靈運欣喜而謂「此語如有神助」。〔註58〕

可見的「池塘生春草」之工，在於謝靈運的情思，經由「藝術直覺」
的溝通，「猝然」與物色相遇，這和「思君如流水」等句一樣，都是
「直尋」所得，天然自成而不待繩削。本此，葉夢得才會標舉「池塘
生春草」之句，以爲其能得詩家根本妙處。

第三節　論王漁洋對鍾嶸詩論的理解與實踐

讓我們回到前面《師友詩傳續錄》裡面的對話，王漁洋曾引述的
「皆書即目」，相當於我們上文討論的「直尋」之說。漁洋非常同意
鍾嶸的論點與例證，「思君如流水」、「高台多悲風」等語所以「妙絕
千古」，在於詩人寫作時，只是純粹依靠「藝術直覺」的作用，而不
須翻搜經史堆內的陳典故實。漁洋強調「藝術直覺」的觀念，我們還
可以在漁洋詩論資料中找到類似例證，如《帶經堂詩話》卷三〈佇興
類〉第一則說：

> 蕭子顯云：「登高極目，臨水送歸；蚤雁初鶯，花開葉落。
> 有來斯應，每不能已；須其自來，不以力搆。」王士源序
> 孟浩然詩云：「每有製作，佇興而就。」余生平服膺此言，

〔註58〕同註45，頁280。

故未嘗爲人強作，亦不耐和韻詩也。〔註59〕

在上引文裡，漁洋旨在揭示出「藝術直覺」的特質。漁洋所引述的梁代詩論家蕭子顯（487～535）之語看似完整，但是實際上在蕭子顯的〈自序〉一文裡，這是分開的兩段論述：

> 若乃登高目極，臨水送歸，風動春朝，月明秋夜，早雁初
> 鶯，開花落葉，有來斯應，每不能已。
>
> 每有製作，特寡思功，須其自來，不以力構。〔註60〕

蕭子顯的「若乃登高極目，……有來斯應，每不能已」之說，正是在「強調自然景物的感召能引起強烈的創作衝動」〔註61〕，基本上已約略觸及前述的「心」、「物」交感問題，與劉勰（466？～537？）《文心雕龍·物色第四十六》的「春秋代序，陰陽慘舒；物色之動，心亦搖焉」〔註62〕，及鍾嶸的「氣之動物，物之感人，故搖蕩性情，形諸舞詠」之說，頗有相通之處。至於「每有製作，……不以力構」，則是蕭子顯重在說明創作時，作者要減少苦思的心理活動，而以從容的心態，等待「藝術直覺」的來臨。本此，蕭子顯給詩人的忠告是「須其自來，不以力構」。漁洋將這兩段彼此相關但屬不同性質的記載，合成一段作論述，意在說明外在的物色所以能動人，與詩人本身的「藝術直覺」起動有關，而「藝術直覺」的特性，就在於「須其自來，不以力構」。由於「藝術直覺」的特性在於「突發」、「須其自來」，相對地，詩人所能把握的「藝術直覺」，也只存在於「藝術直覺」發生、爆發的那個時間點，對這個點的追尋，並非「力構」可成，就此，唐代的王士源又稱之爲「佇興」。

王漁洋顯然對「藝術直覺」的發生狀態深有體驗，所以他曾贊

〔註59〕 同註20，頁67。

〔註60〕 見穆克宏、郭丹編著，《魏晉南北朝文論全編》（南京：江蘇教育出版社，1996年12月出版），頁473。

〔註61〕 見王運熙、楊明著，《中國文學批評史——魏晉南北朝卷》（上海：上海古籍出版社，1996年12月出版），頁319。

〔註62〕 見梁·劉勰著·詹瑛義證，《文心雕龍義證》（上海：上海古籍出版社，1999年12月第一版第三刷），頁1728。

同明代詩學名家徐禎卿（1479～1511）《談藝錄》「朦朧萌拆，情之來也。明儁清圓，詞之藻也」的說法，而以爲「四語亦妙」。〔註63〕如前所述，「藝術直覺」具有突如其來、不可力就的特性，因爲是突如其來的，所以在這當下透過「藝術直覺」觀照創作對象所把握到的情意，尚是一種不鮮明的模糊狀態。這時詩人該儘速把握當下，從而化「情」爲「詩」，情意經過詩性語言的表達後，也將會鮮明生動起來。我們可以發現，徐禎卿的這段話，將創作活動劃分爲兩個階段：第一個階段是「朦朧萌拆，情之來也」，剛開始「藝術直覺」降臨，詩人經由「藝術直覺」把握到創作對象的情意，此時創作對象已是詩人內心之物，同時也因爲這不是一個具象的存在，因此顯得模糊而不具體。第二個階段是「明儁清圓，詞之藻也」，進入這個階段時，作者透過「藝術直覺」所把握到的情意，已落實爲具體的語言文字，整個創作活動到此完成並且達到終點。漁洋深深知道「藝術直覺」或「佇興」具有突發性、不能力構的特性，所以特別聲明生平最不願替人作詩，也不願與人和韻，因爲這都違背了「藝術直覺」或「佇興而就」的特性。原因是在漁洋看來，和韻、應酬之作，都十足悖離了詩歌主「藝術直覺」的基本特點，即使偶有所得，亦不是佳構。

　　另外，在《帶經堂詩話》卷三〈入神類〉第一則裡，漁洋以爲：
　　宋景文云：左太沖「振衣千仞崗，濯足萬里流」，不減嵇叔

〔註63〕同註20，頁72。該語見於《帶經堂詩話》（清・王士禛著，清・張宗柟纂集，戴鴻森點校，北京：人民文學出版社，1998年2月出版）卷三〈要旨類〉第三則，原文作「弇州云：『朦朧萌拆，情之來也。明儁清圓，詞之藻也。』四語亦妙。」蓋王漁洋誤植爲王世貞所說，實則是語出自徐禎卿《談藝錄》第七則，原文爲「朦朧萌坼，情之來也；汪洋漫衍，情之沛也；連翩絡屬，情之一也；馳軼步驟，氣之達也；簡練揣摩，思之約也；頡頏累貫，韻之齊也；混沌貞粹，質之檢也；明儁清圓，詞之藻也。」漁洋的記錄請見《帶經堂詩話》，頁72；徐禎卿原文，詳見《歷代詩話・談藝錄》（清・何文煥輯，台北：漢京文化事業有限公司，1983年1月出版），頁767。

夜「手揮五弦，目送飛鴻」。愚案：左語豪矣，然他人可到；
嵇語妙在象外。六朝人詩，如「池塘生春草」、「清暉能娛
人」，及謝朓、何遜佳句多此類，讀者當以神會，庶幾遇之。
〔註64〕

相較於前引文裡漁洋對「藝術直覺」特性的著墨，此處引文的重點在
於漁洋對「藝術直覺」作用的說明。宋代學者宋祁在其《宋景文筆記》
裡，對西晉詩人左思〈詠史詩八首〉之五的「振衣千仞崗，濯足萬里
流」，與魏晉名士嵇康〈四言贈兄秀才入軍詩〉的第十四章「目送歸
鴻，手揮五絃」，給予平分秋色的評價。不過漁洋顯然持另外一種看
法，他認爲嵇康的詩句勝於左思。漁洋說左思「振衣千仞崗，濯足萬
里流」的詩句，固然展現了他豪雄的氣魄，但是一般詩人要寫出這類
的詩句，並不是件很困難的事。相反地，嵇康的「目送歸鴻，手揮五
絃」有「妙在象外」的特點，這就不是一般凡俗詩者所能輕易達到的。
觀左思〈詠史詩八首〉之五全詩作：

皓天舒白日，靈景耀神州。列宅紫宮裏，飛宇若雲浮。峨
峨高門內，藹藹皆王侯。自非攀龍客，何爲欻來游。披褐
出閶闔，高步追許由。振衣千仞崗，濯足萬里流。〔註65〕

在整首詩裡，左思表現出其對王公貴族、朱門嬌客，乃至整個門閥
制度的鄙視，以及企圖超脫紅塵俗世、歸隱山林的高潔志趣。所謂
的「振衣千仞崗，濯足萬里流」二語，其實是左思「披褐出閶闔，
高步追許由」，想像隱居生活的瀟灑之詞。左思借著想像自己在千仞
高峰上，抖盡沾在衣服上的灰塵，在萬里大河裡，洗淨腳板的污穢，
說明他想清除沾留身心的世俗塵埃，拋棄世間的榮華，過平靜的隱
居生活。觀王世貞《藝苑卮言》卷三說：「『振衣千仞崗，濯足萬里
流。』是出世語。每諷太沖詩，便飄飄欲仙。」〔註66〕胡應麟《詩
藪·外編》卷二則說：「太沖以氣勝者，『振衣千仞崗，濯足萬里流』，

〔註64〕 同註20，頁69。
〔註65〕 同註47，頁733。
〔註66〕 同註39，頁991。

至矣。」〔註67〕清代詩論家沈德潛（1673～1769）的《古詩源》卷
二，亦評之爲「俯視千古」〔註68〕。可見「振衣千仞崗」句，確實
是以氣勢上的高亢、豪雄取勝。

至於嵇康「目送歸鴻，手揮五絃」，在風格情調上則明顯有別於
左思的「振衣千仞崗，濯足萬里流」。嵇康〈四言贈兄秀才入軍詩〉
全詩十八章，其中第十四章爲：

> 息徒蘭圃，秣馬華山。流磻平皋，垂綸長川。目送歸鴻，
> 手揮五絃。俯仰自得，游心太玄。嘉彼釣叟，得魚忘筌。
> 郢人逝矣，誰與盡言。〔註69〕

這一章是嵇康想像其兄嵇喜在從軍途中，悠閒地歇息於名山勝水之間
的景象。嵇康藉描繪此一想像，表現出他對自然之美的嚮往，及企圖
超越凡俗的期盼。在「目送歸鴻，手揮五絃」兩句裡，嵇康寫的是詩
中人嵇喜在同一個時間內，所進行的兩種不同動作。葉嘉瑩在《漢魏
六朝詩講錄》裡，對這兩句詩有很精采的闡釋：

> 他（嵇康）說是「手揮五弦」，如果你說「手彈五弦」當然
> 也不是不可以，可是「彈」字比較有心，比較用意，而「揮」
> 卻顯得隨心所欲，自然無跡，你隨便一揮手，那琴曲就被
> 彈了出來，而且當他「手揮五弦」的時候，眼睛竟沒在琴
> 上，而是在「目送歸鴻」。……眼神目光隨著那個歸鴻越飛
> 越高遠，覺得那飛鴻一定是有一個高遠無上的方向或目
> 的，你的心靈精神也會隨著它升入到一種高遠美妙的境界
> 中去。當你「目送歸鴻」的時候，你無意之中就把你此時
> 目送歸鴻的精神活動和心靈境界「手揮五弦」地彈了出來，
> 你看這是多麼妙的一種事情。〔註70〕

〔註67〕 見吳文治主編，《明詩話全編第五冊・胡應麟詩話・詩藪》（南京：
江蘇古籍出版社，1997 年 12 月出版），頁 5557。
〔註68〕 見清・沈德潛撰，清・王純父箋注，《古詩源箋注》（台北：華正書
局，1996 年 8 月出版），頁 189。
〔註69〕 同註 47，頁 483。
〔註70〕 見葉嘉瑩著，《漢魏六朝詩講錄》（石家莊：河北教育出版社，1997
年 7 月出版），頁 360～361。

「嵇語妙在象外」，在於詩中人瀟灑的彈琴，然而目光並不落在五弦之上，反而是投向遠方的歸鴻，以之作爲執象而離象的起點。在詩中人充分揮灑五弦琴的同時，他的目光也隨歸鴻飛入遠方的渺渺長雲裡，彈琴的人因爲目光隨歸鴻的拉長，而被置入一個不斷無限延伸的深廣空間裡，最後進入莊子所謂「天地與我並存，而萬物與我爲一」〔註71〕的生命狀態，嵇康期待的「俯仰自得，游心太玄」自此實現，這就是「玄」。由「手揮五弦，目送歸鴻」的語言文字面出發，進而超越語言文字，參入非語言文字構成的空間，這就是王漁洋口中的「妙在象外」。除了嵇康「手揮五弦，目送歸鴻」以外，漁洋說謝靈運的「池塘生春草」、「清暉能娛人」等語，及謝朓、何遜等人的佳句，也都具有「妙在象外」的美學效果，對這類佳句的品析，漁洋提出「讀者當以神會」的要求。「讀者當以神會」，是從讀者角度談詩歌鑑賞的問題，讀者要鑑別這首詩是否「妙在象外」的唯一方法，就是「神會」。筆者以爲「讀者當以神會」，可以解釋爲讀者必須透過「藝術直覺」去把握審美對象，而非用平時慣用的理性思考去肢解詩歌。這是因爲詩歌不是知識，詩歌的品味與鑑賞不是知識論上的問題，而是美學的問題，就如嚴羽所說的：「詩有別材，非關書也。詩有別趣，非關理也。」由是可見，不僅只有詩人需要透過「藝術直覺」把握對象，從事詩歌創作，讀者也需要以「藝術直覺」來透視詩歌，「妙在象外」的浮現與否，完全取決於此。

除上述之外，在《帶經堂詩話》卷三〈微喻類〉第十二則裡，有這樣的記載：

> 南城陳伯璣允衡善論詩，昔在廣陵評予詩，譬之昔人云「偶然欲書」，此語最得詩文三昧。今人連篇累牘，牽率應酬，皆非偶然欲書者也。〔註72〕

〔註71〕見錢穆著，《莊子纂箋》（台北：東大圖書股份有限公司，1993 年 1 月重印四版），頁 17。

〔註72〕同註20，頁 84。

顯然地，王漁洋對陳伯璣評其詩作以「偶然欲書」四字，十分激賞，認爲此語不僅捉住了其創作詩歌的精神，更直接地點出文藝創造的精髓。「偶然欲書」，其實就是前引文裡，王士源用以稱譽孟浩然的「佇興而就」，詩人靠瞬間的「藝術直覺」去掌握創作對象，進而完成文藝創作。如前所述，「藝術直覺」具備「須其自來，不以力構」的特性，由於這種體會，漁洋要求自己躬身實踐，不作應酬文字，「每有製作，佇興而就」，所以當陳伯璣以「偶然欲書」評漁洋的創作時，漁洋不僅十分得意，並且頗有「英雄所見略同」的惺惺相惜之感，認爲陳伯璣「偶然欲書」的說法，確實把握到了文藝創作的規律。

　　在《詩品》序言內，鍾嶸有別於前人，對「詩六義」裡的「興」義，進行了全新地詮釋：〔註73〕

　　　　文已盡而意有餘，興也。〔註74〕

關於鍾嶸「文已盡而意有餘」爲「興」的說法，及其在中國詩歌美學發展上的地位，李正治〈興義轉向的關鍵——鍾嶸對「興」的新解〉一文的研究成果，頗值得我們參考：「『文已盡而意有餘』便是點明興的美感情趣或美學價值，鍾嶸的新解便『新』在此處。」本此，李正治認爲鍾嶸釋「興」的新層面，集中在「藝術價值層面，能使人由文字表層進入情意深層，感受到語窮意遠的無限滋味，而不使意盡於象，象止於言，這是興的表現積極顯示的情趣與價值」。〔註75〕關於鍾嶸這種對「興」的全新詮釋，前人已有發現：

　　　　汪師韓《詩學纂聞·三有》曰：「鍾嶸《詩品序》論賦、比、

〔註73〕關於鍾嶸之前對「興」的詮釋，及先秦至六朝「興」義的演變脈絡，讀者可參考顏崑陽的〈從「言意位差」論先秦至六朝「興」義的演變〉（顏崑陽著，《清華學報》第二八卷第二期，1998年6月）一文。有關鍾嶸針對「興」所作的全新詮釋，及其在美學、歷史上的意義，讀者可參見李正治的〈興義轉向的關鍵——鍾嶸對「興」的新解〉（李正治著，《中外文學》第二〇卷第七期，1991年12月）一文。

〔註74〕同註37，頁39。

〔註75〕見李正治著，〈興義轉向的關鍵——鍾嶸對「興」的新解〉（《中外文學》第二〇卷第七期，1991年12月），頁77。

興之義曰：『文已盡而意有餘』，興也。……論興字別爲一
解，然似有以去聲之『興』字，解爲平聲之『興』字矣。」
鄭文焯校《津逮秘書》本《詩品》曰：「數語奧義其中，明
乎此可與言詩。」陳衍《鍾嶸詩品平議》卷上曰：「鍾記室
以『文已盡而意有餘』爲『興』，殊與詩人因所見而起興之
旨不合。」〔註76〕

而張伯偉嘗在《鍾嶸詩品研究》一書裡，將鍾嶸「興」說與傳統「興」
義比較，認爲：

《詩品》的新說主要體現在兩個方面：一是「興」的位置；
二是「興」的作用。〔註77〕

就「興」的位置而言，張伯偉說：「《詩品》說『文已盡而意有餘，興
也』，則『興』的位置就不必在開頭，從字面上看，『文已盡』是指詩
句的文字已盡。那麼，或者可以說『興』的位置乃出現在句尾。這與
毛《傳》所標舉的『興』在位置上是有區別的。」〔註78〕就「興」的
作用而言，根據趙沛霖的研究，歷來的詩論家，有從「以比的成分劃
定興的界說」釋「興」者，亦有從「從物我關係上闡明興的界說、性
質與特點」釋「興」者，〔註79〕走這兩條路線釋「興」的詩論家，均
著眼於「揭示興的本質特徵」〔註80〕。鍾嶸釋「興」的歷史意義，就

〔註76〕 轉引自張伯偉著，《鍾嶸詩品研究》（南京：南京大學出版社，2000
年3月第一版第二刷），頁100。

〔註77〕 同註76，頁101。

〔註78〕 同註76，頁101。

〔註79〕 趙沛霖在其《興的源起——歷史積澱與詩歌藝術》（趙沛霖著，北京：
中國社會科學出版社，1987年11月出版）〈第八章比興古今研究概
說〉裡，嘗對歷代詩論家探討「比興」界說和性質的狀況作一歸納，
認爲「從漢代至『五四』時期，諸家界說按研究角度和著眼點的不
同，可分爲如下三類」，分別是「一、主要以比的成分劃定興的界說」，
代表者是鄭玄、王逸、孔安國、皎然等人；「二、從物我關係上闡明
興的界說」，代表者是鄭眾、摯虞、劉勰、孔穎達等人；「三、從藝
術效果方面闡明興的界說與特點」，代表者是鍾嶸與羅大經。詳文可
參見該書頁223～227。

〔註80〕 見趙沛霖著，《興的源起——歷史積澱與詩歌藝術》（北京：中國社
會科學出版社，1987年11月出版），頁228。

在於一反常俗地脫離對「興」本質特徵的討論，率先「從藝術效果方面闡明興的界說與特點」出發，對「興」這一古老的詩學觀念重新進行詮釋。可見鍾嶸對「興」的詮釋，相較傳統「興」義而言，其「新」體現在興的「位置」與「作用」兩方面，這兩方面顯然互有所重但又彼此聯繫，而漁洋「神韻說」，顯然是偏重於興的「作用」一面。

　　筆者在上文有說過，「言外之意」這一觀念，是組成王漁洋「神韻說」的兩個主要詩學觀念之一，如上所述，漁洋除了有取於鍾嶸詩說中的「直尋」觀念以外，其特重「言外之意」的論調，更可視爲是鍾嶸「言外之意」觀念歷時性發展的結果〔註81〕。暫不理會「興」的位置這個問題，單就興的「作用」面談起，鍾嶸「文已盡而意有餘」之說，並非是對「興」作本質性的分析與討論，而是直接指出詩歌有「興」後，會產生「言有盡而意無窮」的美學效果。就此，我們不禁要思考，漁洋是如何將鍾嶸「興」說，承接上「神韻說」中「餘韻」的觀念？觀漁洋在青年時期所作的〈戲仿元遺山論詩絕句三十二首〉〔註82〕之二裡，曾在《詩品》論述的基礎上，對西晉詩人張華「清晨登隴首」詩句的表達方式展開論評：

　　　　五字清晨登隴首，羌無故實使人思。定知妙不關文字，已
　　　　是千秋幼婦詞。〔註83〕

所謂「五字清晨登隴首，羌無故實使人思」，就是前文裡鍾嶸所說的「『清晨登隴首』，羌無故實」。「清晨登隴首」爲張華佚詩，現今僅存

〔註81〕 在王漁洋論詩相關資料裡，並沒有明確的資料述及漁洋有取鍾嶸的「言外之意」觀念。而筆者所以認爲漁洋「言外之意」的觀念，是鍾嶸「言外之意」的「歷時性發展」，是因爲鍾嶸詩論已略有觸及此一問題，而且鍾嶸的說法，已開後世皎然、司空圖、嚴羽等人相關論點之先聲，這些詩論家又與漁洋「神韻說」有著極密切的關連，故在此一併論及之。

〔註82〕 觀《王士禛年譜》（清‧王士禛撰，孫言誠點校，北京：中華書局，1992 年 1 月出版）記載：「康熙二年癸卯（1633），三十歲。……是歲作論詩絕句，南昌陳士業宏緒爲序。」引文詳見該書頁 22。

〔註83〕 見張健著，《王士禛論詩絕句三十二首箋證》（臺北：文史哲出版社，1994 年 4 月出版），頁 44。

殘篇，爲《北堂書抄》卷一百五十七所引：

　　清晨登隴首，坎壈行山難。嶺阪峻阻曲，羊腸獨盤桓。〔註84〕

鍾嶸說「『清晨登隴首』，羌無故實」，是說「清晨登隴首」這五個字，並沒有用到任何典故，直寫詩人清早登山丘所見，是「直尋」所得。而漁洋則在鍾嶸批評的基礎上，進一步指出「清晨登隴首」五字之妙，妙在不用典故，就足以耐人尋味，所謂的「使人思」，就是讓人思出「清晨登隴首」的「言外之意」。那漁洋認爲「清晨登隴首」的「言外之意」爲何？筆者認爲，單是「清晨登隴首」的「言外之意」，必須結合後三句來看。「坎壈行山難」等句，不僅是張華「清晨登隴首」遠眺所見，也因爲此景與他當下的心境產生共鳴，所以張華將此景引入詩中。詩本緣情而發，「坎壈行山難，嶺阪峻阻曲，羊腸獨盤桓」，其實也可說是張華當時之情，由景觀情時，顯然張華當時的情感顯然是苦悶而不遂暢的。這種苦悶難暢的情感，透過詩中所寫的行路之難，超越文字面而浮顯於文字之外，就是所謂的「言外之意」。漁洋參思「清晨登隴首」的結論，是當詩歌達到「妙不關文字」時，才是詩的極境。這相當於說，詩歌的極境不在也不應在文字之內，而在文字之外，從另一個角度對「言外之意」觀念的表述。漁洋認爲只有詩歌唯有達到「妙不關文字」，才可被稱之爲「絕妙好辭」。觀《世說新語・捷悟第十一》嘗記一日曹操與楊修過曹娥碑，碑上題有「黃絹幼婦，外孫齏臼」四字，曹操不解問楊修四字何意？楊修曰：「黃絹，色絲也，於字爲絕。幼婦，少女也，於字爲妙。外孫，女子也，於字爲好。齏臼，受辛也，於字爲辭。所謂『絕妙好辭』也。」〔註85〕所謂的「定知妙不關文字，已是千秋幼婦詞」，引用的就是這個典故。

　　如前文所述，無論鍾嶸或王漁洋都十分強調「藝術直覺」在文學創作或文學鑑賞過程的重要性，因此鍾嶸強調「直尋」，而漁洋要作

〔註84〕同註47，頁622。

〔註85〕見余嘉錫撰，《世說新語箋疏》（臺北：華正書局，1993年10月出版），頁580。

者創作要「佇興而就」、「不以力構」，不作應酬文字，讀者則「當以神會」。「清晨登隴首」之語，鍾嶸評以「羌無故實」，原因是該語透過「直尋」、透過「藝術直覺」所得，並非「補假」用典而成。而漁洋對該語則重在說明，「清晨登隴首」的「妙不關文字」，其實是具有「言外之意」的一面。鍾嶸從創作的角度提出「直尋」，並未直接與「言有盡而意無窮」的「興」連上關係，正如上所述，鍾嶸的「言有盡而意無窮」，其實是針對「興」所產生的美學效果立論。然而漁洋「神韻說」，卻溝通了「直尋」與「言外之意」兩個詩學觀念，這種溝通的模式，是將經由「直尋」或「佇興」產生的作品，認定以其有「意在言外」的美學效果。如在《帶經堂詩話》卷三〈佇興類〉第五則內，漁洋說：「予少時在揚州，亦有數作，如：『微雨過青山，漠漠寒煙織，不見秣陵城，坐愛秋江色。』（青山）『蕭條秋雨夕，蒼茫楚江晦；時見一舟行，漾漾水雲外。』（江上）……皆一時佇興之言，知味外味者當自得之。」〔註86〕就明顯將他認爲是「佇興而就」的作品，定位爲具有「味外味」、存在著可供讀者參解的言外之意。包括前文所述的，漁洋對「清晨登隴首」、「手揮五弦，目送歸鴻」、「池塘生春草」等語的批評，均是採取這種能「佇興」即具備「言外之意」的詮釋模式。

第四節　小　結

　　經過上面的討論後，我們可以針對鍾嶸《詩品》在「神韻」詩學觀念史上的意義，作一總結。筆者認爲鍾嶸《詩品》的「神韻」詩學觀念史意義，大致可從以下幾點說起：

　　第一、鍾嶸所提出的詩主「吟詠情性」、「直尋」、「文已盡而意有餘，興也」等詩學觀念，頗能爲王漁洋的「神韻說」所默契；此外，漁洋亦曾針對鍾嶸的「文已盡而意有餘，興也」之說進行闡發。由是

〔註86〕同註20，頁69。

觀之，鍾嶸的《詩品》的確給予漁洋「神韻說」相當程度的啓發。

第二、當本文以漁洋爲考察基點，後設地嘗試建構「神韻」詩學譜系時，我們發現鍾嶸是該譜系裡，首次提出尊主「性情」、重視「藝術直覺」及探討「言外之意」等觀念的詩論家。就此而言，鍾嶸在「神韻」詩學觀念史內，確實具有開啓後代相關討論的起始性意義。

第三、鍾嶸除了提出尊準「性情」、注重「藝術直覺」及「言外之意」等詩學觀念外，還在其詩論中表現出統合上述三者的企圖。姑且不論鍾嶸的嘗試是否成功，其作法已爲後來「神韻」詩學觀念的相關討論，確立了一個基本規模。

不過，我們必須特別注意一點，那就是雖說鍾嶸《詩品》已多涉及後世「神韻」詩學觀念的相關討論，但是他畢竟並不是專門標舉「神韻」論詩的詩論家。我們頂多只能說，鍾嶸已有相當的意識，觸及「神韻」的相關問題。誠如柯慶明在〈中國古典詩的美學性格──一些類型的探討〉文裡所說的，鍾嶸「雖然是首先意識到『神韻』詩之存在的評論者，但基本上他仍然並不能算是以『神韻』爲理想的詩論家」〔註87〕。

〔註87〕 見漢寶德等著，《中國美學論集》（台北：南天書局有限公司，1989年5月第二版），頁209。

第三章　從「截斷衆流」之說看皎然與王漁洋間的詩學因緣

前　言

在本章裡，筆者所要討論的問題主要有三個：第一、中唐詩論家皎然（720～？）的詩學與王漁洋（1634～1711）的「神韻說」間，存在著何種的因緣？第二、「截斷眾流」之說，具有哪些美學意涵？第三、針對皎然詩學在「神韻」詩學譜系的地位問題，進行定位的工作。只是，我們首先面臨到的難題在於，漁洋的詩論資料裡，並沒有直接針對皎然詩論所作的述評。這個現象不僅讓我們以漁洋爲基點的後設考察方式，失去了相當程度的立足之處，同時，也增加了我們在討論上的困難度。

如上所述，從詩學觀念的比較層面上來看，皎然與王漁洋之間確實有所聯繫；但是當我們從現實的資料引述層面加以考究時，漁洋卻又似乎無得於皎然。對於這個貌似矛盾的問題，我們該進行如何的解釋呢？筆者認爲這個問題，或許可經由以下的兩個討論得到答案：第一、從詩論之間的接受關係來看，皎然的詩論曾明顯地受過鍾嶸（467？～519？）《詩品》的影響，王夢鷗曾在〈試論皎然詩式〉一文認爲，皎然「其於詩，正循鍾嶸所謂『吟詠情性，何貴用事』宗旨，

而鑒裁或又過之」〔註1〕，頗有見地。除此之外，皎然的詩論又相當程度地啟發了晚唐的司空圖（837～908）詩學。誠如祖保泉《司空圖的詩歌理論》所指出的，皎然的把詩歌風格分為十九體之說，啟示了司空圖對詩歌風格的辨認；而皎然對意境問題的探索，則「成了司空圖意境說的先導」；另外，皎然的「取境」、詩要「苦思」之說，又開導了司空圖的「象外之象」等相關論述。〔註2〕又吳調公的《神韻論》說：「皎然所強調的『詩緣情境發』和司空圖的『思與境偕』是一脈相通的。」〔註3〕而羅宗強的《隋唐五代文學思想史》則認為皎然「情在言外」的說法，不僅「是殷璠的『遠調』說的進一步的更明確的發展，也開了後來司空圖味外味說的先河」。〔註4〕觀漁洋「神韻說」的完成，除了如前章所述，很大程度地接受了鍾嶸《詩品》中的詩學觀念之外，更多的是受到司空圖詩論的啟發。如是說來，漁洋「神韻說」就間接地通過鍾嶸與司空圖詩論，從而與皎然發生詩學上的因緣。第二、漁洋的忘年之交錢謙益（1582～1664），曾在為少年漁洋所作的詩序裡，將北宋葉夢得《石林詩話》的「截斷眾流」之說，同皎然詩學作一聯繫，並試圖藉此引導少年漁洋的詩學方向。而後來的事實也證明了，錢謙益的這一引導是成功的。本此，皎然的詩論就這樣無徵兆地融入了漁洋的詩學當中，所以後世學者能屢屢指出皎然詩論與漁洋詩論之間的相通處。如易新宙的《神韻派詩論之研究》以為皎然的「文外之旨」之說，「實已啟司空圖、嚴羽、王士禎等神韻理論之先聲」。〔註5〕又簡淑慧〈皎然與司空圖詩論之異同淺析──從神韻詩說

〔註 1〕 見王夢鷗著，〈試論皎然詩式〉（《中國文化復興月刊》第十四卷第三期，1981 年 3 月），頁 13。

〔註 2〕 見祖保泉著，《司空圖的詩歌理論》（台北：萬卷樓圖書有限公司，1993 年 9 月第一版第二刷），頁 49～51。

〔註 3〕 見吳調公著，《神韻論》（北京：人民文學出版社，1991 年 1 月出版），頁 37。

〔註 4〕 見羅宗強著，《隋唐五代文學思想史》（北京：中華書局，1999 年 8 月出版），頁 145。

〔註 5〕 見易新宙撰，《神韻派詩論之研究》（台北：國立政治大學中國文學

建立之觀點〉一文說：「皎然與司空圖之詩論，雖被歸屬於神韻一派，卻直待清初至漁洋始系統而明白地以神韻爲論詩宗旨。而吾人之所以將皎然與司空圖並畫爲神韻一派者，蓋以其詩論，實多著重於語文意象外之美感經驗而言之故也。」〔註6〕而尹蓉的〈皎然、司空圖有關意境論之比較〉一文則指出，皎然「但見情性，不睹文字」的這類意境論論述，「對後來嚴羽與王士禎產生了深遠的影響」。〔註7〕經由上述可見，當我們試圖處理皎然與漁洋之間的詩學因緣時，錢謙益的相關論述成了溝通二者的重要橋樑。所以在下文的相關討論當中，筆者將由錢謙益的論述出發而逐步外擴推衍，以「同心圓」狀的說明方式，對本章主題進行相關的探究與處理。

第一節　錢謙益〈漁洋詩集序〉與「截斷眾流」之說

　　錢謙益與王漁洋是清初詩壇的前後任祭酒，二人在年齒上的差距足足超過一甲子，並且從漁洋叔祖王象春同錢謙益是同科進士這點來看，錢謙益還算是漁洋祖父輩的人物。就此我們不禁要發出疑問，爲何錢、王二人在年紀、聲望、地位上有著如此差距的情況下，還能定爲忘年之交呢？其中的主要原因，還是得歸諸於錢謙益的念舊與惜才。〔註8〕而對於錢謙益的愛才與提攜，漁洋還酹給錢謙益的，是直

研究所碩士論文，1983 年 6 月出版），頁 73。

〔註6〕 見簡淑慧著，〈皎然與司空圖詩論之異同淺析──從神韻詩說建立之觀點〉（《中國文化復興月刊》第二一卷第四期，1988 年 4 月），頁 60。

〔註7〕 見尹蓉著，〈皎然、司空圖有關意境論之比較〉（《吉安師專學報（哲學社會科學）》第二一卷第二期，2000 年 4 月），頁 20。

〔註8〕 根據黃景進的研究，王漁洋的詩人地位，主要奠定於揚州時期，錢謙益對漁洋的大力提攜，是主要的關鍵。錢謙益對漁洋的推挽，除了惜才的因素外，還有部份原因是錢謙益的念舊。黃景進說：「牧齋與漁洋從叔祖王季木（名象春）同爲明萬曆三十八年進士，又同屬東林黨籍，漁洋之祖父輩，也都與牧齋相識，因此，當漁洋初至揚州時，即於順治十八年以詩集贄於牧齋，牧齋頗念故人，喜之，除有回信外，並贈古詩。……當時漁洋才二十八歲，而牧齋已八十，

到晚年仍然念念不忘這份特殊的情誼。在《帶經堂詩話》卷八〈自述類下〉第二十則裡，有段這樣的記載：

> 虞山錢宗伯贈余古詩云：「騏驥奮蹴踏，萬馬喑不驕；勿以獨角麟，驪彼萬牛毛。」又爲作集序，有「與君代興」之語，時余年甫踰弱冠耳，其爲所賞異如此。〔註9〕

錢謙益在贈詩裡，不僅以千里「騏驥」和瑞獸「麒麟」許勉年輕的漁洋，又以漁洋口中「白首文章老鉅公」〔註10〕的騷壇盟主身份爲《漁洋詩集》作序，錢謙益對漁洋的關愛與提攜，眞不言可喻。而漁洋亦是性情中人，由於錢謙益的提攜與愛護，漁洋認定了錢謙益是其生平第一知音。因此即便到了黃髮霜鬢之年，漁洋對錢謙益的知遇之恩，依舊耿誌於心。在《帶經堂詩話》的卷二〈評駁類〉第十一則裡，漁洋留下了對錢謙益的知遇與感激：

> 牧翁于予有知己之感。順治辛丑，序予漁洋詩集，有「代興」之語，寄予五言古詩云：「勿以獨角麟，驪彼萬牛毛。」今三十餘年，先生墓木拱矣。〔註11〕

又在《帶經堂詩話》卷八〈自述類下〉第二十則內，漁洋亦表現出類似的心境：

> 予初以詩贄於虞山錢先生，時年二十有八，其詩皆丙申年少作也。先生一見欣然爲序之，又贈長句。……今將五十年，回思往事，眞平生第一知己也。〔註12〕

在上述的兩則記錄裡，有兩個值得注意的地方：第一、引文多涉及漁

> 他是勝國遺老，且爲東南文壇領袖，如此推舉，對漁洋後日之地位，其影響可想而知。」黃景進的論點與相關敘述，詳見《王漁洋詩論之研究》（黃景進著，台北：文史哲出版社，1980年6月出版），頁18。此外，關於錢謙益與王象春的交誼，讀者可參見蔣寅《王漁洋與康熙詩壇》（蔣寅著，北京：中國社會科學出版社，2001年9月出版）書〈一、詩壇盟主之代興——王漁洋與錢牧齋〉，頁1~2。

〔註9〕 見清·王士禛著，清·張宗柟纂集，戴鴻森點校，《帶經堂詩話》（北京：人民文學出版社，1998年2月出版），頁194。

〔註10〕 同註9，頁194。

〔註11〕 同註9，頁62。

〔註12〕 同註9，頁194。

洋如何定位錢謙益在其生平中的地位問題，由於這些資料直接來源於漁洋的自述，因此深具徵實採用的價值。釐清這個問題，不僅對我們此處的討論有間接性的助益，更可作為漁洋詩論外緣研究的補充，以及詳探漁洋生平的基礎。第二、引文可以引出諸多與漁洋作《漁洋詩集》，及錢謙益序是集的相關討論。這些相關討論，與我們下文的論述將有密切的關連性。

　　先討論錢謙益在漁洋生平的地位問題。根據上引資料，漁洋明確地將錢謙益定位為「知己」，而這種「知己」地位的確立，又顯然是隨著漁洋年齡的增長，屢屢回顧平生而逐步深化的。我們可以看到，在錢謙益序《漁洋詩集》後的三十餘年，大概漁洋六十餘歲時，漁洋雖然已點出他與謙益間「有知己之感」，但這種「知己之感」到達何種程度？漁洋並未進一步說明。再歷十餘年，即錢謙益序《漁洋詩集》後的五十年左右，是時已近漁洋七十八歲的離世之際。漁洋「回思往事」，極死生新故之感，欷噓平生之餘，作出了錢謙益是其「平生第一知己」的論斷。這或許說明了，當白髮皤皤的漁洋老人，回首漫漫過往，在將人生的愛恨情仇，乃至生命中的過客，作一總結式地定位之際，他追憶起了年少時的貴人，曾經愛護、提攜他的錢謙益。這種溶雜「憶往」的「知己」之情油然而生，所以他毫不考慮地把「平生第一知己」的位置，留贈給墓木已拱的錢謙益。在這耄邁之際，漁洋反省悠悠人生所得出的論斷，無疑是最富真實感情，也最具代表性。〔註13〕

　　接著讓我們討論圍繞著錢謙益序《漁洋詩集》的相關問題。第一、據《王士禎年譜》的〈順治辛丑（1661），二十八歲〉條記載：
　　　　前禮部尚書常熟錢公牧齋贈五言古詩，有「勿以獨角麟，

〔註13〕 關於錢謙益與王漁洋的交往經過，讀者可參考嚴迪昌《清詩史》（嚴迪昌著，台北：五南圖書出版公司，1998 年 10 月出版）書〈第三章「絕世風流潤太平」的王士禎・第二節時代與個人雙向選擇中的王士禎・四、牧齋法乳，「門戶衣缽」〉，頁 430～435；及蔣寅《王漁洋與康熙詩壇》的〈一、詩壇盟主之代興——王漁洋與錢牧齋・（一）錢、王交往始末〉，頁 1～9。

> 儷彼萬牛毛」之句。又序其漁洋山人集，有「與君代興」
> 之語。〔註14〕

可見錢謙益的〈漁洋詩集序〉作於順治十八年辛丑（1661）之際，是年即漁洋念念不忘的「順治辛丑」，爲錢、王二人定交的開始。漁洋時年二十八歲，而錢謙益已是耄邁的八十老叟。第二、考《漁洋詩集》裡所收錄的詩作，除了少量的作品，如作於順治十四年丁酉（1657）的〈秋柳四章〉以外，大部分均成於順治十三年丙申（1656）、漁洋二十三歲之時。本此，漁洋自稱《漁洋詩集》的作品爲「丙申年少作」。第三、錢謙益的〈漁洋詩集序〉一文，在漁洋的心目中其實是具有相當的份量，所以漁洋不僅在上引文字裡屢次提及該序。同時，在漁洋予門人林佶（1661～1723？）的信札中，漁洋亦流露他對錢謙益這篇序文的特殊情感：

> 《精華錄》成，大序之外，舊序尚須刻一二篇否？虞山錢
> 宗伯「與君代興」之言，寄贈詩「勿以獨角麟，儷彼萬牛
> 毛」之句，實爲千古知己，一序一詩，尤不可割。〔註15〕

林佶曾從漁洋學詩，以書法遒媚聞名清初墨壇，曾手寫《漁洋山人精華錄》以供雕版，上引信札即漁洋在林佶編錄《漁洋山人精華錄》時的致書。所謂「一序」指的是錢謙益的〈漁洋詩集序〉，「一詩」則是指錢謙益隨該序贈予漁洋的〈古詩一首贈王貽上士禛〉。引文裡漁洋對負責編錄《漁洋山人精華錄》的林佶說，編該書時，錢謙益的〈漁洋詩集序〉與〈古詩一首贈王貽上士禛〉「尤不可割」。「尤不可割」一語，不僅直接表現出漁洋對錢謙益該序重視，更間接地表示錢謙益的這篇序文，對於漁洋其實是具有相當重要的意義。那麼，這篇序文對漁洋有何重要意義呢？筆者認爲在這篇序文裡，錢謙益一方面以其當代騷壇盟主的身份，直接提升了漁洋的地位；另一方面錢謙益的這

〔註14〕 見清・王士禛撰，孫言誠點校，《王士禛年譜》（北京：中華書局，1992 年 1 月出版），頁 19。

〔註15〕 見清・王士禛著，清・惠棟、金榮注，《漁洋精華錄集注》（濟南：齊魯書社，1999 年 1 月第一版第二刷），頁 1560。

篇序文，也間接地影響了漁洋日後的詩學發展。

在〈漁洋詩集序〉的前半段裡，錢謙益先追憶年少時與關西文太清、漁洋的叔祖父新城王象春、及「竟陵」詩派牛耳鍾惺（1574～1624）間的交游。然後錢謙益感慨文太清、王象春、鍾惺三人的才力雖然旗鼓相當，但是在文壇上的遭遇卻有天壤之別。鍾惺因為同譚元春（1586～1647）編《詩歸》一書，獨標「幽閑隱秀之致」，因此其詩學得以流傳天下，能與李攀龍（1514～1570）、王世貞（1526～1590）、「公安」派等人的詩學分庭抗禮；至於文太清與王象春的詩學，則僅孤行於齊魯之間，不曾及於江左，因而不為人所聞問。不過，所幸在王象春歿後的三十年，有姪孫王漁洋以詩名鵲起，隱隱有重振新城門風的態勢。緊接著錢謙益話鋒一轉，說他曾經反省古今詩歌的變化之道，從而發覺當世的詩壇正處於一種淪胥頹靡的沈淪狀態，原因在於有兩股詩歌勢力，一直將詩道推往搖搖欲墜的邊緣。錢謙益口中的這兩股詩學勢力，首先指的就是李攀龍、王世貞的後學。錢謙益批判李、王後學只知一味恪守李、王提出的師古、法古窠臼，「尺寸比擬」如「屈步之蟲」。本此，錢謙益稱他們為「學古而贋者」。另外，錢謙益也把矛頭指向「閩詩」派與「竟陵」派的末流。錢謙益認為這類人師法「閩詩」、「竟陵」，只學習到其前輩的狹隘，完全沒有寬廣的視野，正如「牛羊之眼」僅能見及方隅。本此，錢謙益說這類人是「師心而妄者」。同時，錢謙益還指出上述導致當世詩道向下沈淪的兩股詩歌勢力——「學古而贋者」、「師心而妄者」，持論之間或有不同，但其共通之處在於「不知古學之繇來」，所以同樣都有病狂而變易其常的問題。

在錢謙益批判上述的「學古而贋者」、「師心而妄者」之後，他有意以其心目中的「古學」，指示年少的王漁洋一條詩學坦途。錢謙益說：

> 貽上之詩，文繁理富，銜華佩實，感時之作，惻愴于杜陵；緣情之什，纏綿于義山。〔註16〕

―――――――――

〔註16〕同註15，頁1552。

錢謙益在此處爲漁洋開示的「古學」內容，主要是就杜甫、李商隱的
詩歌創作而言，因爲在引文裡錢謙益以漁洋二十三歲、「丙申年少作」
的《漁洋詩集》，能上追於杜甫、李商隱這兩位唐代大詩人，恐怕並
非事實。筆者以爲在錢謙益的說法裡，鼓勵、開示的成份其實遠大於
當下的肯定。換言之，錢謙益的目的，在於表達對一個晚輩的欣賞、
鼓勵與教示，而並非眞認爲二十三歲的漁洋詩作，能同杜甫、李商隱
並駕齊驅、一較短長。關於這點，清代王應奎（1684～1757）的意見
頗值得我們參考，其《柳南續筆》卷三〈阮亭詩序〉條云：

> 阮亭之詩，以淡遠爲宗，頗與右丞襄陽左司相近，而某宗
> 伯爲之序，謂其詩：「文繁理富，銜華佩實。感時之作，惻
> 愴於少陵；緣情之什，纏綿於義山。」其說與阮亭頗不相
> 似。余按：阮亭爲季木（筆者按：即漁洋叔祖父王象春）
> 從孫。而季木之詩，宗法王、李，阮亭入手，原不離此派。……
> 王、李兩家，乃宗伯所深疾者，恐以阮亭之美才，而墮兩
> 家雲霧，故以少陵、義山勖之。序末所謂用古學相勸勉者，
> 此也。若認「文繁理富，銜華佩實」等語以爲稱贊阮亭，
> 則失作者之微言也。〔註17〕

王應奎認爲錢謙益以「文繁理富，銜華佩實」云云稱美《漁洋詩集》
之作，用意在於勖勉漁洋，並非是「稱贊阮亭」，是頗有見地的論點。
至於王應奎以錢謙益的勖勉，目的是爲了避免漁洋宗法李攀龍、王世
貞之學而發的說法，則不免有過度詮釋錢謙益說法之嫌，值得再作商
榷。其實錢謙益對漁洋的勉勵與關愛，不僅表現在〈漁洋詩集序〉裡，
更多見於錢、王二人的往來尺牘中，如《帶經堂詩話》卷八〈自述類
下〉第二十五則，漁洋嘗錄錢謙益尺牘三通，其二云：

> 頃聞門下雄駿絕出，整翮雲霄，鴻裁豔詞，衣披海內；才
> 筆之士，靡不捧盤執匜，願拜下風。私心慶幸，以爲大槐
> 之後，復產異人；新城門第，大振於灰塵煙燼之餘，禽息

〔註17〕 見清‧王應奎撰，《柳南隨筆續筆》（北京：中華書局，1997 年 12
月第一版第二刷），頁 178～179。

之精陰，慶在季木可知也。舍甥北還，復示大集，如觀武
庫，如游玉府，未敢遽贅一言於簡端。……良以古學日還，
流俗波靡，如門下應半千之運，苕穎豎發，回幹狂瀾，鼓
吹大雅，故敢傾吐樸學，申寫狂言，直道其所厚望於門下
者。〔註18〕

又其三云：

伏讀佳集，泱泱大風，青邱東海吞吐於尺幅之間，良非筆
舌所能贊歎。詞壇有人，餘子皆可以斂手矣。〔註19〕

所謂的「厚望於門下」、「詞壇有人，餘子皆可以斂手矣」之說，都可
與錢謙益〈漁洋詩集序〉「貽上之詩，文繁理富，銜華佩實」云云相
呼應。

　　錢謙益除了在〈漁洋詩集序〉裡，表現出對王漁洋詩作的欣賞與
鼓勵之外，還特別針對漁洋的論詩宗旨進行討論。錢謙益說：

其談藝四言，曰典曰遠，曰諧曰則也。沿波討源，平原之
遺則也。截斷眾流，杼山之微言也。別裁偽體、轉益多師，
草堂之金丹大藥也。平新易氣，眈思旁訊，深知古學之由
來，而于前二人者之為，皆能洮汰其癥結，祓除其嘈囋，
思深哉。小雅之復作也，微斯人，其誰與歸？〔註20〕

錢謙益所謂的「談藝四言」之說，出自於漁洋的〈丙申詩舊序〉，今
可見於《帶經堂詩話》卷三〈真訣類〉第六則裡：

六經、廿一史，其言有近於詩者，有遠於詩者，然皆詩之
淵海也，節而取之，十之四五，雖結譫諧之習，吾知免矣：
一曰典。畫瀟、湘、洞庭，不必麋山結水；李龍眠作陽關
圖，意不在渭城車馬，而設釣者於水濱，忘形塊坐，哀樂
嗒然，此詩旨也：次曰遠。詩三百五篇，吾夫子皆嘗弦而
歌之，故古無「樂經」，而由庚、華黍皆有聲無詞；土鼓蕢
鐸，非所以被管弦協絲肉也：次曰諧音律。昔人云，楚人

〔註18〕同註9，頁196～197。
〔註19〕同註9，頁197。
〔註20〕同註15，頁1552。

> 詞、世説，詩中佳料，爲其風藻神韻，去風雅未遠；學者
> 由此意而通之，搖蕩性情，暉麗萬有，皆是物也：次曰麗
> 以則。〔註21〕

先說「典」。所謂的「典」是典正、典雅之意，漁洋強調透過對經史精華的汲取，詩人可以將典正的氣質帶入詩歌之中，從而使詩歌產生莊雅的美感。誠如劉世南《清詩流派史》所說：「所謂『典』，反映詩人之詩與學人之詩的結合。這是時代風氣使然，但王氏偏重在詩人之詩這方面，學爲詩用，追求典雅，力戒粗鄙。」〔註22〕次說「遠」。漁洋舉以說「遠」的例子有二，其一是「畫瀟、湘、洞庭，不必蹇山結水」，其二則是北宋李公麟的所畫〈陽關圖〉，二者意實相通，茲以李公麟畫〈陽關圖〉爲例說明。李公麟的〈陽關圖〉，係本王維〈送元二使安西〉末句「西出陽關無故人」句意所作，元代胡祇遹《紫山大全集》卷十四〈跋陽關圖〉有云：

> 陽關一圖，去者有離鄉辭家之悲，來者有觀光歸國、拜父
> 兄見妻子之喜，挽輅援車，驅馬引駝，祖餞迎迓，一貌一
> 容，紛紛擾擾。恍然在京師門外，塵坌群動中，一漁夫水
> 邊垂釣，悠然閒適，前人以爲得動中之靜。僕自垂髫聞有
> 此圖，今得一見。〔註23〕

可見李公麟的〈陽關圖〉，除了畫去關者「離家之悲」及進關者「觀光歸國、拜父兄見妻子之喜」之外，尚在該圖另端，畫一漁夫於紛擾之外獨釣水濱，無喜無悲而悠然自得。引文裡的李公麟「意不在渭城車馬」，而「設釣者於水濱，忘形塊坐，哀樂嗒然」，即是就此而言。推究漁洋以〈陽關圖〉爲「遠」之意，大抵有二：第一、李公麟〈陽關圖〉藉著喜悲交錯的陽關場景，對比於「忘形塊坐，哀樂嗒然」的水濱釣叟，暗示著世界在變動的流轉相中，亦有其不移

〔註21〕同註9，頁78。

〔註22〕見劉世南著，《清詩流派史》（台北：文津出版社，1995年11月出版），頁213。

〔註23〕見清·紀昀主編，《景印文淵閣四庫全書·集部一三五·紫山大全集》（台北：台灣商務印書館，1983年6月出版），頁1196之260。

的靜定。如同〈陽關圖〉除了展示出入關者的悲喜百態之外，尚有釣叟的忘卻塵俗、遺然獨立，這就是「動中之靜」。這種「動中之靜」——流轉裡的靜止，是〈陽關圖〉的言外之意，是高遠而逸出於言外、畫外，故漁洋以「遠」稱之。第二、北宋畫家郭若虛《圖畫見聞志》卷一〈論氣韻非詩〉條說：「竊觀古今奇跡，多是軒冕才賢，岩穴上士，依仁游藝，探賾鉤深，高雅之情，一寄于畫。人品既已高矣，氣韻不得不高；氣韻既已高矣，生動不得不至。所謂神之又神，而能精焉。」〔註24〕蓋如郭若虛所說，畫家的氣質、人品、修養與圖畫作品之間，有著血脈相連的關係，畫作本身是畫家存在經驗的具體化，因此圖畫本身是可能散發出畫者的獨特氣質。由是可見，〈陽關圖〉主角水濱釣叟的超脫塵垺，其實就是畫家李公麟高遠情懷的流露。而超脫凡俗本身就是種「遠」，就此而言，無論是圖中釣叟或是構圖的李公麟，「遠」一字都可當之。則漁洋以〈陽關圖〉為「遠」，又有圖內釣叟、圖外李公麟同具高尚脫俗情懷之意。綜上所述，可見漁洋認定的詩歌之「遠」，不僅需要具備言外之意，更必須脫俗，缺一而不可。再說「諧音律」。「諧音律」是漁洋從詩歌的聲調層面，提出詩歌的音韻須平和、流暢的主張。漁洋論詩時，相當地重視詩歌的音律美，如《然鐙記聞》第四則說：「古詩要辨音節。音節須響，萬不可入律句，且不可說盡，像書札語。」又如第五則云：「韻有陰陽。陽起者陰接，陰起者陽接，不可純陰純陽，令字句不亮。」〔註25〕此外，漁洋亦有專論近體律格的《律詩定體》，以及論古詩平仄、音節規律的《古詩平仄論》流傳於世。由上述可以明顯地看出漁洋論詩「諧音律」的主張。最後說「麗以則」。「麗以則」一語，原出自東漢揚雄《法言》卷二〈吾子第二〉的「詩人之賦麗

〔註24〕見宋・郭若虛撰，王其褘校點，《圖畫見聞志》（瀋陽：遼寧教育出版社，2001 年 2 月出版），頁 7。
〔註25〕見清・王夫之等撰，《清詩話・然鐙記聞》（上海：上海古籍出版社，1999 年 6 月出版），頁 119。

以則，辭人之賦麗以淫」〔註26〕。「麗」就是富麗，「則」有雅正的意思，「麗以則」就是要求詩人在詩歌創作時，要能夠富麗而又能夠雅正。為了達到詩歌的「麗以則」，漁洋要詩人們多取材於如《楚辭》、《世說新語》之類的子、集部名著。大陸學者張健在《清代詩學研究》裡的解釋頗值得我們參考：「『麗以則』可以跟典相對，典來源於經史，而麗來源於子集，則是對麗所加的限定，則即正，實際上通於典。」〔註27〕可見漁洋在詩材的取法途徑上或容有不同，但是對典雅的要求卻是一致的。

關於王漁洋的「談藝四言」，漁洋的友人張九徵曾給予很高的評價。清代周亮工編的《賴古堂名賢尺牘新鈔》卷四錄有張九徵〈與王阮亭〉一信，其中說：

> 自題丙申一篇，全身寫照，睥睨前人。公安滑而不典；弇州工麗而不遠；竟陵取材時文，競新方語，既寒以瘦，亦俗而輕，何有于諧聲麗則乎？明公微言，獨有千古，諸名士猶囿七里霧中耳。〔註28〕

在張九徵的話裡，我們可以歸納出兩個重點：第一、「談藝四言」是漁洋創作的「全身寫照」。換言之，張九徵認為漁洋的詩歌創作，完全以「談藝四言」為依歸。第二、漁洋提出「談藝四言」是具有針對性的。據張九徵所說，「典」是用來對治「公安」派的流滑輕浮；「遠」是用來針砭雖然能工整侈麗，但不具備清遠、韻味無窮特質的李攀龍、王世貞之學；「諧音律」和「麗以則」，則是針對寒瘦俗輕的「竟陵」派而發的。此外，劉世南的《清代詩歌流派史》補充說，漁洋提出「諧音律」的問題，「一方面是針對『宋詩有聲無音』，另一方面是

〔註26〕 見《子書四十種‧楊子法言》（台北：文文書局，1976 年 4 月出版），頁 530。

〔註27〕 見張健著，《清代詩學研究》（北京：北京大學出版社，1999 年 11 月出版），頁 251。

〔註28〕 見清‧周亮工輯，《賴古堂尺牘新鈔》（台北：台灣中華書局，1972 年 11 月台一版），頁 73～74。

注意到唐詩（尤其是盛唐詩）重視音響效果」〔註29〕；而張健的《清代詩學研究》則指出漁洋的「諧音律」之說，「不僅是針對竟陵派的，而且也是針對公安派的」〔註30〕，都頗值得我們參考。

　　除了張九徵的〈與王阮亭〉書給予王漁洋的「談藝四言」高度評價之外，錢謙益在〈漁洋詩集序〉裡，也相當程度地認可了「談藝四言」。同時，錢謙益還認為「談藝四言」之說，能「深知古學之由來」，兼去「學古而贗者」、「師心而妄者」之弊，是「思深哉」之語。那麼，錢謙益認為漁洋能「深知」哪些「古學之由來」呢？他說：「沿波討源，平原之遺則也。截斷眾流，杼山之微言也。別裁偽體、轉益多師，草堂之金丹大藥也。」錢謙益指出在漁洋詩學裡，分別存在著晉代的陸機（261～303），以及唐代杜甫、皎然的理論因子。考「沿波討源」一語出自陸機的〈文賦〉，劉世南《清代詩歌流派史》對「沿波討源，平原之遺則也」的解釋，頗值得我們參考：「何謂『平原遺則』？〈文賦〉提出『詩緣情而綺靡』，拈出『緣情』二字，以區別於古老的『言志』說，擺脫政教說的束縛，在內容和形式上都力求綺靡。……錢謙益認識到王士禛論詩以側重『緣情』，但能提出『麗以則』，則在『愛好』（即『綺靡』）基礎上能注意『溫柔敦厚』的詩教，而不是六朝那樣『文章且須放蕩』。」〔註31〕可見錢謙益「沿波討源，平原之遺則」的說法，應當扣緊陸機所提出的「詩緣情而綺靡」進行理解。至於「別裁偽體、轉益多師」之說，則見於杜甫的〈戲為六絕句〉之六：「未及前賢更勿疑，遞相祖述復先誰？別裁偽體親風雅，轉益多師是汝師。」〔註32〕錢謙益說「談藝四言」有「別裁偽體、轉益多師」的杜甫詩學成分存在，則是指漁洋論詩，除了能務「博綜該洽」（轉益多師），對多方詩學進行學習之餘，還

〔註29〕　同註22，頁214。
〔註30〕　同註27，頁252。
〔註31〕　同註22，頁214。
〔註32〕　見郭紹虞集解，《杜甫戲為六絕句集解》（北京：人民文學出版社，1998年5月出版），頁45。

能「以求兼長」（別裁僞體），〔註33〕擅長汰去古代詩學中的僞劣成份，汲取其中精華之處，成爲自己詩學中的養料。

除了上述的「沿波討源，平原之遺則也」、「別裁僞體、轉益多師，草堂之金丹大藥也」以外，錢謙益還指出在漁洋論詩宗旨內，存在著「截斷眾流」的「杼山微言」成分。所謂的「杼山」指的是中唐頗富盛名的詩僧皎然，據周維德《詩式校注》所言，皎然「早年出家爲僧，與靈澈、陸羽同居杼山妙喜寺」〔註34〕；又許清雲《皎然詩式研究》說，皎然有「詩集五卷，文集三卷，稱爲『吳興畫上人集』或『皎然集』，後世又稱『杼山集』」〔註35〕。由於皎然生前身後有此等事蹟，故後世人多以「杼山」稱之。可見在錢謙益的觀察裡，認爲皎然「截斷眾流」的說法，同「談藝四言」有著密切的聯繫。不過，筆者曾針對皎然的詩論資料進行檢索，並沒有發現皎然使用「截斷眾流」的記錄，再加上「截斷眾流」一語的盛行時間，遠在皎然身後。〔註36〕可

〔註33〕 見清・王夫之等撰，《清詩話・漁洋詩話》，頁163。

〔註34〕 見唐・皎然著，周維德校注，《詩式校注》（杭州：浙江古籍出版社，1993年10月出版），頁178。

〔註35〕 見許清雲著，《皎然詩式研究》（台北：文史哲出版社，1988年1月出版），頁3。

〔註36〕 關於「截斷眾流」一語的出現與流行，據《萬松老人評唱天童覺和尚頌古從容庵錄》卷三第四十六則〈德山學畢〉所說：「鼎州德山第九世圓明大師，諱緣密。雲門嗣中唯師傳嗣最廣。師創三句，函蓋乾坤、截斷眾流、隨波逐浪。今傳爲雲門三句者，檢討不審也。」又《萬松老人評唱天童覺和尚頌古從容庵錄》卷五第七十六則〈首山三句〉記載：「雲門有時云：『天中函蓋乾坤、目機銖兩不涉春緣，作麼生承當。』自代云：『一鏃破三關。』然雖有此意，未嘗立爲三句。後得鼎州德山第九世圓明大師諱緣密。上堂云：『德山有三句語，一句函蓋乾坤、一句隨波逐浪、一句截斷眾流。』」根據上引兩則文字之述，「截斷眾流」一詞的使用，似乎是從德山緣密開始的；或者我們可以更保守一點地說，「截斷眾流」是自德山緣密起，才被大量使用。據李淼編著的《中國禪宗大全》（李淼編著，高雄：麗文文化事業股份有限公司，1994年1月出版）書中〈第三輯中國禪宗名僧譜（內含居士）〉所載，緣密生卒年不詳，但知其爲「五代禪師，嗣雲門文偃禪師。住鼎州德山，號圓明大師。」足見德山緣密的生歿確切年份雖然失考，但其活動年代主要集中於五代（907～960），距

見皎然並沒有以「截斷眾流」論詩之舉，那麼錢謙益為何以「截斷眾流，杼山之微言也」的原因，就成了一個很值得我們探究的問題。筆者以為要解開這個問題，首先必須對「微言」一詞的意涵略作討論。考「微言」係經學裡的專有名詞，意指精微奧妙、其中寓含著重要意義的隱微之言，多為今文經學家，特別是被「春秋公羊」學派所使用。根據東漢注家李奇的說法，「微言」係「隱微不顯之言」；而唐代學者顏師古，對「微言」的解釋則是「精微要妙之言」〔註37〕。比較顏、李二人的解釋，李奇對「微言」的理解，係從「隱微」、「隱藏」的意義方向加以展開；而顏師古對「微言」的理解明顯有別於李奇，係朝向「精微」、「超詣」的意義方向，作為其理解的開端。由上述觀之，李奇與顏師古在對「微言」的理解與解釋上，是有歧見的，但是這並不是種全然對立而不可溝通的分歧。事實上我們可以採取這樣的方式，對李、顏二人在解釋上的分歧進行溝通：首先，我們必須先將「微言」的本質，規定為「精微要妙」，因為「微言」必然是「有意義」的「可能」言說，所以「微言」的本質可以是「精微要妙」的「不易進入」，但絕不能是「隱微不顯」的「無法或無從進入」。試想倘若一個供主體（人）認識的客體（微言），其本質是「隱微不顯」、封閉不彰的話，那麼主體的認識能力乃至解釋作用，將藉由何種途徑進入、參與客體之內呢？其次，在「微言」的本質為「精微要妙」的基礎上，

離皎然（720～？）生活的中唐甚遠。再加上首創「一鏃破三關」之說的雲門宗開山祖，同時也是德山緣密老師的雲門文偃（864～929），雖出生於晚唐懿宗年間，但主要活動年代亦集中在唐末、五代的後梁及後唐初年，生活年代亦遠在皎然之後。據上述的相關考證，我們可以斷定皎然確實未能得見流行於德山緣密前後的「截斷眾流」句。關於上引《萬松老人評唱天童覺和尚頌古從容庵錄》的文字，詳見《大正新修大藏經・諸宗部第五・萬松老人評唱天童覺和尚頌古從容庵錄》（大藏經刊行會，1983 年 1 月修訂版），頁 256及 頁 275；雲門文偃、德山緣密的生卒資料，請見《中國禪宗大全第六冊》，頁 2405～2406。

〔註37〕見漢・班固著，唐・顏師古注，《漢書》（台北：宏業書局，1996 年3 月出版），頁 433。

我們可以藉中國語言哲學傳統中的「言不盡意」之說，〔註38〕作為溝通李奇與顏師古兩家歧異的橋樑。「言不盡意」說的主要論點是外在的人為語言或符碼，一旦作為形上學領域的指涉言說時，將產生一定的侷限，語言將無法徹底描述、也無從窮盡「道體」的內容與意義。原因是語言是人為的，在功用上「有涯」、有其界限；而「道體」誠如宋儒張載所概括的，係「道通天地有形外」，在性質上是「無涯」、無限的。「以有涯隨無涯，殆已」，我們可以說，人類透過語言，可以「相對地」描述或解釋形上「道體」的內容與意義，但是人類絕不可能使用有限的語言，去「充分」或「完全」的展示整個形上「道體」。既如上述，「微言」的本質是「精微要妙」，那就表示「微言」是可被描述或解釋的；但是也由於「微言」在本質上的「精微要妙」，所以當人們用人為的語言去描述或解釋「微言」時，將無可避免的發生侷限，從而發生了「言不盡意」的狀況。「微言」就因為「精微要妙」的本質，而產生了「隱微不顯」的現象，成為需要後世注家再三闡釋的語言。綜上所述，我們可以發現所謂的「微言」，其實就是一種透過不顯言的方式，暗示精妙意義的言說策略。錢謙益用「截斷眾流」說「杼山之微言」，其實就是種「微言」策略的運用。換言之，錢謙益不僅認為「截斷眾流」，是皎然詩學的「精微要妙之言」，同時也是皎然的「隱微不顯之言」。由於「杼山之微言」是如此地「精微要妙」而「隱微不顯」，所以錢謙益以皎然詩學的注家自居，代替皎然立言並企圖使之明朗。

〔註38〕「言不盡意」的觀念，遠在《周易‧繫辭》裡已可窺見。魏晉時代因人物品鑑的熱潮，直接帶動了所謂的「言意之辨」，即「言」與「意」（此間「意」的指涉不一，可能是形上的，也可能是形下的，要之視玄學家的所持論點而定）間關係的討論。「言不盡意」就是「言意之辨」論爭中的一種主張。關於「言意之辨」的緣起，及「言不盡意」的義理疏解，可參閱牟宗三的《才性與玄理》（牟宗三著，台北：台灣學生書局，1997 年 8 月修訂八版）一書，〈第七章魏晉名理正名〉之〈第三節「言意之辨」之緣起〉、〈第四節名言能盡意與不能盡意之辨之義理的疏解〉，詳見該書頁 243～254。

　　綜上所述，錢謙益說王漁洋論詩能「深知古學之由來」的「古學」，指的其實就是陸機的「緣情」觀、杜甫的「別裁僞體親風雅，轉益多師是汝師」，以及皎然的「截斷眾流」之說。但是二十八歲之前漁洋的論詩，〔註39〕是否眞的能以陸、杜、皎等人爲依歸，或者漁洋已能自覺地意識到其論詩主張裡，含有上述三者的詩學成分呢？筆者認爲恐怕是沒有的。在漁洋的《蠶尾續文集》的卷三裡，曾收錄這篇提出「談藝四言」的〈丙申詩舊序〉，漁洋並爲之題記說：

　　此序少作，久不存稿，因牧齋先生曾許篇中談藝四言稍有
　　當於詩旨，故追錄而存之。〔註40〕

這說明了漁洋本來並沒有特別留意〈丙申詩舊序〉這篇少作，完全是因爲錢謙益對「談藝四言」的引述與討論，才使漁洋在編《蠶尾續文集》時，重新注意到這篇文章。蔣寅在《王漁洋與康熙詩壇》裡的說法，很值得我們參考，他說：「大概他自己也沒有意識到這篇序文在他詩學里程中的意義，正是錢牧齋的引述，才讓他意識到這是平生論詩的發軔之作，因而追錄之，編入《蠶尾續文集》卷三。從這個意義上說，是牧齋獨具慧眼的剔抉揄揚，啓發了漁洋在詩歌觀念上的自覺意識。」〔註41〕可見錢謙益〈漁洋詩集序〉以「沿波討源，平原之遺則也」、「截斷眾流，杼山之微言也」、「別裁僞體、轉益多師，草堂之金丹大藥也」說漁洋論詩「深知古學之由來」，就如同他以「感時之

〔註39〕據大陸學者張健在《清代詩學研究》（張健著，北京：北京大學出版社，1999 年 11 月出版）書〈第五章性情與格調的融合：對雲間派詩學的進一步展開與修正〉中的考證：「王士禎拜訪錢謙益在順治十八年（1661），而錢氏〈王貽上詩集序〉（筆者按：即〈漁洋詩集序〉）亦作於順治十八年。錢序既然提到王士禎的「談藝四言」，由此可知〈丙申詩舊序〉應作於順治十八年以前，而極有可能作於順治十三年或十四年。」我們可以說「談藝四言」之說，大抵是出現在順治十三年（1656）至順治十八年（1661）、漁洋二十三歲至二十八歲之間。上引文請見該書頁 248。

〔註40〕轉引自蔣寅著，《王漁洋與康熙詩壇》（北京：中國社會科學出版社，2001 年 9 月出版），頁 24。

〔註41〕同註 40，頁 11。

作，惻愴于杜陵；緣情之什，纏綿于義山」稱許漁洋一樣，鼓勵、開示的成份其實遠多於當下的肯定。只是爲何錢謙益要寫這篇〈漁洋詩集序〉，間接地開示、誘導漁洋呢？這是因爲錢、王二人的詩學立場上雖然有所不同，但錢謙益特別欣賞漁洋而有意拉拔他的緣故。大抵錢謙益的詩學比較接近「大家」式的詩學，因此在論詩立場上，錢謙益雖然傾向宋、元，但亦不廢三唐詩；相較於錢謙益，漁洋的詩學則比較接近「名家」式的詩學，因此即使漁洋有從「宗唐」到「宗宋」，再回到「宗唐」的歷時性變化——「論詩三變」，但始終都是偏主於唐音，特別是盛唐的王、孟一脈。〔註42〕考錢謙益寫成〈漁洋詩集序〉的順治十八年辛丑（1661），漁洋時值二十八歲，正處於早歲「宗唐」的階段；〔註43〕此外，還有一件值得注意的事，就是漁洋在本年編選了《神韻集》，正式提出「神韻」一詞作爲其論詩宗旨。而錢謙益這篇序文的意義，在於促成漁洋朝中年的「宗宋」過程轉變，並且逐漸深化了漁洋的「神韻說」。如蔣寅的《王漁洋與康熙詩壇》一書所說，漁洋「在詩歌觀念上受牧齋影響，一度成爲宋詩風的倡導者，但他的

〔註42〕 觀《帶經堂詩話》（清・王士禛著，清・張宗柟纂集，戴鴻森點校，北京：人民文學出版社，1998 年 2 月出版）卷一〈品藻類〉第二十一則，王漁洋引北宋許顗《彥周詩話》之語說：「許顗彥周云：『東坡詩如長江大河，飄沙卷沫，枯槎束薪，蘭舟繡鷁，皆隨流矣。珍泉幽澗，澂澤靈沼，可愛可喜，無一點塵滓，只是體不似江河耳。』余謂由上所云，唯杜子美與子瞻足以當之。由後所云，則宣城、水部、右丞、襄陽、蘇州諸公皆是也。大家、名家之別在此。」可見漁洋詩學對「大家」與「名家」的劃分，主要是以對象詩家的詩學寬廣度作爲標準。本此，筆者認爲當我們以上述標準，作爲評論錢謙益、漁洋詩學的衡尺時，錢謙益的兼取三唐、宋、元詩，相當接近於杜、蘇的「大家」氣度；相較於錢謙益，漁洋的專於一長、偏宗王、孟的清遠詩觀，則近獨擅一格的「名家」。筆者所謂錢謙益爲「大家」，而漁洋爲「名家」的區分，即由此而來。上引文請見《帶經堂詩話》，頁45。

〔註43〕 關於王漁洋「論詩三變」的斷限問題，讀者可參見拙著的〈試論王漁洋的「論詩三變」〉（黃繼立著，《雲漢學刊》第八期，2001 年 6 月）一文。

審美理想與詩歌趣味終究是與牧齋異趣的，所以詩歌主張並沒有繼承和發揮牧齋的學說，只是在牧齋的誘發下，他自己體認了早年詩論中朦朧感覺到的神韻論旨趣」〔註44〕。

　　我們可以發現，錢謙益在〈漁洋詩集序〉中企圖灌輸給王漁洋的，就是種不專擅一能的「大家」觀點。例如在詩歌創作上，不僅要作到「感時之作，惻愴于杜陵」，而且「緣情之什」要「纏綿于義山」；而在論詩宗旨上，不僅要有陸機的「緣情」觀，而且還要具備杜甫「別裁僞體」的識力與「轉益多師」的氣度，以及皎然的「截斷眾流」等等，都是「如長江大河，飄沙卷沫，枯槎束薪，蘭舟繡鷁，皆隨流矣」〔註45〕的「大家」觀點。錢謙益在〈漁洋詩集序〉裡所點示的，後來大部分都爲漁洋所接受，而在其詩學中留下了痕跡。如漁洋既推尊性情又力崇雅麗詩格，就有陸機「詩緣情而綺靡」的色彩；而漁洋詩論力闢元稹、白居易、「公安」派的淺俚詩風，就頗有杜甫「別裁僞體」的味道；此外，從漁洋的務「博綜該洽」裡，又可嗅出一絲杜甫「轉益多師」氣息。在錢謙益提點的陸機、杜甫、皎然三家詩學當中，又以皎然的「截斷眾流」影響漁洋詩學最深，這是因爲錢謙益以「截斷眾流」論皎然詩學的說法，特別能吸引讀者、尤其是爲漁洋所注目。清代大學者惠棟在《漁洋山人精華錄訓纂補》卷首裡，是這樣注解〈漁洋詩集序〉的「截斷眾流」一語：

　　禪宗論雲間有三種語：其一爲隨波逐浪句，爲隨物應機，不主故常；其二爲截斷眾流句，謂超出言外，非情識所到；其三爲涵蓋乾坤句，爲泯然皆契，無間可伺。其深淺以是爲序。〔註46〕

惠棟自稱爲漁洋的「小門生」，具備深厚的考據學基礎。其作《漁洋山人精華錄訓纂》與《漁洋山人精華錄訓纂補》時，匯集了大量的資

〔註44〕　同註40，頁23。
〔註45〕　同註9，頁45。
〔註46〕　見四庫全書存目叢書編纂委員會編，《四庫全書存目叢書・集部二二六・漁洋人精華錄訓纂補》（濟南：齊魯書社，1997年7月），頁504。

料，且當代一流的學者，如戴震、錢大昕等數十人，都曾參與惠棟的編注工作，其注解應當具有一定程度的可靠性。考惠棟所引的上語，原出自北宋葉夢得《石林詩話》卷上第八則對杜甫詩的評論。由是可見錢謙益「截斷眾流，杼山之微言也」的說法，會吸引漁洋的主要原因有二：第一、因爲「截斷眾流」不曾爲皎然使用，但是錢謙益卻用之以統括皎然詩學，而且他運用說明的模式，與之前引用個別詩論家（陸機、杜甫）的代表性說法（「沿波討源」、「別裁僞體」、「轉益多師」），來提點該詩（文）論家詩（文）論的情形迥異。第二、錢謙益用藉宋（葉夢得、「截斷眾流」）說唐（皎然、「杼山之微言」）的方式，將兩種表面上似乎沒有關係的論述作了連結，用此特意彰顯皎然詩學裡的美學意涵。由於上述兩點，漁洋在接觸到錢謙益「截斷眾流，杼山之微言也」之說時，自然會產生困惑，因此特別去加以留意，進而思考錢謙益爲何作如是之言。這麼一來，錢謙益就達成了其開示漁洋詩學方向的目的，同時也使得漁洋詩學裡的皎然詩學成分，遠較陸機、杜甫詩學明顯。

　　讓我們進一步討論「截斷眾流」的內涵。葉夢得《石林詩話》卷上第八則說：

> 禪宗論雲間有三種語：其一爲隨波逐浪句，爲隨物應機，不主故常；其二爲截斷眾流句，謂超出言外，非情識所到；其三爲涵蓋乾坤句，爲泯然皆契，無間可伺。其深淺以是爲序。予嘗戲謂學子言，老杜詩亦有此三種語。〔註47〕

從葉夢得的話裡，可以推導出以下幾個論點：第一、「截斷眾流」爲禪教雲門宗用來點撥弟子教眾的禪學語言。第二、在葉夢得的敘述中，因爲「隨波逐浪」、「截斷眾流」、「涵蓋乾坤」三者，隱隱蘊含著「深淺次序」的「進程」意義，因此「截斷眾流」一語不能獨立地進行解釋，而必須配合其他兩語進行討論。第三、葉夢得認爲「雲門三

〔註47〕　見清・何文煥輯，《歷代詩話・石林詩話》（台北：漢京文化事業有限公司，1983 年 1 月出版），頁 406。

句」亦可用來解論杜甫詩的思考模式，基本上屬於北宋時代盛行的「以禪喻詩」型態。

　　先說第一點。「隨波逐浪」、「截斷眾流」、「涵蓋乾坤」三語，就是禪宗史上頗負盛名的「雲門三句」，或稱「雲門三關」。根據《人天眼目》卷二〈雲門宗・三句〉條的記載：

　　　　（筆者按：即雲門文偃）師示眾云：「函蓋乾坤，目機銖兩，不涉萬緣，作麼生承當？」眾無對。自代云：「一鏃破三關。」後來德山圓明密（筆者按：即德山緣密）禪師遂離其語為三句曰：「函蓋乾坤句、截斷眾流句、隨波逐浪句。」〔註48〕

由引文可知，當雲門文偃提出「涵蓋乾坤，目機銖兩，不涉萬緣」三語說以「一鏃破三關」，用來象徵禪教參禪修行的三個階段（三關）時，「雲門三句」的原型已經出現。後經德山緣密對雲門文偃之說加以分解、闡發後，逐步定型為後世所謂的「雲門三句」。根據張伯偉〈宋代禪學與詩話二題〉一文的研究：

　　　　佛教義理，強調圓融無礙，故教語往往三句蟬聯，這一點在禪宗非但不能例外，而且還很突出。……所謂「三句」，實際上是代表了學人參禪的三個階段，故又稱「三關」。後一句必定破前一句，最後以達到「一鏃破三關」。「三關」是指初關、重關、牢關，或稱空關、有關、中關。禪門三關常說的有「楞嚴三關」、「黃龍三關」、「兜率三關」等，最著名的則莫過於「雲門三關」。〔註49〕

因此誠如龔鵬程所說的：「雲門三句即是三關。」〔註50〕而「三句」、「三關」正代表修禪的三個階段。

　　再論第二點。承上所述，所謂的「雲門三句」或「三關」，其特

〔註48〕　見佛光大藏經編修委員會主編，《佛光大藏經・禪藏・宗論部・人天眼目》（高雄：佛光出版社，1994 年 12 月），頁 475。

〔註49〕　見張伯偉著，〈宋代禪學與詩話二題〉（《中國文化》第六期，1992年 9 月），頁 89～90。

〔註50〕　見龔鵬程著，《詩史本色與妙悟》（台北：台灣學生書局，1993 年 2月增訂版第一刷），頁 219。

色分解地說，就是「後一句必破前一句」，即透過對不同進層的不斷否定，以裨不斷地進行超越，在「破」中顯「立」。如此一來，否定後所到達的究極肯定，必定落在最末句的「涵蓋乾坤」裡，這最後的「涵蓋乾坤」之說，象徵著禪教所追求的「圓融」境界。不過我們必須注意一點，「涵蓋乾坤」的進入，事實上是個自初境以來的不斷地辨破與超越，逐步詣往極境的歷程。「三句」在言語論述上是可以分解地進行討論，但在修禪的實際過程中卻不可能加以強行分割，而應當被視爲一整體。如是禪師才有可能從最終果地處，圓融地說「一鏃破三關」。

最後討論第三點。郭紹虞曾在〈神韻與格調〉文中，將詩禪間的關係歸納爲兩類，並對此加以區分：第一種是「以禪論詩」，第二種則是「以禪喻詩」。郭紹虞說「以禪論詩」的特點，在於「只是指出禪道與詩道有相通之處，所以與禪無關」；至於「以禪喻詩」，則是「以學禪的方式去學詩，所以與禪有關」〔註51〕。葉夢得以「雲門三句」解杜詩，謂「老杜詩亦有此三種語」，顯然是屬於「以禪喻詩」的詩、禪溝通解釋型態。雖說「以禪喻詩」是著眼於「以學禪的方式去學詩」，但是這種以禪理解釋詩道可以成立的前提，仍在於論詩者認定詩道與禪理之間有互通之處。以《石林詩話》說「雲間有三種語」而「老杜亦有此三種語」而論，葉夢得顯然認爲禪宗中「雲門三句」所欲展現之理，同時可在杜詩中獲得證實。就此而言，郭紹虞《宋詩話考》論《石林詩話》云：「是書論詩宗旨頗與滄浪相近。如謂『禪宗論雲間有三種語……』，因謂『老杜詩亦有此三種語，但先後不同』。是爲滄浪以禪喻詩之所出。」〔註52〕可謂有見的之語。

釐清上述三點之後，我們可以進入葉夢得如何以「雲門三句」解

〔註51〕 見郭紹虞著，《郭紹虞說文論》（上海：上海古籍出版社，2000 年 5 月出版），頁 115。

〔註52〕 見郭紹虞著，《宋詩話考》（台北：漢京文化事業有限公司，1983 年 1 月出版），頁 38。

釋杜甫詩的討論。《石林詩話》云：

> 予嘗戲謂學子言，老杜詩亦有此三種語，但先後不同：「波
> 飄菰米沈雲黑，露冷蓮房墜粉紅」，為涵蓋乾坤句；以「落
> 花游絲白日靜，靜秋乳燕青春深」為隨波逐浪句；以「百
> 年地僻柴門迥，五月江深草閣寒」為截斷眾流句。若有解
> 此，當與渠同參。〔註53〕

前引文裡，葉夢得曾對「雲門三句」的禪學意涵作一解說，這解說是
我們去理解「雲門三句」與「老杜亦有此三種語」關係的關鍵。如前
所述，這「三句」又稱「三關」，代表三個不同的修行階段。這三個
階段分別是「空關」（初關）、「有關」（重關）、「中關」（牢關），分別
對應於「截斷眾流」、「隨波逐浪」、「涵蓋乾坤」三語。「截斷眾流」
是「三關」中的「初關」，就是修行路上面臨的第一個階段。葉夢得
的解釋是「超出言外，非情識所到」，意為「滌盡凡情，去除我執」
〔註54〕、「外止諸緣、息滅妄念」〔註55〕。就此可說「截斷眾流」有
「因緣所生法，我說即是空」之意，是泯絕萬法的「空」諦，所以亦
稱「空關」。「隨波逐浪」是「重關」，屬禪者修行路上的第二個階段。
葉夢得的解釋是「隨物應機，不主故常」，這個階段特點在於「不住
凡境亦不仕聖境，去我執後復去法執」、「由凡入聖後復當由聖返凡，
不住一邊，這是更進一層」〔註56〕。「隨波逐浪」的隨物應機、不主
一常，顯然緣由於「我」對外境的攀緣，因此可以說此是「假諦」、
是「妄有」、是「凡」，又稱「有關」。「涵蓋乾坤」則是「三關」的最
終階段，所以又叫作「牢關」。葉夢得的解釋是「泯然皆契，無間可
伺」，誠如龔鵬程《詩史、本色與妙悟》所言，這「表示十方虛空、
地水火風、諸色聲香味觸法，盡是本份，皆是菩提，無一物非我身，
無一物非我自己。境智融通、色空無礙，獲大自在，所以是牢關、是

〔註53〕同註47，頁406～407。
〔註54〕同註49，頁90。
〔註55〕同註50，頁219。
〔註56〕同註49，頁90。

最上關」〔註57〕。所以「涵蓋乾坤」是經由「初關的由凡入聖，經過重關的由聖返凡」的重重超越後，終至「牢關的不墮凡聖」〔註58〕，由於它是統涉萬法的「中諦」，故又名「中關」。

弄清「雲門三句」在禪學上的意義後，我們可進一步討論葉夢得是如何地運用「雲門三句」來說解杜詩。讓我們先討論「波飄菰米沈雲黑，露冷蓮房墜粉紅」，爲何是葉夢得認定的「涵蓋乾坤句」。「波飄菰米沈雲黑，露冷蓮房墜粉紅」是杜甫〈秋興八首〉之七的頸聯，全詩如下：

> 昆明池水漢時功，武帝旌旗在眼中。織女機絲虛夜月，石鯨鱗甲動秋風。波漂菰米沈雲黑，露冷蓮房墜粉紅。關塞極天惟鳥道，江湖滿地一漁翁。〔註59〕

〈秋興八首〉都聯繫杜甫當時「哀時念亂」的心境。本詩寫的是安史之亂後，唐帝國國勢的下落及民生的破敗，杜甫將此一凄落的社會現象，同昆明池的過去、現在進行連結，因之由生的感慨。楊倫說〈秋興八首〉之七爲杜甫「思長安昆明池而借漢以言唐也」〔註60〕，頗得重點。所謂的「波飄菰米沈雲黑，露冷蓮房墜粉紅」，就是杜甫敘寫他回思中的長安昆明池景。當年「昆明池水漢時功，武帝旌旗在眼中」的富隆國勢，因爲安史之亂而造成「帶甲滿天下」，國力的大幅下滑、武備凋蔽，以至於足堪代表盛唐風雲的昆明池水兵操練，不再出現於亂後的大唐王朝。相較於當年玄宗皇帝「無復雲台戰，虛修水戰船」的盛況，今日的昆明池湖面，只空剩一片寂寥，菰米、蓮蓬、荷花等水生植物，蒼涼地散布池中，未來或許也將如此。當我們就「波飄菰米沈雲黑，露冷蓮房墜粉紅」二句進行意象分析時，我們可以發現每一句是一組意象群，而各自含有三個意象，兩句的六個意象，分屬於

〔註57〕 同註50，頁219～220。

〔註58〕 同註49，頁90。

〔註59〕 見唐・杜甫著，清・楊倫箋注，《杜詩鏡銓》（上海：上海古籍出版社，1998年2月出版），頁647～648。

〔註60〕 同註59，頁647。

兩組不同的意象群，而這兩組意象群最終又分別爲「黑」、「紅」兩種顏色所涵蓋。「波飄菰米沈雲黑」句內的三個意象分別是「波浪」、「菰米」及「沈雲」，在現象界中這本是不同性質、不同顏色的三種個別事物，但在杜甫的鎔造下，同時爲「黑」這個色彩所涵攝。同理，「露冷蓮房墜粉紅」句內的三個意象「露水」、「蓮蓬」和「荷花」，亦是現象界中三種不同性質、色彩的個別事物，但在句內同時歸一在「紅」這個顏色內。如朱良志〈葉夢得和他的《石林詩話》〉一文所說：「這是寫昆明池冷落荒涼的秋景，菰米漂在水面，菰影沈入水中，望去如一片黑雲；粉紅色的蓮花把粉紅色的蓮粉墜落在水面上，儼然一片粉紅。兩者都造成渾然一體，密不可分的景色。」〔註61〕本此，葉夢得解之爲「泯然皆契，無間可伺」，是「涵蓋乾坤句」。

再論「落花游絲白日靜，靜秋乳燕青春深」，何以被葉夢得解爲「隨波逐浪句」。「落花游絲白日靜，靜秋乳燕青春深」是杜甫〈題省中院壁〉詩的頷聯，全詩爲：

> 掖垣竹埤梧十尋，洞口對雷常陰陰。落花游絲白日靜，鳴
> 鳩乳燕青春深。腐儒衰晚謬通籍，退食遲迴違寸心。袞職
> 曾無一字補，許身愧比雙南金。〔註62〕

清代浦起龍《讀杜心解》說本詩是杜甫「省中春雪新晴時作。『常陰陰』從『梧十尋』見出。『靜』字、『深』字，都從『常陰陰』見出。生意、樂意、恬適意，毫端流露，而省院之清邃，悠然可想也」〔註63〕。浦起龍從詩中的景物安排處進行說解，甚有創意。特別是「落花游絲白日靜，靜秋乳燕青春深」兩句，以春天特有之物，以寫春天的生氣及恬適之景，是即景成詩之句。在詩人進入即景成詩的創作狀態時，其心識是指向欲敘寫的外在景物，意念隨著現象界

〔註61〕　見古代文學理論研究編委會編，《中國古代文學理論研究第十七輯》
　　　　（上海：上海古籍出版社，1995 年 5 月出版），頁 106。
〔註62〕　同註59，頁 178。
〔註63〕　見清・浦起龍著，《讀杜心解》（台北：古新書局，1976 年 6 月出版），
　　　　頁 608。

之物流轉，時時處於變化的狀態。心識既可能因景而興，亦可能因景而去，並無固定的理則可尋，這時作者心識與外境的關係屬於「相互攀緣」。當葉夢得就作者創作時的心識狀態，解釋「落花游絲白日靜，靜秋乳燕青春深」二句時，此二語的確是「隨物應機，不主常故」，是「隨波逐浪句」。

最後我們可以討論「百年地僻柴門迥，五月江深草閣寒」二語，被葉夢得認定爲「截斷眾流句」的原因。「百年地僻柴門迥，五月江深草閣寒」是杜甫〈嚴公仲夏枉駕草堂兼攜酒饌得寒字〉的頸聯，全詩爲：

> 竹裡行廚洗玉盤，花邊立馬簇新鞍。非關使者徵求急，自識將軍禮數寬。百年地僻柴門迥，五月江深草閣寒。看弄漁舟移白日，老農何有罄交歡。〔註64〕

浦起龍在《讀杜心解》中，對閱讀此詩的作者作出「要合從前嚴武投贈、親造諸律、絕看，便得此詩神理」的建議，並總括該詩主旨爲「須知此詩之前，嚴使之頻數矣，嚴蓋久欲爲公養之舉。而公猶未許也，今以懇然親至，因深感其勤而吐露焉」〔註65〕，可知本詩的內容，在於記敘嚴武於仲夏日訪請杜甫之事。詩中「百年地僻柴門迥，五月江深草閣寒」，是全詩唯一純粹寫景之語，與杜甫草堂的周遭景觀，有著密切的關係。「百年地僻柴門迥」是指邁入老年的杜甫，獨自居住在地處偏僻的成都草堂。無論是孤獨杜甫或是偏僻草堂，在「百年地僻柴門迥」裡，都是被孤立而與塵無染的，可以說是與塵世相隔而脫去外緣的。同理，「五月江深」指的是仲夏日江景，而「草閣寒」則是源於「五月江深」。就仲夏的氣候而言，「草閣」不可能會有「寒」的低溫，但是「江深」卻造成了「五月草閣」的寒意。這種從江裡延續到草閣的幽幽寒意，正凸顯出草堂環境的清冷、幽遠，能完全斷絕掉外在的塵囂，可說是脫離一切外緣、攀援。本上所述，「百年地僻

〔註64〕 同註59，頁200。
〔註65〕 同註63，頁627。

柴門迥，五月江深草閣寒」兩詩句，同時都有遠離外緣、剝落攀援的意味，葉夢得因此稱其爲「超出言外，非情識所到」，是「截斷眾流句」。〔註66〕

　　我們曾在上文內說過，「截斷眾流」句的特點，在於「超出言外，非情識所到」，有剝落、脫去一切攀緣的意味。「眾流」在禪學中被比喻作生生不息、此起彼落、相互攀援的「緣起法」，將「眾流」予以「截斷」，就是體悟到「因緣所生法，我說即是空」的道理。因爲萬法是彼此相恃而成，就此不具備所謂的「實有性」的，只要觀清並斬斷這萬法相互依恃的「緣起」關係，就能體證到「空」道，進入「不生不滅」的「涅盤寂靜」，獲「不受因緣」的解脫。從「雲門三關」的次第來說，證到「截斷眾流」之理，就等於破了「三關」的第一關「空關」。這樣說來，葉夢得以「超出言外，非常識所到」解釋「截斷眾流」，顯然是極爲貼切的。但是我們不能不注意，作爲禪宗修行次序的「截斷眾流」和「以禪喻詩」的「截斷眾流」，其間之理或有相通之處，但因指涉的對象不同，所以內容亦可能產生變化。〔註67〕葉夢得舉「百年地僻柴門迥，五月江深草閣寒」爲例，實際說明何謂

〔註66〕　由上論述我們可以知道，禪教論「雲門三句」深淺次序，應該是「截斷眾流」→「隨波逐浪」→「涵蓋乾坤」，分別對應「初關」（「空關」）→「重關」（「有關」）→「牢關」（「中關」）的三個階段，最後達到「一鏃破三關」。葉夢得雖然認爲「雲門三句」的內容，可以用來說解杜甫詩，但是「雲門三句」的深淺次序卻未必眞正適用這種說解，因此他明白地指出「老杜詩亦有此三種語，但先後不同」。所以在他的解釋文字裡，「雲門三句」的論述次序變成「涵蓋乾坤」→「隨波逐浪」→「截斷眾流」，該論述背後實際上隱含著一套獨特的詮釋模式，直接涉及宋代禪學、詩學、美學的融合問題，似可由此作爲出發點，進一步作深入的討論。

〔註67〕　簡單地說，作爲「禪學術語」的「截斷眾流」，是指悟道修行的第一個階段，就是「初關」或「空關」，其指示的對象顯然是「禪」。但是經由「以禪喻詩」過程，由「禪學術語」轉爲「詩學術語」的「截斷眾流」，其運用在詩學理論或詩學批評上，其指示對象都是「詩」。可見由於「語境」與「指示對象」的改變，將促使「截斷眾流」的使用內容產生變化。

「截斷眾流句」，其關注點顯然在「詩」而不在「禪」。就此我們解釋
「超出言外，非常識所到」，就不能單著眼於佛學或禪學，而應該以
其在詩學上的解釋為主。「超出言外」，就文學解釋層面而言，顯然是
強調創作或欣賞主體對語言文字所進行的超越，進而跳脫出語言文字
之外。至於「非常識所到」，顯然是就「超出言外」之後，不是感官
或理性所能認識到的美感世界而言。在此我們可以借沈括《夢溪筆談》
卷二十〈神奇〉裡的話，對此一「非常識所到」的過程，作更深入的
瞭解：

> 人但知境中事耳；人境之外，事有何限，欲以區區世智情
> 識，窮測至理，不其難哉。〔註68〕

沈括顯然認為人的感官和理性認識能力，僅能在現象界（境）內部
發揮作用，超出現象界的「至理」，就不是感官與理性所能處理的
範圍。就藝術理論來說，超出現象界的「至理」，實可歸屬於美感
經驗的層次，因為美感經驗的產生，並非源自於感官或理性的認
識，只能靠直觀的方式，運用「藝術直覺」加以捕捉。我們或者可
以這樣試著解釋，創作或欣賞主體因為有「超出言外」的過程，所
以才有可能進入「非常識所到」的境界，這一境界是需要透過「藝
術直覺」加以認識的美感經驗世界。這整個超越語言、進入「美感
經驗」世界的過程，就是葉夢得所謂的「超出言外，非常識所到」，
而錢謙益更以「截斷眾流」說皎然，則皎然詩學中的「截斷眾流」，
就成了值得我們討論的問題。

第二節　「截斷眾流」在皎然詩學裡的三重美學意涵

上文我們從詩學傳統本身，討論了「截斷眾流」一詞可能被賦予
的詮釋學意義。接著我們可以嘗試著清理出「截斷眾流」背後的三重
美學意涵：第一、就創作或鑑賞藝術的過程而言，「截斷眾流」背後

〔註68〕見宋・沈括撰，《夢溪筆談校證》（台北：世界書局，1989 年 4 月第
　　　　四版），頁 656。

的意義在於要求對語言文字進行超越。第二、從創作或鑑賞過程的進行，無法經由感官或理性加以把握來說，所到達的境界是「非常識所到」，「截斷」了外在的攀援，恰恰突顯出「藝術直覺」在這個創造、鑑賞過程內的關鍵地位。第三、就創作或鑑賞過程所追求的最終「極境」來看，由於是整個過程是透過「藝術直覺」加以把握，所以「截斷眾流」後的世界，就絕非「常識所到」的現象界，而是一個由「美感經驗」所創構的世界。就此而言，錢謙益觀察皎然詩論，並總理為「截斷眾流，杼山之微言」，實在是精確而頗有創見之語，因為「截斷眾流」背後的三重美學意涵，正代表構成皎然詩學的三個支柱。

　　「截斷眾流」的第一個和第三個美學意涵，在皎然詩學裡呈現相互聯繫的關係。我們曾在前文中說過，「超出言外」是一個創作或欣賞主體對語言文字進行超越的過程，以期進入一個「非常識所到」、由「美感經驗」所構築的世界。在皎然詩學裡，這類的相關討論可以「但見情性，不睹文字」一語為代表。皎然在《詩式》卷一〈重意詩例〉內有詳盡的闡述：

　　　評曰：兩重意以上，皆文外之旨。若遇高手如康樂公，覽而察之，但見情性，不睹文字。蓋詩道之極也。向使此道尊之於儒，則冠六經之首。貴之於道，則居眾妙之門。精之於釋，則徹空王之奧。〔註69〕

引文中皎然將「文外之旨」界說為「重意」的說法，已經涉及了當代美學所積極討論的藝術品「多義性」問題，而藝術品的「多義性」問題，顯然又與語言問題直接產生聯繫。根據近代現象學家英伽登（Roman Ingarden，1893～1970）的美學理論，文學作品本身是一種「純粹意向性客體」（The Purely Intentional Object），其組成結構是複合且異質分層的。從構成方式來說，文學作品一方面具有物理性的物質基礎（語言文字），另一方面卻又是創作、欣賞主體意向性活動的產物（文

〔註69〕見張伯偉編撰，《全唐五代詩格校考‧詩式》（西安：陝西人民教育出版社，1996 年 7 月出版），頁 210。

學作品的真正成立，必須依賴作者、讀者的能動性生產）。作爲一個「純粹意向性客體」的文學作品，爲了完成最初步的傳達與接受，作爲文學作品物質基礎的語言文字，其本身的「指意性」功能相形地變得重要起來，因爲它創作或欣賞主體進入文學作品時必須面對的第一個關卡。如果我們借用當代詮釋學家加達默爾（Hans-Georg Gadamer，1900～2000）的名言來說明這個狀況，就是「能被理解的存在就是語言」（Sein, das verstanden werden kann, ist Sprache）〔註70〕，因爲我們擁有的世界，係我們從「語言的方式」把握而來。誠如潘德榮對此一觀念的闡釋：

> 這句話不能被理解爲理解者是存在的絕對主宰，它只是指，一切理解都是發生在語言之中，因爲只有進入了語言的世界，理解者才與被理解的東西形成某種關係。〔註71〕

事實上，無論是哲學或文學問題，不可能有離開語言文字另行思考的可能，因爲在實際上不可能存在一種不需語言文字作爲著力點的思考方式。因此包括向來標榜「教外別傳」、「不立文字」的中國禪宗，雖說最後仍是要遣蕩、泯滅「文字障」，力求進入「禪境」、發顯「佛性」、「眞如」，但是此一遣蕩「文字障」以「入禪」的基礎，仍必須建立在最初的「不離文字」。

　　皎然在說「文外之旨」是「兩重意以上」的同時，顯然意識到並且也承認有所謂「文內之旨」、「第一重意」。這「文內之旨」、「第一重意」，事實上就是語言文字在社會約定俗成的過程裡，所被賦予的「語意」。換言之，「第一重意」是建立在語言文字的「指意性」上。皎然雖然承認「文內之旨」、「第一重意」，附著在語言文字上的

〔註70〕見（德）漢斯－格奧爾塔‧加達默爾（Hans-Georg Gadamer）著，洪漢鼎譯，《眞理與方法第一卷》（Hermeneutik I Wahrheit und Methode）（台北：時報文化出版事業企業股份有限公司，1999 年 1 月第一版第四刷），頁 602。

〔註71〕見潘德榮著，《詮釋學導論》（台北：五南圖書出版公司，1999 年 8 月出版），頁 117。

表意功能，但是他卻不以此作爲其詩學的極境，相反地，「文內之旨」、「第一重意」只是即將進入詩歌作品內的第一個階磚而已。弄清詩的「文內之旨」、「第一重意」，只意味著創作或欣賞主體把握到詩作在語言文字上的意義，只是進入詩歌作品的準備階段。在皎然看來，通往詩歌極境的道路，是一種以「文內之旨」、「第一重意」作爲基礎，從而屢次進行超越的活動，而終點就是「二重意以上」的「文外之旨」。既然「文外之旨」、「第二重意」（包含第二重意以上的第三、四重意），是對「文內之旨」、「第一重意」的超越，那麼「文外之旨」顯然不存在於語言文字本身，而在語言文字之外。就此而言，「文外之旨」的產生，可以說是經由作者或讀者「意向性」活動的生成，進而達成超越形式材料面的實體語言文字層次，從而進入主體面所活動的美感經驗層次。

梁代劉勰（466？～537？）《文心雕龍・隱秀第四十》的論「隱」，是中國文學理論史和美學史上，最早由文學角度，系統闡述「文外之旨」觀念的論文。皎然以「兩重意以上，皆文外之旨」的詩學觀念，可視爲劉勰這個單一文學觀念的延展。〔註72〕劉勰說：

> 隱也者，文外之重旨者也。……隱以複意爲工，……夫隱之爲體，義生文外，祕響旁通，伏采潛發，譬爻象之變互體，川瀆之韞珠玉也。〔註73〕

據詹瑛所釋，「隱是指『隱篇』，就是內容含蓄的作品」〔註74〕。劉勰將「隱」這類作品的特色，歸納爲「文外之重旨」，係指作品透過語

〔註72〕　筆者之所以強調皎然「文外之旨」的觀念，是劉勰論「隱也者，文外之重旨者也」這一「單一」文學觀念的延展，係因爲劉勰《文心雕龍》中雖涉及諸多文學理論或美學問題的討論，但不可否認的，劉勰文學理論的總結穴處，仍是在「原道」、「宗經」、「徵聖」上、就如劉勰自己說的：「蓋文心之作也，本乎道，師乎聖，體乎經」。從這個角度來說，皎然不可能是對劉勰文論體系的全盤繼承，所以說只是單一文學觀念的延展。

〔註73〕　見梁・劉勰著・詹鍈義證，《文心雕龍義證》（上海：上海古籍出版社，1999年12月第一版第三刷），頁1483～1487。

〔註74〕　同註73，頁1483。

言文字傳達到創作或欣賞主體時，因爲主體本身對語言文字的解讀與創造，形成語言文字脫離原先被賦予的單一意旨，文學作品這時指向主體，進而形成多重的美感經驗。劉勰舉《易經》的「旁通」、「互體變爻」爲例，就是試圖比喻主體的這種美感經驗活動，再次地強調「隱以複意爲工」、「隱之爲體，義生文外」的特點。〔註 75〕葉維廉曾在〈秘響旁通：文意的派生與交相引發〉文中，解釋這種只發生在主體面的文學創作或閱讀現象，他說：

> 文、句是一些躍入龐大的時空中去活動的階梯。詩不是鎖
> 在文、句之間，而是進出歷史空間裡的一種交談。〔註 76〕

就此，葉維廉以爲「我提出閱讀（創作亦然）時的『秘響旁通』的活動經驗，文意在字、句間派生與迴響，是說明中國文學理論與批評間所重視的文、句外的整體活動」〔註 77〕。可見劉勰的「隱」或皎然「文外之旨」的觀念，事實上就是主體（創作與閱讀雙方）「美感經驗」活動的生成結果。

「文外之旨」的完成，一方面是以「文內之旨」爲基礎的，就如當代詮釋學所強調的，若不經由語言文字，我們不可能對世界進行理解。但另一方面，若僅將目光停留在「文內之旨」上，而不加以超越、揚棄，反而會對「文外之旨」的生成活動造成阻礙。畢竟早在先秦，莊子已明示「得魚忘筌」之理，更何況《金剛經》內，佛亦有「捨筏登岸」之喻。就皎然而言，「文外之旨」是第一義的「魚」、「岸」，而「文內之旨」是可遣可蕩的「筌」、「筏」。就整個

〔註 75〕 葉維廉在〈秘響旁通：文意的交相派生與引發〉文中認爲：「『秘響旁通』。第一個提出這個美感活動的理論家，是劉勰；他的取模是易經。」關於葉維廉對「秘響旁通」這一美感活動的闡釋，及劉勰《文心雕龍‧隱秀》與《易經》的關係，詳見《中國詩學》（葉維廉著，上海：三聯書店，1996 年 3 月第一版第三刷），頁 65～82。上引文請見該書頁 72。

〔註 76〕 見葉維廉著，《中國詩學》，（上海：三聯書店，1996 年 3 月第一版第三刷），頁 72。

〔註 77〕 同註 76，頁 70。

「美感經驗」的生成活動而言，與其說「文內之旨」是被「忘」、被「捨」的，倒不如說「文內之旨」在創作或閱讀主體進行活動的過程中，被「主體化」融入整個代表美感經驗的「文外之旨」內。在美感經驗的層次裡，是不可能存有文字相的，從這個角度來說，皎然自然可以向下推出「但見情性，不睹文字」的論點。在前文中我們曾借用近代現象學家英伽登的美學理論，說明文學作品的構成具有雙重性質，一方面文學作品必須依賴物理性的物質（語言文字）作爲基礎，另一方面文學作品又是創作或閱讀主體「意向性」活動的產物。本此英伽登將文學作品定位爲「純粹意向性客體」。藉英伽登理論闡述，皎然說「但見性情，不睹文字」，事實上就是創作主體在物理性的物質基礎上，透過「意向性」活動完成文學作品，同時也構築了創作主體所欲展示的美感經驗世界。而閱讀主體以文學作品的物理性基礎作爲「意向性」活動的對象，語言文字成爲溝通閱讀主體與創作主體間的橋樑，閱讀主體經由語言文字重新建構創作主體的美感經驗世界。但是這裡需注意的是，閱讀主體重構的美感經驗世界，不必、也不一定同於原先創作主體試圖展示的「美感經驗」世界。筆者同意當代詮釋學所強調的，理解存在著「歷史性」的說法。李幼蒸在〈加達默爾論〉文中說：

> 理解的固有歷史性有三個基本方面：即在理解之前已存在的社會歷史因素，理解的對象構成，以及由社會實踐決定的價值觀。這些因素就是在理解之前已經存在的前提條件。〔註78〕

閱讀主體對創作主體的「美感經驗」重構工程，基本上就是一種理解、詮釋文本的活動，因此閱讀主體的這種理解、解釋的活動，不可能是「客觀」的「重建」，而必得以閱讀主體自身的經驗，作爲重建創作主體「美感經驗」的起點。這也就是詮釋學提出「偏見」（Vorurteil）

〔註78〕　見李幼蒸著，《結構與意義——現代西方哲學論集》（台北：聯經出版事業公司，1994 年 10 月出版），頁 121。

的原因，「偏見」就意味著「那些使人們不可避免地圍於其內的當前歷史條件中的基本觀點」〔註79〕，創作與閱讀主體皆然。

雖然經由閱讀主體重構的「美感經驗」世界，絕對不可能全同於創作主體創作之初所欲展示的「美感經驗」世界，但不可否認的，閱讀主體試圖重構的「美感經驗」世界，其藍本卻源自於創作主體的「美感經驗」。因此鑑賞力敏銳如皎然的讀者，仍可以說他能見作者之「情性」。這一「情性」雖不完全是作者的「情性」、經驗的客觀重現，但至少可視爲讀者對作者「情性」、經驗的延展性體驗或詮釋。而前文嘗提及「美感經驗」的世界是無所謂文字相的，因此「得魚」可以「忘筌」、「捨筏」方可「登岸」，進入泯滅文字的「美感經驗」世界，這就是皎然所說的「不睹文字」。「但見情性，不睹文字」是皎然詩學的第一義諦，故皎然冠以「詩道之極」，並舉譬推譽其地位的崇高：如置儒學內，可爲六經之首；如在道家裡，則與玄同屬高格；如在釋教中，則近若空義之尊。

皎然在詩學理論上，推譽「但見情性，不睹文字」爲「詩道之極」，視之爲詩學的第一義諦。而當這個觀點落實在皎然的實際批評裡時，謝靈運詩作就成了「但見情性，不睹文字」的典範，因此皎然有「若遇高手如康樂公，覽而察之，但見情性，不睹文字」的說法。然而謝靈運詩作是如何的「但見情性，不睹文字」？皎然此處並未多作解釋，但我們仍可通過皎然其他相關的評語進行討論。觀《詩式》卷一〈文章宗旨〉條云：

> 評曰：康樂公早歲能文，性穎神徹。及通內典，心地更精。故所作詩，發皆造極，得非空王之道助邪？夫文章，天下之公器，安敢私焉？曩者嘗與諸公論康樂爲文，眞於情性，尚於作用，不顯詞彩，而風流自然。彼清景當中，天地秋色，詩之量也；慶雲從風，舒卷萬狀，詩之變也。不然，何以得其格高、其氣正、其體貞、其貌古、其詞深、其才

〔註79〕 同註78，頁121。

婉、其德容、其調逸、其聲諧哉？〔註80〕

皎然引文中所討論的問題，涉及以下三個方面：第一、皎然對謝靈運的評價。第二、論述謝靈運「所作詩，發皆造極」的原因。第三、對謝靈運詩「真於情性，尚於作用」的相關討論。

先論第一點，皎然對謝靈運的評價。皎然在《詩式》內對謝靈運詩作的推崇，若說是無可復加、備極尊榮，亦不為過。皎然除了在引文中推崇謝靈運詩體兼「格高」、「氣正」、「體貞」諸美之外，更在下文直尊大謝詩為「詩中之日月」、「能上躡風騷，下超魏晉」〔註81〕等等。此外，皎然在《詩議》亦推尊云：「論人，則康樂公秉獨善之姿，振頹靡之俗。沈建昌評：『靈均已來，一人而已。』」〔註82〕雖然謝靈運的詩歌在六朝騷壇裡，絕對是屬於第一流的作品，但是我們還是得指出皎然所以推崇大謝詩，或多或少地參雜著其他的心理因素。福琳在〈唐湖州杼山皎然傳〉裡說：「釋皎然，名晝，姓謝氏，長城人，康樂侯十世孫也。」辛文房《唐才子傳》卷四〈皎然上人〉亦本于頔〈吳興晝上人集序〉說：「皎然字清晝，吳興人。俗姓謝，宋靈運之十世孫也。」〔註83〕可知皎然與謝靈運之間有著直系血親的關係。觀皎然〈述祖德贈湖上諸沈〉一詩說：

> 我祖文章有盛名，千年海內重嘉聲。雪飛梁苑操奇賦（原注：梁苑出惠連公雪賦），春發池塘得佳句（原注：康樂云，池上樓詩，夢惠連，方得池塘生芳草之句）。事業相承及我身，風流自謂過時人。〔註84〕

皎然推述祖德，以「我祖文章有盛名」為榮的驕傲溢於言表，也因為這種心理因素的作用，皎然推大謝詩為「文章宗旨」、「但見情性，不

〔註80〕　同註69，頁206。
〔註81〕　同註69，頁206。
〔註82〕　同註69，頁180。
〔註83〕　轉引自傅璇琮主編，《唐才子傳校箋第二冊》（北京：中華書局，2000年2月第一版第二刷），頁183～184。
〔註84〕　見《全唐詩》（北京：中華書局，1996年1月第一版第六刷）第二三冊，頁9196。

睹文字」的典範。許清雲嘗在《皎然詩式研究》一書中指出，皎然將詩家的桂冠頒給了謝靈運，「仰慕之忱，了然可見。但是，皎公既爲靈運十世孫，他所發的評語自不免溢美」〔註85〕，確實有其道理。

再論第二點，皎然認爲謝靈運「所作詩，發皆造極」的原因。此處的「發皆造極」，可以聯繫前面〈重意詩例〉裡，皎然說大謝詩「但見情性，不睹文字。蓋詩道之極也」一起觀察。皎然在上引文內說謝靈運「早歲能文，性穎神徹」，係從先天的「才性」角度，理解大謝詩「發皆造極」的原因，可用「才」一字概括之。而說謝靈運「及通內典，心地更精」，是皎然從後天「學力」角度，對大謝詩的「發皆造極」所作的理解，可以「識」一字總之。皎然認爲謝靈運詩作所以能「發皆造極」，是「才」與「識」互相辯證融合的結果。筆者以爲皎然的這個說法，可視爲對梁代鍾嶸（467？～519？）評謝靈運觀點的發揮。鍾嶸曾在《詩品》的〈宋臨川太守謝靈運詩〉條裡，針對謝靈運詩所以能爲「元嘉之雄」的原因，發表意見：

　　嶸謂：若人學多才博，寓目輒書，內無乏思，外無遺物，
　　其繁富，宜哉！〔註86〕

鍾嶸分析，謝靈運所以能「寓目輒書」，內心的詩思持續湧現不會絕滯，寫外在景物均可入詩不會遺略，從而形成大謝詩所特有的「繁富」詩風，原因在於謝靈運的「學多」與「才博」。「學多」提高詩人的「識見」，而「才博」則使謝靈運在「詩材」的取用上無所匱乏。前者來自後天養成，後者大部分爲先天決定，大謝詩的成就就鍾嶸看來，是奠基在「學多」兼以「才博」上。皎然說謝靈運「早歲能文，性穎神徹」，顯然是承續前人評謝靈運「才博」而來的論述。而皎然說大謝

〔註85〕見張伯偉編撰，《全唐五代詩格校考‧詩議》，頁 180。有關皎然對謝靈運詩的評價問題，許清雲在其《皎然詩式研究》（許清雲著，台北：文史哲出版社，1988 年 1 月出版）有專節討論，讀者可詳見該書頁 171～173。
〔註86〕見梁‧鍾嶸著，曹旭注，《詩品集注》（上海：上海古籍出版社，1996年 8 月第一版第二刷），頁 160。

詩成就得力於「及通內典，心地更精」，一方面是對前人謂謝靈運「學多」之說的承續，另一方面具體指出謝靈運詩多有得助於釋學內典之處，則是皎然的獨特創見。關於皎然對「才」與「識」應當進行辯證融合的看法，在《詩議》中有更詳盡的論述：

> 識高才劣者，理周而文窒；才多識微者，句佳而味少。是知溺情廢語，則語朴情暗；事語輕情，則情闕語淡。巧拙清濁，有以見賢人之志矣。大抵而論，屬於至解，其猶空門正性有中道乎。〔註87〕

在皎然論述中，「識」主「理」，而「才」主「文」，用現代文學術語來說，就是「識」決定作品內蘊的「內容」、「思想」方面，而「才」則關乎作品外在的「形式」、「文彩」問題。皎然說「識」與「才」間的關係，不是相互對立的，而是呈現一種互補的狀態，因為同為詩作所以「發皆造極」的必要條件，當「才」與「識」缺乏其一時，都不可能成就完美作品。就此而言，皎然認為當「識」、「才」二者能進行辯證融合的過程時，將猶如釋宗之論「中道」，「不生亦不滅，不常亦不斷，不一亦不異，不來亦不去」，不執兩端，持續地處於辯證的發展之內，故謂之「中道」。

　　最後論第三點，有關皎然對謝靈運詩「真於情性，尚於作用」的討論。在上面引文內我們發現，皎然將謝靈運詩的特點，歸結為「真於情性，尚於作用」。先說「真於情性」。我們可以作這樣的命題分析，皎然說謝靈運詩「真於情性」如果能成立，必須在文學理論與實際批評上承認兩個前設條件：第一、在文學理論上，作品與作者間有直接的連結。也就是說，作品在某種程度上，能確實反映出作者內心的真實情感。〔註88〕第二、在文學批評過程中，皎然預設了謝靈運的作品，能充分地反映出謝靈運的真實情思。關於前者，皎然在《詩議》中作

〔註87〕同註85，頁185。

〔註88〕當然，這個前設條件，已經預設了一個立場，就是作者有足夠的表現能力，能在作品內進行充分且完整的表達活動。

了這樣的認定：

> 文章關其本性。〔註89〕

作品與作者情性間存在著一條直截的通道，當作者能以眞情感投注進入創作活動時，作品就能直接地反映出作者的眞實感情。至於後者，可以皎然在前引文裡對謝靈運的推崇，作爲此間代表：

> 若遇高手如康樂公，覽而察之，但見情性，不睹文字。蓋詩道之極也。

> 康樂公早歲能文，性穎神徹。及通內典，心地更精。故所作詩，發皆造極。

所以在皎然的認定裡，謝靈運與其詩作間，根本不可能存在著「情」不迨「詞」，或「詞」不達「情」的問題。

　　皎然針對謝靈運詩作「眞於情性」的評論，可直接與其「但見情性」的論點相聯繫。我們可以這樣說，皎然說「康樂爲文，眞於情性」，是指謝靈運將眞感情投注進作品的創作過程。在前述的英伽登美學理論中，作者經由「意向性」活動而產生文學作品，是現象學美學解釋文學作品成型原因時，很重要的一個關鍵。當我們透過英伽登美學理論，對「康樂爲文，眞於情性」一語作系統解釋時，我們可以說謝靈運詩的完成，同時也是謝靈運「意向性」活動的結束與完成。從文學活動的解釋理論來說，這是一個由作者面向文本面進行運動的過程。皎然說「若遇高手如康樂公，覽而察之，但見情性」，此「覽而察之」是就讀者去觀覽、察覺謝靈運的作品而言。因爲謝靈運投注眞感情於作品之內，敏銳的讀者發掘作品時，就有「見」謝靈運的「性情」的可能。作爲「純粹意向性客體」的大謝作品，其完成一方面除了有賴謝靈運本身的「意向性」活動外，另一方面還必須得助於讀者的「意向性」活動，由讀者去覽察作品，進而從中建構謝靈運的性情、經驗。所以讀者對大謝詩的「意向性」活動，也算是對謝靈運作品的重塑，但是如我們一再強調的，這個重塑的藍本仍需以作者的美感經驗」

〔註89〕同註85，頁185。

主。從文學活動的解釋理論理論，這一個由文本面向讀者面作運動的文學活動過程。由此可見，皎然對謝靈運所作的批評，「眞於性情」和「但見性情」，剛好構成一個「作者→文本→讀者」的完整文學活動解釋理論。

　　再論「深於作用」。「作用」一語的解釋，學者們各有分歧，〔註90〕筆者在此自無力也無暇作進一步討論，僅能選擇性地以部分研究成果作爲下文論述的基點。在這些對皎然論「作用」的研究成果裡，筆者贊同徐復觀從「體」「用」關係的層面，理解皎然「作用」背後的內涵。先說「體」與「用」的界說，徐復觀在〈皎然詩式「明作用」試釋〉

〔註90〕 近代研究者對皎然詩學中「作用」一語的解釋，出現頗大分歧，這與皎然論述文字的簡約乃至模糊有密切關係。如郭紹虞主編的《中國歷代文論選第二冊》（郭紹虞主編，上海：上海古籍出版社，1999年 3 月第一版第十四刷），認爲「作用」指「藝術構思」，詳見該書頁 79。王運熙的看法則較接近《中國歷代文論選》，其《中國文學批評史隋唐五代卷》（王運熙、楊明著，上海：上海古籍出版社，1996年 12 月出版）〈第二編唐代中期的文學批評・第三章中唐的詩歌批評・第三節皎然〉說：「作用是指作家進行創作時的思維活動。」詳見該書頁 336。蕭水順則在其《從鍾嶸詩品到司空詩品》（蕭水順著，台北：文史哲出版社，1993 年 2 月出版）一書〈第三章釋皎然及其詩式〉裡，認爲「作用，即是不墨守成規之意」，詳見該書頁 48。又如徐復觀在《中國文學論集續編》（徐復觀著，台北：台灣學生書局，1984 年 8 月再版）的〈皎然詩式「明作用」試釋〉文中，認爲皎然說「作用」，是指與「體」相對的「用」，指「由某事或某物所發生的意味、情態、精神、效能等」，詳見該書頁 152。張伯偉在《隋唐五代詩格校考》（張伯偉編撰，西安：陝西人民教育出版社，1996年 7 月出版）的代前言〈詩格論〉裡，對「作用」一詞作過詳細考察，認爲『「作用」一詞，原爲佛學教裡，可簡稱爲『用』而與『體』相對。……而將這一術語導入文學批評，最早的是皎然，《詩式》中專列有『明作用』節」，而「所寫的某事某物是『體』，而烘托、渲染某事某物之意味、情狀、精神、效用的『象』是『用』。……『體』屬『內』，故『暗』；『用』屬『外』，故『明』」，其結論與徐復觀相近，詳見該書頁 16〜17。此外，張伯偉認爲徐復觀「依據的材料是《詩人玉屑》所引的諸家詩話，其內容與皎然《詩式》無直接關係」，而他依據的材料是「晚唐五代的詩格受皎然影響很大，內容也有承接關係」，所以其論證「可以加強徐氏之說」，詳見該書頁 29。

文裡說：

> 「體」是指某事或某物的自身，例如「燈」的自身是「體」。
> 「用」是指由某事或某物所發生的意味、情態、精神、效
> 能等，例如由燈所發出的光明，是燈的用。所以每事每物，
> 皆可謂「有體有用」。〔註91〕

而「作用亦可簡稱爲『用』，乃對『體』而言。即由王弼易例起，經常
出現的『體用』之用，體可稱爲『本體』，用可稱爲『作用』」〔註92〕。
可見「作用」一詞在用法上，等同於與「體」相對的「用」，係指「由
某事或某物所發生的意味、情態、精神、效能等」。

再論「作用」的可能解釋。在皎然《詩式》卷一裡有〈明作用〉
一則，專門討論「作用」：

> 作者措意，雖有聲律，不妨作用，如壺公瓢中自有天地日
> 月，時時拋鍼擲線，似斷而復續，此爲詩中之仙。拘忌之
> 徒，非可企及矣。〔註93〕

引文中皎然以壺公的故事，指喻「作用」一語的內涵。壺公故事的原
型，應爲《後漢書・方術傳》中〈費長房傳〉的老翁賣藥，市罷跳入
壺中之事。徐復觀詳細地分析皎然借用壺公故事說明「作用」的比喻，
並解釋了「作用」一詞的背後意義：

> 「瓢」的自身是「體」，以喻詩的體材。瓢中的天地日月，
> 是由瓢體顯出的作用。以喻由體材所顯出的意味、情態、
> 精神、功效等。體受空間的一定限制，作用所受的限制較
> 小，所以從境界說，常是「體」小而「用大」。日月係藏於
> 瓢中，以喻「用」係藏於「體」中。「用」雖藏於「體」中，
> 但會時時向外露出端倪，透出消息。此種端倪、消息，乃
> 在隱顯之間，有無之際。不過有此「體」，便有此「用」。
> 有此「用」，便有此端倪、消息，可供詩人以探求、玩索。

〔註91〕 見徐復觀著，《中國文學論集續編》（台北：台灣學生書局，1984 年
8 月再版），頁 152。
〔註92〕 同註 91，頁 150。
〔註93〕 同註 69，頁 200。

> 所以便有「時時拋針擲線，似斷而復續」兩句。由「體」
> 中玩索出「用」來，即係從「體」中開闢出新境界，此心
> 境廣博深厚，變動不居，可作各層次、各方面的表現，所
> 以說「此爲詩中之仙」。〔註94〕

徐復觀對「作用」的解釋已經夠詳盡了，筆者在此就不再行作補充評述。據徐復觀對「作用」的解釋，皎然之所以說謝靈運爲文「深於作用」，應該可以理解爲謝靈運擅長於其描寫的情象中，把握住該描寫情象的精神、情態。〔註95〕

　　綜上論述，皎然認爲謝靈運詩作所以能「發皆造極」、「但見情性，不睹文字」的原因，實可由創作主體與閱讀主體兩方面說起。從創作主體層面來說，「但見性情，不睹文字」是詩人謝靈運以眞感情作爲基礎的情況下，「才」與「識」相互辯證融合，最後將其美感經驗灌注於語言文字上的結果。從閱讀主體層面來說，讀者所以能「但見」謝靈運觀念層次的「情性」，而「不睹」物理層次的「文字」，是因爲讀者以語言文字作爲進入謝靈運詩美感經驗世界的橋樑，以謝靈運的美感經驗作爲閱讀時創構的藍本，進而衝破語言文字限制，進入無文字相的美感經驗世界，因而得以遨遊其中。這裡可以引出一個值得我們思考的問題，就是在「但見情性，不睹文字」的美學模式底下，創作主體是使用何種方式將其作品中的「美感經驗」傳達給讀者？這可自《詩式》卷二〈池塘生春草、明月照積雪〉條裡略見端倪：

> 評曰：客有問予，謝公二句優劣奚若？余因引梁征遠將軍
> 記室鍾嶸評爲「隱秀」之語。且鍾生既非詩人，安可輕議，
> 徒欲聾瞽後來耳目。且如「池塘生春草」，情在言外。「明
> 月照積雪」，旨冥句中。風力雖齊，取興各別。……情者，
> 如康樂公「池塘生春草」是也。抑由情在言外，故其詞似

〔註94〕 同註91，頁153。

〔註95〕 徐復觀在〈皎然詩式「明作用」試釋〉文中，有專段討論皎然「作用」一詞的實際應用情況，可與本文論述互相參考。詳細論述見《中國文學論集續編》一書，頁153～154。

淡而無味，常手覽之，何異文侯聽古樂哉！《謝氏傳》曰：
「吾嘗在永嘉西堂作詩，夢見惠連，因得『池塘生春草』，
豈非神助乎？」〔註96〕

上引文裡，皎然將原爲劉勰所提出的「隱秀」之說，誤記爲鍾嶸之語。
對此我們可以暫時不去理會，而將焦點集中在皎然與其客對大謝詩
「池塘生春草」和「明月照積雪」二勝語優劣的討論上。我們看到在
皎然的評論裡，「池塘生春草」和「明月照積雪」兩語在文學批評的
位階上雖是難分軒輊，但就個別詩句所產生的美學效果而言，卻存在
著極大的差異。皎然告訴我們，這兩勝語在美學效果上產生差別的原
因，可以追溯到「取興」時的心理狀態。也就是說「池塘生春草」與
「明月照積雪」，所以予人不同的「美感經驗」，起因於創作主體面對
不同外景時，情意受到不同的感發所致。因爲「取興」上的不同，形
成這兩詩句在美學效果上有「情在言外」和「旨冥句中」的互具特色。

　　讓我們先討論「明月照積雪」的相關問題。「明月照積雪」出自
謝靈運的〈歲暮〉一詩。然大謝〈歲暮〉一詩已佚，僅能於《藝文類
聚》卷三〈歲時・冬〉與《初學記》卷三〈歲時部〉所引處觀見其殘
篇。「明月照積雪」即爲殘句之一。今見〈歲暮〉詩殘篇爲：

殷憂不能寐，苦此夜難頹。明月照積雪，朔風勁且哀。運
往無淹物，年逝覺易催。〔註97〕

上引的〈歲暮〉詩雖是殘篇，但頗能展現謝靈運寫下「明月照積雪」
時，其情意感發的態狀，這已有助我們釐清「明月照積雪」的「起興」
問題。「明月照積雪」的「起興」，顯然來自於前兩句的「殷憂不能寐，
苦此夜難頹」。我們可以試著想像，詩內運轉的時間，是大雪紛飛的
歲末寒夜，我們不知道謝靈運是爲何原因而憂悶失眠，但是透過這種
由於失眠，而導致對長夜百般怨苦的夫子自道，我們可以推測，謝靈
運似乎在精神上面臨了極大的壓力。可見〈歲暮〉裡的黑夜，顯然不

〔註96〕 同註69，頁239。
〔註97〕 見逯欽立輯校，《先秦漢魏晉南北朝詩》（北京：中華書局，1998年
　　　　5月第一版第三刷），頁1181。

僅是自然界的現象，更是謝靈運困悶精神的象徵。此刻殷憂、失眠而百般無聊的謝靈運，將目光轉向戶外的夜景，他當下看到了自然界的景象是「明月照積雪」。我們可以這樣分析，「雪」與雪所帶來的寒氣造成「寒冷」的感覺是一種自然現象，必須經由觸覺感官的接受，人們才得以感知，因此單就「雪」而言，謝靈運感受到的寒冷是「感覺」上寒冷，這種寒冷始終停留在生理機能的層次上。而謝靈運感受到的「明月照積雪」，皎白的月光映照在覆滿大地的潔白瑞雪上，不僅本身就帶有觸覺上的寒冷「感覺」（作為自然現象的「雪」本身，即帶有「寒冷」的屬性），也是一種視覺意象的展現。謝靈運必須透過視覺感官的認識，才能得見「明月照積雪」的意象，但是這個意象本身，性質上是中立的而不具有「寒冷」的屬性（因為「冷」的概念，源發自觸覺而非視覺）。只是何以「明月照積雪」的意象，會帶給謝靈運、也會帶給我們「寒冷」的感覺呢？這顯然是謝靈運或讀者經由視覺感官，在「直覺」過程當中所形成的心理意義的寒冷。這種心理意義上寒冷的形成，本賴於視覺感官的認識，但最終卻超越感官層次，而進入心理層次。就此而言，謝靈運所見到的「明月照積雪」景象，其間帶來的「寒冷」，雖有若干屬於生理機能上的反應，但是心理上的意義還是佔大多數。這種寒冷與謝靈運當下「殷憂」失眠的心情相對應，所以當他落書寫下「明月照積雪」之際，就是將外在景象與內在心象同時挫於筆端，是寫景也是寫情。

　　明代詩論家王世貞（1526～1590）在《藝苑卮言》卷三裡，有段比較「池塘生春草」與「明月照積雪」的記載，可與皎然此處之說相互闡發，或許有助於我們釐清皎然以「池塘生春草」「情在言外」及「明月照積雪」「旨冥句中」的意涵：

> 「明月照積雪」，是佳境，非佳語。「池塘生春草」，是佳語，非佳境。此語不必過求，不必深賞。若權文公所論「池塘」「園柳」二語托諷深重，為廣州之禍張本，王介甫取以為美談，吾不敢信也。按權云：「池塘者，泉水瀦溉之池。今

日生春草，是王澤竭也。齒詩配一蟲鳴爲一候，今日變鳴
禽者，候將變也。」〔註98〕

王世貞說「明月照積雪」是「佳境」，這裡的「境」，顯然並非是外在
現象界的「實境」，而是指創作主體或閱讀主體，經由「意向性」活
動所創構的「虛境」。讀者在謝靈運所創構的這個「境」裡所觀覽到
的，都是作爲與謝靈運心境直接相應的外境，同時也是與外境相應的
謝靈運心境。王世貞所以說「明月照積雪」之「境」所以「佳」，就
是因爲這「境」已完成「主客合一」的一元型態。我們可以發現，王
世貞的論述其實是與皎然「旨冥句中」的評論相應和的。皎然所謂「旨
冥句中」的「旨」，其實不外是指謝靈運寫下「明月照積雪」時，那
種極端苦悶的心情。謝靈運當下愁苦失眠的情緒，剛好與「明月照積
雪」句所展示的整體意境融爲一體，所以皎然用「冥」來描述謝靈運
這種心境與外境的剎那融洽，正如前文所述，「明月照積雪」句中展
現的詩境，其實就是謝靈運當時的心境。

　　再論「池塘生春草」的問題。皎然在前文中已經提示過我們，「池
塘生春草」所以與「明月照積雪」具有不同的美學效果，是因爲「起
興」不同的緣故。因此我們還是得從「起興」下手，分析何以「池塘
生春草」是皎然口中的「情在言外」，是王世貞眼裡的「佳句」而非
「佳境」。「池塘生春草」是謝靈運〈登池上樓〉中的名句。王叔岷曾
在《鍾嶸詩品箋證稿》中，分析謝靈運寫下「池塘生春草」時的心理
狀態，這有助於我們釐清「池塘生春草」的「起興」問題：

登池上樓詩，乃靈運病中所作，所謂「臥痾對空床。」抱
病而「褰開暫窺臨。」忽得「池塘生春草」句，病中人睹
此春草生機，無怪靈運欣喜而謂「此語如有神助」。〔註99〕

據引文的討論，謝靈運「池塘生春草」句的起興，顯然是痾病中頓見

〔註98〕見丁福保輯，《歷代詩話續編・藝苑巵言》（北京：中華書局，1997
年3月第一版第三刷），頁994。
〔註99〕見王叔岷撰，《鍾嶸詩品箋證稿》（台北：中央研究院中國文哲研究
所，1992年3月出版），頁280。

充滿生機的春草，而感到欣喜，精神爲之奮發大振，及時落筆成書而來。就詩中所展現的意象而言，「池塘生春草」句本身是謝靈運感受外境的生機後，自身對美感經驗的凝結。就謝靈運創作〈登池上樓〉的整個心理情境而言，「池塘生春草」句記錄著謝靈運由病懨到奮起，從困頓至欣喜的當下心情，可視爲大謝眞摯「情性」的表現。皎然說「『池塘生春草』，情在言外」、「情者，如康樂公『池塘生春草』是也」，其實就是從謝靈運創作〈登池上樓〉時的心境立論。「池塘生春草」能「情在言外」，是「情者」、情感的展露，就是因爲「池塘生春草」除了透過文字展示的意象及美感經驗外，還能在文字之外，表現出謝靈運的「情性」。「池塘生春草」係「情在言外」之說，若不從其「起興」處互相聯繫考察，則不能解之。

「池塘生春草」是否得勝，如何得勝，向來引起歷代學者、詩家的熱烈討論。南宋曹彥約《昌谷集》卷十六有〈池塘生春草說〉一文，其云：

> 古人用意深遠，言語簡淡，必日鍛月鍊，然後洞曉其意。及思而得之，愈覺有味，非若後人一句道盡也。晉宋間詩人尚有古意，謝靈運池塘生春草之句，說詩者多不見其妙，此殆未嘗作詩之苦耳。蓋是時春律將近，夏景已來，草猶舊態，禽已新聲，所以先得變夏禽一句，語意未見，則向上一句尤更難著。及乎惠連入夢，詩意感懷，因植物之未變，知動物之先時，意到語到，安得不謂之妙。〔註100〕

曹彥約之說，實可作爲皎然「『池塘生春草』，情在言外」一語的註腳。引文中曹彥約嘗試透過對文本的解釋，引導讀者超越語言文字的層次，進而重構謝靈運寫「池塘生春草，園柳變鳴禽」時生發的「美感經驗」世界。用現代文學理論的觀點來看，這是屬於詩學的詮釋學或詮釋學美學的批評，它企圖引導讀者挖掘蘊含在文本內部的「美感經

〔註100〕見清・紀昀主編，《景印文淵閣四庫全書・集部一〇六・昌谷集》，頁 1167 之 199。

驗」。至於王世貞則認爲「『池塘生春草』是『佳語』,『非佳境』」,而
「不必過求」、「不必深賞」的說法,筆者認爲不能作孤立地討論,而
應該要連同後文一併理解。據王世貞後文所說的,「若權文公所論『池
塘』『園柳』二語托諷深重,爲廣州之禍張本,王介甫取以爲美談,吾
不敢信也」及按語云云,可知王世貞此語是針對唐代權德輿,承漢儒
以比興詩教方式附會曲說「池塘生春草」而發。換言之,王世貞是有
目的地批判這等俗見,其目的顯然是試圖將詩歌從傳統詩教說底下解
放出來,以肯定其藝術性,進而重新確立文學作品的美學價值。相較
於前述曹彥約透過對讀者的引導,力求回到作者「美感經驗」世界的
企圖,以及王世貞批判俗見,試圖重新確立文學作品的美學價值,明
末清初的詩論家王夫之(1619～1692)則直接從美學理論上進行論辯:

> 「池塘生春草」、「蝴蝶飛南園」、「明月照積雪」,皆心中目
> 中與相融浹,一出語時,即得珠圓玉潤,要亦各視其所懷
> 而與景相迎者。〔註101〕

王夫之強調「情景相融浹」的說法,就是中國文學理論史上的重要問
題——「情景交融」理論。王夫之認爲無論是「池塘生春草」或者「明
月照積雪」,所以能產生美學效應,係因在創作過程裡,創作主體當
下的心情、胸臆與眼前景物相互交感引發所致,內在於創作主體之
「情」,與外在於現象界之「景」,由內外的平衡走向融爲一體,最終
完成了「景生情,情生景,哀樂之觸,榮悴之迎,互藏其宅」〔註102〕。
王夫之所說的「池塘生春草」等句「一出語時,即得珠潤玉圓」,該
當從這個角度去理解。本此,王夫之一再強調:

> 情景名爲二,而實不可離。神於詩者,妙合無垠。巧者則
> 有情中景,景中情。〔註103〕

> 夫景以情合,情以景生,初不相離,唯意所適。截分兩橛,

〔註101〕見清・王夫之著,舒蕪校點,《薑齋詩話》(北京:人民文學出版社,
　　　　1961年6月出版),頁146。
〔註102〕同註101,頁144。
〔註103〕同註101,頁150。

　　　則情不足興，而景非其景。〔註104〕

「情」、「景」在進行分析式的說解時，可以作概念上的劃分，但是一旦「情景交融」進入「美感經驗」的層次時，一切文字相、概念將全部被消解。當我們觀察謝靈運作〈登池上樓〉一詩的情境時，我們可以發現，無論是皎然的「情在言外」，或是曹彥約的「意到語到」，乃至王夫之說的「心中目中與相融浹」，都是對該詩有著極深刻體會後所作的說解與批評，並且在這些說解、批評間隱隱有脈絡可尋，這脈絡就是對「情」「景」關係的討論。

　　承上文論述，由於透過「景」寫「情」的方式所建構出的「美感經驗」世界，非敏銳的讀者不能觀入得意，所以皎然最後感慨的說：「抑由情在言外，故其詞似淡而無味，常手覽之，何異文侯聽古樂哉！」祁志祥在〈「但見情性，不睹文字」說——評中國古代文學創作和批評的一條美學標準〉文裡，有一段話討論「但見性情，不睹文字」的表達方式，頗值得我們參考：

　　　「但見情性，不睹文字」，之所以「情性」未見諸文字，往
　　　往還因為它沒有直說，而是通過形象透露出來，只見景與，
　　　不見情語，而作者的情性自在景語中。〔註105〕

因為作者的「情性」是透過形象顯露出來，所以只見「景」，不見「情」，因此不僅是「情在言外」，「情更在景內」（旨冥句中）。創作主體的這種表達方式，自然造成一般讀者在理解上的困惑，所以常手自然會覺得「其詞似淡而無味」，如魏文侯聽古樂而睡，其中佳處自無從發覺。由是可見，在「但見情性，不睹文字」的美學模式底下，創作主體傳達「美感經驗」給讀者的方式，顯然是透過「景」或形象的描寫，雖然「情性」未被創作主體直寫為語言文字，但「情性」已寓乎「景」或形象當中了。

〔註104〕同註101，頁151。
〔註105〕見古代文學理論研究編委會編，《中國古代文學理論研究第十五輯》
　　　　（上海：上海古籍出版社，1991年10月出版），頁157。

　　論述完「截斷眾流」的第一、三重美學意涵與皎然詩學的關係後，我們可以接續著討論「截斷眾流」的第二重美學意涵在皎然詩學中的地位。我們在前文裡曾說，創作或鑑賞過程的進行，其實是無法經由感官或理性加以把握，就此而言是「非常識所到」，「截斷」了外在的攀援，恰恰突顯出「藝術直覺」在創造、鑑賞過程中的關鍵地位。皎然對「藝術直覺」的重視，主要表現在其論「神詣」上。《詩式》卷五云：

> 夫詩人造極之旨，必在神詣，得之者妙無二門，失之者邈若千里，豈名言之所知乎？故工之愈精，鑒之愈寡，此古人所以常太息也。〔註106〕

「詣」字出現的很早，東漢許慎的《說文解字》已有收錄此字，許慎解「詣」為「候至也」，清代段玉裁則注解「候至」為「候至者，節候所至也」，並補充說「凡謹畏精微深造以道而至曰詣」〔註107〕。可見「詣」本義為季節、氣候的來臨，本身不僅蘊含「到達」的意思，在古代更帶有些許「神秘」的意味。在科學不甚發達的往日，「節候」的往來循環、奧妙變化，被認為是神妙精微難測，而且是令人敬畏的。因此當古人解釋這種季節往返的自然現象時，對「氣候所至」的命題採取一個形上學的假設，即「節候」的基礎源自作為宇宙本體的「道」的活動。換言之，「詣」代表的「候至」運動，係遵循「道」的規律所進行運動，所以段玉裁才解釋「詣」是「謹畏精微深造以道而至」。

　　根據我們前面對「詣」字的簡解，作為「候至」的「詣」，不僅有「到達」的意思，更隱約透露著某種「神秘」的意味。所謂的「神詣」就是「神至」或「神到」，以「詣」字對「神」或「藝術直覺」的降臨進行描述，顯然不只是作為詩論家的皎然，對前代美學理論的綜合貫理而已，更是作為詩人的皎然，其在創作方面的經驗之語。皎

〔註106〕同註69，頁307。
〔註107〕見漢・許慎撰，清・段玉裁注，王進祥注音，《說文解字注》（台北：漢京文化事業有限公司，1985年10月出版），頁95。

然說「詩人造極之旨，必在神詣」，顯然是從作者層面出發，討論有關創作主體在藝術創作過程裡的精神活動問題。在上一章的討論裡，我們得到「藝術直覺」在「神韻」詩學譜系內，有著極為突出傾向的結論。而這一傾向在鍾嶸詩學裡已有萌芽之跡，到了皎然時，這個傾向更為明顯化。在此，我們可以把「神詣」界說為藝術創作過程中，創作主體進行的一種極精微精神活動，而引導創作主體精神活動的背後主體，就是「神」，相當於現代美學所強調的「藝術直覺」。「藝術直覺」的到臨是突然、不可預測，甚至是帶點神秘色彩，因此皎然用「詣」描述「神」的來臨，實頗能生動且精鍊地濃縮「藝術直覺」的特性。

　　皎然認為創作主體「神詣」的活動，是「詩人造極之旨」，創作主體所以能達到且成就藝術作品極境的依據。這樣就在無形中肯定了，經由「神詣」而來的作品，是第一流的作品。同時。這種創作主體的「神詣」活動，就像是《莊子・天道》中，輪扁斲輪的心得：「不徐不疾得之於手，而應於心。口不能言。有數存焉於其閒。」〔註108〕是可意會不可言傳，可以直覺感受而無法用概念分解，能夠以名言描述其然，卻無法說明其所以然。因此皎然方感嘆說「得之者妙無二門，失之者邈若千里，豈名言之所知乎？」而末句的「故工之愈精，鑒之愈寡，此古人所以常太息也」，陳良運主編的《中國歷代詩學論著選》是這樣解釋的：

> 意為沒有「神詣」之功，刻意求工愈是精細，別人看起來愈是寡淡。鍾嶸說：「終朝點綴，分夜呻吟獨觀謂為警策，眾睹終為平鈍」，蓋此意也。〔註109〕

可見皎然認為詩人除了在技巧上用工夫以外，更應該注意「神詣」在藝術創作過程裡所發生的作用。對此我們或者可以使用體用關係加以

〔註108〕見錢穆著，《莊子纂箋》（台北：東大圖書股份有限公司，1993年1月重印四版），頁111。

〔註109〕見陳良運主編，《中國歷代詩學論著選》（南昌：百花洲文藝出版社，1998年8月第二版），頁275。

闡述：在藝術創作過程裡，「神詣」是體，而「技巧」是用，文字技巧的完美運用，仍需要「藝術直覺」在背後作爲基礎。換言之，文字上的技巧不過表達「神詣」感知的工具罷了。

在《詩式》卷五〈立意總評〉條中，皎然亦特意地凸顯「神詣」在藝術創作過程中的特殊地位：

> 評曰：前無古人，獨生我思。驅江、鮑、何、柳爲後輩，
> 於其間或偶然中者，豈非神會而得也？〔註110〕

「神會」意同於「神詣」，皎然在此使用「神會」一詞，形容創作主體在藝術創作中藝術直覺的活動。在引文裡皎然認爲，若僅單純在藝術創作上規矩古人作品，步趨模擬，充其量不過是「偷」而已。皎然在《詩式》卷一〈三不同：語、意、勢〉條內提到：

> 評曰：不同可知矣，此則有三同。三同之中，偷語最爲鈍賊。如何定漢律，厥罪必書。不應爲。鄷侯務在匡佐，不暇采詩。致使弱手蕪才，公行劫掠。若許貧道片言可折，此輩無處逃刑。其次偷意。事雖可囿，情不可原，若欲一例平反，詩教何設？其次偷勢。才巧意精，若無朕跡。蓋詩人閫域之中偷狐白裘之手，吾亦賞俊，從其漏網。〔註111〕

「偷」或說是「模擬」，是皎然最不樂見的創作模式。經過對「偷語」、「偷意」、「偷勢」三種不同模擬方式的比較，皎然雖然認爲「偷勢」的模擬方式，表現得「才巧意精，若無朕跡」，是「三偷」中的最上者，爲「偷語」與「偷意」之人所不可迄及。但皎然仍未對「偷勢」加以提倡，而僅是淡淡地說「吾亦俊賞，從其漏網」而已。顯然「偷勢」之作，雖已是「詩人閫域之中偷狐白裘之手」，但始終不是詩家坦途。皎然在《詩議》裡明確地說：「凡詩者，惟以敵古爲上，不以寫古爲能。立意於眾人之先，放詞於群才之表，獨創雖取，使耳目不接，終患倚傍之手。」〔註112〕將這段話綜合上文來看，顯然皎然認

〔註110〕同註69，頁321。
〔註111〕同註69，頁216。
〔註112〕同註85，頁183。

為只有「神會」或「神詣」而來的作品，才有可能超越如江淹、鮑照、何遜、柳渾等前代名詩人的作品，進而獨出一格，自鳴一家。

第三節　「神詣」與「藝術直覺」的活動

　　此處我們可以進一步地討論，「神詣」、「神會」及「藝術直覺」間的關係。早在先秦哲學裡，已有類似於「神會」的觀念誕生，而且也曾經由莊子提出討論。在《莊子‧養生主》裡，莊子就曾借庖丁之口，明確地提出「神遇」這個詞，並闡述「神遇」所蘊含的觀點：

> 庖丁為文惠君解牛。手之所觸、肩之所倚、足之所履、膝之所踦。然嚮然，奏刀騞然。莫不中音，合於桑林之舞，乃中經首之會。文惠君曰：「譆！善哉！技蓋至此乎？」庖丁釋刀對曰：「臣之所好者，道也。進乎技矣。始臣之解牛之時，所見無非全牛者。三年之後，未嘗見全牛者。方今之時，臣以神遇，而不以目視。官知止而神欲行。依乎天理。批大卻、導大窾，因其固然。技經肯綮之未嘗，而況大軱乎？」〔註113〕

在莊子這段話裡，有幾點是我們應該去特別注意的：第一、是「道」與「技」間的關係。第二、就是我們這裡的主題，「神遇」一詞的提出，及其背後的意涵。第三、「神遇」活動的特點。

　　先討論第一點，也就是「道」「技」間的關係。徐復觀於《中國藝術精神》書裡一再強調，「庖丁解牛」的寓言裡，首先應當注意的是「道與技的關係」。徐復觀說：

> 技是技能。庖丁說他所好的是道，而道較之於技是更進了一層；由此可知道與技是密切地關連著。庖丁並不是在技外見道，而是在技中見道。〔註114〕

因為「技中見道」，所以到「道在技內」，莊子在此肯定了形下的「技

〔註113〕同註108，頁24～25。
〔註114〕見徐復觀著，《中國藝術精神》（台北：台灣學生書局，1998年5月第一版第十二刷），頁52。

能」通往形上的「道」的可能性。然而庖丁的職業本來就在於肢解牛隻，庖丁解牛是職業所需，是屬於「實用性」的動作，「如何能」通往「道」呢？換句話說，庖丁解牛如何是「技進於道」？這就直接涉及到庖丁解牛，究竟是「藝術性」或是「技術性」的問題。徐復觀說：

> 同樣的技術，到底是藝術性的？抑是純技術性的？在其精神與效用上，實有其區別；而莊子，則非常深刻而明白地意識到了此一區別。就純技術的意味而言，解牛的動作，只須計較其實用上的效果。……而一個人從純技術上所得到的享受，乃是由技術所換來的物質性的享受，並不在藝術自身。莊子想像出來的庖丁，他解牛……不是技術自身所須要的效用，而是由技術所成就的藝術性的效用。……他的技術自身所得到的精神上的享受，是藝術的享受。而上面所說的藝術性的效用與享受，正是庖丁「所好者道也」的具體內容。〔註115〕

顯然庖丁解牛的性質是「藝術性」的，因此才有超脫「實用技能」，從而提升入形上層次的可能。然而我們不禁要問，在庖丁解牛與莊子所體驗、追求的「道」間，有何種相合之處？徐復觀作了如下的解釋：

> 第一，「未嘗見全牛」，而他與牛的對立解消了。即是心與物的對立解消了。第二，由於他的「以神遇不以目視，官知止而神欲行」，而他的手與心的距離消解了，技術對心的制約性消解了。於是他的解牛，成為他的無所繫縛的精神遊戲。他的精神由此而得到了由技術的解放而來的自由感與充實感；這正是莊子把道落實於精神之上的逍遙遊的一個實例。〔註116〕

因此徐復觀斷言：「莊子之所謂道，其本質是藝術性的」〔註117〕，而「莊子所追求的道與一個藝術家所呈現出的最高藝術精神，在本質上

〔註115〕同註114，頁52～53。
〔註116〕同註114，頁53。
〔註117〕同註114，頁54。

是完全相同的。所不同的是：藝術家由此而成就藝術地作品，而莊子則由此而成就藝術地人生」〔註118〕。

再論第二點，也就是有關莊子「神遇」一詞的提出，以及其中意涵的問題。先說「神遇」一詞，根據唐代成玄英疏解「神遇」的文字，「遇」是「會也」〔註119〕，「神遇」其實可與「神會」劃上等號。唐代陸德明《經典釋文·莊子音義》，引晉代向秀注文解釋「神遇」說：「暗與理合，謂之神遇。」〔註120〕可見「神遇」這一活動的背後，是有一個形上學基礎的，這個基礎叫做「理」，也就是莊子所謂的「道」。「暗與理合」就是「暗與道合」，意思是說當「神遇」活動進行時，其中的活動規律冥冥間與「道」的運動相契合。在這個觀點裡，莊子隱約地透露了只有以「神遇」的方式，方能接近、把握到「道之理」乃至「道之體」的觀點。成玄英疏文又說：

> 經乎一十九年，合陰陽之妙數，率精神以會理，豈假目以
> 看之！亦猶學道之人，妙契至極，推心靈以虛照，豈用眼
> 以取塵也！〔註121〕

成玄英在疏文裡，將「神遇」的道理闡述得更明白了，所謂的「神遇」是「率精神以會理」，以主體的「精神」來直接觀照、把握作為宇宙本體的「道」。因此當主體「神遇」「道體」的體證活動進行時，以「視覺」為首的「感官機能」是應當被中止的，因為「感官機能」對於主體「神遇」的活動，不僅沒有助益，而反倒是一層阻礙。就此成玄英將庖丁的解牛同「學道」的過程作一類比，他說學道之人去證道、體道的方法，其實與庖丁「率精神以會理，豈假目以看之」的「神遇」原理，並無二致，而要在「推心靈以虛照」，非以「感官」作為體證「道體」的途徑。

〔註118〕同註114，頁56。
〔註119〕見清·郭慶藩集釋，謝皓祥導讀，《莊子集釋》（台北：貫雅文化事業有限公司，1991年9月出版），頁120。
〔註120〕同註119，頁120。
〔註121〕同註119，頁120。

我們可以發現，當莊子借庖丁之口對文惠君說「方今之時，臣以神遇，而不以目視」時，已隱隱將「神遇」與「目視」間的關係，預設爲一種對立態勢。這裡的對立是「神」與「官」的對立；而該對立的產生與否，則視「神遇」活動的發生與否而定。〔註122〕晉代的郭象是這樣註解「官知止而神欲行」一語的：

　　司察之官廢，縱心而順理。〔註123〕

成玄英則更進一步地疏解郭注說：

　　官者，主司之謂也；謂目主於色耳司於聲之類是也。既而
　　神遇，不以目視，故眼等主司，悉皆停廢，從心所欲，順
　　理而行。〔註124〕

「官」，相當於我們今日所說的「感官機能」，如眼、耳、鼻、舌、身五種感官系統，它們分別執掌色、聲、香、味、觸五種感覺能力，因此成玄英說「官」是「謂目主於色耳司於聲之類」。接下來成疏所說的，「既而神遇，不以目視，故眼等主司，悉皆停廢」，則清楚地點出了「神遇」活動的特色，就是「神遇」進行的當下，「感官機能」的活動一定會被主體自行中止。這說明了在「神遇」活動的底下，「官」與「神」不僅是對立的，而且「官」的活動可能會直接影響到「神遇」的進行。末語「從心所欲，順理而行」，則點出了「神遇」的發動者與活動對象。「神遇」的發動者是主體的「心」；而「神遇」的活動對象則是宇宙的本體——「理」，也就是「道體」，確立了發動者與活動對象的存在，「神遇」活動才有展開的可能。這也再次證明了前文的論述，莊子的「神遇」，其實是一種主體的「精神」去體證「道體」的活動。

〔註122〕莊子此處的意思，似乎僅將「神」與「官」的對立態勢，設限在主體之「精神」去「遇」形上「道體」的「神遇」活動內。離開了「神遇」活動，也就是在主體的其他活動裡（諸如認識活動、分析活動等），「神」與「官」間未必是斷然對立而不可溝通的。
〔註123〕同註119，頁120。
〔註124〕同註119，頁120。

　　莊子哲學裡的「神遇」，其實與其「心齋」、「坐忘」密不可分。在〈人間世〉裡，莊子假孔子之口，說明說出了「心齋」的內容：

　　　　仲尼曰：「若一志，無聽之以耳，而聽之以心。無聽之以心，
　　　　而聽之以氣。……氣也者，虛而待物者也。唯道集虛。虛
　　　　者，心齋也。」〔註125〕

顧名思義，「心齋」就是「心志的齋戒」，我們可將之定位為一種力求修養主體，以期通貫、體證「道體」的工夫。如成玄英疏文所言，「心齋」的根本目的在於使「心跡俱不染塵境」〔註126〕，因此所「齋」之對象自是就「心」而言。莊子顯然認為「心齋」的首訣，在於「若一志」上。這裡的「若一志」，我們可以將之解釋為「心的專一不動」。當主體「若一志」時的最大特色，就是主體中止了其他的認識活動，而將注意力集中在某一點或某一對象上。同時因為心志乃至注意力的集中，「感官機能」的作用也為主體所停止，這時「心」的活動由主體發動，而其所動對象是「道體」。此時莊子告訴我們，應當保持「無聽之以耳，而聽之以心。無聽之以心，而聽之以氣」的態度。「耳」在此代表「感官機能」，莊子說「無聽之以耳，而聽之以心」，在於強調中止「感官機能」後，「心」所凸顯出的非知性的認識作用。而「氣」，在此並非指盈塞天地間的構成元素（陰陽二氣），蓋如陳鼓應所說，此「氣」係「指心靈活動到達極純精的境地。換言之，『氣』即是高度修養境界的空靈明覺之心」〔註127〕。「無聽之以心，而聽之以氣」，就是說此刻觀照「道體」的心，已是超越主體原本之「心」的「空靈明覺之心」。此「心」（「氣」），因為「空靈明覺」，所以可以「虛以待物」，這種「虛以待物」的特質，與「道體」「集虛」的性質相通，就此而言，此「心」有貫通、體證「道體」的可能，這也是莊子說「虛者，心齋也」的根本意義。承上文論述，我們可以發現「無聽之以耳，而聽之

〔註125〕同註108，頁30。
〔註126〕同註119，頁146。
〔註127〕見陳鼓應注譯，《莊子今注今譯》（北京：中華書局，1994年8月第
　　　　一版第五刷），頁117。

以心」，相當於我們前文討論的「以神遇，不以目視」的活動；而「無
聽之以耳，而聽之以氣」，則相當於主體之「神」體證「道體」的階段。
前者強調主體「若一志」時，對「感官機能」加以中止；後者則在點
明「心齋」的根本目的，還是落在體證「道體」上，就此而言，「心齋」
在莊子哲學中的定位，根本上仍是一個「修己以合道」的方法論問題。

在〈人間世〉裡，莊子假孔子之口論「心齋」，而在〈大宗師〉
內，莊子則借顏回之舌有「坐忘」之說。其云：

> 顏回曰：「墮枝體，黜聰明，離形去知，同於大通，此謂坐
> 忘。」〔註128〕

所謂「坐忘」，幾同於「心齋」之說。〔註129〕莊子「坐忘」所追求的，
仍是主體經由中止「感官機能」，乃至「理智作用」的過程後，主體
所自行朗現的「空靈明覺之心」。關於「墮枝體，黜聰明」的意義，
成玄英在疏文裡有段頗為明晰的闡發：

> 墮，毀廢也。黜，退除也。雖聰屬於耳，明關於目，而聰
> 明之用，本乎心靈。〔註130〕

〔註128〕同註108，頁60。

〔註129〕其實「心齋」與「坐忘」之間，還存有細節上的差異。據徐復觀的
分析：「達到心齋、坐忘的歷程，主要通過兩條路。一是消解由生
理而來的欲望，使欲望不給心以奴役，於是心便從欲望的要挾中解
放出來；這是達到無用之用的斧底抽薪的辦法。因為實用的觀念，
實際是來自欲望。欲望解消了，『用』的觀念便無處安放，精神便
當下得到自由。……另一條路是與物相接時，不讓心對物作知識的
活動；不讓由知識活動而來的是非判斷之心給心以煩擾，於是心便
從知識無窮地追逐中，得到解放。而增加精神的自由。並且在中國
缺乏純知識活動的自覺中，由知識而來的是非，常與由欲望而來的
利害，糾結在一起。莊子在說心齋的地方，只想擺脫知識；再說坐
忘的地方，則兩者同時擺脫，精神乃能得到澈底地自由。」有關徐
復觀的相關分析，可參見《中國藝術精神・第二章中國藝術精神主
體之呈現》（徐復觀著，台北：台灣學生書局，1998 年 5 月第一版
第十二刷）其中〈第六節心齋與知覺活動〉、〈第七節藝術精神的主
體——心齋之心與現象學純粹意識〉，頁 70～80。引文請見該書頁
72。

〔註130〕同註119，頁285。

成疏裡的「心靈」，指的並非是〈人間世〉裡「無聽之以心，而聽之以氣」、「氣也者，虛而待物者也」，那顆名為「氣」而實為「空靈明覺」的「心」，它顯然是指主體的「理智作用」而言。莊子的「坐忘」，不僅要求主體「墮枝體」，中止「感官機能」的活動，還要「黜聰明」，中止主體的「理智作用」。所謂的「離形去知」，就是針對主體「墮枝體，黜聰明」過程的總理。莊子認為主體經由中止「感官機能」、「理智作用」而呈現「空靈明覺之心」，可以直接觀照、把握到「道體」，這也是他所說的「同於大通」。郭象注文是這樣闡釋「坐忘」的：

> 夫坐忘者，奚所不忘哉！既忘其跡，又忘其所以跡者，內不覺其一身，外不識有天地，然後曠然與變化為體而無不通也。〔註131〕

郭注說「忘其跡」，是就主體通過「坐忘」的工夫，進而達到對現象界的中止判斷而言；郭象說「忘其所以跡」，則是說主體的「坐忘」，不僅中止了對現象界的判斷，同時亦須中止主體對現象成因的追問。對「跡」（現象）的認識，是「感官機能」的作用，而對「所以跡」（現象的成因）的推理與分析，則是「理智作用」的結果。「忘其跡」意在中止主體的「感官機能」，「忘其所以跡」則意在中止主體的「理智作用」。當「跡」與「所以跡」均可「忘」時，表示主體已完成了對「感官機能」與「理智作用」的中止，從而呈顯出一顆無雜染、虛靜兼以「空靈明覺」的心。主體以此心應物，則如〈應帝王〉所言：「至人之用心若鏡。不將不迎。應而不藏，故能勝物而不傷。」〔註132〕主體以此心觀照「道體」，則如郭注所說：「曠然與變化為體而無不通也。」

　　再論第三點。在此我們可以根據上文的論述，總結莊子「神遇」這一活動的特色。第一、「神遇」是主體的「心」或「精神」，觀照、把握形上「道體」的活動。在這個活動裡，發動者是主體的「神」或「心」，而該活動所欲把握的對象是「道體」。第二、在「神遇」活動

───────────────

〔註131〕同註119，頁285。
〔註132〕同註108，頁66。

中，主體的「神」或「心」，是與「感官機能」相對峙的，主體必須在「神遇」時中止「感官機能」活動，方能直契「道體」。第三、主體經由中止「感官機能」活動而呈現的「心」，又可稱爲「氣」，其性質是虛靜且「空靈明覺」的，也因此方能與「道體」「集虛」的特質相契，自此切入，主體方有把握、體證「道體」的可能。第四、「神遇」活動進行當下，主體排除了「感官機能」的作用，說明了「神遇」的活動層次，並不在「感官機能」面，而是在主體的「精神」面上。因此「神遇」的性質，我們可將之定位爲主體「精神」層次的活動。同時又因爲「神遇」是主體在「精神」層次的活動，因此「神遇」活動又帶有神秘感而不可捉摸的特性。

莊子借庖丁解牛的寓言暢論「神遇」，顯然並非專就藝術問題而發，但這並不代表「神遇」不能適用於藝術問題。「神遇」之所以可能移用成爲美學的相關討論，在於莊子透過「神遇」所觀察到的「道體」，其本質是藝術的、是美學的。誠如前引的徐復觀之說，「莊子之所謂道，其本質是藝術性的」，而「莊子所追求的道與一個藝術家所呈現出的最高藝術精神，在本質上是完全相同的。所不同的是：藝術家由此而成就藝術地作品，而莊子則由此而成就藝術地人生」。換言之，莊子以「神遇」觀照作爲宇宙本體的形上「道體」，看到的是藝術地人生；藝術家以「神遇」觀照萬物與「大道」，成就的則是藝術地作品。當我們比較莊子「神遇」與皎然「神詣」（神會）的內容、詞語用法，乃至觀念背後的原理時，我們可以發現這兩個觀念間不僅有共通之處，甚至可以說是呈現幾乎一致的情形。唯一不同的是，莊子「神遇」的目的是觀照「道體」，使主體「集虛」合「道」，以冀求進入「逍遙遊」的境界；所以，「神遇」的發動者是主體的「精神」或「心」，觀照的對象是形上的「道體」，完成的則是「乘天地之正，而御六氣之辯，以遊無窮」〔註133〕的「無待」人生。而皎然「神詣」

〔註133〕同註108，頁4。

的目的，在於力求藝術作品的「造極」，以期能「驅江、鮑、何、柳
爲後輩」，入古今大作手之林；發動者亦是創作主體的「神」，創作主
體所觀照的對象除「道體」外，尙可以是現象界的萬物，最後完成的
則是「前無古人，獨生我思」的藝術作品。由此可見，皎然在字詞上，
使用與莊子「神遇」接近的「神詣」、「神會」，顯然不是偶然的，而
是歷經深思熟慮後的結果。

　　然而莊子的「神遇」、皎然的「神詣」、「神會」，與現代美學討論
的「藝術直覺」間有何關連呢？爲何我們在上文裡說，皎然「神詣」
的相關說法，正好表現出他對「藝術直覺」的重視呢？姚一葦在《審
美三論・論直覺》裡對「直覺」意義和範圍的界定，有助於本文對「藝
術直覺」的相關討論。首先，姚一葦將「直覺」界定爲：

> 第一，直覺指立即的瞭解或把握，亦即在一瞬之間或刹那間
> 所捕捉到的整體，沒有經過思想或反省之類的活動。……直
> 覺不同於感覺。……此種立即或瞬間捕捉整體的能力，或者
> 說心靈的統合（integration）功能，正是直覺的基本性質。……
> 我所謂直覺僅指吾人思想和反省未有活動之前的立即把
> 握，一經進入思想的層面，便不屬於直覺的範圍。〔註134〕

這點與我們上文討論，「神遇」或「神詣」本身具備「直觀」特質，
及排除理性認識的說法不謀而合。

　　接著姚一葦對「直覺」進行第二個界定：

> 第二，直覺表現爲一種判斷的形式，此種判斷爲「自發性
> 判斷」（spontaneous judgment）。所謂「自發性判斷」乃指
> 不經過任何時間或步驟，而立即得知或斷定。……此種判
> 斷係在吾人思考之前的立即判斷，一經知性介入，或者推
> 理的活動產生，便已不屬直覺範圍。〔註135〕

姚一葦的第二點界定是從第一點界定衍生而來的，甚至我們可以說

〔註134〕見姚一葦著，《審美三論》（台北：台灣開明書店，1993年1月出版），
　　　　頁51～53。
〔註135〕同註134，頁53～54。

「自發性判斷」與「在一瞬之間或剎那間所捕捉到的整體，沒有經過思想或反省之類的」「直覺」活動，其實就是一體兩面的問題。「自發性判斷」的產生，係主體瞬間捕捉對象整體，未經思想或反省而來，是心靈的「統合功能」，故說「不經任何時間或步驟，而立即得知或斷定」。也由於是主體「直觀」而來，所以無須經由「知性」介入，一旦經「知性」介入時，則落入概念分析中，脫離了「直覺」的範圍。

姚一葦對「直覺」的第三個界定是這樣的：

> 第三，直覺為未經知性（intellectual）介入前的一種「認知」（cognition），相當於康德所謂之感性直覺。……直覺只是在知性未有介入之前之知，及未經概念之間的比對、反省、推理等活動而立即把握者。〔註136〕

這裡姚一葦除了再次強調「直覺」的「未經知性介入」，更將「直覺」界定為「知性」未介入前的一種「知」。因此他接著說「直覺」在上述觀念內，應屬「知覺」的一種，「但不等於知覺」，因為「直覺的『知』只是知覺的初步，乃吾人那一瞬間所把握的『知』」〔註137〕。可見即使是作為一種「知覺」的「直覺」，仍是主體在剎那間把握到的整體印象，此處論辨仍根基於第一點的界定上。

關於「直覺」的第四個界定，姚一葦說：

> 第四，直覺中含有非理性的成分。……其大部分非吾人所能解釋，正是康德所云「有廣大的感官知覺非意識所知」。……人類的此種非理性的直覺能力，……迄今仍是一個偉大的謎。〔註138〕

引文裡姚一葦特別指出「直覺」具有非理性，且大部分無法為人類所解釋的神秘性質。筆者曾在前文指出，無論是莊子的「神遇」或皎然的「神詣」，均帶有很大成分「神秘感」的說法，正可與姚一葦此處的論述相呼應。

〔註136〕同註134，頁 54～55。

〔註137〕同註134，頁 56。

〔註138〕同註134，頁 56～57。

　　姚一葦對「直覺」所作的第五個界定，其內容如下：

> 第五，直覺既屬人心靈的一種基本能力，則此種能力自必
> 因人而異，不僅有大小之分，且有性質之別。……人的性
> 格的差別，可能影響到他的直覺能力與性質。蓋在現實世
> 界中，的確有某種人具有敏銳的直覺，那一洞察力達到幾
> 乎不可思議的程度。〔註139〕

姚一葦認為，「直覺」雖是人類所共有、也必有的基本能力，然而這
種能力的呈現狀態，卻是不等齊、因人而異的。不過，既然「人的性
格的差別，可能影響到他的直覺能力與性質」，那是否可能經由個人
「性格」上的教育、修養或變化，從而改變該人的直覺能力與性質呢？
姚一葦並未就此癥結處提出說明，但是從理論上來說，個人透過「性
格」上的改變，從而影響「直覺」能力與性質，卻具有相當地可行性。
我們曾在前文提到，莊子「神遇」活動的發動者，是主體的明覺之「神」
或虛靜之「心」，這個「神」或「心」，其實並非天生就明覺虛靜，而
係通過主體的「心齋」、「坐忘」等工夫涵養所致。我們或許可以說，
「心齋」、「坐忘」等修持工夫，在某種程度上也可視為是一種變化「性
格」的方式，主體經此歷練過程而得的親證、體悟，自然不同於未悟
未覺之前。其實，改變的不是外�在的對象，而是「神」或「心」本身，
及其活動的方式。〔註140〕

　　經由上文的相關討論，我們可以將莊子的「神遇」及皎然的「神
詣」，定位為一種主體的「直覺」活動。我們在前文內提到，皎然的
「神詣」與莊子「神遇」在觀念原理上，其間並無二致，二者的差別
發生在成就對象的不同上。換言之，莊子「神遇」試圖成就的，是「無

〔註139〕同註134，頁57～59。
〔註140〕姚一葦對「直覺」的界定，除了我們正文裡引及的五點之外，他尚
　　　　　指出：「第六，直覺的性質雖關係於個人天賦，但卻受一個民族或
　　　　　地區的文化影響。」主要討論「直覺」與文化間的問題。由於第六
　　　　　點界定，與本文的討論並無直接關係，故筆者從略之。關於此間的
　　　　　詳細論述，可參見《審美三論》（姚一葦著，台北：台灣開明書店，
　　　　　1993年1月出版），頁59～60。引文請見該書頁59。

待」的「逍遙遊」人生；而皎然「神詣」所冀望成就的，則是「造極」的藝術作品。莊子的「神遇」係針對「道體」與人生而發，所以雖說莊子所追求的「道體」與人生，充滿了藝術色彩，但「道體」與人生終究不是藝術品，因此我們可以說莊子的「神遇」是主體的「直覺」活動，卻很難說它是創作主體的「藝術直覺」活動。這說明了，莊子的「神遇」固然可以啓示藝術創作與藝術理論，但是它本身卻不是藝術創作的過程，抑或藝術理論的建構。相較於莊子的「神遇」，皎然的「神詣」則不然。皎然在提出「神詣」的開始，就將其規範在藝術創作領域內，所以皎然的「神詣」不僅是主體的「直覺」活動，更是創作主體的「藝術直覺」活動。就此而言，「神詣」可以當作皎然對藝術創作過程的描述，更可視爲其藝術理論方面的建構。

當我們討論「直覺」的美學面問題時，則進入了「藝術直覺」的研究範圍。姚一葦曾在《審美三論・論直覺》中，針對「直覺」在審美活動裡的性質和功能，提出幾點看法。第一個看法是這樣的：

> 第一，立即的瞭解或把握，或者說立即捕捉整體的功能，在審美上極關重要。我曾經指出美感經驗一定是注意集中的情況下產生，心無旁騖，用志不紛。……在全神貫注之下，那就不是止於感覺活動，而是把握或捕捉的活動，或者說直覺的活動。〔註141〕

姚一葦這裡的討論集中在「藝術直覺」的功能層面上。主體在美感活動進行的當下，經由心志的高度集中，可以透過「藝術直覺」瞬間把握藝術對象的整體。這種特殊的直觀能力，其實如上所述，是吾人心靈的統合功能。我們發現，皎然的「神詣」裡隱約有此類論點，然因其未能作系統闡述，故此類論點較隱微不彰。而莊子的「神遇」，則能較系統地提示此論點，唯其所討論者係「直覺」問題，雖說可應用於藝術範圍裡，但追究其問題意識，仍非專注於「藝術直覺」層面。

姚一葦的第二個看法是：

〔註141〕同註 134，頁 66～67。

　　第二，直覺的自發判斷在審美上有其特殊性質，它不只是
瞬間捕捉整體的能力，同時是價值的立即把握或反應。蓋
格爾（Moritz Geiger）特別強調後者，認為：直覺乃觀賞者
經由對藝術品的感覺而對美的價值的立即捕捉。〔註142〕

這是說「藝術直覺」的性質，除了是剎那直觀整體的能力之外，同時
也是主體價值判斷的反應乃至實現。換言之，主體當下進行的「藝術
直覺」活動，不僅是直觀的活動，也是價值判斷的活動。姚一葦分析
說這種判斷是「純主觀的判斷」，因為「此種自發性判斷必與觀賞者的
情緒相關」，「所顯示的係個人的『趣味』（taste）」，所以「自發性判斷
所捕捉的價值只是一個層面，因為接下來的你必要者出支持你判斷的
理由……那就進入純知性的活動的領域，越出直覺的範圍」〔註143〕。
姚一葦所言甚是，且以前文所引，皎然稱譽謝靈運「池塘生春草」、「明
月照積雪」為例說明之。皎然以「藝術直覺」捕捉「池塘生春草」、「明
月照積雪」的整體印象同時，說「『池塘生春草』，情在言外。『明月照
積雪』，旨冥句中。」的說法，其實帶有很濃重的「自發性判斷」意味。
我們前文曾引用姚一葦的界定，說「自發性判斷是不經過任何時間或
步驟，而立即得知的」，這種判斷的成立，很大部分取決於閱讀主體的
個人趣味，它是「純主觀的」。因為是純然主觀的判斷，所以可能當皎
然極力推譽「明月照積雪，旨冥句中」時，明代詩論家胡應麟（1551
～1602）卻持此語「風神頗乏，音調未諧」〔註144〕的看法；同樣地，
在皎然稱美「池塘生春草，情在言外」時，王世貞卻說此是「佳語，
非佳境」，「不必過求，不必深賞」。這是由於不同閱讀主體，針對同一
文本進行「藝術直覺」活動時，基於個人趣味的不同，從而形成在「自
發性判斷」上的歧異。只是，當皎然分析「池塘生春草」、「明月照積
雪」二語「風力雖齊，取興各別」時，就已落入「知性」活動的範圍。

〔註142〕同註134，頁69。
〔註143〕同註134，頁70～71。
〔註144〕見吳文治主編，《明詩話全編第五冊・胡應麟詩話・詩藪》（南京：
　　　　　江蘇古籍出版社，1997年12月出版），頁5562。

蓋皎然在形成「自發性判斷」，捕捉、反映價值後，更試圖說明其立論所以能成立的原因與證據，不僅識其然，更欲知其所以然，這顯然已脫離了「藝術直覺」的活動，從而進入「理性分析」的層次內。筆者在這裡想要補充的是，姚一葦的上述說法，雖似專就「觀賞者」的審美活動立論，其實亦可適用於創作主體的創作活動。雖說創作主體通過「藝術直覺」把握到的藝術對象，仍非藝術作品，而尚須經過創作主體使用藝術素材成型的關卡，但是我們可以發現，其實主體通過「藝術直覺」把握藝術對象的這個階段，已涉及藝術對象的擇取、汰選問題。這中間的擇汰就是創作主體的價值判斷活動，是純主觀性，所以也是屬於「自發性判斷」的活動。

姚一葦的第三個看法是：

> 第三，直覺只是吾人審美活動中的一個層面。……直覺的活動，……只是瞬間的活動，緊接著而來的著是吾人的知性活動，包括分析、比較、綜合、演繹等所有吾人之思想機能的運作。蓋直覺的本身是無法傳達的，我們無法將捕捉到的整體傳達出來，只能逐項的作細部的描述，但是細部描述的本身便是知性的活動。〔註145〕

姚一葦認爲「藝術直覺」所捕捉到的對象是無法傳達的，而「藝術直覺」在傳達上的侷限，係源自「藝術直覺」本身能瞬間捕捉、把握對象整體性的特質。因此倘將「藝術直覺」活動所捕捉到的對象加以分割，就不得不落入了言筌，脫離「直覺」活動，從而進入「知性」活動的層面。然而姚一葦強調，「藝術直覺」的活動，只是整個審美活動的一部分而非全部，倘主體欲將「藝術直覺」捕捉到的對象表達出來，仍須藉助於「知性」活動。「知性」的活動雖不是「藝術直覺」的活動，但仍可以是整個審美活動的一部份。皎然在《詩式》裡說，「神詣」的特質是「得之者妙無二門，失之者邈若千里，豈名言之所知乎」，其實就是針對主體在「藝術直覺」活動中，把握到的那個不

〔註145〕同註134，頁71。

可分割地整體對象而言。只是我們不能忘記，「神詣」只是審美活動的一部份，主體若要將經由「神詣」把握到的對象，傳達給其他主體的話，仍須藉助語言文字之力，這時就不再是「神詣」的活動，而是「知性」的活動了。

　　關於姚一葦的第四點與第五點看法，均集中在討論藝術家「直覺」能力的問題上，二者可說是息息相關，我們在此可以合併討論。第四點看法是說：

> 第四，此一瞬間把握或者說直覺功能，正是一個藝術家所必應具備的能力。……一個藝術家對於無論是外界的事物或內心的心境，必要能立即抓住，稍縱即逝，永不回還。此即藝術家的直覺能力。……靈感不是憑空而來得，而是來自一個人的直覺能力。〔註146〕

上引文裡姚一葦強調，凡藝術家必定都具備「藝術直覺」的能力，這種能力可以捕捉外在現象界的事物以及內在藝術家的心境。王國維《人間詞話》就說，真正的詩人不僅能寫真景物，更能寫真性情，因為：

> 境非獨謂景物也，感情亦人心中之境界。〔註147〕

不獨是現象界的萬物，其實連藝術家的心境，也可以是「藝術直覺」的活動對象。此外，姚一葦認為「藝術直覺」能力，與「靈感」密不可分，甚至可以說「藝術直覺」是藝術家「靈感」的誕生源。姚一葦的第五點看法，顯然是承續第四點看法而來：

> 第五，藝術家的直覺能力比起一般人來自有所不同。……藝術家清晰地抓住印象之能力，較一般人為優越。……我認為一個藝術家的直覺能力最主要的乃是將其主觀意識（包括意識界和潛意識界）投射到物之中，或者說他所捕捉的世界，強烈地塗上了他自己心靈的色澤。〔註148〕

〔註146〕同註134，頁73～74。
〔註147〕見王國維著，滕咸惠校注，《人間詞話新注》（台北：里仁書局，1994年11月第一版第三刷），頁60。
〔註148〕同註134，頁76～78。姚一葦對「藝術直覺」的看法，除了我們正文裡討論的五處外，他尚指出：「第六，我國藝術係在與西方截然

引文裡說藝術家的「藝術直覺」能力不同於常人，並不是說常人不具有「藝術直覺」能力，而是說藝術家的「藝術直覺」，無論在質或量上皆遠優於常人。所謂質的優於常人，如姚一葦引文所說，「藝術家清晰地抓住印象之能力，較一般人爲優越」；所謂量的優於常人，是指藝術家的「藝術直覺」較容易被引發，同我們在第四點的討論來看，也就是較常人易於產生「靈感」。姚一葦認爲藝術家的「藝術直覺」能力，主要是「將其主觀意識投射到物之中，或者說他所捕捉的世界，強烈地塗上了他自己心靈的色澤」。姚一葦此論點，實可與王國維《人間詞話》刪稿之說相呼應：

> 昔人論詩詞有景語、情語之別。不知一切景語皆情語也。
> 〔註149〕

在王國維眼裡，所謂的「景語」、「情語」之說，都是應該被辨破的。因爲在藝術家進行「藝術直覺」活動底下的世界，都沾染上藝術家心靈的特殊色彩，從而創作出來的藝術品，無論是觀照於現象界萬物，或是取鑑於藝術家心境，都沾染了創作主體的特殊色彩。所謂的「一切景語皆情語」之說，正當自此理解。

姚一葦雖然肯定藝術家的「藝術直覺」能力，無論質或量都優於常人。但是同時他也一再強調，「藝術直覺」活動只是藝術活動的一部份，而非全部。所以「藝術直覺」絕對不等同於藝術品，否則論者將犯了義大利美學家克羅齊（Benedetto Croce，1866～1952）「直覺

不同之文化背景中所孕育與生長，其審美觀或者說美的價值理念與西方自是不同；且直覺（或直觀）一詞，我遍查我國典籍與彙書，均未發現，應係外來語（我猜度可能出自日人翻譯）。但是沒有此一名詞，並非代表沒有此一觀念，因此我試圖作一點研究，找出某些相關或近似的觀念，而後加以比對，以瞭解其在文化上之性質與意義。」姚一葦在第六點裡，主要在說明在中國特有的美學傳統下，「藝術直覺」展現何種特殊風貌的問題。由於第六點的討論，與本文的討論並無直接關係，故筆者暫略之。有關此間的詳細論述，可參見《審美三論》，頁79～82。引文請見該書頁79。

〔註149〕同註147，頁70。

即藝術」（「藝術即直覺」）的謬誤。〔註150〕姚一葦說：

> 但是有了直覺並非表示即有了藝術，他還得經之營之，努力的構思，悉心的修飾，來化爲具體的藝術品。直覺的功能只是藝術創造的第一步，不可或缺的一步。因此一個藝術家的直覺能力需要上天的某種賦與，不能說沒有道理，但是有了此種賦與並非就夠了。後天的努力仍然是十分重要的。……沒有天上掉下來的藝術家；他不是神，只是一個鍥而不捨的辛勤工作者。〔註151〕

「藝術直覺」只是藝術創造活動中，「不可或缺的第一步」，而不是全部。藝術家要成就一件藝術作品，還必須經由將藝術素材轉換爲藝術作品的過程，所以借王國維的話來說，所謂的藝術家是「能感之而能寫之」〔註152〕者。「感之」是「藝術直覺」活動的進行，是藝術創作活動的初始階段，在活動性質上我們可將之歸屬於「直覺的」；而「寫之」則是藝術家將藝術素材轉化爲藝術作品的過程，是藝術家以「感之」階段爲基礎，將藝術素材「化爲具體的藝術品」的階段，在活動性質上來講是屬於「知性的」。〔註153〕從「不可或缺的第一步」來說，

〔註150〕有關克羅齊「直覺即藝術」（或「藝術即直覺」）說法的辨謬與批評，讀者可參見朱光潛《文藝心理學》（朱光潛著，台北：台灣開明書店，1994年7月第四版）的〈第十一章克羅齊派美學的批評——傳達與價值問題〉，頁161～176；及姚一葦《審美三論》的〈論直覺〉一章，頁60～64。

〔註151〕同註134，頁78～79。

〔註152〕同註147，頁130。

〔註153〕我們在前文中曾說過，「藝術直覺」活動並不等同於藝術活動整體，藝術活動當中也可以包括「知性」的活動。我們也曾說過，「藝術直覺」是無從描述的，一旦試圖描繪「藝術直覺」，就落入了言筌，脫離了「直覺」活動的範圍，從而進入「知性」活動內部。誠如姚一葦所說：「直覺是無法描述的，一經以語言來表現，便抽象化、概念化，也普通化（generalization）了，便非直覺活動，而是知性的活動。」姚一葦進而舉李商隱〈登樂遊原〉一詩說：「李商隱登樂遊原，剎那間所捕捉到的直覺內容，是祇能意會，不能言傳的，一經以語言傳達，便非直覺品了。」所以我們說「寫之」與「感之」的不同，不僅是階段的不同，更是性質的不同，蓋「寫之」爲「知

藝術家的確是上天的寵兒，是「天地之心」；但是從第一步之後的努力來說，藝術家卻是努力不鍥的創造者，是「眞積力久而至」之人。

　　身爲詩人的皎然，對上述之說顯然是有極深刻的甘苦體驗，因此他一方面樂道「神詣」之說，一方面又暢談「苦思」之論。《詩式》卷一〈取境〉條云：

　　　云：不要苦思，苦思則喪自然之質。此亦不然。夫不入虎穴，焉得虎子。取境之時，須至難至險，始見奇句。成篇之後，觀其氣貌，有似等閒，不思而得，此高手也。〔註154〕

引文的這段話是針對「不要苦思」的俗論而發，皎然站在反對的立場上辯駁此說。皎然認爲一首詩風格的建立乃至於「造極」與否，在詩人的「取境」之初就已被決定了，所以「取境」對一首詩作的成就有著決定性的影響。《詩式》卷一〈辯體有一十九字〉條說：

　　　評曰：夫詩人之思初發，取境偏高，則一首舉體便高，取境偏逸，則一首舉體便逸。〔註155〕

在引文內皎然點出了詩人「取境」在詩歌創作活動裡的關鍵性地位，然而何謂「取境」呢？根據袁行霈等人合著的《中國詩學通論》的解釋，「取境」是「指詩人通過構思，於心中締構出詩歌的藝術境界」〔註156〕。可見「取境」的進行，已是「藝術直覺」（神詣）活動之後的事，屬於「知性」活動的範圍。所謂的「苦思」絕對不可能是「直覺」活動，而係「知性」活動。皎然說「取境之時，須至難至險」，其實等於說詩人在「取境」時，需要下「苦思」的工夫，而「始見奇句」則是「苦思」之後的成果。除此之外，皎然還針對經由「苦思」成就的藝術作品，作了個補充說明，他說「苦思」的工夫在詩歌創作

性」活動，而「感知」爲「直覺」活動。此處引文請見《審美三論》，頁 76。

〔註154〕同註 69，頁 210。
〔註155〕同註 69，頁 219。
〔註156〕見袁行霈、孟二冬、丁放著，《中國詩學通論》（合肥：安徽教育出版社，1996 年 9 月第一版第二刷），頁 441。

過程中雖屬必要，但是「苦思」完成的作品，卻不可有蹇態，而要有自然等閒、「不思而得」之貌。〔註157〕

　　在《詩議》裡，皎然亦有類似於《詩式・取境》條的論點。他說：

> 或曰：詩不要苦思，苦思則喪於天真。此甚不然。固當繹慮於險中，採奇於象外，狀飛動之句，寫真奧之思〔註158〕。夫希世之珍，必出驪龍之領，況通幽含變之文哉？但貴成章以後，有易其貌，若不思而得也。〔註159〕

這段引文與《詩式・取境》的記載極其相似，但又詳於〈取境〉之說，顯亦是針對詩人「取境」而發。引文裡的「當繹慮於險中，採奇於象外，狀飛動之句，寫真奧之思」，意思大致等同於〈取境〉中的「取境之時，須至難至險，始見奇句」，而詳盡則又過之。〈取境〉條只說詩人「取境」之要在乎「至難至險」，至於如何規範「至難至險」（苦思）的內容，皎然並未為對此加以說明。相較於〈取境〉條，《詩議》

〔註157〕皎然說「苦思」後又不能流露「苦思」之態，反而要呈現出「有似等閒，不思而得」的自然面貌。這等論述背後反映的是，皎然傾向於「自然」的審美觀，並且作品「自然」的外貌，是可以經由人工雕琢出來的。關於皎然傾向於「自然」審美觀的討論，讀者可以參見張少康、劉三富合著的《中國文學理論批評發展史上卷》（張少康、劉三富著，北京：北京大學出版社，1997 年 5 月第一版第三刷）〈第十二章皎然、白居易與中唐詩歌理論的發展・第一節皎然《詩式》與中唐對詩歌意境特徵的探討〉，頁 345～346；周來祥主編的《中國美學主潮》（周來祥主編，濟南：山東大學出版社，1992 年 6 月出版）書〈第十二章唐代後期優美理想的崛升和確立・第一節從皎然到司空圖〉，頁 349～352；及蕭水順《從鍾嶸詩品到司空詩品》的〈上編：從鍾嶸詩品到司空詩品・第三章皎然及其詩式〉，頁 44～52。

〔註158〕「寫真奧之思」一句，周維德的《詩式校注》（唐・皎然著，周維德校注，杭州：浙江古籍出版社，1993 年 10 月出版））作「寫冥奧之思」，詳見該書頁 130。王利器《文鏡秘府論校注》（（日）弘法大師原撰，王利器校注，台北：貫雅文化事業有限公司，1991 年 12 月出版）則作「寫真奧之思」，詳見該書頁 385。

〔註159〕同註85，頁 185。

則從四個層面，來論述「苦思」的活動。「苦思」第一個活動層面是「繹慮於險中」。周維德在《詩式校注・詩議（補遺）》裡，認爲該語相當於王昌齡《詩格》裡的：「凡詩立意，皆傑起險作，傍若無人，不須怖懼。」〔註 160〕所以這應是皎然針對詩人構想作品主題的問題而發。皎然說「繹慮於險中」，就是強調詩人在構思作品主題時，應該積極開展新的方向，而不爲舊有主題所限制。「苦思」的第二個活動層面是「採奇於象外」。這裡顯然是皎然針對作品的意象經營問題而言。「採奇於象外」在於強調作品意象運用，應當超脫俗套，極力創新而不墮凡說。「苦思」的第三個活動層面是「狀飛動之句」。據周維德的注釋，崔融的《唐朝新定詩格》內，有「飛動」一體：「飛動體者，謂詞若飛騰而動是。詩曰：『流波將月去，潮水帶星來。』又曰：『月光隨浪動，山影逐波流。』」〔註 161〕可見這應屬於作品文字技巧方面的討論。「狀飛動之句」強調的是，詩人必須透過文字技巧的使用，從而在詩篇內造成動態的美學效果。「苦思」的第四個活動層面是「寫眞奧之思」。這裡皎然所討論的，應該是作品思想方面的問題。「寫眞奧之思」要求詩人在創作時，不僅要賦予作品高度的藝術性，更要將深度的思想內容注入作品當中。〔註 162〕我們可以發現，有關上述四個層面的經營，絕對都不是「直覺」活動的性質，而需要「知性」的充分支持。可見得「取境」和「苦思」的活動，都屬於「知性」活動的範圍。總上論述，「神詣」與「苦思」的差別，不僅在前

〔註160〕見張伯偉編撰，《全唐五代詩格校考・詩格》，頁 147。有關周維德的注釋部分，詳見《詩式校注》，頁 130。

〔註161〕見張伯偉編撰，《全唐五代詩格校考・唐朝新定詩格》，頁 111。有關周維德的注釋部分，詳見《詩式校注》，頁 130。

〔註162〕皎然認爲詩人當「繹慮於險中，採奇於象外，狀飛動之句，寫眞奧之思」的說法，除了如本文內所試圖證明的，「苦思」屬於「知性」活動而非「直覺」活動以外，尚可由此導出皎然詩學中的價值理論。筆者所謂的「價值理論」，包括「美感價值理論」和「作品價值理論」，前者可劃歸爲美學理論的範圍，後者可歸入批評理論的範圍。關於皎然詩學中的價值理論問題，頗有值得深入研究之處。

者為「直覺」活動，後者為「知性」活動上。事實上，「神詣」與「苦思」雖同屬藝術活動範圍內，卻是不同階段的活動，我們可以這樣說，「神詣」活動（「直覺」活動）基本上是先於「苦思」活動（「知性」活動）的。

　　在上述《詩式・取境》條下，尚有部分資料與我們的討論相關，現將其引出加以說明：

　　　　有時意靜神王，佳句縱橫，若不可遏，宛如神助。不然，
　　　　蓋由先積精思，因神王而得乎？〔註163〕

「意靜神王」的「王」作「旺」解。「意靜」係就主體心理的虛靜狀態而論，「神王」則是形容主體「藝術直覺」活動勃發旺盛的情形。「佳句縱橫」代表主體將由「藝術直覺」活動把握到的整體對象，透過「知性」活動，落實為詩句的過程。「佳句縱橫，若不可遏」在很大程度上，可以說是「藝術直覺」高度活動的結果。通常人們對於這種「藝術直覺」熾盛，從而佳句勝語流露的情狀，不僅是知其然而不知其所以然，更覺得其中頗具神秘性，因此往往將之歸諸於「神助」。類似的記載中，最有名的應當是梁代鍾嶸《詩品》，在〈宋法曹參軍謝惠連詩〉條裡的記錄：

　　　　《謝氏家錄》云：「康樂每對惠連，輒得佳語。後在永嘉西
　　　　堂，思詩竟日不就，寤寐間，忽見惠連，即成『池塘生春
　　　　草。』故常云：『此語有神助，非吾語也。』」〔註164〕

在前文的分析內，我們知道「池塘生春草」句，其實是謝靈運「藝術直覺」瞬間興熾的結果。謝靈運不知其所以然，所以將此得句之功歸於夢見謝惠連，而謂其為「神助」之語。皎然反對這類的說法。他認為「意靜神王，佳句縱橫，若不可遏」的現象，並非是突然地「神助」所成就的，而係詩人先前「積精思」的結果。我們可以先將皎然所謂「積精思」的性質，定位為整個藝術活動以外的「知性」活動。由皎

〔註163〕同註69，頁210。
〔註164〕同註86，頁284。

然「不然，蓋由先積精思，因神王而得乎」的論述來看，「積精思」
並不屬於「藝術」活動範圍內，但是它卻是引發「神詣」、「意靜神王」
或「藝術直覺」活動的先前準備活動。皎然這裡所要強調的是，詩人
在從事藝術活動之前，仍必須要痛下準備工作，而不是一味的倚賴天
才進行創作。由此說來，詩人仍是努力不鍥的天才，而非天生的天才。
至於「積精思」的方法，皎然在此並未進一步說明，但是到了宋代嚴
羽（1192？～1243？）《滄浪詩話》的〈詩辨〉裡，則明確地將之規
定為「讀書」、「窮理」。嚴羽說：

> 夫詩有別材，非關書也；詩有別趣，非關理也。然非多讀
> 書，多窮理，則不能極其至。〔註165〕

嚴羽「詩有別材」、「別趣」的劃分，及「非關書」、「理」的論調，固
是目睹當時江西詩派的陋病而發，但嚴羽絕不否定「讀書」、「窮理」
對詩歌創作的重要性。換言之，「讀書」、「窮理」的「知性」活動，
不在詩歌創作活動的範圍內，但是「讀書」、「窮理」卻是詩歌創作前
的準備工夫。我們可以說在皎然「積精思」的說法中，實已啓竇嚴羽
「非多讀書，多窮理，則不能極其至」說之先河。〔註166〕綜上論述，
我們可以將皎然所謂「神詣」、「苦思」與「積精思」間的關係及其性
質，歸結如下：「積精思」（藝術活動前的「知性」活動）→「神詣」
（藝術活動內的「直覺」活動）→「苦思」（藝術活動內的「知性」
活動）。

第四節　論皎然與王漁洋在詩學觀念上的聯繫

　　在上文中，我們透過對錢謙益〈漁洋詩集序〉的相關討論，指出

〔註165〕見宋·嚴羽著，郭紹虞校釋，《滄浪詩話校釋》（臺北：里仁書局，
　　　　　1987年4月出版），頁26。

〔註166〕嚴羽「詩有別材，非關書；詩有別趣，非關理也。然非多讀書，多
　　　　　窮理，則不能其至」的說法，則又開啓日後王漁洋「興會」與「根
　　　　　柢」，「性情」與「學問」之說。關於嚴羽詩論的問題，在後文裡將
　　　　　會有更詳盡的討論，所以筆者此處暫時從略。

「截斷眾流」一語是理解皎然詩學如何影響漁洋詩學的關鍵。並且我們指出「截斷眾流」背後的三重美學意涵，是構成皎然詩學的三大支柱：第一、就創作或鑑賞藝術的過程而言，「截斷眾流」背後就是要求對語言文字進行超越。第二、從創作或鑑賞過程的進行，無法經由感官或理性加以把握來說，所到達的境界是「非常識所到」，「截斷」了外在的攀援，恰恰突顯出「藝術直覺」在這個創造、鑑賞過程內的關鍵地位。第三、就創作或鑑賞過程所追求的最終「極境」來看，由於是整個過程是透過「藝術直覺」加以把握，所以「截斷眾流」後的世界，就絕非「常識所到」的現象界，而是一個由「美感經驗」所創構的世界。第一重意涵與第三重意涵間是相互聯繫的，可以皎然的「文外之旨」、「但見情性，不睹文字」、「情在言外」等相關說法作為代表。第二重意涵則可以皎然的「神詣」等相關論述為代表。在釐清皎然詩學內的三重美學意涵後，我們可以經此進一步建構出皎然與漁洋在詩學觀念觀念上的詩學因緣。

　　「截斷眾流」的第一重與第三重美學意涵（於皎然為「文外之旨」、「情在言外」、「但見情性，不睹文字」）反映於漁洋論述者，可以漁洋的論「活句」為代表。在《帶經堂詩話》卷三〈微喻類〉第七則裡有段記載：

> 林間錄載洞山語云：「語中有語，名為死句；語中無語，名為活句。」予嘗舉似學詩者。今日門人鄧州彭太史直上（始摶）來問予選唐賢三昧集之旨，因引洞山前語語之，退而筆記。〔註167〕

文裡漁洋所引的《林間錄》是宋代的禪宗語錄，為黃龍宗禪師惠洪所作，文內所說的洞山，是五代時的雲門宗禪師洞山守初。在討論漁洋的「活句」說之前，我們首先當要對「活句」及「死句」作一界說。「語中有語，名為死句；語中無語，名為活句」的論述，雖可作為洞山守初對「活句」與「死句」的界說，然而其界說內容卻仍是模糊不

〔註167〕同註9，頁82。

清的。就此惠洪在《禪林僧寶傳》卷十二〈荐福古禪師傳贊〉裡，針對「活句」與「死句」作了更進一步地界說與分析：

> 巴陵眞得雲門之旨。夫語中有語，名爲死句；語中無語，名爲活句。使問「提婆宗」，答曰：「外道是。」問「吹毛劍」，答：「利刃是。」問「祖教同異」，答曰：「不同則鑒。」作死語，墮言句中。今觀所答三語〔註168〕，謂之語，則無理；謂之非語，則皆赴來機，活句也。〔註169〕

據周裕鍇的研究，「惠洪分析，『死句』是指對問題的正面答語，可以從字面上來理解其含義的句子。『活句』指本身無意義、不合理路的句子，通常是反語或隱語，不對問話正面回答」〔註170〕。所以周裕鍇是這樣定義「活句」的，他說：「它是指一種有語言的形式而無語言的指義功能的句子。宗門或稱之爲『無義語』。」〔註171〕可見「活句」的特色，是句子所欲表達的意旨，並不存在於句內而反在句外，所以參句者必須經由反覆地玩味，以企超越語言文字的籠牢，從而領悟、探索到深藏語言文字背後的那個「實相」或「眞如」。〔註172〕

〔註168〕這裡的「所答三語」，指的是雲門宗禪師巴陵顥鑒所回答的「巴陵三句」《五燈會元》（宋・普濟著，蘇淵雷點校，台北：文津出版社，1991年4月出版）卷十五〈巴陵顥鑒禪師〉條載：「問：『如何是吹毛劍？』師曰：『珊瑚枝枝撐著月。』問：『如何是提婆宗？』師曰：『銀碗裡盛雪。』……僧問：『祖意教意是同是別？』師曰：『雞寒上樹，鴨寒下水。』」此處引文詳見《問：「如何是吹毛劍？」師曰：「珊瑚枝枝撐著月。」問：「如何是提婆宗？」師曰：「銀碗裡盛雪。」……僧問：「祖意教意是同是別？」師曰：「雞寒上樹，鴨寒下水。」此處引文詳見《五燈會元》，頁937。

〔註169〕見宋・惠洪著，《禪林僧寶傳》（台北：台灣商務印書館，1977年出版），卷十二頁10。

〔註170〕見周裕鍇著，《禪宗語言》（杭州：浙江人民出版社，1999年12月出版），頁186。

〔註171〕同註170，頁280。關於周裕鍇對於「活句」的相關討論，讀者可詳見《禪宗語言》（周裕鍇著，杭州：浙江人民出版社，1999年12月出版）的〈上編宗門語默・第五章第五章文字禪、禪宗語言與文化整合〉，頁184～186；及〈下編葛藤閒話・第三章返場合道：禪語的乖謬性〉，頁280～285。

〔註172〕既然「活句」誠如周裕鍇所定義的，指「一種有語言的形式而無語

　　承上文論述，王漁洋談「活句」「嘗舉似學詩者」，其實屬於「以禪論詩」的詩學解釋型態，與上文提到《石林詩話》或《滄浪詩話》的「以禪喻詩」並不相同。漁洋所謂的「活句」可從以下兩方面來理解：第一、創作或閱讀主體對文字相進行的超越。第二、「言外之意」的產生。當然，這兩面其實一體的，也就是說，只有主體對文字相進行超越，才有產生「言外之意」的可能；反之，若主體過於執著「言內之意」，「言外之意」自然沒有被引發的可能。這說明了詩歌「活句」的本質，在於活活潑潑而不爲「文字的形式」所拘限，從而經由「活句」的引發，「言外之意」於焉誕生。

　　所以，首先反映在要求創作或閱讀主體，須對文字相進行超越這點上，漁洋強調「捨筏登岸」。《帶經堂詩話》卷三〈微喻類〉第九則說：

　　　捨筏登岸，禪家以爲悟境，詩家以爲化境，詩禪一致，等無差別。〔註173〕

在漁洋看來，詩家、禪家的「筏」都是語言文字，一旦著「岸」，「筏」就失去了效用而必須加以捨棄，〔註174〕否則只成累贅徒增困擾。所謂「詩禪一致」，其實是原理上的一致，漁洋的說法當如此理解。然而詩、禪亦有不同之處，這個不同在於對「岸」的認知不同。也就是說，禪家認知到的、所欲迄至的「岸」，是「眞如」、「實相」，屬於宗教性質；而詩家所認知到的、欲到達的「岸」，則在詩歌作品「言外

　　言的指義功能的句子，宗門或稱之爲『無義語』」，這意味著「活句」本身並沒有「定向」，那如何可能指向最終的「實相」或「眞如」呢？筆者認爲，下面周裕鍇的這一段話，或許可以解決這個問題：「佛教也認爲語言是符號，文字相是一種玄虛的假相，『應物現形，如水中月』，但又因眞空與假有是統一的，所以它與那個唯一眞實存在的實相也有某種一致性。」引文見《禪宗語言・上編宗門語默・第五章文字禪、禪宗語言與文化整合》，頁184。

〔註173〕同註9，頁83。
〔註174〕當然，詩禪在本質上並不同，所以禪家的捨「筏」與詩家的捨「筏」仍有不同之處，這點我們會在後文內作更進一步地說明。

之意」的完成，屬於藝術性質。所以禪家到岸稱「悟」，所達之「岸」
爲「悟境」；而詩家到岸稱「化」，所達之岸爲「化境」。在《帶經堂
詩話》卷三〈微喻類〉第五則裡，有段意同「捨筏」的記錄：

> 僧寶傳：石門聰禪師謂達觀曇穎禪師曰：此事如人學書，
> 點畫可效者工，否者拙。何以故？未忘法耳。如有法執，
> 故自爲斷續。當筆忘手，手忘心，乃可。此道人語，亦吾
> 輩作詩文眞訣。〔註175〕

漁洋說宋代禪師谷隱蘊聰之語，可以爲「吾輩作詩文眞訣」，其實係
針對「如有法執，故自爲斷續」而論。倘若我們從「活句」的角度，
去理解所謂的「法執」，顯然「法執」是指詩歌的文字相。前文曾說，
主體若執著於詩歌的文字相，是不可能得到「言外之意」的，漁洋此
處所謂的「作詩文眞訣」者，其實通於「捨筏登岸」之意。

其次，在強調詩歌「言外之意」的產生上，我們可以舉《唐賢
三昧集》的成書爲例加以說明。在上引文裡王漁洋曾自道，他之所
以引洞山守初的「活句」之說，目的是了回答門人彭始搏問《唐賢
三昧集》成書之旨的問題。這說明了「活句」之說，與漁洋編選《唐
賢三昧集》的主旨有相通之處。《唐賢三昧集》成書於康熙二十七年
（1688），是漁洋晚年所編的唐人詩選。漁洋曾多次提到該書的成書
目的，在於「欲令海內作者識取開元、天寶本來面目」〔註176〕。在
《唐賢三昧集》的序文裡，漁洋清楚地說出了該書的成書緣由及主
旨：

> 嚴滄浪論詩云：「盛唐諸人，唯在興趣，羚羊挂角，無跡可
> 求，透徹玲瓏，不可湊泊，如空中知音，相中之色，水中
> 之月，鏡中之象，言有盡而意無窮。」司空表聖論詩亦云：
> 「味在酸鹹之外。」康熙戊辰春杪，歸自京師，日取開元、
> 天寶諸公篇什讀之，於二家之言，別有會心。錄其尤雋永
> 超詣者，自王右丞而下四十二人，爲唐賢三昧集，釐爲三

〔註175〕同註9，頁82。
〔註176〕同註9，頁109。

卷。〔註177〕

暫且不談漁洋對司空圖和嚴羽詩論有何理解與解釋，我們可以發現，漁洋自言對嚴羽與司空圖的「別有會心處」，其實是集中在「味在酸鹹之外」、「言有盡而意無窮」等類似於「意在言外」的詩學觀念上。姑且不論漁洋《唐賢三昧集》的選詩實踐至何種程度，但至少在選詩的理論上，漁洋是明確地標舉著「言外之意」這點原則。我們在前文說過，漁洋論「活句」，不僅是主體針對語言文字所進行的超越活動，更要求此一超越活動之後，作品能產生「言外之意」的美學效果。同時，漁洋在〈唐賢三昧集序〉內暗示，該選集的編選，係以「言外之意」的有無，作為判定的標準，因此《唐賢三昧集》是一部「具有言外之意的盛唐詩作的選集」。經由這兩段論述的相通處，我們可以斷定漁洋借洞山守初「活句」之說，回答彭始摶編選《唐賢三昧集》之旨，其實是針對「活句」所可能產生的「言外之意」而言。在漁洋看來，顯然《唐賢三昧集》內的詩歌文本，都具備有「活句」的特性，因為這是一本以「意在言外」為標準的選集，是漁洋藝術觀的落實與具體化。

最後，我們可以討論「言外之意」與「性情」的問題。皎然說「但見情性，不睹文字」是「詩道之極」的說法，已隱隱地將「性情」與「言外之意」作了串連。換言之，在皎然詩學處，已經產生了於「言外」見「性情」的思考。不過，由於皎然詩學的討論主題實不在此，且限於《詩式》、《詩議》本身有著濃厚引人入門的「詩格」性質，所以皎然並未對「言外」見「性情」的說法，作更進一步的發揮。不過，上述皎然詩學沒有得到發揮的部分，在王漁洋「神韻說」內，得到了充分的發展，並且成為漁洋詩學屢屢討論的重點問題。觀《帶經堂詩話》卷三〈要旨類〉第九則說：

　　詩以言志。古之作者，如陶靖節、謝康樂、王右丞、杜工

〔註177〕見清‧王阮亭選，清‧黃香石評，清‧吳退庵、胡甘亭輯註，《唐
　　賢三昧集箋註》（台北：廣文書局，1968 年 11 月出版），頁 1。

> 部、韋蘇州之屬，其詩具在，嘗試以平生出處考之，莫不
> 各肖其爲人，尚友千載者自能辨之。〔註178〕

這裡的「志」相當於作者的性情，漁洋說古代第一流的詩家，都能達到寓性情於文字中的要求，所以讀者才能「以平生出處考之，莫不各肖其爲人」。「尚友千載者」由文字觀睹古代作者的性情而不執著文字，蓋文字已融入性情之中而無跡可尋，這不就是皎然「但見情性，不睹文字」之說的開展嗎？本此，漁洋又稱之爲「筆墨之外，自具性情」。《帶經堂詩話》卷八〈自述類下〉第二十一則說：

> 京口張文選公選博物君子也，嘗題予過江、入吳兩集云：
> 筆墨之外，自具性情；登臨之餘，別深懷抱。此語可與解
> 人道。〔註179〕

張九徵以漁洋的《過江集》、《入吳集》能「筆墨之外，自具性情」云云，等於是稱譽漁洋詩作除了深具眞性情以外，還能經由言外之意的方式達出來，含蓄而不直露，委婉且情致動人。張九徵的評語與漁洋的論詩宗旨相符，故漁洋引爲知己之言，以爲「此語可與解人道」。

至於「截斷眾流」的第二重美學意涵（於皎然爲「神詣」、「神會」）反映於王漁洋詩論裡，是其對「佇興」的高度重視。漁洋在《帶經堂詩話》卷三〈佇興類〉第一則說：

> 蕭子顯云：「登高極目，臨水送歸；蚤雁初鶯，花開葉落。
> 有來斯應，每不能已；須其自來，不以力搆。」王士源序
> 孟浩然詩云：「每有製作，佇興而就。」余生平服膺此言，
> 故未嘗爲人強作，亦不耐和韻詩也。〔註180〕

我們曾在第一章裡提到，所謂的「佇興」，可以解釋爲主體進行「藝術直覺」活動時的起始點。所以「佇興」仍是整個「藝術直覺」活動的一部份，只是較特別的是，「佇興」位居整個「藝術直覺」活動的開頭地位。同樣地在《帶經堂詩話》卷三〈佇興類〉第二則裡，漁洋

〔註178〕同註9，頁74。
〔註179〕同註9，頁195。
〔註180〕同註9，頁67。

記載了條與「佇興」有關的軼事，可與上引文相互參照：

> 祖詠試終南望餘雪詩云：「終南陰嶺秀，積雪浮雲端；林表
> 明霽色，城中增暮寒。」四句即納卷。或語之。詠曰：「意
> 盡。」〔註181〕

漁洋不僅在引文裡，隱約地透露出對祖詠〈終南望餘雪〉的欣慕之意。
同時，在《唐賢三昧集》裡，漁洋也收錄了該詩。〔註182〕可見祖詠
的〈終南望餘雪〉之作，確實被漁洋當成心目中的詩歌典範。

　　然而何以祖詠〈終南餘雪〉，會引起漁洋這麼大的反應與迴響呢？
同樣在《帶經堂詩話》卷三〈佇興類〉第二則的記載裡，漁洋道出了
其中因由：

> 祖詠試終南山雪詩云云，主者少之。詠對曰：「意盡。」王
> 士源謂孟浩然「每有製作，佇興而就，寧復罷閣，不為淺
> 易。」山谷亦云：「吟詩不須務多，但意盡可也。」古人或
> 四句或兩句便成一首，正此意。〔註183〕

原來漁洋欣賞這類作品的原因，是因為這是經由作者「佇興」活動所
創作出來的作品，不是力構而成，所以沒有矯作之態。同時更重要的
是，這類經由「佇興」而成的作品，是可以產生「言外之意」的特殊
美學效果。漁洋在《帶經堂詩話》卷三〈佇興類〉第四則以為：

> 唐人五言絕句，往往入禪，有得意忘言之妙，與淨名默然，
> 達磨得髓，同一關捩。觀王裴輞川集及祖詠終南殘雪詩，雖
> 鈍根初機，亦能頓悟。……予少時在揚州，亦有數作，如：「微
> 雨過青山，漠漠寒煙織，不見秣陵城，坐愛秋江色。」（青
> 山）……皆一時佇興之言，知味外味者當自得之。〔註184〕

引文裡漁洋明確地將「佇興」與「味外味」作一聯繫，當中「得意
忘言」（捨筏登岸）是聯繫這二者間的要件。祖詠的〈終南餘雪〉，
就是被漁洋視為經由「佇興」→「得意忘言」→「味外味」方式，

〔註181〕同註9，頁67。
〔註182〕同註177，頁上之58。
〔註183〕同註9，頁67～68。
〔註184〕同註9，頁69。

所產生的典範作品。所以被譽稱爲雖頓根初機者，讀該詩亦可頓悟。此「頓悟」的結果，自然不是指禪宗經過修禪工夫，所證解到的「眞如」或「實相」，而是指悟到如漁洋好友施閏章（1618～1683）所說的，「如華嚴樓閣，彈指即現，又如仙人五城十二樓，縹緲俱在天際」〔註185〕，漁洋「神韻說」所欲揭示的最終美感極境。

由於王漁洋強調「佇興」，強調「有來斯應，每不能已；須其自來，不以力構」，這種放任「藝術直覺」自行生發的論點，表現在具體創作實踐上，就是漁洋津津樂於自道的「偶然欲書」。《帶經堂詩話》卷三〈微喻類〉第十二則記說：

> 南城陳伯璣允衡善論詩，昔在廣陵評予詩，譬之昔人云「偶然欲書」，此語最得詩文三昧。今人連篇累牘，牽率應酬，皆非偶然欲書者也。〔註186〕

「藝術直覺」不定時生發的特性，是造成「偶然欲書」創作方式的主要原因，倘若「藝術直覺」的生發是固定而具常態性的話，那就不叫「偶然」了。就此而言，詩人實可被比喻爲「藝術直覺」活動裡的狩獵者。漁洋深諳「偶然欲書」之理，所以對於創作之事，不強求、不應酬，只待「藝術直覺」降臨，才肯行創作之事，這正是其尊尚「藝術直覺」的表現。

第五節　小　結

經由上述的討論，我們可以針對皎然與王漁洋彼此詩學觀念間的聯繫，作出以下幾點結論：

第一、限於現有的資料，我們無法經由文獻引用上的實際狀況，針對皎然與漁洋在詩學上的關係進行直接地判定。因此筆者採取以下的間接考察方式，來討論並建立皎然與漁洋間的詩學關係。我們首先討論漁洋「生平第一知己」錢謙益寫作〈漁洋詩集序〉的相關問題，

〔註185〕同註9，頁79。
〔註186〕同註9，頁84。

從而認為在錢謙益的有意開導之下，〈漁洋詩集序〉中的「截斷眾流，杼山之微言也」，影響了日後的漁洋詩學發展，同時也啟發了漁洋的「神韻說」，本此皎然與漁洋就有詩學上的因緣。換言之，皎然與漁洋之間所以存在著詩學因緣，漁洋詩學裡所以隱含著皎然詩學的因子，錢謙益有為二者牽線的功勞。接下來我們從「截斷眾流」一詞中，分析出蘊藏於該詞背後的三重美學意涵，並分別以此三重美學意涵，對比於皎然、漁洋的詩學觀念，這樣就逐步地建構出皎然在「神韻」詩學譜系內的地位。

第二、「截斷眾流」的三重美學意涵，分別是：一、就創作或鑑賞藝術的過程而言，「截斷眾流」背後就是要求對語言文字進行超越。二、從創作或鑑賞過程的進行，無法經由感官或理性加以把握來說，所到達的境界是「非常識所到」，「截斷」了外在的攀援，恰恰突顯出「藝術直覺」在創造、鑑賞過程內的關鍵地位。三、就創作或鑑賞過程所追求的最終「極境」來看，由於是整個過程是透過「藝術直覺」加以把握，所以「截斷眾流」後的世界，就絕非「常識所到」的現象界，而是一個由「美感經驗」所創構的世界。

第三、皎然詩學觀念與「截斷眾流」的三重美學意涵間，有以下的聯繫：第一重意涵與第三重意涵間是相互聯繫的，可以皎然的「文外之旨」、「但見情性，不睹文字」、「情在言外」等相關說法作為代表。第二重意涵則可以皎然的「神詣」等相關論述為代表。

第四、皎然在「意靜神王」賴於主體「先積精思」的相關討論上，已開宋代嚴羽「非多讀書，多窮理，則不能極其至」的先河。這點在日後則演變成王漁洋「興會」與「根柢」、「性情」與「學問」之說。

第五、王漁洋的詩學觀念，與皎然詩學觀念間有頗多契合之處。我們可以大致簡化如下：皎然的「文外之旨」、「但見情性，不睹文字」，相通於漁洋詩學的「尊性情」、「言外之意」等觀念；此外，皎然的「神詣」、「神會」，則可與漁洋對「藝術直覺」的強調相通。

第六、經過上文的討論，我們發現皎然的某些觀念，如「文外之

旨」、「但見情性，不睹文字」及「神詣」等等，都符合於我們以王漁洋作爲後設考察基點的「神韻」詩學譜系建構條件。就此而言，筆者認爲皎然是可以被納入「神韻」詩學譜系當中的。不過由於漁洋在詩論資料中，並沒有提及皎然詩學，所以筆者以爲漁洋似乎不自覺曾受到皎然影響，本此我們在建構「神韻」詩學譜系時，只能將皎然定位爲「隱性」的詩論家。

第四章　王漁洋對司空圖詩論的詮釋

前　言

　　在本章裡，筆者所要討論的問題主要有三個：第一、唐代的司空圖（837～908）與南宋的嚴羽（1192？～1243？）這兩個在文學理論、批評史上赫赫有名的詩論家，對於王漁洋（1634～1711）「神韻說」的建構，有著直接且巨大的影響。觀漁洋詩學裡，多有引述、詮釋司空圖詩論之處，我們將以此類文獻資料為基點，探討漁洋如何地對司空圖詩論進行引述、詮釋的活動，又如何轉化司空圖的詩論成為其「神韻說」建構的一部份。換言之，漁洋所詮釋的司空圖詩論可能本意為何？而漁洋的詮釋又帶有何種主觀色彩？漁洋的這個詮釋活動背後具有何種的特殊意義？都是我們必須要釐清的重點。第二、由於本章大量地提到「理解」與「詮釋」等詞彙，因此筆者在進入本章主題討論之前，將立足於西方「詮釋學」（Hermeneutics）的歷史發展觀點，對「理解」與「詮釋」及與之關連的術語略作界說，以俾利後文的相關討論。第三、在前述兩點的基礎上，筆者將探索司空圖詩論與漁洋「神韻說」間的關連，並嘗試為司空圖在「神韻」詩學譜系內的地位，作一適切的定位。

　　由於王漁洋論詩多處引述、詮釋司空圖詩論，因此司空圖對漁

洋詩學的影響，較鍾嶸、皎然等人單純且具體。本此，筆者在處理本章主題時，將採取以下兩種討論方式：第一、以王漁洋所引述的司空圖詩論為基點，將司空圖的詩論文本與王漁洋的相關論述交相比對，以俾說明漁洋自司空圖處接受哪些詩學觀念，並進一步討論司空圖這些觀念的內涵為何，而漁洋對這些詩學觀念作了何種的詮釋。由於司空圖與漁洋之間，存在著直接引述的詩學接受關係，這確保了我們以漁洋作為後設觀察基點的討論方式，更具有說服力與施力點。第二、將漁洋「神韻說」內的相關觀念，與司空圖的相關詩學觀念進行比較。這個討論方式是為了試圖說明，除了漁洋所引述的司空圖詩論文本外，司空圖還有哪些觀念，能與漁洋「神韻說」相契合。從討論的對象與方式來說，筆者將第一種討論方式定位為文本內的接受研究，而將第二種討論方式定位為詩學觀念間的比較研究。由於現今關於司空圖詩學、美學的研究成果，呈現著量多且質精的情形。因此，筆者並不打算針對司空圖的理論與批評，進行全面性的整構工作。筆者將把本章的寫作目的與預期成果，設定在前面提出來的三個問題上。至於有關本文對司空圖資料的取捨處，主要折衷還是在於漁洋。

第一節 「理解」與「詮釋」的詮釋學史回顧及其界說

在進入本章的主題討論之前，我們當先對「詮釋」這一詞語的內容，作一較嚴格意義上的界說。而當我們在現實上使用「詮釋」一詞時，又必定牽涉到所謂的「理解」問題，所以在這裡，筆者試圖經由對西方詮釋學史的簡略回顧，以并從詮釋學的發展脈絡中，界說「理解」與「詮釋」的內容，並討論此二者的關連性，及其間衍生出的相關問題。根據王岳川《現象學與解釋學文論》的說法，「解釋學一詞最初的含義是『解釋』，即一方面確定詞、句、篇的確切含

義，另一方面使隱藏的意義顯現出來，使不清楚的東西變得明晰」
〔註1〕。所以遠在古希臘哲學時期，大哲亞里斯多德（Aristotle，384
B.C.～322 B.C.）就經由對事物與語言間關係的分析裡，發展出一套
有關解釋的技巧，目的在於「排除歧義以保證命題判斷的一義性」
〔註2〕，因此亞里斯多德的「解釋」，其實是指有關「這些（解釋）
作爲法則的技巧的運用」〔註3〕。「理解」與「詮釋」的關係，在亞
理斯多德的思考裡，是未被作明顯劃分的。如潘德榮《詮釋學導論》
所論述的，當亞理斯多德在《工具論》（Organon）的〈解釋篇〉（Peri
Hermeneias）裡說，「口語是心靈的符號，而文字是口語的符號」時，
「顯然已混淆解釋和語義，直接視解釋爲理解」。本此潘德榮認爲「理
解」與「詮釋」第一次在語言層次被加以區分，始源於德國語言學
家洪堡（Karl Wilhelm von Humboldt，1767～1835），以及有「詮釋
學中的康德」之稱的德國哲學家施萊爾馬赫（Friedrich Ernst Daniel
Schleiermacher，1768～1834），而後者在詮釋學史上的地位尤爲重
要。〔註4〕

　　施萊爾馬赫將其詮釋學定位爲一種「理解」的藝術，詮釋學的目
標是對「本文作家心理體驗的重建」或「作家心理過程的重建」〔註5〕。
因此嚴格說來，施萊爾馬赫詮釋學的性質是「一般性」、「技術性」的
工具，是附屬於「哲學」（「統一、融合一切原則的最高原則」〔註6〕）
底下的「操作技術」，而非「哲學」本身。這也就是說，施萊爾馬赫

〔註1〕　見王岳川著，《現象學與解釋學文論》（濟南：山東教育出版社，1999
　　　　年4月出版），頁169。
〔註2〕　同註1，頁169。
〔註3〕　見潘德榮著，《詮釋學導論》（台北：五南圖書出版公司，1999年8
　　　　月出版），頁69。
〔註4〕　同註3，頁69。
〔註5〕　見（美）帕瑪（Richard E. Palmer）著，嚴平譯，張文慧、林捷逸校
　　　　閱，《詮釋學》（Hermeneutics）（台北：桂冠圖書股份有限公司，1997
　　　　年9月第一版第三刷），頁101及105。
〔註6〕　同註3，頁43。

的詮釋學基本上是「方法論」的範疇，詮釋學真正地由「方法論」走向「本體論」，仍必待於德國哲學家海德格爾（Martin Heidergger，1889～1976）在《存在與時間》（Sein und Zeit）中的革命性突破。本此，美國詮釋學家帕碼（Richard E. Palmer）的《詮釋學》一書，將施萊爾馬赫的詮釋學設定在「一般詮釋學」上，他說：

> 原文是處於語言之中的，這樣就可運用語法來發現句子的意義；無論是哪類文獻，一般觀念都要與語法結構相互作用以構成意義。如果所有理解語言的規則得到詳細闡述，那麼這些規則就包含一種一般的詮釋學。這種詮釋學可做為所有「特殊」詮釋學的基礎與核心。〔註7〕

借潘德榮的話說，這就是將「其（施萊爾馬赫的詮釋學）作為『理解的法則或技術』擴展到對一切『本文』的理解，賦於理解者更為廣闊的解釋空間，故而被稱為『一般詮釋學』」〔註8〕。施萊爾馬赫在「理解」與「詮釋」的區分上，認為「詮釋」是「一種語言的表達，是語言以文字、言談以及軀體動作公開的表達出來」，而「理解」則是「可在語言與非語言的心理層次上實現，他停留在主體的內部，運思體會地完成對意義的領悟」。〔註9〕在 1805 年的一則格言裡，施萊爾馬赫說：

> 闡釋一旦處於理解之外，它就變成表現的藝術。唯有恩內斯特稱之為"Subtilitas intelligendi"（理解的敏銳性）才真正屬於詮釋學的。〔註10〕

在施萊爾馬赫的這段格言裡，道出了其詮釋學的兩點重要見解：第一、詮釋學不是表現或說明的藝術，而是我們上述的「理解的藝術」。第二、「理解」與「詮釋」雖被施萊爾馬赫所區分，但是「詮釋」不可以處於「理解」之外，不然詮釋學就失去詮釋學的資格。就此而言，

〔註7〕 同註5，頁95。
〔註8〕 同註3，頁43。
〔註9〕 同註3，頁69。
〔註10〕 轉引自註5，頁96。

「理解」與「詮釋」的關係在施萊爾馬赫眼裡，並非呈現對立態勢，反而說是彼此互補的比較恰當。〔註11〕

　　在詮釋學歷史中，「理解」與「詮釋」的內容與關係，在德國哲學家狄爾泰（Wilhelm Dilthey，1833～1911）那裡，有了新一步的轉變。這轉變起源於狄爾泰對「精神科學」與「自然科學」的區別，而這種區別的產生，主要又源自於狄爾泰對當代「實證主義」思想充熾，「自然科學」入侵傳統哲學乃至人文學科的一種反動。狄爾泰為防止「自然科學」對傳統哲學的侵襲，採取將「精神科學」與「自然科學」對立起來的方式，在二者之間畫出一條鴻溝，形成兩個截然對立的領

〔註11〕　在這裡筆者想補充兩點。第一、在施萊爾馬赫的思考底下，詮釋學被視為重建作者心理過程的「方法論」，係一種「操作技術」。因此施萊爾馬赫具體地劃分出詮釋學規則的兩個歸屬領域，一個是「語義學」領域，一個則是「心理學」領域。因此「理解」與「詮釋」又可據此兩領域分為「語言的理解」、「心理的理解」及「語言的詮釋」、「心理的詮釋」。關於這四者的內容與其間關係，帕瑪說：「施萊爾馬赫後期思想中的一個漸佔上風的趨勢，就是把語言的範圍與思想的範圍分離開來。前者是「語法的」解釋領域，而後者，施萊爾馬赫首先稱之為『技術的』（technische），然後又稱之為『心理的』。通過測定斷言的位置，語法詮釋就依照客觀的和普通的規律，著手進行詮釋的心理方面則集中於主觀的個體的東西。……『語法的』詮釋屬於這種語言因素，……心理的詮釋尋求的卻是作家的集體性，和他與眾殊異的天資。」潘德榮則說：「語法的解釋是根據客觀的、普遍語法規則來闡明語義，揭示理解的語法結構；心理的解釋則關注理解的精神狀態，個人的主觀性和個別性。」第二、如我們正文內所說，施萊爾馬赫所劃分的「理解」與「詮釋」，並非截然對立的，而具有互補的性質。「理解」與「詮釋」這種互補而非對立的關係，主要是建立在「理解」與「詮釋」所針對對象的一致性上。也就是說，作為「方法論」的「理解」與「詮釋」，都係針對「精神科學」而發。所以潘德榮說：「無論是語言的分析還是心理的移情，都是著眼於對作者的『原意』的解釋與理解。」第一則引文請見《詮釋學》（Hermeneutics）（（美）帕瑪（Richard E. Palmer）著，嚴平譯，張文慧、林捷逸校閱，台北：桂冠圖書股份有限公司，1997 年 9 月第一版第三刷），頁 99～100。第二則與第三則引文，同見於《詮釋學導論》（潘德榮著，台北：五南圖書出版公司，1999 年 8 月出版），頁 69。

域。在狄爾泰看來，「精神科學」與「自然科學」所面對的對象不同，因此所採取的「方法論」自然殊異。「精神科學」的對象是「精神世界」，「自然科學」的對象則是「物理世界」，王岳川說：

> 在狄爾泰看來，有兩個世界，一個是物理世界，一個是精神世界。精神世界是一個內在的宏觀世界，是人類生命和精神生活的純粹世界，它與處於人類心靈之外的物理世界是迥然不同的。而且在物理世界中，人們是通過對物體（對象）的精確觀察和測量來獲取對於物理世界知識的。因此，人們往往注意對外在事物進行描述和分析，以滿足其功利目的。而在精神世界中，充滿了主體的人的情感、想像、意志以及人類活動的觀念、價值、目的等，是無法加以精確觀察測量的。〔註12〕

由於「精神世界」與「物理世界」本質與認識方式的不同，「精神科學」與「自然科學」的性質與方向互有差別，因此狄爾泰認爲研究這兩個領域的方法，自然也不可能相同。狄爾泰的這個觀念，表現在以下的兩段格言裡：

> 我們說明自然，我們理解內在生命。（"Die Natur erklären, das Seelenleben verstehen wir"）

> 我們說明自然，但我們卻必須理解人。〔註13〕

「理解」與「詮釋」在狄爾泰這裡，已不再是施萊爾馬赫詮釋學裡所呈現的相互補充關係，而是被割裂開成爲兩個不同領域的「方法論」。具體地說，「理解」適用於「精神科學」領域，而「自然科學」領域需要的是「詮釋」，二者在性質與運用對象上是涇渭分明的。據帕瑪的說法，狄爾泰所謂的「理解」，是「被限於指示精神把握其他『精神』（Geist）的操作。它根本不是純粹的心靈認知操作，而是生命理解生命的特殊因素。……理解就是心靈的過程，通過此過程，我們才領會到活生生的人類經驗。它是使我們與生命本身接觸的行

〔註12〕 同註1，頁175～176。
〔註13〕 轉引自註5，頁119及131。

爲。理解像活生生的經驗（Erlebnis）一樣，具有一種逃避理性理論化思想的充實性」〔註14〕。而狄爾泰思考中的「詮釋」，則是種「精確明晰、邏輯嚴密的自然科學方法」，如潘德榮所說，「詮釋」可以「通過某種確定的符號結構來解析被觀察的對象」〔註15〕。狄爾泰的詮釋學焦點，則在於「理解」而非「解釋」上。換言之，狄爾泰認爲詮釋學的目的與任務，是「從作爲歷史內容的文獻、作品文本出發，通過『體驗』（Erlebnis）和『理解』（Verstehen），復原它們所表現的原初體驗和所象徵的原初生活世界，使解釋者像理解自己一樣去理解他人」〔註16〕。從這點來說，狄爾泰的詮釋學仍是沿續施萊爾馬赫一脈而來的「方法論」思考。

　　學者咸論，詮釋學在德國哲學家海德格爾的手裡，開始了一種自「方法論」轉往「本體論」的傾向。在詮釋學史上，這一「本體論」的轉向是件大事，因此這一轉向又被稱爲「本體論的革命」。海德格爾對詮釋學的貢獻，及其詮釋學史地位的被確定，主要根基在此一轉向上。在《存在與時間》裡的這段話，可視爲海德格爾詮釋學由「方法論」轉向「本體論」的標誌，他說：

> 現象學描述的方法論意義就是解釋。此在現象學的 logos 具有 hermeneuein（詮釋）的性質。通過詮釋，存在的本眞意義與此在本已存在的基本結構就向居於此在本身的存在之領會（筆者按：理解）宣告出來。此在的現象學就是詮釋學（Hermeneutik）。……詮釋學標誌著這項解釋工作。〔註17〕

終其一生，海德格爾的哲學思考都圍繞著「存在」（Sein）問題展開。海德格爾這裡的「此在」（Dasein），是他在《存在與時間》書中，用

〔註14〕　同註 5，頁 130～131。
〔註15〕　同註 3，頁 70。
〔註16〕　同註 1，頁 172。
〔註17〕　見（德）海德格爾（Martin Heidergger）著，陳嘉映、王慶節譯，《存在與時間》（Sein und Zeit）（北京：生活・讀書・新知三聯書店，2000年 9 月第二版第三刷），頁 44。

以描述人的存在或生命體驗狀態的專有名詞，等同於"In-der-Welt
Sein"，即「存在者在世界之中存在」。海德格爾說，「存在」的意義
與基本結構，是可以通過「此在」對本身的「理解」被顯現出來的，
而詮釋「存在」則是詮釋學的工作。這無疑說明了以下幾點：第一、
「『理解』就是在一個人存在的生活世界語境中，把握他自己存在的
可能性能力」〔註18〕。就像海德格爾在《存在與時間》一書〈第三十
二節領會（筆者按：理解，下同）與存在〉所說的：

> 作爲領會的此在向著可能性籌畫它的存在。〔註19〕

「理解」在這裡是作爲一種「此在」把握自身存在的能力。第二、「詮
釋」的基礎是「理解」，而「詮釋」則被界說爲「我們把領會使自己
成形的活動」〔註20〕。海德格爾在這點上，說「理解」是「詮釋」的
基礎：

> 在生存論上，解釋根基於領會，而不是領會生自解釋。解
> 釋並非要對被領會的東西有所認知，而是要把領會中所籌
> 劃的可能性整理出來。〔註21〕

就此帕瑪說：「理解必須被視爲嵌置於這種語境中的東西，而解釋，
則僅僅是使理解清楚明白。」〔註22〕所以海德格爾詮釋學裡「詮釋」
的概念，其實就如陳嘉映《海德格爾哲學概論》所說的，是「把被領
會的東西『上升爲概念』」〔註23〕。第三、因爲「理解」與「詮釋」
是「此在」對「存在」的「理解」與「詮釋」，「海德格爾把領會和理
解始終放在生存在世的大框架中來考察」〔註24〕。這就等於將原本作
爲「方法論」的詮釋學，提升到「本體論」層次上。「詮釋學」成了

〔註18〕 同註5，頁149。
〔註19〕 同註17，頁173。
〔註20〕 同註17，頁173。
〔註21〕 同註17，頁173。
〔註22〕 同註5，頁153。
〔註23〕 見陳嘉映著，《海德格爾哲學概論》（北京：生活・讀書・新知三聯
書店，1995年11月第一版第二刷），頁228。
〔註24〕 同註23，頁226。

「理解」與「詮釋」的「本體論」。海德格爾最終將「詮釋的本質定義爲理解和解釋的本體論力量，此力量使得揭示事物的存在，最終也是揭示此在自身存在的潛在性成爲可能」〔註25〕。海德格爾詮釋學的目的，不再侷限於施萊爾馬赫、狄爾泰等人堅持的文本詮釋，而是要求對「此在」進行詮釋。詮釋學在海德格爾手中，由「方法」層次晉升到「哲學」層次，詮釋學發展到了海德格爾，才能算是眞正地進入「哲學」的階段。

　　在詮釋學的「本體論」變革裡，海德格爾不僅重新定位了「理解」與「詮釋」的性質與關係，並且提出了「先在結構」（Vor-struktur）的概念，志在說明「解釋從來不是對先行給定的東西所作的無前提的把握」〔註26〕。海德格爾的這個觀點，直接影響到加達默爾（Hans-Georg Gadamer，1900～2002）一脈的當代哲學詮釋學。所謂的「先行結構」，就是「理解自身的結構前提」〔註27〕，這一結構是由「先行具有」（Vorhabe）、「先行視見」（Vorsicht）和「先行掌握」（Vorgriff）所構成的。本此，海德格爾說：

> 把某某東西作爲某某東西加以解釋，這在本質上是通過先行具有、先行視見與先行掌握來起作用的。解釋從來不是對先行給定的東西所作的無前提把握。〔註28〕

海德格爾認爲，當人們在進行「理解」與「詮釋」活動時，都是以一系列的「先在結構」作爲出發點，這個「先行結構」是「理解」與「詮釋」活動進行的前提，它是每個「理解」與「詮釋」的基礎。就此而言，每個「理解」與「詮釋」活動，就不可能是毫無預設或去除偏見的，也不具備純然客觀的可能性。海德格爾舉例說：

> 準確的經典注疏可以拿來當作解釋的一種特殊的具體化，它固然喜歡援引「有典可稽」的東西，然而最先的「有典

〔註25〕同註5，頁148。
〔註26〕同註17，頁176。
〔註27〕同註3，頁98。
〔註28〕同註17，頁176。

可稽」的東西，原不過是解釋者的不言可喻、無可爭議的先入之見。任何解釋工作之初都必然有這種先入之見，它作為隨著解釋就已經「設定了的」東西是先行給定的，這就是說，是在先行具有、先行視見和先行掌握中先行給定的。〔註29〕

關於這一點，我們可以舉中國古代經典注疏的例子來加以說明。例如《論語・衛靈公》裡，孔子論「人」與「道」的關係說：「人能弘道，非道弘人。」宋代的張載運用「心」與「性」這兩個宋明理學裡的重要觀念解釋說：「心能盡性，人能弘道；性不知檢心，非道弘人也。」〔註30〕朱熹的《論語集注》採用了張載的解釋，而捨棄了魏代古注王肅「才大者道隨大，才小者道隨小，故不能弘人」〔註31〕，以魏晉「才性」觀詮釋孔子論「人」、「道」的說法。我們在此可以把朱熹編著《論語集注》的動作，當成他對聖人言論的「理解」與「詮釋」，而上文所舉朱熹援引、檢擇前人注疏，不選此而選彼的過程，本身就是一種「理解」與「詮釋」的活動。當我們探索為何朱熹鍾意於張載乃至宋儒的注疏，而棄王肅或漢魏儒者的注解於不顧時，我們就可以借用海德格爾的「先行結構」之說加以說明。朱熹對張載說法（有典可稽的東西）的援引，其實是源始於他本身的「先入之見」（先行結構）。當然這一「先行結構」的內容，可能是朱熹個人的契合於張載之說，或者對張載的個人崇拜；也可能是朱熹深受宋明理學著重探討「心性」理論的影響，而不能苟同於魏晉儒生對於經典的「才性」化解釋等等。〔註32〕可見得海德格爾所謂的「理

〔註29〕同註17，頁176。

〔註30〕見宋・朱熹著，《四書章句集注・論語集注》（台北：大安出版社，1996年11月第一版第二刷），頁233。

〔註31〕見魏・何晏集解，《論語集解》（台南：利大出版社，1980年1月出版），頁69。

〔註32〕凡此種種，自然不是本文所能深入討論的，但是筆者願意在此作一初步思考。我們倘欲借用海德格爾「先行結構」之說，以釐清一個思想家（如正文舉例的朱熹）的理解「先行結構」，恐怕還是必須從構

解」、「詮釋」活動，其實是「理解」的「先在結構」，同當下的「理解」與「詮釋」，相互綜合的活動過程。

　　海德格爾在《存在與時間》內，展開了詮釋學史上的「本體論變革」。海德格爾的高弟，德國當代詮釋學大師加達默爾在其《眞理與方法》（Wahrheit und Methode）第二版序言裡，就此評斷說：「我認爲海德格爾對人類此在（Dasein）的時間性分析已經令人信服地表明：理解不屬於主體的行爲方式，而是此在本身的存在方式。」〔註33〕而加達默爾在海德格爾分析的基礎上，終於完成詮釋學「本體論」變革的運動，他說：

> 我們一般所探究的不僅是科學及其經驗方式的問題——我們所探究的是人的世界經驗和生活實踐的問題。借用康德的話來說，我們是在探究：理解怎樣得以可能？這是一個先於主體性的一切理解行爲的問題，也是一個先於理解科學的方法論及其規範和規則的問題。……本書（筆者按：《眞理與方法》）中的『詮釋學』概念正是在這個意義（筆者按：海德格爾說的：「理解不屬於主體的行爲方式，而是此在本身的存在方式。」）上使用的。〔註34〕

　　成「先行結構」的「先行具有」、「先行視見」、「先行掌握」三個條件著手。海德格爾所謂的「先行具有」，指的是人們開始「解釋」、「詮釋」活動前，已「預先有的文化慣習」。「先行視見」，則是指當人們思考時，已「預先有的概念系統」。「先行掌握」，則指對「理解」、「詮釋」對象「預先已有的假定」。這就意味著，當我們要整理出一個思想家的「先行結構」，就必須先行分析該思想家的「先行具有」、「先行視見」與「先行掌握」。分析這三者的途徑，就顯然不可能僅侷限於對文本分析層面，還必須大量加入思想家個人生平，其所處的歷史文化環境，乃至整個思想傳統的討論。可說是一件極其龐大的工程。引文請見《結構與意義——現代西方哲學論集》（李幼蒸著，台北：聯經出版事業公司，1994 年 10 月出版），頁 119。

〔註33〕見（德）漢斯－格奧爾塔‧加達默爾（Hans-Georg Gadamer）著，洪漢鼎、夏鎮平譯，《眞理與方法第二卷》（Hermeneutik II Wahrheit und Methode）（台北：時報文化出版事業企業股份有限公司，1995 年 7 月出版），頁 484。

〔註34〕同註33，頁 484。

承續著海德格爾「此在」分析的道路，詮釋學在加達默爾那裡，是一個「本體論」問題討論的深化。從這點來說，加達默爾在對「理解」與「詮釋」的看法上，原則上是與海德格爾一致的。也就是說，如同海德格爾從本體論角度，主張「理解」與「詮釋」的同一性上，加達默爾主張一切的「理解」都是「詮釋」，而「理解」與「詮釋」間的媒介在乎「語言」。他說：

> 其實，語言就是理解本身得以進行的普遍媒介。理解的進行方式就是解釋（Auslegung）。……一切的理解都是解釋（Auslegung），而一切解釋都是通過語言的媒介而進行的，這種語言媒介既要把對象表述出來，同時又是解釋者自己的語言。〔註35〕

在引文加達默爾對「理解」與「詮釋」關係的論述中，導入了「語言」這一要素。我們可以從以下三個角度說明加達默爾的論點：第一、當我們從「詮釋→理解」的角度看，一切的「詮釋」都是「理解」，「詮釋」是「理解」的完成，溝通「詮釋」與「理解」的媒介是「語言」。第二、當我們從「理解→詮釋」角度來看，一切的「理解」都是「詮釋」，在海德格爾的「此在」分析基礎上，「詮釋」是以「理解」爲根基的。第三、從「語言」的角度來看，「理解」與「詮釋」互相作用的循環過程，可視爲爲「語言」的應用過程，因爲能被「詮釋」與「理解」的東西，只有「語言」。〔註36〕

除了標舉「理解」、「詮釋」的同一性，加達默爾與海德格爾站在同樣立場外，加達默爾亦在海德格爾的基礎上，提出了「前見」（Vorurteil）的概念，進一步發展了海德格爾的理解的「先在結構」

〔註35〕見（德）漢斯─格奧爾塔‧加達默爾（Hans-Georg Gadamer）著，洪漢鼎譯，《眞理與方法第一卷》（Hermeneutik I Wahrheit und Methode）（台北：時報文化出版事業企業股份有限公司，1999 年 1 月第一版第四刷），頁 499。

〔註36〕正文的論述，係筆者以潘德榮《詮釋學導論》頁 130～131 的說法爲基礎，從而進行的闡述。

之說。據加達默爾所說，「前見」其實「就是一種判斷，它是在一切對於事情具有決定性作用的要素被最後考察之前所給予的」〔註37〕。嚴平的《走向解釋學的眞理──伽達默爾哲學述評》一書，是這樣評說加達默爾的「前見」概念：「這種成見（筆者按：前見，下同）也就是海德格爾所說的理解的前結構（筆者按：先在結構）。伽達默爾完全承襲下來，並根據自己獨特的理解發揮了海德格爾的這一個洞見。」然而加達默爾對乃師理解的「先在結構」的發揮爲何？嚴平繼續說，在加達默爾看來，「傳統在我們之前，在我們理解之前，我們是先屬於傳統然後才屬於自己。是傳統預先帶給我們成見，而沒有成見，理解就不能發生」〔註38〕，指出了加達默爾引進「傳統」這一概念，以說明「前見」的成因，「傳統」帶給我們「前見」，而「前見」則是「理解」與「詮釋」活動進行不可去除的根基。

　　加達默爾進一步在對「前見」與「理解」、「詮釋」的討論上，提出了「視域」（Horizont）的概念。他說：

　　一切有限的現在都有它的侷限。我們可以這樣來規定處境概念，即它表現了一種限制視覺可能性的立足點。視域（Horizont）概念本質上就屬於處境概念。視域就是看視的區域（Gesichtskreis），這個區域囊括和包容了從某個立足點出發所能看到的一切。把這運用於思維的意識，我們可以講到視域的狹窄、視域的可能擴展以及新視域的開闢等等。〔註39〕

這意味著，「視域」是人們從自己能見的立足點出發，從而所能看到的視野。「視域」標誌著我們「理解」、「詮釋」時的極限。加達默爾認爲：

　　一種詮釋學處境是由我們自己帶來的各種前見所規定的。

〔註37〕同註35，頁357～358。

〔註38〕見嚴平著，《走向解釋學的眞理──伽達默爾哲學述評》（北京：東方出版社，1998年5月出版），頁128。

〔註39〕同註35，頁395。

> 就此而言，這些前見構成某個現在的視域，因爲它們表現
> 了那種我們不能超出其所去觀看的東西。〔註40〕

加達默爾試圖透過「前見」構成了人們當下「視域」的觀點，說明爲
何我們往往無法超脫現時的處境，去觀看非現時的事物。然而我們當
下被「視域」所侷限，並不代表我們將永恆的被當下的「視域」侷限，
換言之，「視域」是有可能變動的。畢竟人們進行「理解」、「詮釋」
活動，總不能一直爲「前見」所構成的「視域」侷限，加達默爾「視
域」概念的提出，除了在說明人們進行「理解」、「詮釋」活動的侷限
性外，更重要地是如何解決這一問題。加達默爾說：

> 「視域」這一概念本身就表示了這一點，因爲它表達了進行
> 理解的人必須要有卓越的寬廣視界。獲得一個視域，這總是
> 意味著，我們學會了超出近在咫尺的東西去觀看，但這不是
> 爲了避而不件這種東西，而是爲了在一個更大的整體中按照
> 一個更正確的尺度去更好地觀看這種東西。〔註41〕

加達默爾說，「視域」概念本身，就有著對現有「視域」加以超脫的
企圖。所以在加達默爾眼中，「視域」絕非是一成不變的，相反地，
它時時刻刻地在變動。就此他說：

> 其實只要我們不斷地檢驗我們的所有前見，那麼，現在視
> 域就是在不斷形成的過程中被把握的。這種檢驗的一個重
> 要部分就是與過去的接觸（Begegnung），以及對我們由之
> 而來的那種傳統的理解。所以，如沒有過去，現在視域就
> 根本不能形成。……理解其實總是這樣一些被誤認爲是獨
> 自存在領域的融合過程。〔註42〕

所以在「理解」、「詮釋」的活動中，「傳統」與「前見」不是該被弭
平消除的，相反地，它們需要的是與當下的境遇相互地「融合」。加
達默爾認爲，「理解」就是這個「融合」的過程，一種「視域融合」

〔註40〕 同註35，頁400。
〔註41〕 同註35，頁399。
〔註42〕 同註35，頁400。

（Horizontverschmelzung）的情形。所謂的「視域融合」，是指人們透過「理解」、「詮釋」活動的展開，自身的「視域」與對象的「視域」交疊相融、成為一體，在這過程裡人們從而擴大了自身的「視域」。加達默爾說：

> 在理解過程中產生一種真正的視域融合
> （Horizontverschmelzung），這種視域融合隨著歷史視域的
> 籌畫而同時消除了這視域。〔註43〕

這種的「理解」、「詮釋」過程，自然脫離了「一般詮釋學」（施萊爾馬赫）裡，執意對作者原意的追求。筆者願以加達默爾下面的這段話，可以作為我們上述討論的結束。他說：「如果我們一般有所理解，那麼我們總是以不同的方式在理解。」〔註44〕我們之所以「總是以不同的方式在理解」，是因為我們總能不斷地進行「視域融合」的活動，進而不斷地擴大自身的「視域」。

　　我們可以發現，西方詮釋學家對「理解」與「詮釋」關係的討論，其實隱藏著一個由「合」（亞理斯多德）到「分」（施萊爾馬赫、狄爾泰），再到「合」（海德格爾、加達默爾）的變化歷程。只是這「合」→「分」→「合」的歷程內，詮釋學家對「理解」與「詮釋」的性質認定，已產生了重大的變化。大致說來，第一階段的「合」與第二階段的「分」，都是屬於「方法論」層次的詮釋學探討，這時的「理解」與「詮釋」，被哲學家視為深入了解文本〔註45〕的「方法」。施萊爾馬赫認為，「我們應該比作者更好地了解作者」；狄爾泰則以為「精神科學」需要「理解」，而「自然科學」需要「詮釋」等說法，都為「方法論」的詮釋學樹立一個里程碑。第三階段的「合」，以海德格爾的

〔註43〕同註35，頁401。

〔註44〕同註35，頁389。

〔註45〕筆者此處所說的「文本」，是一種廣泛意義上的文本。在施萊爾馬赫處，「文本」被指為「作者文本」；在狄爾泰處，「文本」則可被擴大理解為「精神（世界）文本」（精神科學）與「物理（世界）文本」（自然科學）。

「本體論變革」爲開端，配合加達默爾對海德格爾思想的發展，「理解」與「詮釋」從「方法論」層次上升到「本體論」層次，「理解」與「詮釋」成了開顯「存在」或「此在」的方式。加達默爾說「一切的理解就是解釋」，明確地道出了「理解」與「詮釋」在「本體論」上的統一。同時在這個階段裡，與「理解」、「詮釋」的「本體論同一性」同樣重要的詮釋學洞見，是海德格爾「先在結構」的提出，及加達默爾在海德格爾基礎上，發展出來的「前見」與「視域」概念。這類概念的討論，揭示了人不可能在毫無預設或前提的情況下，進行「理解」、「詮釋」活動。只要「理解」與「詮釋」一開始，「理解」的主觀性（海德格爾的「先行結構」或加達默爾的「前見」）就會滲入其中，所謂的「理解」與「詮釋」都帶有主觀色彩。「一般詮釋學」試圖追尋的「理解」、「詮釋」的純然客觀性，在此就被徹底地打破。

在本章裡，筆者將借當代詮釋學（海德格爾、加達默爾）的說法爲基礎，視「理解」與「詮釋」的「本體論同一性」，爲一具普遍性的原則，並且肯定「理解」與「詮釋」是通過「語言」媒介運用的過程。所以當本文使用「詮釋」一詞時，則將意味著「理解」經由「語言」的思考，完成了「詮釋」，就此而言，「理解」已在「詮釋」當中。反之亦然。同時，如當代詮釋學所主張的，不存在著無前提、無預設的「理解」與「詮釋」，我們在進行「理解」、「詮釋」活動時，已不自覺地投入了自身的主觀色彩。就此「詮釋」很難被稱爲純然客觀、不帶「前見」的認識方法，而無寧被定位爲一種「在此之在」的人，與周遭世界互動的精神活動，透過「詮釋」的活動，人們不僅可以意識到世界的意義，同時也定位了自身存在的意義。本此，「詮釋」的性質，誠如王岳川等著的《文藝美學方法論》所說：

> 不是一種文字技術上的歸納和知識的把握，解釋是人對處身
> 世界意義的一種選擇，是人的一種精神活動存在方式。〔註46〕

〔註46〕 胡經之、王岳川主編，《文藝美學方法論》（北京：北京大學出版社，
　　　　 1998 年 3 月第一版第三刷），頁 325。

「詮釋」不是一種求索客觀的方法，而是人類開顯自身存在的方式。因爲每個「詮釋」活動的結果，均涉及到詮釋者基於其「前見」所下的先在判斷，因此「詮釋」往往變成對自身情境的「詮釋」，即加達默爾所強調的，「所有這種理解最終都是自我理解（Sichverstehen）」〔註47〕。本此而論，當我們研究一個「詮釋」活動時，如何溯及該詮釋者的「前見」與「視域」，則變成一個相當重要的課題。

第二節　王漁洋詮釋《詩品》的「前見」與「視域」

　　筆者在此處將由一個王漁洋詩學研究裡的公案——漁洋對司空圖詩論的理解，〔註48〕究竟是契合於司空圖詩論本意，抑或只是片面理解的問題——開始我們的討論。關於漁洋對司空圖詩論的理解問題，自漁洋之世以來就存在著前述兩種不同的看法，而後者說法的勢力較大。其實早在漁洋的甥婿趙執信（1662～1744）那裡，就已提出漁洋對司空圖詩論的理解，是屬於片面性理解的說法。趙執信的《談龍錄》第十九則說：

　　　　司空表聖云：「味在酸鹹之外。」蓋概而論之，豈有無味之
　　　　詩乎哉？觀其所第二十四品，設格甚寬。後人得以各從其
　　　　所近，非第以「不著一字，盡得風流」爲極則也。〔註49〕

引文裡的趙執信之說，雖然沒有指明評論的對象。不過當我們將趙執信說法，與《帶經堂詩話》卷三〈要旨類〉第二則的文字，「表聖論

〔註47〕同註35，頁346～347。
〔註48〕筆者下文的討論，將集中在王漁洋對《詩品》的理解上。其原因有二：第一、從司空圖研究的角度來說，《詩品》雖不能與司空圖全部詩論劃上等號，但它確實是司空圖詩論中最精華的部分。第二、從王漁洋研究的角度來看，筆者發現在漁洋詩論的相關資料裡，漁洋對司空圖詩論的理解與論述，大多以《詩品》作爲其根本基礎。這可由漁洋探討司空圖詩論時，《詩品》的出現頻率，遠高過於其他司空圖論詩資料的現象裡得到證實。
〔註49〕見清・王夫之等撰，《清詩話・談龍錄》（上海：上海古籍出版社，1999年6月出版），頁314。

詩，有二十四品，予最喜『不著一字，盡得風流』八字。又云：『采采流水，蓬蓬遠春。』二語形容詩境亦絕妙」〔註50〕合觀時，趙執信議論顯然係針對漁洋而發。〔註51〕趙執信認爲司空圖透過《二十四詩品》的寫作，試圖說明各種不同的詩歌體格，且在這「二十四品」之間並沒有預設一個最高的標準，換言之，「二十四品」間的位階關係是平行平等的，所以後人才能「各從其所近」。由是觀之，漁洋特愛〈含蓄〉裡的「不著一字，盡得風流」之說，而將之推爲極則的說法，

〔註50〕 見清・王士禎著，清・張宗柟纂集，戴鴻森點校，《帶經堂詩話》（北京：人民文學出版社，1998年2月出版），頁72。

〔註51〕 除本文所述之外，《談龍錄》的成書本來就有其針對性。觀趙執信《談龍錄》第一條云：「錢塘洪昉思昇，久於新城之門矣。與余友。一日，並在司寇宅論詩。昉思嫉時俗之無章也，曰：『詩如龍然，首尾爪角鱗鬣，一不具，非龍也。』司寇哂之曰：『詩如神龍，見其首不見其尾，或雲中露一爪一鱗而已，安得全體？是雕塑繪畫者耳。』余曰：『神龍者屈伸變化，固無定體，恍惚望見者，第指其一鱗一爪，而龍之首尾安好，故宛然在也；若拘於所見，以爲神龍具在是，雕繪者反有辭矣。』昉思乃服。此事頗傳於時，司寇告後生而遺余語，聞者遂以洪語斥余，而仍侈司寇往說以相難，惜哉！今出余旨，彼將知龍。」可見趙執信是書命曰《談龍錄》，名爲「談龍」而實意在「批王」，《談龍錄》就是趙執信針對王漁洋其人其學所作的批評。吳宏一在其《清代詩學初探》（吳宏一著，台北：台灣學生書局，1986年1月修訂再版）的〈第五章神韻說及同時的詩論・第三節王士禎的反對者〉中，嘗歸納傳聞裡趙執信和王漁洋交惡的原因有二：第一、「像四庫提要所說的，是因爲趙執信求作『觀海集』序，王士禎屢失其期，於是漸相詬屬，仇隙終身」。第二、「像趙執信門人沈起元在所作『飴山文集』序中說的：『一時乃以微眚被斥，蓋若有陰中之者』。據王乙之的說法，『有陰中之者』係指王士禎而言。康熙二十八年時，趙執信因『國喪演劇』罷斥終身，所謂『可憐一曲長生殿，斷送功名到白頭』是也。沈氏所言，即指此事。」吳宏一並分析趙執信在《談龍錄》內對王漁洋的攻擊，主要集中在以下三方面：第一、「推崇馮班、吳喬、錢良擇等人的詩論以貶抑王士禎。蓋馮班、吳喬論詩與王士禎相異故」。第二、「引用學者考證之言以斥王士禎之誤」。第三、「批評王士禎不夠雅量」。上文《談龍錄》之說，詳見《清詩話・談龍錄》（清・王夫之等撰，上海：上海古籍出版社，1999年6月出版），頁310；吳宏一的論述，詳見《清代詩學初探》，頁184～185。

完全爲漁洋「從其所近」的結果。這並不代表司空圖認爲「不著一字，
盡得風流」的〈含蓄〉，可以作爲凌駕在其他諸品之上的「極品」，成
爲評判一切詩歌優劣的最高標準。趙執信顯然認爲王漁洋理解的司空
圖詩論，並不符合司空圖本意。除此之外，《四庫全書總目提要》卷
一百九十五〈集部四十八・詩文評類一・詩品〉條裡的說法，可與前
引的趙執信之說相互呼應：

> 其持論非晚唐所及，故是書亦深解詩理。凡分二十四
> 品，……各以韻語十二句體貌之。所列諸體畢備，不主一
> 格。王士禛取其「采采流水、蓬蓬遠春」二語，又取其「不
> 著一字、盡得風流」二語，以爲詩家之極，則其實非圖意
> 也。〔註52〕

相較於趙執信「後人得以各從其所近，非第以「不著一字，盡得風流」
爲極則也」的論述，四庫館臣直接地指出，王漁洋以〈纖穠〉中的「采
采流水，蓬蓬遠春」，〈含蓄〉裡的「不著一字，盡得風流」爲「詩家
之極」的說法，其實不等於司空圖作《詩品》時的原意。四庫館臣之
說的背後意味著，既然漁洋的說法不能符應於司空圖的原意，那頂多
僅能視爲漁洋對司空圖詩論的詮釋而已。此外，當代學者陳國球在其
〈司空圖《詩品》——一種後設詩歌〉文中，亦持類似的意見：

> 他（筆者按：漁洋）對《詩品》是非常重視的。大家都知道，
> 他所標舉的「神韻說」，本源於《詩品》……的部分言論，只
> 不過他的閱讀和詮釋方法，不是人人都能同意罷了。〔註53〕

陳國球指出漁洋的「神韻說」，源於司空圖《詩品》某部分的觀念，
但漁洋汲取的部分，並不能等同於《詩品》全部。因此，當我們從探
求司空圖原意的角度，來看漁洋的說法時，就不可能「人人都能同意」
（如趙執信、四庫館臣等）了。

〔註52〕見清・永瑢、紀昀主編，《四庫全書總目提要》（海口：海南出版社，
　　　　1999年5月出版），頁1068。
〔註53〕見陳國球著，《鏡花水月──文學理論批評論文集》（台北：東大圖
　　　　書股份有限公司，1987年12月出版），頁51～52。

　　不過，還是有學者認為王漁洋對司空圖詩論的認識，能契合於司空圖的本意，這可以張少康的說法作為代表。張少康在〈象外之象，景外之景——論司空圖《詩品》〉文裡說：

> 王士禎在《香祖筆記》中說：「表聖論詩有二十四品，予最喜『不著一字，盡得風流』八字。」這是對司空圖詩論宗旨深有體會的話。這八字正是對「象外之象，景外之景」的詩境特徵之概括，是二十四種詩境都具備的基本特徵。……王士禎之說則是真正簡明扼要地反映了司空圖詩論的實質所在的。可惜後來許多人意斥王士禎之論為荒誕不經，以趙執信之論和《四庫全書總目提要》所說為準的，反而把司空圖詩論的要旨弄模糊了。這是我們應當加以澄清，而為王士禎辯白的。〔註54〕

其實漁洋在論詩時，曾不止一次地說他喜愛司空圖《詩品》的「不著一字，盡得風流」。張少康認為漁洋對「不著一字，盡得風流」的體會，不僅是極其深刻的，更重要的是漁洋從該語當中，簡扼地捉到了司空圖詩論的要義。顯然張少康認定漁洋對司空圖詩論的理解，是合於司空圖本意的，本此他在引文裡認為後人，如清代趙執信及四庫館臣等人的說法，不僅誤解了漁洋，更混淆了司空圖的詩論主旨。

　　在未對上述兩種說法進行分析、考察之前，就輕率地下任何判斷，都可能會影響到我們後文的討論。就此筆者將先停止對上述二說下判斷，待釐清下列問題後，再行討論二者的是與非。我們可以發現，上面兩種討論的癥結處，主要集中在以下兩點：第一、〈含蓄〉中的「不著一字，盡得風流」，或〈纖穠〉裡的「采采流水，蓬蓬遠春」，是否能作為涵蓋司空圖《詩品》的「普遍性原則」？第二、王漁洋對《詩品》的相關引述或釋說，是否可以視為司空圖本意？這兩個問題並非是全然不可解開的，我們可以經由以下兩方面的討論，得出較確

〔註54〕見張少康著，《古典文藝美學論稿》（台北：淑馨出版社，1989年11月出版），頁345。

切的答案：第一、司空圖作《詩品》的原意，究竟是「設格甚寬」、「不主一格」，或者是特意標舉某些品爲「極品」。倘若答案是前者（「設格甚寬」、「不主一格」）的話，那麼標榜「不著一字，盡得風流」的〈含蓄〉，或以「采采流水，蓬蓬遠春」爲象喻的〈纖穠〉，既作爲與其他諸品平行、平等的「二十四品」之一，自然不能作爲一「普遍性原則」涵蓋整個《詩品》，否則就犯了邏輯上「以偏蓋全」的謬誤。若答案是後者（司空圖有意標舉某些品爲「極品」）的話，則「不著一字，盡得風流」的〈含蓄〉或「采采流水，蓬蓬遠春」的〈纖穠〉，才有可能以「極品」的高等位階統攝諸品，成爲一「普遍性原則」，從而指引其他各品。第二、漁洋是否曾經認爲他對司空圖的理解，是符合於司空圖本意的理解。這個問題在處理方式上是比較單純的，可被歸類爲「實證範圍」的問題。也就是說，此一問題是可以直接從相關資料中獲得解答的。

讓我們先討論司空圖創作《詩品》原意，是「設格甚寬」、「不主一格」，還是試圖以特定某品作爲「極品」的問題。在進行這個討論時，我們將直接面臨到的問題是，《詩品》內部是否存在著一個嚴密的內在結構。這個問題在我們的討論當中所以重要，是因爲唯有當《詩品》是一個嚴密的內在結構時，品與品之間藉著緊湊的構成關係相互牽連時，某些特定品方可能作爲其他諸品的「普遍性原則」。相反地，如果品與品之間的關係是鬆散，且無必然性關連的話，那麼自然不存在著某品統攝某品的問題。歷來對《詩品》是否存在著一個嚴密內在結構的爭論，大多集中在以下兩點：第一、「二十四」這個數字是否有意義？第二、《詩品》的品與品間的排列，是否曾經過司空圖精心的安排，從中是否可能尋出一絲脈絡？先說第一點，「二十四」這個數字是否具有特殊意義的問題。祖保泉在其《司空圖詩文研究》的〈第九章關於《二十四詩品》理論體系問題的討論〉中，曾透過對古代文學風格發展的縱向考察，及對持「二十四」爲「奧秘數字」說法的橫向辯駁，斷言說：

　　《二十四詩品》名稱中的「二十四」這個數字，其中有什
麼奧秘嗎？我説，沒有什麼奧秘，它只表示司空圖對詩的
意境、風格有所體會，體會出「二十四種」。……司空圖體
會出二十四種意境、風格，這「二十四」就是二十四，其
中沒有任何奧秘！〔註55〕

雖然由於祖保泉文中的討論，所涉及範圍與篇幅都頗爲廣泛，限於篇
幅無法在此詳引，不過筆者基本上同意祖保泉的結論，以爲《二十四
詩品》的「二十四」這一數字，其實沒有蘊含著什麼特殊意義。

　　再説第二點，《詩品》的排序方式，是否曾經由司空圖的特意安
排，我們是否可以在品與品之間找出脈絡的問題。這個問題是以往
研究、判斷《詩品》具備嚴密體系與否的核心與標準，誠如蕭水順
在《從鍾嶸詩品到司空詩品》所説的，「詩品體系之探討，大抵以探
討品與品之關係爲目標」〔註56〕。本此，蕭水順曾逐一地考察了清
代楊廷芝〈二十四詩品小序〉、清代楊振綱《詩品續解》、清代許印
芳〈二十四詩品跋〉，與近人朱東潤《中國文學批評史大綱》等等認
爲《詩品》在排序上，存在著特殊關係的說法，從而得出如下的結
論：

　　二十四種風格之中，表聖實未列其先後秩序，由以上所述，
知其各品之間未有聯屬，亦無輕此重彼之意。……《四庫
提要》以爲表聖二十四品之臚列，乃不主一格之意，此説
實應溯自蘇東坡〈書黃子思詩集後序〉，其言曰：「蓋自列
其詩之有得於文字之表者二十四韻，恨當時不識其妙。」
皆主張二十四詩品並無輕重之分，表聖原意實不主一格

〔註55〕見祖保泉著，《司空圖詩文研究》（合肥：安徽教育出版社，1998年
　　　12月出版），頁245～250。關於祖保泉對《二十四詩品》的「二十
　　　四」這一數字，是否蘊含著深意的相關討論，詳見其《司空圖詩文
　　　研究》（祖保泉著，合肥：安徽教育出版社，1998年12月出版）書
　　　裡〈第九章關於《二十四詩品》理論體系問題的討論・一、不該在
　　　『二十四』數字上作文章〉，頁245～250。
〔註56〕見蕭水順著，《從鍾嶸詩品到司空詩品》（台北：文史哲出版社，1993
　　　年2月出版），頁210。

也。〔註57〕

筆者是同意蕭水順說法的。因爲在沒有找到任何確切證據，可以證明司空圖試圖經由各品的排序，在品與品間建立特殊關係之前，我們還是對這個問題採取闕疑的態度，是較爲可靠並且可行的。楊振綱的《詩品續解・瑣言二則》之一說：

> 詩品者，品詩也。本屬錯舉，原無次第。然細按之，卻有脈絡可尋，故綴數言，繫之篇首。雖無當於作者之意，庶有裨於學者之心。〔註58〕

楊振綱雖然主張《詩品》的排序有脈絡可尋，但是他也很坦誠的告訴我們，所謂的「細按之，卻有脈絡可尋」之說，是楊振綱將自己的詮釋方式，加在《詩品》身上所得到的結果，並不代表司空圖原本就有此意。楊振綱其實很清楚地知道，司空圖的原意不能同自己的詮釋畫上等號。換言之，楊振綱認爲《詩品》的排序方式，是「本屬錯舉，原無次第」；而所謂的「有脈絡可尋」之說，是「無當於作者之意」，是他以一個讀者的身份，外在地將「脈絡」賦予《詩品》。這就是說，楊振綱絕不能說《詩品》的「有脈絡可尋」，爲司空圖的原意所本，但是如果說《詩品》的「脈絡」是他個人獨特的詮釋，則是我們可以接受的答案。至於楊振綱對司空圖的詮釋是否合於情理，則又是另一個問題了。

祖保泉在《司空圖詩文研究》書裡，分別考察了楊振綱《詩品續解》、楊廷之《詩品淺解》及清代孫聯奎《詩品臆說・附注》中的說法，結論與前述的蕭水順之說相近。祖保泉說：

> 《二十四詩品》就排列順序看，實在沒有什麼理論體系。……《二十四詩品》每品之間有可比性，經比較而顯

〔註57〕 同註56，頁210～211。有關蕭水順對各家說解《詩品》排序方式的討論，請見《從鍾嶸詩品到司空詩品》（蕭水順著，台北：文史哲出版社，1993年2月出版），頁199～210。

〔註58〕 見唐・司空圖著，《詩品集解》（台北：河洛圖書出版社，1974年9月出版），頁68。

示各自的特色；無對立性，因而各各不相排斥以求對立統

一。〔註59〕

祖保泉認爲當我們仔細地觀察《詩品》的排列方式時，事實上並不存在一個什麼嚴密的內在結構。本此，祖保泉在其《司空圖的詩歌理論》一書中認爲：「風格是多樣的，說明多樣風格的《詩品》是沒有什麼『脈絡』或『體系』的。因爲各種風格之間原來就沒有什麼本質的聯繫。」〔註60〕此外，呂興昌的《司空圖詩論研究》也認爲：

> 企圖給廿四詩品尋找一個完整的體系，現代學者早就斷言
> 絕不可能，因爲那既無當於作者之意，也無裨於學者之心。
> 這種看法自然正確無訛；蓋廿四詩品各自獨立，同時並列，
> 彼此並無必然的關連性。〔註61〕

呂興昌對《詩品》是否具備嚴密內在結構的立場，與蕭水順、祖保泉基本上是一致，即認爲司空圖的《詩品》排列方式，並沒有什麼特殊用意，所以二十四品是個別獨立，品與品之間無必然的關連。不過呂興昌也指出：

> 不過，仔細推敲各品，仍可發現某些大致可加掌握的品類
> 關係；即類似性與對立性。……當然這只是粗略的關係，
> 而且無法把廿四品全都加以包括。〔註62〕

呂興昌引文提到的「仍可發現某些大致可加掌握的品類關係」，當然不是司空圖的本意，因爲我們認爲《詩品》排序的方式，是如楊振綱所說的「本屬錯舉，原無次第」。就此而言，呂興昌所謂「可加掌握的品類關係」的論述，其實還是屬於一種「後設陳述」的結果，廣義地來看，這也可以算是一種詮釋。就此而言，呂興昌認爲「面對詩品，

〔註59〕 同註 55，頁 259。關於祖保泉對各家詮說《詩品》排序方式的討論，
　　　　 詳見《司空圖詩文研究》，頁 250～259。
〔註60〕 見祖保泉著，《司空圖的詩歌理論》（台北：萬卷樓圖書有限公司，
　　　　 1993 年 9 月第一版第二刷），頁 46。
〔註61〕 見呂興昌著，《司空圖詩論研究》（台南：宏大出版社，1980 年出版），
　　　　 頁 176。
〔註62〕 同註 61，頁 176。

最好不要強加分類，以免造成削足適履的流弊」〔註63〕，是比較通達
的見解。

　　經過上文的討論，我們得到兩點結論：第一、《二十四詩品》的
「二十四」並沒有特殊意義。第二、《詩品》的排序方式，應該是「本
屬錯舉，原無次第」的。就此我們幾乎可以斷言，《詩品》內部並不
存在著一個嚴密的內在結構。本於上述，筆者認為司空圖作《詩品》
的原意，應該是「設格甚寬」、「不主一格」的。在這裡我們又可以引
出另一個相關的問題，即從《詩品》的數字與其排列方式來看，它雖
不具備一個嚴密的內在結構，是否就意味著《詩品》沒有一個完整的
理論體系呢？這顯然是兩個不能混為一談的問題。筆者認為，《詩品》
沒有一個嚴密的內在結構，並不代表它沒有一個完整的理論體系。蕭
水順的意見頗值得我們參考，他說：

> 詩品二十四則，雖無嚴密之體系可資聯繫，各品之間皆呈
> 獨立自主之態，然而，表聖既以禪道之思，韻外之致為其
> 基本詩觀，則詩品之謹嚴理論乃藉此架構而完成。……蓋
> 表聖論詩雖不主一格，得以各從所近，然亦不得拘於字句，
> 而少韻外之致，味外之旨也。〔註64〕

蕭水順在引文中說，「無嚴密體系可資聯繫」，是就《詩品》內部各品
之間無必然的關連而言；而「詩品之嚴謹理論」云云，則是承認從詩
學觀念的角度觀察時，整個《詩品》還是有一個完整的理論體系。蕭
水順認為司空圖在《詩品》以外的論詩文章裡，反覆強調的「韻外之
致」、「味外之旨」等觀念，是貫通整部《詩品》的基本觀念，是串連
二十四品的核心問題。這等於說整部《詩品》的理論體系，是以「韻
外之致」等觀念為基礎所建構出來的。而程國賦在〈世紀回眸：司空
圖及《二十四詩品》研究〉文中則更明確地指出：「《詩品》有無內在
的理論體系呢？本世紀大多數論者認為有體系。」〔註65〕不過，每位

〔註63〕同註61，頁176。
〔註64〕同註56，頁212～213。
〔註65〕見程國賦，〈世紀回眸：司空圖及《二十四詩品》研究〉《學術研究》

學者所認定的《詩品》理論體系爲何，則又視個人對司空圖詩論的理解，而互有差異了。

讓我們接著討論漁洋是否曾經認爲自己對司空圖詩論的理解，契合於司空圖原意的問題。筆者曾在前文中認爲，這個問題屬於「實證範圍」之內。這表示我們可以通過資料的檢閱與統計，來獲致確切的答案。根據筆者對王漁洋詩論相關資料的檢索，發現漁洋直接引述司空圖的論詩資料〔註66〕的部分凡九則，而間接與司空圖論詩相關的資料則有一則。在上述的檢索結果裡，漁洋從來沒表示過自己對司空圖詩論的理解，是符合於司空圖本意的理解。關於這點陳國球在〈司空圖詩品——一種後設詩歌〉文內，已明確地指出：「王士禎只是表示自己對《詩品》各則的選擇和偏好，實在沒有指明司空圖是以〈含蓄〉或〈纖穠〉爲《詩品》的唯一宗旨。」〔註67〕漁洋之所以「只是表示自己對《詩品》各則的選擇和偏好」，或許是因爲他早已意識到自己對司空圖詩論的理解，存在著一定的片面性之故。

經過上文的討論後，筆者想就漁洋對司空圖詩論的理解，究竟契合於司空圖詩論本意，或只是片面理解這個問題，在此處作一評判。在前文的討論裡，我們得到兩個結論：第一、透過對先前種種相關問題的釐清，我們以爲司空圖作《詩品》的原意，在於「設格甚寬」、「不主一格」。第二、在現今的相關資料裡面，漁洋並沒有說過他對司空圖詩論的理解，符合於司空圖原意的論述。據此，筆者同意漁洋對司

1999 年第六期），頁 5。

〔註66〕 筆者這裡說「司空圖論詩資料」，主要是指《詩品》，及一般研究者所謂的「司空圖論詩雜著」，包含〈與李生論詩書〉、〈與王駕評詩書〉、〈與極浦書〉、〈題柳柳州集後〉與〈詩賦贊〉。祖保泉在《司空圖詩文研究・第四章司空圖的論詩雜著》裡說：「在《司空表聖文集》裡，有論詩短文五篇，即〈與李生論詩書〉、〈與王駕評詩書〉、〈與極浦書〉、〈題柳柳州集後〉和〈詩賦〉。我們總稱之爲『論詩雜著』，借以表示它們不是有系統的詩論，而是涉及了有關詩創作、鑑賞等問題的短文。」引文請見《司空圖詩文研究》，頁 57。

〔註67〕 同註 54，頁 47。

空圖詩論的理解，係片面理解的說法。換句話說，漁洋之理解司空圖詩論，存在著很大的片面性與選擇性，是種帶有自己主觀色彩的理解。就此而言，我們可以說漁洋理解司空圖詩論的態度，其實就是一種「詮釋」的態度。從現今的資料來看，漁洋的詩論裡確實有為數不少的引述與詮釋，與司空圖的詩論直接相關。我們可以將這類現象，視為漁洋以司空圖詩論為對象所進行的詮釋活動。與漁洋同時的詩家乃至晚於漁洋的後世學人，對於漁洋詮釋司空圖詩論這一詩學現象，或多或少地有所察覺。如自詡為漁洋後學的張宗柟，在《帶經堂詩話‧纂例》裡說：

> 山人……嘗拈「神韻」二字示學者，於表聖「美在酸鹹之
> 外」……，別有會心。〔註68〕

所謂的「別有會心」，就是特別地有體悟、理解。張宗柟發覺到漁洋對司空圖「美在酸鹹之外」的說法，有著格外深刻的「理解」，所以說漁洋對司空圖的相關說法「別有會心」。這種「別有會心」的「理解」活動，從「理解」的主客體面來說，理解者不僅要特具高度敏銳的察覺力，而且理解者（主體）也必須與理解對象（客體）有所投契之處，要不該理解活動根本無由開始，這裡的「投契」與否，其實已經涉及我們後面所要探討的漁洋「視域」問題。另外從「理解」的活動面來說，理解的結果，仍須經由「語言」完成「詮釋」，從而傳達出主體以外，否則「理解」永遠為一個封閉、隔絕，乃至無法完成的「死理解」。本此，漁洋的宗弟王捴（1645～1728）在〈誥授資政大夫經筵講官刑部尚書王公神道碑銘〉中以為漁洋：

> 嘗推本司空表聖「味在酸鹽之外」……之旨而益申其說。
> 〔註69〕

當王捴說漁洋本司空圖之旨，而「益申其說」時，其實已指出了漁洋

〔註68〕 同註50，頁1。
〔註69〕 轉引自清‧王士禛撰，孫言誠點校，《王士禛年譜》（北京：中華書局，1992年1月出版），頁102。

對司空圖詩論的態度是「詮釋」的，而非是對司空圖詩論進行純然客觀的「認識」活動。並且據當代詮釋學的論點，一個詮釋者根本不可能以純然客觀的態度面對詮釋的文本。這是因爲當詮釋活動開始時，詮釋者的「前見」就充斥在該活動內，而詮釋者的「視域」早已決定了詮釋者詮釋活動的方向。

爲什麼漁洋會對司空圖的詩論「別有會心」，而欲「益申其說」？當我們的討論涉及這個問題時，或許當代詮釋學的「前見」、「視域」等說法，可以給予我們一定程度的啓發。我們在前文裡曾說，所謂的「前見」，是一種人們在下判斷之前就先行存在的判斷。加達默爾在〈解釋學問題的普遍性〉文提到：

> 偏見（筆者按：前見，下同），爲我們整個經驗的能力構造了最初的方向性。偏見就是我們對世界開放的傾向性。它們只是我們經驗任何事物的條件——我們遇到的東西通過它們而向我們說些什麼。〔註70〕

「前見」是一切理解與詮釋的礎石，同時它也代表一種詮釋的方向性。「前見」暗示著我們的詮釋活動，是在主體佈滿預設的情況下進行的，這就意味著詮釋活動本身，充斥著極其濃厚的主觀色彩。人們或許會問，倘若我們可以消除「前見」的話，那麼是否就可以達到純然客觀的認識呢？加達默爾告訴我們，這種純然客觀的認識，在事實上是不可能發生的。因爲「前見」是人們與生俱來的，它是種無法擺脫、也無須擺脫的事物。帕瑪在其《詮釋學》裡闡釋說：

> 前判斷（筆者按：前見）並非我們必須或者能夠擺脫的某物；它們是我們得以完全理解歷史的基礎。從詮釋學上看，這個原則可被陳述如下：不可能存在著「無預設的」詮釋。〔註71〕

帕瑪說「不可能存在著『無預設的』詮釋」，一方面告訴我們「前見」

〔註70〕見（德）加達默爾（Hans-Georg Gadamer）著，夏鎮平、宋建平譯，《哲學詮釋學》（Philosophical Hermeneutics）（上海：上海譯文出版社，1998年8月第一版第二刷），頁9。
〔註71〕同註5，頁212～213。

是理解的基礎；另一方面則意味著，我們自始至終都是從自己的特定角度，來對對象進行詮釋活動。這個影響詮釋者進行詮釋活動的特定角度，加達默爾稱之爲「視域」。

我們在前文裡曾說過，「視域」是人們從自己能見的立足點出發，從而所能看到的視野。「視域」代表我們詮釋活動行進時的方向與極限。加達默爾說：「前見構成某個現在的視域。」意思是說「前見」構成了「視域」，我們從事詮釋活動的方向，取決於理解之前的「前判斷」。要之，「前見」是一種判斷之前的判斷，而「視域」，則是我們觀察事物的特定角度。承上文所述，我們既然認爲王漁洋對司空圖詩論採取一種「詮釋」的態度。那麼，我們同樣可以把漁洋對司空圖詩論的討論，視爲王漁洋對司空圖詩論的詮釋活動。據當代詮釋學所說，所有詮釋活動裡，詮釋者的主觀性將無可避免的涉入其中，而「前見」與「視域」正是成就詮釋者主觀性的主要因素。因此我們這裡的工作，就是試圖釐清漁洋詮釋司空圖詩論時的「前見」與「視域」等問題。釐清這等問題後，或許可以解開漁洋爲何會對司空圖詩論某部分「別有會心」，甚至欲「益申其說」的謎團。

讓我們先觀察司空圖詩論有哪些部分，是王漁洋特別欣賞，並且有意識地對此從事詮釋活動。觀《帶經堂詩話》卷三〈要旨類〉第二則云：

> 司空表聖作詩品，凡二十四，有謂「沖澹」者，曰：「遇之匪深，即之愈稀。」有謂「自然」者，曰：「俯拾即是，不取諸鄰。」有謂「清奇」者，曰「神出古異，澹不可收。」是品之最上者。〔註72〕

在引文裡，漁洋表現出對〈沖淡〉、〈自然〉與〈清奇〉三品的特殊喜愛，並且主觀地列爲最上品。又在同則的記載裡，漁洋說：

> 表聖論詩，有二十四品，予最喜「不著一字，盡得風流」八字。又云：「采采流水，蓬蓬遠春。」二語形容詩境亦絕妙。

〔註72〕同註50，頁72。

此處最值得注意的是，漁洋明確指出《詩品》當中，他「最」喜愛的是〈含蓄〉品「不著一字，盡得風流」之說，這將會在我們下文的論述中屢次得到證實。除此之外，我們發現〈纖穠〉品裡面，描寫春景蕩漾、一片生機的「采采流水，蓬蓬遠春」語，也是漁洋留意的對象。此外，在《帶經堂詩話》卷三〈清言類〉第十一則內，漁洋以筆記形式記錄了以下數語：

> 司空表聖云：「不著一字，盡得風流」，「神出古異，澹不可收」，「采采流水，蓬蓬遠春」，「明漪見底，奇花初胎」，「晴雪滿林，隔溪漁舟」。〔註73〕

考「神出古異，澹不可收」、「晴雪滿林，隔溪漁舟」二句，係出現於前述的〈沖淡〉品內；而「明漪見底，奇花初胎」，則是〈精神〉品裡的話。可見王漁洋此處筆記之語，同時表達了對〈含蓄〉、〈沖淡〉、〈精神〉三品的重視。經由上文的討論與歸納，我們可以說漁洋對《詩品》的理解與欣賞，並不具備全面性，它片面地集中在〈含蓄〉、〈纖穠〉、〈沖淡〉、〈自然〉、〈清奇〉與〈精神〉這六品身上，其中又以〈含蓄〉品「不著一字，盡得風流」之說，爲漁洋所獨鍾。

　　《詩品》是由二十四首獨立四言詩所構成的大型詩組。每首詩十二句，詩前均冠有兩個字命名的詩題，如〈雄渾〉、〈沖淡〉、〈纖穠〉等，每句四言，所以一首詩共四十八字。韓籍學者車柱環在〈司空圖的二十四詩品〉文中，認爲《詩品》：「每一品名之下，用四言十二句隔句韻體詩盡意描出各品所含有的美的境界，是極好的純粹論詩詩。」〔註74〕陳國球的〈司空圖《詩品》——一種後設詩歌〉甚至認爲，「如果借用『後設小說』（metafiction）的講法，《詩品》可說是『後設詩歌』（metapoem/metapoetry）」〔註75〕。在這個大型

〔註73〕同註50，頁91。
〔註74〕見中國唐代文學學會、西北大學中文系、廣西師範大學出版社主編，《唐代文學研究》（桂林：廣西大學出版社，1992年8月出版），頁548。
〔註75〕同註53，頁24。陳國球在〈司空圖詩品——一種後設詩歌〉文裡說，

的四言論詩詩組裡，司空圖創作的原意係如前所述，是「設格甚寬」、「不主一格」的。而我們也曾提到過，王漁洋的確特別傾心於《詩品》的某些部分。那麼，是何種因素決定了王漁洋在《詩品》二十四品「設格甚寬」的情形底下，卻獨意鍾情於〈含蓄〉為首的六品？從詮釋學觀點解答這個問題時，我們說「前見」構成了「視域」，而「視域」決定了漁洋的偏愛。漁洋不欣賞此品而鍾情彼品的現象，恰恰是經由漁洋「視域」所決定的結果。這也就意味著，當我們由上述現象出發，返溯及〈含蓄〉等六品品旨大意時，我們是有可能釐清漁洋理解《詩品》時的「視域」，進而討論構成該「視域」的「前見」問題。

　　以下我們將借助相關注本對《詩品》品旨的解說，以禆對〈含蓄〉、〈纖穠〉、〈沖淡〉、〈自然〉、〈清奇〉、〈精神〉六品的品旨與特色作簡單討論，並試圖從討論當中，釐清漁洋理解《詩品》時的「視域」問題。在進行各品品旨的討論之前，我們當先對《詩品》的屬性稍作定

所謂的「後設小說」（metafuction）是「以小說的方式向讀者展示小說的構成過程，以至作者對語言和小說的形式與功能的看法，表現出作者對小說的構成經驗的高度自覺（self-consciousness）。這種小說可說將創作與批評的界限打破，它既是小說觀念的詮釋，同時也是小說觀念的解構。」換句話說，「後設小說」就是種作者企圖經由小說的寫作，以禆展示小說創構過程的寫作方式。同理，「後設詩歌」則可說是作者企圖經由詩歌的寫作，以展示詩歌創作過程的寫作方式。陳國球認為《詩品》之所以可被視為「後設詩歌」，是因為「它既是文學作品，也是關於文學作品的理論，二者的界線已是泯滅無存。」陳國球此處的持論是：第一、「司空圖雖然沒有很明顯地向讀者表明他對詩的特質的觀察和反省，但肯定的他是利用詩的特質去表露他的意見」。這點與後設小說家對語言的傳意、再現功能的猶豫、不信任立場，可說是一致的。第二、相較於「後設小說」對文學進行本體論的反思，恰好反映出現代人對寫作、閱讀活動裡「再現」信念的懷疑。《詩品》則暗含了司空圖對詩歌本體論的卓識，其表現方式顯出他對詩歌本質的把握與操縱」。可見後設小說家對小說採取的態度比較消極，司空圖對詩歌的態度反而是比較積極的。此處引文與觀念請見《鏡花水月——文學理論批評論文集》（陳國球著，台北：東大圖書股份有限公司，1987 年 12 月出版），頁 24～25。

位。關於司空圖《詩品》該被定位在何種屬性上，研究者們的看法多不一致。〔註76〕筆者傾向於將《詩品》的屬性，定位在「對二十四種不同美感經驗類型的展示」上。這是說，司空圖經由《詩品》的寫作，向讀者展示出他所體會到的各種不同美感經驗類型。王潤華在《司空圖新論》中以爲，司空圖寫作《詩品》「很少句子是直接討論這問題的，主要的手法，是通過奧妙的意象和景物——間接，象徵式地表現出來」〔註77〕。司空圖這種不運用論說陳述的形式，反而大幅採用意象和景物，以詩歌的形式進行寫作，以便從中展現自身所體會到的不同美感經驗類型的方式，不僅是極其特殊，也是極其高明的。誠如陳國球所說，這種方法的高明之處，就在於「以創造經驗來傳達一種經驗類型的內涵」〔註78〕上。

先論〈含蓄〉品。〈含蓄〉品題據楊廷之《詩品淺解》所述，是「含者，銜也；蓄者，積也」，故其旨在「含虛而蓄實」〔註79〕。蕭水順《從鍾嶸詩品到司空詩品》解釋楊廷之說法爲「所謂『言有盡而意無窮』，則此無窮之意必蓄積而大，……亦惟有此充實之美，含蓄以出之，始得詩意。」〔註80〕而呂興昌的《司空圖詩論研究》亦持相近的看法，認爲〈含蓄〉品旨在「含藏不露，韻味無窮」〔註81〕。劉禹昌在其《司空圖《詩品》義證及其他》書裡，對〈含蓄〉之旨闡述得更爲清楚，他說：「『含蓄』一品，屬於優美。這種藝術風格的詩給人的美感，其特徵是意味雋永。蘊藉風流；詞約而旨豐，事近而喻遠，富於言外之

〔註76〕根據程國賦〈世紀回眸：司空圖及《二十四詩品》研究〉（程國賦著，《學術研究》1999 年第 6 期）的觀察，二十世紀以來研究者對《詩品》屬性的討論結果，大致上可劃分爲四類：第一、「風格論」，第二、「意境說」，第三、「詩的哲學說」，第四、「審美圖式說」。關於程國賦對這四類說法的例證與討論，請見該文頁 4～7。

〔註77〕見王潤華著，《司空圖新論》（台北：東大圖書股份有限公司，1989 年 11 月出版），頁 157。

〔註78〕同註 53，頁 28。

〔註79〕同註 58，頁 21。

〔註80〕同註 56，頁 112。

〔註81〕同註 61，頁 128。

意，饒有韻外之致。」〔註82〕綜合以上諸家的看法，我們可以說〈含蓄〉的品旨，在說明經由「含藏不露」過程，達到「餘韻不絕」的美學效果。〈含蓄〉的特色，就集中在所謂的「言有盡而意無窮」上。

次論〈纖穠〉品。細別之，「纖」和「穠」其實是兩個不同的美學概念。「纖」有「纖緻」，而「穠」則有「濃豔」之意。〈纖穠〉一品，以呂興昌解釋「纖穠」為「纖秀穠盛」〔註83〕最為簡潔。而祖保泉則說詩學裡的「纖穠」，主要指的是「詩思清新細膩、辭采雅潔明麗的詩章」〔註84〕。此外，劉禹昌則從美學範疇角度陳述說：「『纖穠』一品，屬於優美。讀這種詩，他給人的美感是十分豔麗、純美、柔美。」〔註85〕總合以上各說，〈纖穠〉一品，顯然旨在說明濃豔中又帶有清麗的詩歌美感。由於「穠」中有「纖」，所以如楊振綱《詩品解》引《皋蘭課業本原解》說的：「此言纖秀穠華，仍有真骨，乃非俗豔。」〔註86〕由於「纖」中有「穠」，所以不至於由「纖緻」流於枯槁無味。可見〈纖穠〉的特色，是「纖」與「穠」兩個不同的美學概念，在相互補充裡得到了和諧的融合。

再論〈沖淡〉品。〈沖淡〉品品旨，呂興昌直解為「沖和虛寂，恬淡無欲」〔註87〕。祖保泉則在「風格即人」的大前提下，認為「沖淡」一格的形成，在乎「詩人心胸淡泊，恬靜自安，發而為詩，吐詞樸素自然，饒有超然塵外的恬適意趣，這類詩，在風格上可目之為『沖淡』」〔註88〕。另外，劉禹昌指出「『沖淡』一品，屬於優美」，它予人的美感是「寧靜、幽雅、和穆、閑淡、清遠」〔註89〕。可見司空圖

〔註82〕見劉禹昌著，《司空《詩品》義證及其他》（武漢：武漢大學出版社，1993 年 11 月出版），頁 28。
〔註83〕同註 61，頁 100。
〔註84〕同註 55，頁 169。
〔註85〕同註 82，頁 6。
〔註86〕同註 58，頁 7。
〔註87〕同註 61，頁 96。
〔註88〕同註 55，頁 167。
〔註89〕同註 82，頁 5。

在〈沖淡〉一品內所試圖傳達的美感經驗，是偏向清靜、恬淡的。同樣地，〈沖淡〉品的特色，就是「淡」與「靜」。

復論〈自然〉品。關於〈自然〉品的大意，無論是《詩品淺解》說〈自然〉是「自然當然而然，不知其所以然而然」〔註90〕，或是王濟亨、高仲章選注的《司空圖選集注》一書，認爲「自然，或即天然」〔註91〕，雖或多或少地觸及司空圖在〈自然〉品裡所欲說明的核心問題，但其失之均在含糊草率。遠不如呂興昌說「自然」係「自然而然，隨機應化，毫不勉強」〔註92〕，反而較能準確地掌握〈自然〉一品品旨。至於蕭水順說：「所謂自然，非謂不經雕琢之原始自然，乃是著重詩之精神，文字，可與自然相契合，不相違背者。」〔註93〕則近呂興昌的「自然而然，隨機應化」之意。另外，劉禹昌指出〈自然〉品在美學範疇上，「屬於『優美』。讀這種詩，給人以眞淳、質樸、天然之美」〔註94〕。綜上論述，可知〈自然〉一品的特色有二：第一、從本體論上來說，〈自然〉品裡的美感，係本源自「自然」的「道體」，是種直接由「道體」產生的美。第二、從美感的發生來說，〈自然〉品展示的美感，既源於「道體」，則其表現出的美感，則必合於「道體」的「自然」。就此而言，其美就是「自然美」，如劉禹昌所說，是種「眞淳、質樸、天然」之美。

續論〈清奇〉品。關於〈清奇〉之旨，呂興昌認爲是「清新奇特」〔註95〕，而蕭水順則以爲是「清幽絕俗」〔註96〕。我們可以看到，對「奇」的理解上，無論是呂興昌的「奇特」，或是蕭水順的「絕俗」，觀點上可說是並無二致。但是呂、蕭二人在對「清」的理解上，似乎

〔註90〕 同註58，頁19。
〔註91〕 見王濟亨、高仲章選注，《司空圖選集注》（太原：山西人民出版社，1989年10月出版），頁33。
〔註92〕 同註61，頁125。
〔註93〕 同註56，頁110。
〔註94〕 同註82，頁25。
〔註95〕 同註61，頁145。
〔註96〕 同註56，頁118。

產生了歧異，蓋一解爲「清新」，而另一解爲「清幽」。這種歧異是否代表一種不可溝通的對立呢？筆者認爲事實上並非如此，這種歧異現象反而是一種互補與溝通。這就是說倘我們將上述二說並採時，恰恰凸顯了〈清奇〉品「清新」裡帶「清幽」的特質，同時，〈清奇〉品品旨的說解至此方可謂完備。此外，祖保泉說：「《詩品》的作者，時時不忘宣揚禪靜思想，說『清奇』而偏帶『幽冷』色調，這正是作者打上的思想烙印。」〔註97〕劉禹昌則認爲〈清奇〉品在美學範疇裡，可劃入『『優美』，讀這種詩給人的一種清遠閑淡幽靜之美。此品雖標題『清奇』，實側重在清幽、清淡一面，以清幽絕俗，瀟灑出塵爲其思想、藝術特徵」〔註98〕。綜合上述可以知道〈清奇〉品的特色，除了所謂的「清新奇特」以外，我們更不能忽略「清奇」偏帶「幽冷」的成分。

最後論〈精神〉品。《皋蘭課業本原解》認爲〈精神〉品的品旨，是強調創作主體的「精神」或「神」，在整個創作過程裡中的重要性，它說：「此二字，是生物妙用。文章乃造化機杼，無之即槁矣。形容得活潑潑地。取造化之文爲我文，是爲眞諦。俗人不解，另有師法，豈不陋甚。」孫聯奎《詩品臆說》對〈精神〉品旨的解釋，大致同於《皋蘭課業本原解》，其謂：「人無精神，便如槁木；文無精神，便如死灰。」〔註99〕順著這個思考脈絡而來的論點，如劉禹昌所持論的：「『精神』一品，不是論藝術風格，而是作者根據莊子的思想，闡述他的人生觀和詩的創作理論。人的形體應當寶貴，而精神更應當寶貴。」〔註100〕並不將「精神」當作風格類型或美感經驗類型討論，而是將其視爲司空圖創作論的一部份闡述。祖保泉的說法，也屬於隨《皋蘭課本原解》一脈而來的思考，只是祖保泉說的更爲明確：「〈精

〔註97〕　同註55，頁207。
〔註98〕　同註82，頁25。
〔註99〕　同註58，頁24。
〔註100〕　同註82，頁38。

神〉一品的詩學意義在於：寫詩，要精神集中，情緒飽滿，方可下筆；詩要寫得有生氣，便有精神；詩中流露的精神（生氣）要自然而然，如同天造，方可稱妙。」〔註101〕筆者在前文裡曾將《詩品》定位爲二十四種不同美感經驗類型的展示，從這角度來看〈精神〉品時，〈精神〉品內固然可能透露出司空圖的某些創作理念，但其主旨絕不會是司空圖詩學創作論方面的論述。筆者認爲〈精神〉的品旨，其實是在說明一種屬於活潑、生動的美感經驗類型。就此而言，筆者以爲呂興昌解〈精神〉爲「生氣橫溢」〔註102〕最爲恰當。既然〈精神〉品重在展示一個活潑、生動的美感經驗類型，那麼我們實可說，〈精神〉品的特色在於「動」與「生意盎然」上。

經由上文的簡略討論，我們可以發現王漁洋所偏愛，以〈含蓄〉爲首的六品有兩個共通之處：第一、從美學範疇的層面來觀察，上述六品展示出的美感其實均偏向柔性的，除了彼此間有很多相通點之外，也都很難被歸屬到剛性美的範疇內。前引的劉禹昌說法，就是將〈含蓄〉、〈纖穠〉、〈沖淡〉、〈自然〉、〈清奇〉五品，一同歸入柔性的「優美」範疇裡。至於〈精神〉一品，假如劉禹昌也將其視爲一種風格類型或美感經驗類型的話，那想必也會被置入「優美」範疇中。黃保眞等人合著的《中國文學理論史——隋唐五代宋元時期》，曾將《詩品》的二十四品概分爲「素美」、「壯美」、「華美」三個美學範疇。該書認爲「素美」的內容，主要集中在「眞、幽、澹、雅」四點上，我們討論過的〈含蓄〉、〈沖淡〉、〈自然〉、〈清奇〉四品，就被劃歸到「素美」的範疇裡。至於「華美」這一範疇的特色，則在於它「既不像素美那樣幽寂超脫，也不像壯美那樣雄健悲慨。……華美的特點是以人的感官所獲得的直接經驗爲基礎，通過對客觀事物的聲、色、嗅、味的細膩描述，來激發人們的愉悅之情，使人獲得美的享受」〔註103〕，

〔註101〕同註55，頁201。
〔註102〕同註61，頁135。
〔註103〕見黃保眞、成復旺、蔡鍾翔著，《中國文學理論批評史——隋唐五

〈纖穠〉與〈精神〉兩品，就被歸入到「華美」的範疇內。筆者認爲，在上述的《詩品》分類裡，「素美」與「華美」的範疇，均屬於比較柔性的美學範疇，彼此比較接近而且可以相互交通的。因此無論是「素美」之於「華美」，或者「華美」之於「素美」，在美感經驗的光譜上，都與以剛性爲主的「壯美」，有著相當大的距離。〔註 104〕關於「壯美」範疇的內容，《中國文學理論史——隋唐五代宋元時期》作了這樣的界說：「概括起來，可以說他主要講了四個方面：一是意象雄偉。……二是氣勢豪邁。……三是勁健有力。……四是慷慨悲憤。」〔註 105〕以上述四種特色衡量〈含蓄〉等六品，〈含蓄〉諸品的確與「壯美」的美學範疇無緣。

　　第二、從美感質素的構成層面觀察，我們可以看到〈含蓄〉等六

代宋元時期》（台北：紅葉文化事業有限公司，1993 年 12 月出版），頁 322～324。黃保眞認爲〈沖淡〉、〈沈著〉、〈高古〉、〈典雅〉、〈洗鍊〉、〈自然〉、〈含蓄〉、〈疏野〉、〈清奇〉、〈實境〉、〈超詣〉、〈飄逸〉、〈曠達〉十三品，就以評析「素美」爲主。〈雄渾〉、〈勁健〉、〈豪放〉、〈悲慨〉、〈流動〉五品，則側重論述「壯美」。〈纖穠〉、〈綺麗〉、〈精神〉、〈縝密〉、〈委曲〉、〈形容〉六品，則是對「華美」的說明。關於黃保眞對「素美」、「壯美」、「華美」三個美學範疇內容的說解、例證，及相關問題的討論，詳見《中國文學理論批評史——隋唐五代宋元時期》（黃保眞、成復旺、蔡鍾翔著，台北：紅葉文化事業有限公司，1993 年 12 月出版），頁 321～325。

〔註 104〕陳國球認爲在《詩品》「二十四則之中，明顯包括了不同的風格，展示了相異的美感經驗」。然而我們對美感經驗類型的辨識或對其間差異的感受，也誠如陳國球所說：「正如稜鏡下的不同顏色，由紫藍到橙紅之間的色調差異，是連綿不斷的變化，科學入門書所界定的紫、藍、青、綠、黃、橙、紅七色既非爲一準確的分劃，實在也沒有所謂更準確的分劃；同樣，美感經驗也沒有可能有一個確切不移的分劃。」就此筆者認爲，我們對美感經驗的類型劃分就如同一個光譜式的劃分，雖不可能確切不移，但是大類型與大類型間的區別，仍是可以被辨識的。倘以筆者正文的討論爲例，「壯美」是紅色的話，則「素美」與「華美」則分別是紫色與藍色，這種紅色與紫色、藍色間差異，仍是可以被明顯察覺的。陳國球說法，詳見《鏡花水月——文學理論批評論文集》，頁 43。

〔註 105〕同註 103，頁 323～324。

品，其實多具有「清」、「遠」、「幽」、「淡」、「靜」、「逸」、「神」等七種美感質素。〔註106〕如〈含蓄〉之特重「含蘊不露」、「言有盡而意無窮」，就著重在「遠」；同時，王漁洋特喜的「不著一字，盡得風流」八字當中，「盡得風流」之語則隱隱又存在著「神似」的「傳神」觀念。又如〈纖穠〉一品，「穠」既以「纖」爲骨，「纖」則以「穠」爲表，既非俗豔，也非纖枯，當中自然具備「清」的特質；而漁洋以「『采采流水，蓬蓬遠春。』二語形容詩境亦絕妙」，則又重在該語能「傳」早春之「神」上。又如在〈沖淡〉裡，「淡」在該品裡的地位自然不容質疑；然而漁洋特意提到的「遇之匪深，即之愈稀」語，則又兼具「遠」的美感質素。又如〈自然〉品旨，在乎強調「淡」的質素；至於漁洋所標舉出來的「遇之匪深，即之愈希」，不僅深具「淡」味，而且又帶有些許的「逸」氣。又如〈清奇〉一品，如前所論自然是有「清」有「幽」，漁洋之標「晴雪滿汀，隔溪漁舟」意在於斯；此外漁洋另舉〈清奇〉品的「神出古異，澹不可收」，不僅有傳「清奇」之「神」的意思，更有濃重的「淡」味。又如〈精神〉品旨，及漁洋拈出的「明漪絕底，奇花初胎」，就是著重在「神」的美感質素上。

從詮釋學觀點來看，王漁洋對柔性美的偏愛，以及對「清」、「遠」、「幽」、「淡」等美感質素的格外重視，其實就是他詮釋司空圖詩論時的兩大「前見」，並且它們共同圍造出漁洋論述、詮釋司空圖詩論時的「視域」。我們可以這樣說，漁洋之所以特別欣賞《詩品》裡以〈含蓄〉爲首的六品，卻不曾提及如〈雄渾〉、〈勁健〉、〈豪放〉等等，與〈含蓄〉諸品截然不同的剛性美感經驗類型，是因爲漁洋的「視域」只能眺看到彼而不及於此之故。漁洋所以對司空圖詩論的特定部分「別有會心」，甚至欲「益申其說」，這也是因爲漁洋的「視域」有所

〔註106〕與我們在註104裡所討論美感經驗類型的分類問題相同，筆者認爲美感質素的劃分，其實也是光譜式的。筆者在正文裡將〈含蓄〉等六品中的美感質素，約略分爲「清」、「遠」、「淡」、「靜」、「逸」、「神」七類，完全是爲了研究上的需要，其中並不存在著一個絕對不移的標準。

定向之故。那麼上述「前見」與「視域」究竟是如何形成的呢？我們
或許可從漁洋的個人傳記資料中略見端倪。然限於漁洋的傳記資料十
分可觀，爲方便討論，筆者擬以漁洋自編的《王士禛年譜》，及《帶
經堂詩話》裡的相關資料，作爲進行下文討論的主要對象。在《帶經
堂詩話》卷七〈家學類〉第六則裡，漁洋曾回憶少年讀書的情境：

> 予兄弟少讀書東堂，堂之外青桐三、白丁香一、竹十餘頭
> 而已。人跡罕至，苔蘚被階，紙窗竹屋，燈火相映，咿唔
> 之聲相聞，如是者蓋十年。長兄考功先生（筆者按：即漁
> 洋長兄王士祿）嗜爲詩，故予兄弟皆好爲詩。嘗歲末大雪，
> 夜集堂中置酒，酒半出王裴輞川集，約共和之，每一詩成，
> 輒互賞激彈射，詩成酒盡，而雪不止。〔註107〕

在上引漁洋的自述裡有兩個我們該留意的重點：第一、漁洋對其少時
生活環境的描述。第二、少年漁洋對王維、裴迪《輞川集》的情有獨
鍾。從這兩點記載當中，又可以延伸出兩個重要的問題：第一、少時
的生活環境，如何地影響漁洋日後審美觀？第二、漁洋少時接觸到的
王、孟派詩風，如何地影響他日後的詩學方向？這兩個問題之所以重
要，是因爲它們可能可以從大方向上，解釋漁洋如何形成上述的「前
見」與「視域」。

　　先討論第一個問題。少時的生活環境，如何地影響漁洋日後審美
觀？據引文描述，漁洋的少年黃金時代，顯然是在書香味與毫無塵囂
的清幽環境裡度過的。筆者認爲這個單純的生活環境，不僅造就了漁
洋，使其擠身有清一代的大詩人之林，更重要的是，這個生活環境影
響著漁洋的審美方向。讓我們看看漁洋描述的少年生活環境：數個地
處深幽的小型書房，四周橫斜著幾株青梧桐與白丁香，一小撮稀疏的
翠竹林交錯其中，綠色苔蘚散滿整個堂階，標示著它是個長期與世隔
絕的生活圈。漁洋兄弟們就在這樣幽靜的環境中日夜苦讀，因此即使
是夜深人靜時刻，各個小書房裡亮紅的燭火，仍然透過紙糊的素窗彼

〔註107〕同註50，頁169。

此相映，就如同漁洋兄弟們的咿唔讀書聲此起彼落一樣。漁洋說他過著這樣單純地生活足足有十年之久。其實我們可以發現，漁洋這十年來的生活環境，幾乎就是我們前述漁洋的「前見」，柔性美與「清」、「遠」、「幽」、「淡」等美感質素，在現實世界裡的綜合與具體成形。本此，漁洋特別鍾情像《帶經堂詩話》卷三〈清言類〉第十則所記錄的那種生活環境：

> 雪二日夜乍晴，上嘯臺，東望林木蒼茫，宛然范寬、倪迂之筆，會樵唱軒落成，初移筆研几蹋，燭下作書，寄內兄賓公山中。書竟，偶錄宋人絕句。地爐榾柮，燈火青熒，歲暮風味，恨不與賓公同之也。〔註108〕

同時，我們也在《帶經堂詩話》卷三〈清言類〉第四則裡看到，漁洋在晚年官宦奔波忙碌之餘，是多麼地渴望再重溫類似年少時的生活與環境：

> 歐陽公云：「秋霖不止，文書頗稀；叢竹蕭蕭，似聽愁滴。」蘇公云：「歲云莫矣，風雪淒然；紙窗竹屋，燈火青熒。時于此間，得少佳趣。」此等寂寥風味，富貴人所不耐，而予最喜之，政苦一年中如此境不多得耳。二公蓋先得我心之所同然。〔註109〕

本條資料原出於《香祖筆記》。《香祖筆記》一書，據《四庫全書總目提要》卷一百二十二〈子部三十二・雜家類六・香祖筆記〉條所說，「皆康熙癸未、甲申二年所記」〔註110〕。考康熙癸未年（1703），漁洋時年已七十歲，可見上引資料，應屬漁洋耄年之際的記載。在引文內，歐陽修與蘇東坡對其身處環境的描述，根本就是漁洋少時「讀書東堂，堂之外青桐三、白丁香一、竹十餘頭而已。人跡罕至，苔蘚被階，紙窗竹屋，燈火相映」的翻版。因此也不怪乎身處紛擾官場的漁洋，深有所感地說，「此等寂寥風味，富貴人所不耐，而予最喜之」。

〔註108〕同註50，頁91。
〔註109〕同註50，頁88。
〔註110〕同註52，頁639。

在這段漁洋的自述語裡，我們更可以看出漁洋的審美祈向。漁洋在《帶經堂詩話》卷七〈自述類上〉感慨地說：

> 嗟乎，予兄弟少無宦情，同抱箕穎之志，居常相語，以十
> 年畢婚宦，則偶耕醴泉山中，踐青山黃髮之約，息壤在彼，
> 得毋笑是食言多乎！。〔註111〕

又清代周亮工編輯的《尺牘新鈔》卷一曾載漁洋〈與友〉一信云：

> 陶弘景入官，而松風之夢故在，此自我輩性情。僕游京口三
> 山掃，雲嵐泱漭，泉石瀆薄，眞欲脫屣軒冕，卜一枝之隱，
> 於竹林海嶽之間。至今數日，猶夢在江天疊嶂中。〔註112〕

漁洋所謂的「少無宦情」、「抱箕穎之志」，「陶弘景入官，而松風之夢故在」、「眞欲脫屣軒冕，卜一枝之隱，於竹林海嶽之間」，一方面是由於長期身處對紅塵之中，對俗事俗情的厭倦；一方面則是天性使然，漁洋素來對此清幽美境別有體會。這都是出自肺腑之言，漁洋顯然不是無病呻吟者。

筆者以爲《漁洋詩話》卷上第八十五則的記載，頗能簡要地展現出漁洋的審美觀：

> （筆者按：《宋景文筆記》）又云：莊生曰：「送君者皆自崖而
> 返，君自此遠矣。」讀至此，令人蕭寥有遺世之意。〔註113〕

又在《帶經堂詩話》卷三〈清言類〉第一則裡，亦有類似的的記錄：

> 景文云：莊周云：「送君者皆自崖而返，君自此遠矣。」令
> 人蕭寥有遺世意。〔註114〕

上引文裡北宋宋祁以爲具「蕭寥有遺世意」的莊子之語，原出自《莊子》的〈山林〉一篇。考其原文如下：

> 市南子曰：少君之費，寡君之欲，雖無糧而乃足。君其涉
> 於江而浮於海，望之而不見其崖，愈往而不知其所窮。送

〔註111〕同註50，頁176。
〔註112〕見清・周亮工輯，《尺牘新鈔》（北京：中華書局，1985年北京新一
　　　　版），頁28。
〔註113〕見清・王夫之等撰，《清詩話・漁洋詩話》，頁181。
〔註114〕同註50，頁87。

　　君者皆自崖而反，君自此遠矣。〔註115〕

上引文市南宜僚規勸魯侯絕形去智、以道爲師之語。市南宜僚告訴魯侯，求道不恃乎外在的形式或物質，著重的是自我的修持。倘主體一朝能絕情斷欲，證悟道通爲一之理，塵世紛擾自不再爲紛擾，卓然自立者自可遨遊於「無何有之鄉」、「廣莫之野」的逍遙境界。相反地，未悟的凡俗徒眾們只有在紅塵俗世裡，呆望著已悟的魯侯往進道境。「自此遠矣」，自指魯侯遠離塵埃，走向市南宜僚所點化的求道之途。晉代郭象注解「君自此遠矣」句說：「超然獨立於萬物之上也。」〔註116〕頗能默契莊子之旨。宋祁以爲「送君者皆自崖而返，君自此遠矣」，有蕭寥遺世之意，雖是一解，但畢竟距體道之境遠，反而較接近我們所謂的美感境界。王漁洋所以欣意莊子之語的原因，自然不是因爲他對「道體」深有體悟之故，而係興趣於蘊藏其中的美感。我們可以發現，宋祁所提點的「令人蕭寥有遺世意」，用之概括漁洋少年時的生活環境，亦未嘗不可。且該說中蘊含的美感質素，可謂兼具上述的「清」、「遠」、「幽」、「淡」、「靜」、「逸」、「神」。漁洋的審美觀與其少年時期的生活環境，在此又可被聯繫起來。由是可見，漁洋少年時期的生活環境，對其審美觀的形成，是有著多麼大的影響。

　　再討論第二個問題。少時接觸到的王、孟派詩風，如何地影響王漁洋日後詩學方向？在前文引述中，我們知道在少年十載素窗的歲月裡，漁洋印象最深刻、也是最津津樂道的回憶，就是在歲末大雪之夜，與兄長們溫酒東堂上，酒巡過半，執觴共和王、裴《輞川集》的逸事。當我們從現實行爲層面，看漁洋兄弟雪夜共和《輞川集》這一往事時，該事件正道出了漁洋兄弟們對《輞川集》所代表的王、孟派詩風，有著特殊的偏好。而當我們從潛意識層面，看漁洋對斯時情境的回想，

〔註115〕見錢穆著，《莊子纂箋》（台北：東大圖書股份有限公司，1993 年 1 月重印四版），頁 156。

〔註116〕見清・郭慶藩集釋，謝皓祥導讀，《莊子集釋》（台北：貫雅文化事業有限公司，1991 年 9 月出版），頁 675。

以及對兄弟同和《輞川集》的反覆回味時，我們可以發現漁洋似乎在下意識裡，將他想像中的輞川別業生活，投射到當日的歡洽情境。換言之，漁洋認為當時生活的悠哉愜意，絕不下於王維在輞川別業的隱居生活。在《帶經堂詩話》卷七〈家學類〉裡，記錄著多條關於漁洋兄弟雪夜置酒東堂，同和《輞川集》的漁洋回憶。觀第六則說：

> 年十許歲時，嘗雪夜集東堂，長兄（筆者按：王士祿）偶簡輞川絕句命屬和。兄（筆者按：王士祜）詩先成，有「日落空山中，但聞發樵響」之句，長兄激賞。〔註117〕

又第七則云：

> 常夜雪集東亭，同和輞川集，山人（筆者按：王士祜）得句云云，考功（筆者按：王士祿，下同）驚歎。
>
> 余兄弟少讀書東堂，嘗雪夜置酒，酒半約共和王裴輞川集，東亭（士祜）得句云：「日落空山中，但聞發樵響。」兄弟皆為閣筆。〔註118〕

上引文大致同於前引所述，唯一小異之處，是多出漁洋叔兄王士祜（1632～1681）和《輞川集》，得句「日落空山中，但聞發樵響」技驚全場，長兄王士祿（1626～1673）與漁洋皆為之閣筆一事。我們在這段軼事的記載當中，可以看出漁洋遠在少年時期，就已對王、孟派詩歌產生了濃厚的興趣。否則漁洋不會同兄長們唱和《輞川集》，否則他也不會激賞王士祜的「日落空山中，但聞發樵響」，而屢次加以提及。

觀王維《輞川集》序文云：

> 余別業在輞川山谷，其游止有孟城坳、華子岡、文杏館、斤林嶺、鹿柴……等。與裴迪閑暇各賦絕句云。〔註119〕

可見《輞川集》之作，係王維悠遊於輞川山林間，閑暇與裴迪相唱和

〔註117〕同註50，頁169。
〔註118〕同註50，頁170及頁171。
〔註119〕見清・胡鳳丹輯，徐明、文青校點，《唐四家詩集・王輞川集》（瀋陽：遼寧教育出版社，2000年1月出版），頁87。

的五絕之作。關於《輞川集》的特色，歷代詩論家幾有定評。如明代
王鏊《震澤長語》就認爲：

> 摩詰以淳古澹泊之音，寫山林閒適之趣，如輞川諸詩，眞
> 一片水墨不著色畫。〔註120〕

王鏊認爲從風格論，《輞川集》可謂「淳古澹泊」；從題材論，《輞川
集》意寫山林之趣；若類比以其他藝術種類，則水墨畫可當之。可見
《輞川集》的整體特色，就在於王維能以簡短的五絕詩體，經由山水
題材傳達出幽淡古淳的美感經驗。如前所述，王漁洋從小對這類幽淡
古淳的美感經驗，別有會心之處，這也就是他爲何僅十餘歲之時，就
能夠欣賞、並偕同兄長唱和《輞川集》的原因。除此之外，我們發現
《輞川集》所代表的美感經驗類型，其實是漁洋日後詩學發展的主要
方向。在相關資料裡，漁洋多處表現出對作爲王、孟詩風代表的《輞
川集》的喜好與默契，如《帶經堂詩話》卷三〈佇興類〉第五則說：

> 唐人五言絕句，往往入禪。……觀王裴輞川集，……雖鈍
> 根初機，亦能頓悟。〔註121〕

又《帶經堂詩話》卷三〈微喻類〉第八則云：

> 王裴輞川絕句，字字入禪。……妙諦微言，與世尊拈花，
> 迦葉微笑，等無差別。通其解者，可語上乘。〔註122〕

漁洋以「入禪」與「頓悟」，詮釋《輞川集》所可能傳達給讀者的整體
美感經驗。這類年少時同兄長唱和《輞川集》的特殊經驗，不僅初步
啓竇了漁洋的詩學「視域」，也爲漁洋日後詩學的發展方向，訂定了一
個基調。因此如前引的王掞〈誥授資政大夫經筵講官刑部尚書王公神
道碑銘〉，雖推崇漁洋能「務博綜該洽，以求兼長」，說「公之詩籠蓋
百家，囊括括千載，自漢六朝以迄唐宋元明，無不有咀其精華，探其
堂奧」。但此同時，王掞仍不忘指出漁洋的審美祈向，始終還是在「尤

〔註120〕見陳伯海主編，《唐詩彙評》（杭州：浙江人民出版社，1996年5月
第一版第三刷），頁277。
〔註121〕同註50，頁69。
〔註122〕同註50，頁83。

浸淫於陶、孟、王、韋諸公，獨得其象外之旨，意外之神」〔註123〕的一面。

　　我們可以接續著討論王士祜的「日落空山中，但聞發樵響」，是基於何種理由能爲王士祿與王漁洋所激賞，甚至二人會爲之閣筆驚嘆呢？顯然漁洋兄弟認爲王士祜以該語和《輞川集》，能得王、裴神韻之故。將王士祜之句對比於王維的《輞川集》二十首，我們可以發現其實王士祜的「日落空山中，但聞樵發響」，係擬自〈鹿柴〉的「空山不見人，但聞人語響」之語。〔註124〕王維的〈鹿柴〉，向來被認爲是王維「閑淡入妙」的代表作，而「空山不見人」二句，又被視爲〈鹿柴〉一詩的警句。明代詩家李攀龍（1514～1570）的《唐詩訓解》就認爲：

　　　　不見人，幽矣；聞人語，則非寂滅也。……「空山不見人，
　　　　但聞人語響」，幽中之喧也。〔註125〕

就意象上看，「空山不見人」屬靜態的視覺意象，「但聞人語響」則屬動態的聽覺意象。在視覺範圍裡「不見人」平靜一如往常，但在聽覺範圍內卻如實地接收到「人語響」的訊息，然細究之，只見「返景入深林，復照清苔上」，空山一樣幽遠。李攀龍所評的「幽中之喧」，就是譽許王維能從視覺的不動當中寫聽覺之動，從而在聽覺之動與視覺之靜的對比間，反襯出空山的幽深之境。清代李瑛的《詩法易簡錄》就此評〈鹿柴〉說：「人語響，是有聲也；返景照，是有色也。寫空山不從無聲無色處寫，偏從有聲有色處寫，而愈見其空。」然此幽深之境並不等於死灰寂滅，王維在空山內補充「人語響」，反而自幽深裡點逗出絲絲生機。此外，清代沈德潛（1673～1769）《唐詩別裁》曾評〈鹿柴〉一詩「佳處不在語言」〔註126〕。倘如眞如沈德潛所說

〔註123〕轉引自註69，頁102。
〔註124〕同註119，頁87。〈鹿柴〉全詩作「空山不見人，但聞人語響。返
　　　　景入深林，復照清苔上」。
〔註125〕同註120，頁340。
〔註126〕同註120，頁340。

的話，那麼究竟佳處落在何方？很明顯地〈鹿柴〉的佳處，出現在讀者「得魚忘筌」後所構築出的空靈美境。這也就是李瑛所說的，「詩之神韻意象，雖超於字句之外，實不能不寓於字句之間，善學者須就其所已言者，而玩索其不言之蘊，以得於字句之外可也」〔註 127〕之意。至於王士祜的「日落空山中，但聞發樵響」，與王維的「空山不見人，但聞人語響」比較起來，則有所不同。如果說「空山不見人」是靜態的視覺意象的話，那麼「日落空山中」則屬於動態的視覺意象，至於「但聞人語響」與「但聞發樵響」二語，在意象屬性乃至句式構成上，則是較爲一致的。由於「空山不見人」與「日落空山中」在動靜態上的不同，形成了二者在整體意境上的差異。從意象分析面上，我們曾說過「空山不見人，但聞人語響」的幽深卻不入死寂的美學效果，是王維運用「視靜」、「聽動」的意象配合達成的；而「日落空山中，但聞發樵響」，雖有力追所擬的企圖，卻因爲「日落空山中」的「視動」意象，落日餘照臨去迴顧山林，減去了「空山」原有的幽深感，因此王士祜雖續之以「但聞發樵響」，即便空山樵聲，卻再也難以反襯出空山之幽靜。因此就上述而言，王士祜的「日落空山中，但聞發樵響」，實不及王維的「空山不見人，但聞人語響」。筆者認爲王士祿、漁洋兄弟所以激賞「日落空山中」句且爲之閣筆，其原因有二：第一、就作品而言，兄弟們雪夜一時興來和《輞川集》，王士祿即時成詩「日落空山中，但聞發樵響」，或雖如前述不殆於王維原作，但也頗得〈鹿柴〉意韻，此爲漁洋兄弟喝采原因之一。第二、就王士祜的個人才情而言，王士祜小王士祿六歲，長漁洋三歲，可知是時王士祜亦屬年少之際。王士祜年少即有此等才情與反應，不可不謂夙慧，此爲漁洋兄弟激賞原因之二。

其實王漁洋早在幼年之時，就與王、孟派詩歌，或非王、孟一系，但具有清遠特色的詩風，結下了不解之緣。據《帶經堂詩話》卷七〈自

〔註 127〕同註 120，頁 340。

述類上〉第一則的漁洋自述：

> 予幼入家塾，肄業之暇，即私取文選、唐詩洛誦之；久之
> 學爲五七字韻語，先祖方伯府君、先嚴祭酒府君知之弗禁
> 也。時先長兄考功始爲諸生，嗜爲詩，見予詩甚喜，取劉
> 頃陽（一相，明相國鴻訓之父。）先生所編唐詩宿中王、
> 孟、常建、王昌齡、劉愼虛、韋應物、柳宗元數家語，使
> 手鈔之。〔註128〕

此外，在《王士禛年譜》的〈崇禎十四年辛巳（1641），八歲〉條下，
漁洋的小門生惠棟註補說：

> 山人幼有聖童之目，肄業之暇，即私取文選、唐詩洛誦之。
> 久之，學爲五七字韻語。時西樵（筆者按：王士祿，下同）
> 爲諸生，嗜爲詩。見山人詩，甚喜，取劉頃陽一相所編唐
> 詩宿中王、孟、常建、王昌齡、劉愼虛、韋應物、柳宗元
> 數家詩，使手抄之。盛侍御珍示曰：「先生八歲能詩，西樵
> 吏部授以王、裴詩法。」〔註129〕

在王士祿取《唐詩宿》授予漁洋的作品裡，我們可以將之分爲兩類。
第一類作品是王維、孟浩然與劉愼虛、韋應物、柳宗元一系的詩作，
這類作品我們或可姑名之爲王、孟派與泛王、孟派作品。第二類作品
則非王、孟一系，但普遍具有清遠特色的作品，其中王昌齡與常建屬
之。先說第一類作品。漁洋在《帶經堂詩話》卷一〈品藻類〉第十七
則內說：

> 嘗戲論唐人詩：王維佛語，孟浩然菩薩語，劉愼虛、韋應
> 物祖師語，柳宗元聲聞辟支語，李白、常建飛仙語，杜甫
> 聖語，陳子昂眞靈語，張九齡典午名士語，岑參劍仙語，
> 韓愈英雄語，李賀才鬼語，盧仝巫覡語，李商隱、韓偓兒
> 女語，蘇軾有菩薩語，有劍仙語，有英雄語，獨不能作佛
> 語、聖語耳。〔註130〕

〔註128〕同註50，頁172～173。
〔註129〕同註69，頁7。
〔註130〕同註50，頁42。

以系統性的有無作為標準，引文裡漁洋對各家風格的品辨方式，大致可分為兩類：第一、以王維、孟浩然為首，接以劉慎虛、韋應物、柳宗元。這類的品辨是較具有系統性的，也就是說，漁洋在王、孟、劉、韋、柳詩作是同一詩歌系統的預設下，採取「以佛品詩」的品辨方式，藉以表達出漁洋心目裡，王、孟系統詩人地位的高低。在佛教教理裡，有依據修行者證解「空性」的程度，對修行者作不同的分判，並決定其位階的高低之說。所謂「以佛品詩」，就是將上述的位階分判方式，運用到詩歌批評當中，這是一種文學批評的類比方式。漁洋說「王維佛語，孟浩然菩薩語，劉慎虛、韋應物祖師語，柳宗元聲聞辟支語」，其實等於說王維的詩作優於孟浩然，孟浩然則優於劉慎虛、韋應物，劉慎虛、韋應物又優於柳宗元，只是雖然王、孟、韋、劉、柳在位階上有此種分別，但是其共有的特色觀之，則又屬同一詩歌系統內的作品，所以這種分判方式屬於王、孟系統內的分判。第二、自李白、常建以下皆屬之，他們並不在王、孟系統內，而且彼此之間沒有相關性，所以也沒有系統內部的高下問題，由於這類與我們的討論無關，所以暫時不予討論。

再說第二類作品。王昌齡與常建雖然不是王、孟詩歌系統內的一員，但是他們的作品同樣有王、孟系統所具備的清遠、意味雋永等特色。關於王昌齡詩歌的特色，元代辛文房《唐才子傳》據《新唐書》王昌齡本傳，以為「昌齡工詩，縝密而思清，時稱『詩家夫子王江寧』」。明代詩論家胡應麟（1551～1602）《詩藪》指出：「江寧〈長信詞〉、〈西宮曲〉、〈青樓曲〉、〈從軍行〉，皆優柔婉麗，意味無窮，風骨內含，精芒外隱，如清廟朱弦，一唱三歎。」清代沈德潛（1673～1769）的《唐詩別裁集》則認為：「龍標絕句，深情幽怨，意旨微茫，令人測之無端，玩之無盡。」〔註131〕可見歷代詩評家多承認王昌齡的詩作，能於清遠之中兼具餘味。再說常建詩歌特色。明代有胡應麟《詩藪》

〔註131〕同註120，422～423。

說：「常建語極幽玄，讀之使人泠然如出塵表。」另外明代詩論家鍾惺（1574～1624）在《唐詩歸》裡，評曰：「常建清微靈動，似『厚』之一字，不必爲此公設，非不厚也，靈慧之極，所不覺耳。」又清代车愿相《小瀚堂草雜論詩》以爲「常建詩一片空靈境界」〔註132〕。也可知常建詩作特色，在乎清遠與空靈。綜合上引的漁洋自述與年譜資料，我們得到以下三點印象：第一、漁洋除一般啓蒙讀物外，首度研讀的專家詩，就是以王、孟派與泛王、孟派的作品爲主。第二、漁洋接觸到這類作品的時間點，約爲他八歲初入小學之時。第三、就漁洋接觸王、孟派詩歌獲得啓發，與對其日後詩學方向的影響而言，「授以王、裴師法」予漁洋的王士祿，其功不可沒。關於明代劉一相所編的《唐詩宿》一書，經過筆者的查考結果，不僅《四庫全書》未收未提，且相關文獻中亦無述及。不過自「唐詩宿」之得名及漁洋的論述推斷，該書應爲一唐詩選本，士祿所取以授漁洋者，係該書王維、孟浩然、常建等詩人的部分。

　　上述王漁洋幼年學詩的經驗，對其日後詩學方向的影響，可自漁洋實際批評與《唐賢三昧集》的編選兩方面看出端倪。先說實際批評部分。漁洋在《帶經堂詩話》卷三〈微喻類〉第四則說：

　　唐人如王摩詰、孟浩然、劉慎虛、常建、王昌齡諸人之詩，皆可語禪。〔註133〕

漁洋此處標舉的是王維、孟浩然、劉慎虛、常建、王昌齡的詩作，漁洋說它們是可以「語禪」的。在《帶經堂詩話》卷三〈微喻類〉第九則裡，漁洋說：

　　捨筏登岸，禪家以爲悟境，詩家以爲化境，詩禪一致，等無差別。〔註134〕

可見得漁洋說詩可以「語禪」或「入禪」，就等於稱譽該詩作能進入

〔註132〕同註120，448～449。
〔註133〕同註50，頁81。
〔註134〕同註50，頁83。

「化境」。在漁洋的思考裡，這類可「語禪」的詩作，「通其解者，可語上乘」，是第一流的作品。又漁洋〈戲仿元遺山論詩絕句三十二首〉之七云：

> 風懷澄澹推韋柳，佳處多從五字求。解識無聲絃指妙，柳
> 州那得並蘇州。〔註135〕

則漁洋此處除了並許韋應物、柳宗元「風懷澄澹」的詩風外，尚在韋、柳間作了一個高下的評斷。錢鍾書在其〈中國詩與中國畫〉文認爲：「『無聲絃指妙』就是『不著一字，盡得風流』的另一說法。」〔註136〕也就是說，倘以「言外之意」的有無作爲評論韋、柳的衡尺的話，其實韋應物是勝於柳宗元的。我們在此可以發現，上述的文字都表達了對王、孟等人的稱譽。再說足以體現漁洋詩觀的《唐賢三昧集》的編選。限於體例，《唐賢三昧集》僅收盛唐詩人之作，因此誕生在中唐的韋應物與柳宗元詩作，自然無緣入選。但除韋、柳之外，盛唐的王維、孟浩然、劉愼虛、常建、王昌齡詩作，不僅均被漁洋選進《唐賢三昧集》內，而且倘從入選詩作的數量，來判定它們在漁洋心目中的份量時，恐怕都處於非「大家」即「名家」的地位。請試述如下。觀《唐賢三昧集》共分三卷，起自王維、終於萬齊融，共收盛唐四十二位詩人作品計四百三十四篇。其中王維詩作被收錄最多，共一百一十一篇，佔全收錄詩的四分之一強；次多爲孟浩然詩作，共四十八篇；王昌齡詩作被收三十篇，在《唐賢三昧集》裡僅次於王維、孟浩然、岑參、李頎，排第五；常建被收詩十三首；劉愼虛被收詩九首。《唐賢三昧集》收錄王維、孟浩然、王昌齡、常建、劉愼虛五人詩作合計兩百一十一首，份量佔全集的二分之一以上，王、孟等人他們在漁洋心目裡的地位，由此統計數量與比例就可得知。綜上論述，我們可以說漁洋幼年的學詩經驗，同他的少年讀書環境一樣，對其往後審美

〔註135〕見張健著，《王士禛論詩絕句三十二首箋證》（台北：文史哲出版社，1994 年 4 月出版），頁 82。

〔註136〕見錢鍾書著，《七綴集》（台北：書林出版有限公司，1990 年 5 月出版），頁 21。

觀、詩學方向的形成，有著相當大的影響。

第三節　王漁洋詮釋司空圖詩論的主脈——從「不著一字，盡得風流」到「逸品」的建立

　　在上面的討論裡，我們將王漁洋對司空圖詩論的理解，視為一種詮釋活動。由於每個詮釋活動往往受制受制於詮釋者的「前見」與「視域」，就意味著漁洋對司空圖詩論的理解，並不可能等同於司空圖詩論本身，而隱含著漁洋自己的獨特見解。同時，我們也試圖分析漁洋詮釋司空圖詩論時的「偏見」與「視域」，並且大略地討論了它們的成因及其他相關問題。而在這裡討論中，我們將試圖釐清並展示漁洋詮釋司空圖詩論時的主要脈絡，及其間所運用的策略。

　　我們在上文裡曾經討論，王漁洋對司空圖詩論的接受與詮釋，主要集中在《詩品》裡的〈含蓄〉、〈纖穠〉、〈沖淡〉、〈自然〉、〈清奇〉與〈精神〉六品內，而在這六品裡，又以〈含蓄〉品的「不著一字，盡得風流」最為漁洋所欣賞。漁洋不僅曾有過「表聖論詩，有二十四品，予最喜『不著一字，盡得風流』八字」的夫子自道，並且在他直接引用《詩品》的六則資料當中，就有五則涉及「不著一字，盡得風流」八字，可見該語在漁洋心目中的地位。在討論漁洋對「不著一字，盡得風流」的詮釋之前，先讓我們看看司空圖是怎樣論述〈含蓄〉品的。〈含蓄〉品曰：

　　　　不著一字，盡得風流。語不涉己，若不堪憂。是有真宰，
　　　　與之沈浮。如淥滿酒，花時返秋。悠悠空塵，忽忽海漚。
　　　　淺深聚散，萬取一收。〔註137〕

筆者在上文曾將《詩品》的屬性，定位為司空圖對他所體會的二十四種美感經驗類型的展示。就此說來，〈含蓄〉品自然也是一種美感經驗的類型，那麼我們理解〈含蓄〉品，自然就必須從作為美感經驗的「含

蓄」下手。無名氏的《詩品注解》解釋「不著一字，盡得風流」說：

> 言不著一字於紙上，已盡得風流之致。此二句已盡含蓄之
> 義。〔註138〕

《詩品注釋》說「不著一字，盡得風流」一語，能提點整個〈含蓄〉品大意，可謂頗具慧識，但說「不著一字」是「言不著一字於紙上」，則於理滯礙難通。在此我們可借用波蘭現象學美學家英伽登（Roman Ingarden，1893～1970）的理論，指出《詩品注釋》說法理滯難通的原因。在英伽登理論裡，作爲一種「純粹意向性客體」（The Purely Intentional Object）的文學作品，它的構成是兩極性的。因爲一方面文學作品具有物理性的物質基礎（語言、文字是文學作品的物理形式），文學的具象與傳播，必須依賴此一現象界的物質，所以它是屬於一種物理性客體，就此而言，文學作品具有客觀意義。但在另一方面，它又是主體（包括創作主體與閱讀主體）的意向性活動的產物，文學作品的眞正成立，必須依賴作者、讀者的能動性生產，所以文學作品除了是物理性客體以外，它還是一種觀念性客體，就此而言，文學作品有其主觀意義。英伽登的觀點，雖意味著文學作品發生於主體的創作與閱讀活動，但同時卻也不可以忽略文學作品的物理性基礎，因爲少掉了語言、文字的物理面，我們是不可能觸及文學作品的觀念面。就此而言，「得意忘言」，由文學作品的物理面透往觀念面是被允許的，但是在「得意」之前先行「棄言」，則沒有「得意」的可能。從英伽登角度來看，文學作品的誕生，其實是一種主客觀對立被消解、融合的過程。倘如《詩品注解》所說，「不著一字」是「不著一字於紙上」，就等於說捨離文學作品的物理面，而僅從文學作品的觀念面論文學，試問這如何可能？

金代詩論家元好問在《遺山先生文集》卷三十七〈陶然集詩序〉裡的說法，可以作爲我們上面討論的註腳。他說：

> 詩家所以異於方外者，渠輩談道不在文字，不離文字。詩

〔註138〕同註58，頁21。

家聖處不離文字，不在文字。唐賢所謂情性之外，不知有
文字云耳。〔註139〕

這就是說，詩人與禪教雖同有超越語言、文字而得意於文字之外的意
圖，但是究其根本仍有所不同。禪教之道，以爲「佛性」爲「自性」，
自身具足圓滿，就此《六祖壇經》說：「故知不悟，即佛是眾生；一
念若悟，即眾生是佛。故知一切萬法，盡在自身之中，何不從於自性
頓見眞如本性。」〔註140〕既然眾生皆有「佛性」、善根，就說明了第
一義諦的絕對眞理是存在於人們自身，是無恃於他、不假外求的。本
此，《六祖壇經》說，「三世諸佛，十二部經，亦在人性中本具有。不
能自悟，須得善知識示道見性；若自悟者，不假外善知識。若取外求
善知識，望得解脫，無有是處。識自心內善知識，即得解脫」〔註141〕。
是則語言、文字著成的教典、語錄，我們只能說它們是導引眾生悟證
自性菩提的方便法門，並不能說它們就是眞理本身。但在此同時，教
典、語錄卻又是不可去除的，因爲倘去掉了這些方便法門，無疑等於
塡平了通往眞理之途。就此元好問才說方外談道，「不在文字，不離
文字」。文學作品則不然。無論一文學作品試圖展示的觀念爲何，文
學作品所以能在現象界被具象與傳播，完全建立在其作爲物理基礎的
語言文字上。人們說文學作品是語言的藝術，卻從沒人說過文學作品
是觀念的藝術，原因就在於此。由是可見文學家最偉大的能力，就是
將其存在的經驗，經由作爲素材的語言、文字，轉化成爲一種可被察
覺的形式。這就意味著，要透悟作品內寓含的存在經驗，就不能只黏
著在語言、文字當中，而必須對最外層的它們進行超脫。這就是元好
問說「詩家聖處不離文字，不在文字」之故。換言之，禪教是在「不

〔註139〕見清‧紀昀主編，《景印文淵閣四庫全書‧集部一三〇‧遺山先生文
　　　　集》（台北：台灣商務印書館，1983 年 6 月出版），頁 1191 之 429
　　　　～1191 之 430。
〔註140〕見唐‧慧能著，郭朋校釋，《壇經校釋》（台北：文津出版社有限公
　　　　司，1995 年 4 月出版），頁 58。
〔註141〕同註140，頁 60。

在文字」的基礎上說「不離文字」，而詩家則是在「不離文字」的基礎上談「不在文字」。就此如《詩品注解》所解釋的「不著一字，盡得風流」是「不著一字於紙上，已盡得風流之致」，其實是根本難以成立的。至於司空圖是否曾特意運用漢字的多義性格，使用「著」字而故作警語？筆者認爲祖保泉的說法可備一說。祖保泉說：「所謂『不著一字，盡得風流』，是道者禪詩的故作驚人語，不得誤解爲：一字不寫，就是最好的詩。」〔註142〕那麼「不著一字，盡得風流」當作何解釋呢？呂興昌認爲，「不著一字」指的是「不直接在字面明示詩意」〔註143〕，蕭水順的看法與呂興昌的說法相近，認爲「不著一字」是「謂詩中各字未曾有一字黏著」〔註144〕，均能契合於〈含蓄〉品品旨。至於「盡得風流」的「風流」，祖保泉的《司空圖詩品注釋及釋文》，以爲是「指詩所描繪的事物的精神實質」〔註145〕。所謂的「不著一字，盡得風流」就是指說創作主體經由「不著一字」的方式後，能夠盡得欲描繪事物的風神姿態，從而傳達出層層的言外之意。

考「語不涉己，若不堪憂」一語，又作「語不涉難，已不堪憂」，由於後者在意脈上較前者通順，所以我們這裡就從後者解說。關於「語不涉難，已不堪憂」，楊廷之《詩品解》說之頗確：「不必極言患難，而讀者已不勝憂愁。」〔註146〕呂興昌則更進一步地從文脈順序上解說，認爲「此二句針對『不著一字，盡得風流』舉例說明，謂詩中雖然無一語涉及患難悲苦，讀者卻已有不堪憂傷的感受。語不涉難是不著一字，已不堪憂是盡得風流」〔註147〕。祖保泉則有新解，他說：「道者、禪者，都是遁世之人遠離塵世憂患，而句中所謂

〔註142〕同註 55，頁 190。
〔註143〕同註 61，頁 128。
〔註144〕同註 56，頁 155。
〔註145〕見祖保泉著，《司空圖詩品注釋及釋文》（台北：新文豐出版公司，1980 年 2 月出版），頁 42。
〔註146〕同註 58，頁 21。
〔註147〕同註 61，頁 129。

『憂』，乃指佛家所謂『憂受』。佛家把人對待客觀世界的反映稱之『憂受』。……作爲詩人來說，儘管『語不涉難』，只寫外在景象，然而要透過景象達意（即求有所含蓄），要創造出『遣情之境』，這是令人苦惱的事。含蓄，談何容易！」〔註148〕祖保泉之解「憂」爲「憂受」而非一般所解之「憂患」，其說法頗爲新穎。然而「憂」作「憂受」解的用法，是否曾在司空圖詩文裡出現，似可再作深入討論，故筆者舉之以備一格。

　　「是有眞宰，與之沈浮」，所謂的「眞宰」即是宇宙本根處，道家所云的「道體」。「是有眞宰」或本自《莊子·齊物論》之說。觀〈齊物論〉云：「若有眞宰，而特不得其眹。」「眹」者，即徵兆之意。姚鼐《莊子章義》解此句以「眞知道者必求眞宰。眞宰者，不見其眹，而無處不見」〔註149〕，最爲簡潔。莊子意爲宇宙天地、萬物萬情各有所行止，各有所司職，當中似有一本體、大力量主導牽引之，否則不能至此。然細究之，卻不見此「道體」的跡象、徵兆，一切自然而然，可見其無處不在，由是可見「道體」在本體與功能上的廣大無邊。司空圖在此借莊子「眞宰」無眹、萬物各其行止之說，以指喻前面的「不著一字，盡得風流。語不涉難，已不堪憂」。呂興昌的說法頗値得我們參考，他說：「此地以萬物萬情比詩之『字』『語』，而以『眞宰』比詩之『風流』，『風流』隱藏於『字語』之中，正如眞宰作用爲萬物萬情，但『字語』並未直接標明風流，一如萬物萬情並未明示眞宰之眹兆。」〔註150〕如是，則此間已涉及語言、文字與表達對象的精神的問題。「眞宰」相當於「盡得風流」的「風流」，意喻著詩中的精神。「沈浮」則有若隱若現之貌，意喻著經由語言、文字的暗示作用後，所產生的隱約、朦朧美學效果。這是說司空圖個人所體會到的「含蓄」美感經驗類型，是經由隱約的暗示作用，把握詩歌的眞精神

〔註148〕同註55，頁190～191。
〔註149〕同註116，頁10。
〔註150〕同註61，頁129。

處。在這裡，司空圖一方面從「是有眞宰」裡提點出「傳神」的問題，另一方面則從「與之沈浮」裡，開啓了「言外之意」的討論。

「如淥滿酒，花時返秋」，則是司空圖以具體的形象，比喻「含蓄」這一美感經驗的內涵。「淥」通於「漉」字，有滲透之意。郭紹虞解此句以「如淥酒然，淥滿酒都則滲漉不盡，有停蓄態。如花開然，花以暖而開，若還到秋氣，則將開復閉，有留住狀。描寫含蓄，都很具體」〔註151〕，最得其解。我們可以把「如淥滿酒，花時返秋」之語，當作是針對「含蓄」這一美感經驗類型的例證。末四句「悠悠空塵，忽忽海漚。淺深聚散，萬取一收」，就文脈與意脈上觀之，則當一起解釋。祖保泉說這四句是「側重提示含蓄的方法」，甚確。祖保泉說：「從末四句語言結構說，『空塵』、『海漚』的妙喻爲下兩句作鋪墊：『淺深聚散，萬取一收』，才是作者所要提示的含蓄要領。微塵時聚時散，浮漚漂淺漂深，皆自然而然；詩人面對如此無窮無盡的自然現象，只能厚積薄發，以少總多，讓讀者從一滴水中見大海，從一粒微塵悟大千。」〔註152〕可知末四句在於提示創構「含蓄」美的方法，以簡御繁、以少總多是成就「含蓄」美的良方。

承上文論述，我們可以發現司空圖在〈含蓄〉品內，除了形象化地向我們描述「含蓄」的美感經驗應當是如何之外，他同時還揭示了「含蓄」這個美感經驗類型背後的兩個美學理想，「餘味」與「傳神」。《詩品注釋》所以說「不著一字，盡得風流」能「盡含蓄之義」，其實就是因爲從該語當中，能展示出〈含蓄〉品的這兩個美學理想。先說「不著一字」。「不著一字」主要是對詩歌「餘味」問題的點示。從創作主體面來講，「不著一字」是詩人的一種寫作策略，詩人不將詩意明示於字面上，造成詩歌內部語言與意義的關係若即若離。這種語言與意義的若即若離關係，造成整首詩的大意隨時處於結構到解構、解構再到結構的循環狀態，在這種游移、不確定性當中，詩歌產生了

〔註151〕同註58，頁22。
〔註152〕同註55，頁192。

朦朧隱約的美學效果。從閱讀主體面來說，「不著一字」是讀者的一種讀解方式，由於詩歌內部語言與意義的關係是游離不定的，詩歌成就的美感經驗是朦朧隱約的，這就意味著要進入這首詩裡，是需要讀者的反覆推敲玩味。這時讀者與文本的關係不是主客對立的態勢，而是主客合一的參與與理解，詩歌在讀者反覆參與、理解的過程中，就產生了所謂的「餘味」無窮。再說「盡得風流」。「盡得風流」重在逗顯詩歌的「傳神」問題。從創作主體面來說，「盡得風流」是要求詩人以一管之翰，寫出所描寫事物的風姿精神。只是弔詭的是，在詩人「盡得風流」的同時，又已不存在著純粹描寫該事物「風流」的活動，因為這「風流」當中，其實還蘊含著創作主體的情態風神。因為我們說創作活動從取材到落筆完成，無處不屬於詩人的判斷與抉擇，「傳神」活動的走向與進行，仍是取決於詩人自我的存在經驗，就此來說「傳神」活動的本質，可視為創作主體之「神」與描寫客體之「神」間的對話與理解。從閱讀主體面來看，「盡得風流」其實可視為讀者對詩歌之「神」的一種理解活動。我們在上文曾說過，從創作主體面來看「傳神」活動時，「傳神」活動是一個主客體相互對話、理解的過程，所以當我們從閱讀主體面來看「傳神」活動時，讀者的理解對象，則是創作主體之「神」與描寫客體之「神」，透過對話、理解而融合之後的詩歌之「神」。當然，和創作主體面的「傳神」活動一樣，從閱讀主體面論「傳神」活動時，即使文本存在著制約讀者的作用，但整個理解過程裡仍無可避免地滲入讀者的性格與神情，這也就必然走向清代王夫之說「作者用一致之思，讀者各以其情而自得」〔註153〕之路了。

　　王漁洋為何會在整部《詩品》裡，特別鍾情於「不著一字，盡得風流」之說呢？這是因為漁洋認為借助「不著一字，盡得風流」一語，能既簡要又準確地點顯出「神韻說」的本質要義。而漁洋藉

〔註153〕見清・王夫之著，舒蕪校點，《薑齋詩話》（北京：人民文學出版社，1998年2月出版），頁139～140。

「不著一字，盡得風流」，以點顯其「神韻說」本質的這一現象背後，其實意味著漁洋的「神韻說」認同、並且吸取了〈含蓄〉品所揭示的「餘味」、「傳神」的美學理想。不過細究起來，司空圖的「不著一字，盡得風流」，與經由漁洋詮釋後的「不著一字，盡得風流」仍略有不同。筆者將試圖從以下兩點說明此間的差異。第一、論述語境上的差異。這點差異是司空圖與漁洋論「不著一字，盡得風流」時的最大分野。可以這樣說，司空圖是在「含蓄」底下論「不著一字，盡得風流」，而漁洋則是在「神韻」底下論「不著一字，盡得風流」。司空圖在〈含蓄〉品裡揭示的「餘味」與「傳神」，不僅是「含蓄」這一美感經驗類型的特色，同時也代表「含蓄」這一美感經驗類型的美學理想；漁洋「神韻說」底下的「餘味」與「傳神」，就不是對單一美感經驗類型的特色與理想的討論，漁洋把「餘味」與「傳神」提升爲更高層次的討論，並將之定位爲詩家奧義的結穴處或最高境界，即漁洋常說的「詩文三昧」或「詩家極則」。第二、實踐方法上的差異。司空圖的「不著一字，盡得風流」不僅是「不著一字」後的「盡得風流」，也是「盡得風流」後的「不著一字」，二者呈現出一種循環的態勢，是一個在「含蓄」語境下相互作用的有機體。在此同時，司空圖也針對如何創構「含蓄」這個美感經驗的問題，提出了以少總多、以簡御繁的主張，以期能達成「不著一字，盡得風流」的「含蓄」美學理想，所以從實踐面來看，司空圖是有一個較爲具體的方法提示。而如前所述，漁洋在「神韻」的語境下詮釋「不著一字，盡得風流」，在著眼層次上本來就不同於司空圖。再加上漁洋討論的「詩文三昧」或「詩家極則」之類的問題，原本就是較偏向於美學形上學層面，就此漁洋難免有詩家妙諦「得之於內，不可得而傳」的感嘆。與其要費盡唇舌論述而不得其要，漁洋寧可放棄具體的說明與方法，而對之採用「言語道斷」的態度，時而標舉詩例、時或即時點撥的方式。就此漁洋在實踐方法上，反而未曾具體提出如何達到「不著一字，盡得風流」的方法。這就如漁洋摯

友施閏章（1618～1683）所說的，漁洋論詩「如華嚴樓閣，彈指即現，又如仙人五城十二樓，縹緲俱在天際」〔註154〕。

我們可從《帶經堂詩話》卷三〈入神類〉第四則的記錄裡，觀察漁洋是如何地詮釋「不著一字，盡得風流」：

> 或問「不著一字，盡得風流」之說。答曰：太白詩：「牛渚西江月，青天無片雲；登高望秋月，空憶謝將軍。余亦能高詠，斯人不可聞；明朝挂帆去，楓葉落紛紛。」襄陽詩：「挂席幾千里，名山都未逢；泊舟潯陽郭，始見香爐峰。嘗讀遠公傳，永懷塵外蹤；東林不可見，日暮空聞鐘。」詩至此，色相俱空，政如羚羊挂角，無跡可求，畫家所謂逸品是也。〔註155〕

在引文裡，漁洋除了認爲李白的「牛渚西江月」與孟浩然的「挂席千萬里」二詩，是足堪代表「不著一字，盡得風流」的典範作品外，他還提出了「色相俱空」及「逸品」等相關問題。考「牛渚西江月」一詩，係李白的〈夜泊牛渚懷古〉；「挂席千萬里」一詩，係孟浩然的〈晚泊潯陽望廬山〉。

先說李白的〈夜泊牛渚懷古〉。〈夜泊牛渚懷古〉原詩作：

> 牛渚西江月，青天無片雲。登舟望秋月，空憶謝將軍。余亦能高詠，斯人不可聞。明朝挂帆去，楓葉落紛紛。〔註156〕

李白在詩題下自注說：「此地即謝尚聞袁宏詠史處。」由是可知李白作〈夜泊牛渚懷古〉一詩，其所懷之古與該事有關。考謝尚牛渚聞袁宏詠史一事，典出《世說新語》。觀《世說新語·文學第四》第八十八則記載：

> 袁虎少貧，嘗爲人傭載運租。謝鎮西經船行，其夜清風朗月，聞江渚閒估客船上有詠詩聲，甚有情致。所誦五言，又其所未嘗聞，歎美不能已。即遣委曲訊問，乃是袁自詠

〔註154〕同註50，頁79。
〔註155〕同註50，頁70～71。
〔註156〕見《全唐詩》（北京：中華書局，1996年1月第一版第6刷）第6冊，頁1849～1850。

其所作詠史詩。因此相要，大相賞得。〔註157〕

「袁虎」是袁宏的小名，謝尚則因曾拜鎮西將軍，故時人又稱「謝鎮西」。這則記載的大意是說晉代名士袁宏少貧之際，曾於誦詠史詩於牛渚磯，因而巧遇西航的謝尚，二人交談甚歡，深得知己之感。我們可以發現在〈夜泊牛渚懷古〉的首聯「牛渚西江月，青天無片雲」裡，李白採用大筆勾勒的方式，描寫牛渚磯一地的夜景。朗月高懸於青天之上，皎白月色洋洋灑落整個西江上，萬里無雲的天空與浩瀚無際的大江相映成一片水光遼闊，江岸客舟的微渺反襯出詩人身處世界的無窮無垠，人與客舟不過是宇宙、歷史裡的渺小一粟。李白在首聯裡點出了「夜泊牛渚」這一事件的時間與地點，特別是對「牛渚」一地的提示，為後文的「懷古」留下了線索。頷聯的「登舟望秋月，空憶謝將軍」，則是寫太白的由登舟望月，因而聯想起在數百年前，同樣發生在江上舟中的袁宏、謝尚彼此知遇之事。在「牛渚西江月，青天無片雲」的幽渺空間底下，李白的凝視，由所處的現實空間到一輪高照的秋月，再從一輪高照的秋月聯想到曾發生於牛渚一地的抽象歷史事件，空間的無窮與時間的無盡，就在李白的「登舟」、「空憶」神思裡瞬間得到了融合。李白「空憶謝將軍」的「空」字，不僅包含著謝尚已矣的感慨，還帶有對現世罕見謝尚這類知己的無奈，以及自己對如是燦爛遇合的嚮往。頸聯的「余亦能高詠，斯人不可聞」，則將李白由對時空、事件的懷想中拉返現實。現實世界裡的李白自詡有當年袁宏的俊才，然而當代所乏者卻是能為知己的謝尚。這裡的「不可聞」與上文的「空憶」相互呼應，原來李白的感嘆與悲哀，根源於當下無知己可相遇合的心情。尾聯「明朝挂帆去，楓葉落紛紛」，則是寫李白想像明天一早挂帆離開牛渚地的情景。客船將在明日曉晨之際，掛著孤帆在寂寞秋風中啟航，送別李白一行的只有滿江飛舞的殷紅落楓，帆影就這樣慢慢地消逝在滾滾江流盡頭。李白又踏上另一個旅

〔註157〕見余嘉錫撰，《世說新語箋疏》（台北：華正書局有限公司，1993年10月出版），頁268。

程，繼續執著且反覆尋覓他所追尋的生命光芒，一種當下與知己遇合的光芒。而在李白遠走之後，始終千秋長伴牛渚一地的，只有發生在晉代的袁宏、謝尚遇合軼事，及無片雲的青天、常臥長空的皓月。淒涼的秋景秋意，再次襯托並加深了李白的感慨與悲哀。清代屈復輯評的《唐詩成法》評解該詩說，「先寫『無片雲』為月明地，正寫夜泊兼客懷。望月月愈明，人愈不寐，為懷古地。謝將軍『牛渚』事還本題，只一句，卻用二句自嘆不遇，正寫『懷』字。結落葉紛紛，止寫秋景，有餘味」〔註 158〕，頗得神解。本來李白因為經過牛渚一地，憶袁宏、謝尚史事從而表現自己對這種生命情境遇合的感慨與期待，其實用直述的方式鋪張寫之亦未嘗不可，然而李白並未作如此處理。我們可以發現〈夜泊牛渚懷古〉全詩從頭到尾，李白都沒有直言他感慨、期待如袁宏、謝尚彼此知遇的情感，這就是漁洋所謂的「不著一字」。雖然李白全詩從頭到尾沒有直言其所欲言，但是他的所感所思都呈顯在文字之外，而為讀者所感受領略，這就是漁洋所謂的「盡得風流」。

　　再說孟浩然的〈晚泊潯陽望廬山〉。其實孟浩然的〈晚泊潯陽望廬山〉一詩，早在王漁洋年少之時，就曾被其摘指為詩學典範。寫作於漁洋早歲的〈戲仿元遺山論詩絕句三十二首〉〔註 159〕之四，就是專門討論〈晚泊潯陽望廬山〉的批評文字，其云：

　　　挂席名山都未逢，潯陽喜見香爐峰。高情合受維摩詰，浣

〔註158〕同註 120，頁 713～714。
〔註159〕據漁洋《王士禛年譜》（清・王士禛撰，孫言誠點校，北京：中華書局，1992 年 1 月出版）所述：「康熙二年癸卯（1663），三十歲。……是歲作論詩絕句，南昌陳士業弘緒為序。」此外，《帶經堂詩話》卷八〈自述類下〉漁洋自記說：「余往如皋，馬上成論詩絕句四十首，從子淨名（啓浣）作注，人謂不減向秀之注莊。」又記曰：「予康熙癸卯在揚州，一日雨行如皋道上，得論詩絕句四十首，蓋仿元裕之作。」可知論詩絕句之作，成於康熙二年癸卯，漁洋時年三十歲。第一則引文請見《王士禛年譜》，頁 22。第二、三則引文同見《帶經堂詩話》（清・王士禛著，清・張宗柟纂集，戴鴻森點校，北京：人民文學出版社，1998 年 2 月出版），頁 186。

筆爲圖寫孟公。〔註160〕

我們可以發現漁洋該論詩絕句的前兩句「挂席名山都未逢，潯陽喜見香爐峰」，其實是自孟浩然原詩的前四句「挂席幾千里，名山都未逢。泊舟潯陽郭，始見香爐峰」脫胎而來的。至於漁洋所謂的「高情合受維摩詰，浣筆爲圖寫孟公」，則是指王維愛「挂席幾千里」數語，特爲之寫吟詩圖一事。宋代葛立方《韻語陽秋》卷十四第三則嘗記此事：

> 余在毘陵，見孫潤夫家有王維畫孟浩然像，絹素敗爛，丹青已渝。維題其上云：「維嘗見孟公吟曰：『日暮馬行疾，城荒人住稀。』又吟云：『挂席幾千里，名山都未逢。泊舟潯陽郭，始見香爐峰。』余因美其風調，至所舍圖於素軸。」〔註161〕

就此，漁洋的姪子王啓浣注解該詩說：「右丞愛襄陽『挂席幾千里，名山都未逢』之句，因爲寫〈吟詩圖〉。」〔註162〕爲何漁洋對孟浩然的〈晚泊潯陽望廬山〉傾心至此，甚至給予「不著一字，盡得風流」的高度評價呢？讓我們看看孟浩然〈晚泊潯陽望廬山〉的原詩：

> 挂席幾千里，名山都未逢。泊舟潯陽郭，始見香爐峰。嘗讀遠公傳，永懷塵外蹤。東林精舍近，日暮坐聞鐘。〔註163〕

孟浩然在首聯「挂席幾千里，名山都未逢」裡，表現出一種渴望瞻覽名山，無奈卻千里未緣目睹的蕭索心境。推究孟浩然在大江上揚帆千里遠遊，卻「名山都未逢」的原因，是因爲他的航程多屬平原地帶，沒有高山峻嶺。本此而言，能在潯陽夜泊覽望廬山的這個經驗，對孟浩然來說是彌足珍貴的。「都」一字不僅充分點顯出孟浩然千里未見名山的惆悵與悻然，更埋伏了下文喜見廬山的欣悅心情。頷聯的「泊舟潯陽郭，始見香爐峰」，則著重描寫孟浩然在經歷「挂席千萬里，名山都未逢」的鬱悶後，潯陽城下睹見廬山香爐峰的爽朗、欣喜之情。

〔註160〕同註135，頁57。

〔註161〕見清·何文煥輯，《歷代詩話·韻語陽秋》（台北：漢京文化事業有限公司，1983年1月出版），頁594。

〔註162〕見清·王士禎著，清·惠棟、金榮注，《漁洋精華錄集注》（濟南：齊魯書社，1999年1月第一版第二刷），頁238。

〔註163〕見《全唐詩》第5冊，頁1645。

對於千里奔波不見名山的孟浩然來說，船泊潯陽城時只要稍加抬頭，就可以看到香爐峰俊挺地矗立在眼前，這一佳境顯然是非常特別且值得珍惜的。清代陳衍《石遺室詩話》嘗就此演說：「他人一腔俗慮，挂席千里，并不爲看山計。……俗人未逢名山，不覺其鬱鬱；逢名山，亦不覺其欣欣耳。」〔註164〕「始」字在表現出孟浩然對「見香爐峰」的急盼心情之餘，也隱約透露出詩人的急盼其實還帶點喜悅的成分。在頸聯的「嘗讀遠公傳，永懷塵外蹤」裡，孟浩然因觀賞香爐峰而聯想及東晉慧遠築寺隱居廬山一事，就此跳脫出現實世界裡的喜悅情境，轉而表現出對塵外風光的思慕。所謂的「遠公傳」，係指《高僧傳》裡載慧遠爲避兵難而隱居廬山之事。梁代慧皎《高僧傳》卷三〈慧遠傳〉載：

> 遠於是與弟子數十人南適荊州，住上明寺。後欲往羅浮山。及屆潯陽，見廬峰清靜，足以息心，始住龍泉精舍。刺史桓伊爲遠復於山東更立房殿，即東林是也。遠創立精舍，洞盡山美，卻負香爐之峰，傍帶瀑布之壑。仍石疊基，即松栽構，清泉環階，白雲滿室。復於寺內別置禪林，森樹煙凝，石逕苔合。凡在瞻履，皆神清而氣肅焉。〔註165〕

「廬峰清靜，足以息心」，東林精舍的清幽與廬山勝景的超俗，都足以與慧遠高逸的人格相襯托。孟浩然讀「遠公傳」所欣慕嚮往的，不僅是廬山此一東南偉觀而已，他更思懷的是那說法東林精舍，言「桑榆之光理無遠照；但願朝陽之暉，與時並明耳」〔註166〕、氣質超凡脫俗的慧遠大和尚。尾聯的「東林精舍近，日暮坐聞鐘」，則使全詩進入急轉直下的狀態。「嘗讀遠公傳，永懷塵外蹤」的孟浩然，既然到廬山此一勝地，自然想參訪他思慕已久的東林精舍，一遊高僧慧遠曾留下的蹤跡。當孟浩然聽到自東林精舍傳來的暮鐘時，雖然代表他

〔註164〕同註120，頁534。

〔註165〕見梁・慧皎著，《高僧傳》（台北：廣文書局有限公司，1971年4月出版），頁310。

〔註166〕同註157，頁573。

已經接近神往已久的東林精舍，但同時也暗示了廬山已進入了夜晚。孟浩然的結筆之妙，在於他並沒有繼續記寫接下來的行動，或者描述他離東林精舍如是近的心境，只是以「近」精舍而「坐聞鐘」快速地結束了整首詩，留與讀者極大的想像、參與空間。清代沈德潛的《唐詩別裁》曾就該句評曰：「已近遠公精舍，而但聞鐘聲，寫『望』字意，悠然神遠。」〔註167〕我們可以看到孟浩然的〈晚泊潯陽望廬山〉，無論是從詩題或者字面內容上來看，似乎都只是在敘寫詩人客舟潯陽觀覽廬山的經過。不過當我們深入細究時，孟浩然對「望廬山」過程的描繪，目的在於表達他對東林精舍的欣慕及古人慧遠大師的思懷，從中流露出孟浩然他自己超逸的情懷。清代黃香石在《唐賢三昧集箋注》裡評此詩為「一起超脫」〔註168〕，意即在此。孟浩然在〈晚泊潯陽望廬山〉裡，沒有用任何一個字去刻意著墨、描述出他的欣慕、思懷，也沒有刻意道出自身超脫的情懷，但是讀者在反覆該詩玩味之後，卻能在文字之外領悟到孟浩然詩裡沒有直述的那種情懷。這就是說孟浩然所要告訴讀者的東西，並不是詩歌裡的內容，而是在文字之外的那個情意。就此而言，王漁洋認為這就是所謂的「不著一字，盡得風流」。

在前引文裡，王漁洋不僅認為李白的〈夜泊牛渚懷古〉與孟浩然的〈晚泊潯陽望廬山〉，是足堪代表「不著一字，盡得風流」的作品，並且認為這類作品的特色在於「色相俱空，政如羚羊挂角，無跡可求」，以畫論詩則可稱之為「逸品」。先討論「色相俱空」的問題。「色相俱空」顯然是需要同「不著一字，盡得風流」一併理解的。「色相俱空」是佛家常用的話頭之一。「色相」在佛學裡原指是現象界裡的一切物質，漁洋在此則使用「色相」一詞，借喻〈夜泊牛渚懷古〉與〈晚泊潯陽望廬山〉詩中詩人已道出的部分。不過我們在前文分析

〔註167〕同註120，頁534。
〔註168〕見清・王阮亭選，清・黃香石評，清・吳退庵、胡甘亭輯註，《唐賢三昧集箋註》（台北：廣文書局，1968年11月出版），頁中之15。

過，在「不著一字，盡得風流」的理想底下，詩歌中被道出的部分並
不是王漁洋關注的重點，這也就是說詩裡描寫的「色相」，只是通往
詩歌言外之意的媒介。一旦經由「色相」而超越「色相」，獲致詩歌
的言外之意後，「色相」就被融入到言外之意當中，渾然一片。誠如
大陸學者張健《王士禎論詩絕句三十二首箋證》所說：「一旦由象得
意，由實得虛，則詩中所實寫者即被超越，相對於虛處而言，已沒有
獨立的字面意義，喪失了『自性』。」〔註169〕就是漁洋所謂的「色相
俱空」。詩內「色相俱空」的結果，意味著文字外的深意已獲得成就。
至於漁洋說「政如羚羊挂角，無跡可求」，其實即「色相俱空」之意。
相傳羚羊在睡眠時，有種將角懸掛在樹頭的藏身本領，彷彿隱形而不
存在於現場般，讓狩捕者百尋不著，因而能躲避過兇惡的獵殺。《帶
經堂詩話》卷三〈微喻類〉第十則嘗記曰：「釋氏言：羚羊挂角，無
跡可求。古言云：羚羊無些子氣味，虎豹再尋他不著，九淵潛龍，千
仞翔鳳乎！」〔註170〕即上述「羚羊挂角，無跡可求」之意。「羚羊挂
角」的傳說，先被宋代禪宗用以為話頭，如《景德傳燈錄》卷十六所
記：「師（筆者案：義存禪師）謂眾曰：『我若東道西道，汝則尋言逐
句；我若羚羊掛角，汝向什麼摒摸？』又《景德傳燈錄》卷十七云：
「師（筆者案：道膺禪師）謂眾曰：『如好獵狗，只解尋得有縱跡底，
忽遇羚羊掛角，莫道跡，氣亦不識。』僧曰：『羚羊掛角時如何？』
師曰：『六六三十六。』又曰：『會麼？』僧曰：『不會。』師曰：『不
見道：無蹤跡。』」〔註171〕後來在宋代盛行的「以禪喻詩」風潮裡，
又被拿來作為喻詩的材料。例如南宋嚴羽在《滄浪詩話・詩辨》說：
「盛唐諸人惟在興趣，羚羊掛角，無跡可求。」〔註172〕可見「羚羊

〔註169〕同註135，頁60。
〔註170〕同註50，頁83。
〔註171〕見佛光大藏經編修委員會主編，《佛光大藏經・禪藏・史傳部・景
　　　　德傳燈錄》（高雄：佛光出版社，1994年12月出版），頁888及頁
　　　　944～945。
〔註172〕見宋・嚴羽著，郭紹虞校釋，《滄浪詩話校釋》（臺北：里仁書局，

挂角，無跡可求」，和我們前面所討論的「色相俱空」一樣，意味詩中描寫的實處或「色相」被超越，言外之意就此誕生。借「羚羊挂角」的傳說來說，就是作爲媒介的詩中「色相」被消解，所以已經遍尋不著、不見其蹤影了。

在上文的討論裡我們可以發現，其實王漁洋用以詮釋司空圖「不著一字，盡得風流」的基礎，是中國古典美學裡常被討論的「虛」「實」理論。這點在《帶經堂詩話》卷三〈微喻類〉第十五則的記載裡，表現得更爲清楚，漁洋說：

> 新唐書如近日許道寧輩畫山水，是眞畫也。史記如郭忠恕畫天外數峰，略有筆墨，然而使人見而心服者，在筆墨之外也。右王楙野客叢書中語，得詩文三昧，司空表聖所謂「不著一字，盡得風流」者也。〔註173〕

漁洋這裡引用北宋學者王楙在《野客叢書》裡的說法，運用山水畫理論詮釋「不著一字，盡得風流」之說。考王楙的說法，出自於《野客叢書》附錄〈野老紀聞〉裡：

> 或問：「新唐書與史記所以異？」余告之曰：「不辨可也。唐書如近世許道寧輩畫山水，是眞畫也。太史公如郭忠恕畫天外數峰，略有筆墨，然而使人見而心服者，在筆墨之外也。」〔註174〕

引文裡王楙認爲《史記》與《新唐書》的不同，在於司馬遷寫《史記》採取重點勾勒的方式，而歐陽修、宋祁作《新唐書》則針對描寫的對象進行詳細地刻畫。本此，王楙採取「以畫論文」的方式，將北宋初畫家許道寧的畫風類比爲《新唐書》的史家風格，說其爲刻畫逼眞的「眞畫」，而將郭忠恕的畫風類比爲《史記》的史家風格，以其意在「筆墨之外」。

1987 年 4 月出版），頁 26。
〔註173〕同註50，頁 85～86。
〔註174〕見宋‧王楙撰，《野客叢書附野老紀聞》（台北：台灣學生書局，1971年 5 月出版），頁 820～821。

關於許道寧與郭忠恕的畫法與畫風，北宋郭若虛的《圖畫見聞誌》曾有記載。觀《圖畫見聞誌》卷四曾載許道寧事云：

> 許道寧，長安人。工畫山水。……故峰巒峭拔，林木勁硬，別成一家體。〔註175〕

郭若虛說許道寧於「峰巒峭拔，林木勁硬」處，能「別成一家體」。由是可見許道寧作畫的整體特色，在於詳細刻畫、鉅細靡遺，故能畫出「峭拔」、「勁硬」等等寫實之貌。這同時也是王枒以許道寧為「真畫」的原因，認為許道寧詳盡刻畫的畫風與《新唐書》繁密細緻的風格，隱隱有相通之處。此外，《圖畫見聞誌》卷三另有載郭忠恕之事，其云：

> 郭忠恕，字恕先，雒陽人。……善畫屋木林石，格非師授。有設紈素求為圖畫者，必怒而去，乘興即自為之。郭從義鎮岐下，每延止山亭，張素設粉墨於旁。經數月，忽乘醉，就圖之一角作遠山數峰而已。郭氏亦珍惜之。岐有富人，主官酒酤。其子喜畫，日給醇酎，設几案絹素及好紙數軸，屢以情言。忠恕俄取紙一軸，凡數十番，首畫一牛角小童持線車，紙窮處作風鳶，中引一線長數丈。富家子不以為奇，遂謝絕。〔註176〕

根據《圖畫見聞誌》的記載，郭忠恕最為人津津樂道之事有三：第一、郭忠恕乘興寫畫、不勉強下筆的瀟灑性格；第二、就絹素一角勾畫天外數峰一事；第三、作牛角小童放風鳶圖，以數丈素紙單畫風鳶線之事。就上述三事而言，第一事著墨在郭忠恕的名士性格上，第二事與第三事在性質上頗為類似，意在說明郭忠恕精簡飄逸的畫風。這三則記載之間其實是有關連性的，我們可以這樣說，從某方面來看，人格影響風格，就此而言郭忠恕的名士性格，成就了他精簡飄逸的畫風；另一方面，風格即人格，如此說來，我們自然可以從郭忠恕的畫風裡，

〔註175〕見宋・郭若虛撰，王其褘校點，《圖畫見聞志》（瀋陽：遼寧教育出版社，2001年2月出版），頁38。
〔註176〕同註175，頁28。

看出他特具的名士逸氣。我們可以察覺郭忠恕畫「遠山數峰」一事，與畫牛角小童放風鳶圖的共通處，在於郭忠恕對其描繪的對象，並不強作刻畫，而是透過簡略地草草逸筆，表達出「筆墨之外」的情致。請以畫「遠山數峰」爲例言之。在畫「遠山數峰」的軼事裡，郭忠恕並沒詳細刻畫山峰如何地聳立在山川、溪谷、雲端之間，也沒有畫出觀者與山峰間的視覺距離，而只有在畫紙邊緣處，簡略勾勒幾筆以成「天外數峰」，僅這樣就能指引觀眾意會出描繪對象（山峰）的幽渺與高遠，這就是王楙說的「在筆墨之外」、「使人見而心服」之處。同樣地，在牛角小童放風鳶一圖裡，郭忠恕並不刻意勾畫風鳶的飛行的空間與高度，乃至風鳶如何地在天空飛舞，而僅於數十番素紙上，簡單地畫出一條連綿數丈的風箏線，就帶領觀者領悟出描繪對象（風鳶）的飛行悠遠，幾至太虛之境，這也就是所謂的「筆墨之外」。而司馬遷的《史記》向來就以重點式的勾勒，敘事褒貶深富言外之意著稱，與郭忠恕「筆墨之外」有意的灑脫畫風，有相通之處，所王楙才對此進行類比，以爲「太史公如郭忠恕畫天外數峰，略有筆墨，然而使人見而心服者，在筆墨之外也」。

　　王漁洋所以認爲上述王楙之說，即「不著一字，盡得風流」之意，並以爲經由此說可悟「詩文三昧」，這是因爲經由王楙的說法，讀者可以悟解出文藝理論中「虛」、「實」運用的道理。蓋郭忠恕用簡筆畫峰巒林木、天外數峰，是全畫「實」的部分，但是這個「實」的筆墨之處，並不是畫家藝術創作過程的目的與終點。相反地，畫家所試圖告訴觀眾的，是「筆墨之外」的「虛」處，圖畫之外的意蘊情致。這就是說，「實」的筆墨只是用來傳達筆墨外「虛」處的媒介，簡筆或逸筆的使用，爲的是增加觀者的想像空間，以俾吸引觀眾參與共同這幅圖畫「虛」處的一種策略。觀者由圖畫內的「實」處到達圖畫外「虛」處，透過作品內的「筆墨」進入「筆墨之外」的層次，圖畫的「實」處因爲被「虛」處超越，所以遭到消解而不存在，從而達到「色相俱空，如羚羊挂角，無跡可求」的境界。這就是漁洋的「不著一字，盡

得風流」，及由此可得「詩文三昧」之意。

　　同樣在《帶經堂詩話》卷三〈微喻類〉裡，有段類似於前引文的記載：

> 予嘗聞荊浩論山水而悟詩家三昧矣。其言曰：「遠人無目，
> 遠水無波，遠山無皴。」又王柟野客叢書有云：「太史公如
> 郭忠恕畫天外數峰，略有筆墨，意在筆墨之外也。」詩文
> 之道，大抵皆然。〔註177〕

王漁洋以爲由之可悟詩家三昧的荊浩論山水語，出自相傳爲五代畫論家荊浩所作的〈山水賦〉〔註178〕。今觀〈山水賦〉原作：

> 凡畫山水，意在筆先，丈山尺樹，寸馬豆人，此其格也。
> 遠人無目，遠樹無枝，遠山無皴，高與雲齊，遠水無波，
> 隱隱似眉，此其式也。〔註179〕

所謂「遠人無目」云云，是〈山水賦〉作者對歷代畫家創作經驗的總結。其要在於以簡練之筆勾勒出描寫對象的主要特徵，以代替全盤細微刻畫的手法。當將「遠人無目」之類的方式用於詩歌時，則如大陸學者張健在《清代詩學研究》裡所說的：「對所要表現的對象不作全面、細緻的刻畫，而是抓住其主要特徵以極簡潔的筆墨將其表現出來，而所描繪的部分又足以能夠使欣賞者領悟其所爲直接表露出來的

〔註177〕同註50，頁86。

〔註178〕〈山水賦〉一名〈畫山水賦〉，與其內容幾似的作品，尚有題名爲唐代王維所作的〈山水論〉，及題名爲北宋李成所作的〈山水訣〉等，其間的作者問題與彼此關係可說是混亂不堪。徐復觀曾在《中國藝術精神》（徐復觀著，台北：台灣學生書局，1998年5月第一版第12刷）該書〈第六章荊浩筆法記的再發現‧第二節山水訣山水論山水賦的混亂〉對此間的混亂加以考證，得到的結論爲「所謂王維的，荊浩的，或李成的，稱爲山水論、或山水訣、及山水賦的三個名稱，實際只是一部書」。徐復觀認爲其成書情形是「宋初山水畫大行，這是由今日所不能知道姓名的一位北宋畫家所編纂出來的一部書。最初是托名王維。……後來又有人把它說成是李成的。而把它說成是荊浩山水賦的，則始於六如居士畫論」。關於徐復觀的相關考證以及此處的引文，詳見該書頁279～281。

〔註179〕見清‧紀昀主編，《景印文淵閣四庫全書‧子部 118‧畫山水賦》，頁812之422。

豐富內涵。」〔註180〕可見漁洋將〈山水賦〉闡述的創作體驗，同王棻的說法作一聯繫，其意仍是在說明由「實」入「虛」、意在「筆墨之外」之理，這就是漁洋一再強調的「不著一字，盡得風流」。岑溢成在〈從虛實論看中國古代文藝理論的性格〉文裡的說法，頗值得我們參考：

> 高明的作品，須能通過現實景象的描繪，給讀者提供了想像的空間，並且引發了讀者的想像，使讀者能從現實的景象聯想到、領悟到現實以上、以外的景象或情致。現實的景象即為實，而在現實之上、之外的景象或情致則為虛。創作詩必須以由實入「虛」，方為高妙；由此衍生出來的欣賞方式和評價標準，也是虛。〔註181〕

透過岑溢成精闢的論述，我們可以發現漁洋所謂的「不著一字，盡得風流」，其實就是這種由求「虛」角度出發的美學思考。如漁洋在《師友詩傳續錄》所標舉的詩歌美學理想一樣，詩當如「神龍行空，雲霧滅沒，鱗鬣隱現，豈令人測首尾哉」〔註182〕。詩歌的最高境界，自是引導讀者由神龍「實」的鱗鬣處，想像及雲霧中「虛」的首尾部分，這同樣也是由「實」入「虛」，漁洋所謂「不著一字，盡得風流」之意。

　　如上所述，王漁洋除了將「不著一字，盡得風流」之說與「色相俱空」作了聯繫之外，他同時還指出〈夜泊牛渚懷古〉與〈晚泊潯陽望廬山〉相當於畫品中的「逸品」。考最早將「逸品」作為評畫標準者，係為唐代朱景玄的《唐朝名畫錄》。其序文云：

> 景玄竊好斯藝，尋其蹤跡，不見者不錄，見者必書。推之至心，不愧拙目。以張懷瓘畫品斷神妙能三品，定其格上中下，又分為三。其格外有不拘常法，又有逸品，以表其

〔註180〕見張健著，《清代詩學研究》（北京：北京大學出版社，1999 年 11 月出版），頁 462。

〔註181〕見岑溢成著，〈從虛實論看中國古代文藝理論的性格〉（《當代》第 46 期，1990 年 2 月），頁 72。

〔註182〕見清・王夫之等撰，《清詩話・師友詩傳續錄》，頁 153。

　　優劣也。〔註183〕

《唐朝名畫錄》是本斷代式的繪畫批評著作，而朱景玄在中國畫論史上的地位與貢獻，主要來自於他對「逸品」一詞的提出與初步運用。在上引文字裡，朱景玄要在說明其作《唐朝名畫錄》的緣起、目的及體例。朱景玄採用的品斷方式就如序文所云，係先分「神」、「妙」、「能」、「逸」四品，而在「神」、「妙」、「能」品底下又分爲上、中、下三等，「逸品」則不作分等。〔註184〕據引文所述，朱景玄將「逸品」的內容，界說爲「神」、「妙」、「能」三品之外的「不拘常法」者。而在實際品評裡，被《唐朝名畫錄》列爲「逸品」的畫家有王墨、李靈省、張志和三人，朱景玄並在〈逸品三人〉條下補充說：

　　此三人非畫之本法，故目之爲逸品，蓋前古未之有也，故
　　書之。〔註185〕

此處則又可見「逸品」之作，不僅在當代流行的畫法、畫風外獨出一格，而且對時人來說是頗爲新穎的，因此朱景玄方說「此三人非畫之本法」且「前古未之有」。何楚熊曾在〈朱景玄及其唐朝名畫錄〉文裡，分析王墨、李靈省、張志和三人的性格、畫風、畫法，認爲「格外不拘常法」的內容，「從他具體品評逸品之三人看，實屬隱士風流之品。……這三人的共同之處是其爲人也，性情疏放，即使早期曾爲官者，如張志和，也終不仕而隱居江湖，並酷愛江湖山水野樹。其爲

〔註183〕見清・紀昀主編，《景印文淵閣四庫全書・子部118・唐朝名畫錄》，頁812之362。

〔註184〕有關朱景玄「神」、「妙」、「能」、「逸」四品的劃分問題，限於本文篇幅，筆者茲不贅述。關於這類的問題研究與討論，讀者意可參見劉道廣的《中國古代藝術思想史》（劉道廣著，上海：上海人民出版社，1998年4月出版）書〈第六章藝術思想的成熟・第三節繪畫的「品」位〉，頁119～122；何楚熊《中國畫論研究》（何楚熊著，北京：中國社會科學出版社，1996年4月出版）中的〈朱景玄及其《唐朝名畫錄》〉文，頁88～93；及陳傳席的《中國繪畫美學史》（陳傳席著，北京：人民美術出版社，2000年8月出版）書〈第二章唐、五代繪畫美學・四、逸品美學觀的確立及影響〉，頁239～242。

〔註185〕同註183，頁812之373。

畫也，皆不拘於法，酒酣乘興而作。『物勢皆出自然』。其作畫之創作狀態是眞正進入自由自然無所負累的狀態。」〔註186〕只是朱景玄以「逸品」爲「不拘常法」的說法仍略嫌籠統，因此陳傳席認爲眞正在畫論史裡，「對逸品作恰如其分的解釋，且又放在最崇高地位者是黃休復」〔註187〕。

如前所述，朱景玄是中國畫論史上首次將「逸品」作爲評畫標準者，而北宋初年黃休復所作的《益州名畫錄》，則是畫論史上首次確切地將「逸品」置放在「神」、「妙」、「能」三品之上，並且對「逸品」作較具體界說者。〔註188〕黃休復在《益州名畫錄》的〈逸格一人〉條下自注云：

畫之逸格，最難其儔。拙規矩於方圓，鄙精研於彩繪，筆

〔註186〕見何楚熊著，《中國畫論研究》（北京：中國社會科學出版社，1996年4月出版），頁89～90。關於何楚熊對朱景玄「逸品」的相關分析與討論，詳見該書頁89～91。

〔註187〕見陳傳席著，《中國繪畫美學史》（北京：人民美術出版社，2000年8月出版），頁242。

〔註188〕雖說黃休復是首次確切將「逸品」置於「神」、「妙」、「能」三品之上者，但就是黃休復的這種思想，並不是第一次在中國畫論史上出現。據徐復觀在《中國藝術精神》一書〈第七章逸格地位的奠定──益州名畫錄的一研究‧第四節逸格的最先推重者〉裡的研究，早在唐代張彥遠的《歷代名畫記》中，張彥遠就將意同於「逸品」的「自然」列爲「上品之上」。徐復觀說張彥遠「以爲自然爲上品之上，實同於黃休復列逸格於神妙能三格之上。彥遠在黃休復前約百年；故畫中首推逸品，不始於黃休復，而實始於張彥遠」。陳傳席的意見與徐復觀相近。陳傳席在《中國繪畫美學史》一書〈第二章唐、五代繪畫美學‧四、逸品美學觀的確立及影響〉內說：「黃休復把逸格列爲第一，神妙能次之……這種思想並不是第一次出現，唐代張彥遠的相同思想就早於黃氏百餘年，只不過張彥遠沒用『逸品』，而用『自然』一詞。……所以，第一個將相當於『逸品』的『自然』列爲第一等的實際上應是張彥遠。但張氏以『自然』爲上的提法在唐代影響並不是很大，黃休復以『逸品』居首的提法在宋代及其後卻影響巨大。」關於徐復觀的相關討論及引文，請見《中國藝術精神》，頁307～308；關於陳傳席的相關討論及引文，請見《中國繪畫美學史》，頁242～248。

簡形具，得之自然，莫可楷模，出於意表，故目之逸格爾。
〔註189〕

關於這段話的解釋，徐復觀曾作如是說：「拙規矩於方圓，是以規矩之於方圓爲拙；此即朱景玄之所謂『不拘常法』。『鄙精研於彩繪』，是以精研於彩繪爲鄙；這是在顏色上超越了一般的彩繪，而歸於素樸地淡彩或水墨之意。所謂『筆簡形具，得之自然』，這應該以他所許爲『逸格第一人』的孫位的情形來作說明。……孫位的……『三五筆而成』，即所謂『筆簡』。『如從繩所正』，『勢欲飛動』等，即是『形具』。『並掇筆而描』，即是『得之自然』。」〔註190〕而陳傳席則說：「這段話（筆者按：上引《益州名畫錄・逸格》之文）的意思是，畫中逸格，最難達到。因爲它不拘於常規（沒有固定方法），也不精研於彩繪。筆很簡但形皆俱，得之自然，不是硬學可以得到的，而是出於意想之外的。黃休復所說的『逸格』就是朱景玄心目中的『逸品』，但他解釋得更具體。」〔註191〕可見所謂的「逸格」或「逸品」其實有以下四點特色：第一是「不拘常法」，沒有固定的作畫模式；第二是不以彩繪爲工，因此顏色運用上採樸素地淡彩色調或以玄爲主的水墨色調；第三是「筆簡形具」，即不以形似爲能，簡筆之中能見繁意，有「筆墨之外」的意趣；第四是出於自然之趣，即自然而然、不可強學而得。

經由上文對「逸品」的相關討論後，我們可以進一步探討爲何漁洋將李白的〈夜泊牛渚懷古〉與孟浩然的〈晚泊潯陽望廬山〉類比爲畫中「逸品」的理由。第一、從「逸品」的「不拘常法」來說。畫品裡的「逸品」並沒有固定的作畫模式，而〈夜泊牛渚懷古〉與〈晚泊潯陽望廬山〉則都屬於古律。因此純就格律而論，這兩首詩都不算是

〔註189〕見清・紀昀主編，《景印文淵閣四庫全書・子部118・益州名畫錄》，頁812之480。

〔註190〕見徐復觀著，《中國藝術精神》（台北：台灣學生書局，1998年5月第一版第1二刷），頁309～310。

〔註191〕同註187，頁243。

律詩正格，都出乎常法之外，相當於「逸品」的「不拘常法」。就此嚴羽《滄浪詩話》的〈詩體〉曾說：「有律詩徹首尾不對者。盛唐諸公此體，如……太白『牛渚西江月』之篇。皆文從字順，音韻鏗鏘，八句皆無對偶。」〔註192〕清代王堯衢《古唐詩合解》以爲「此詩以古行律，不拘對偶，蓋情勝於詞者」。《唐宋詩醇》則載清代田雯評〈夜泊牛渚懷古〉之語：「青蓮作近體，如作古風，一氣呵成，無對待之跡，有流行之樂，境地高絕。」〔註193〕黃香石《唐賢三昧集箋注》則評〈晚泊潯陽望廬山〉說：「不拘泥於對法，自是盛唐本色。」〔註194〕第二、從「逸品」的「鄙精研於彩繪」來說。畫品裡的「逸品」在色調上著重淡彩或水墨，而歷代詩論家多認可於〈夜泊牛渚懷古〉與〈晚泊潯陽望廬山〉的淡遠風格，此二詩以色擬之則可爲水墨色。如清代楊成棟《精選五七言律耐吟集》評〈夜泊牛渚懷古〉爲「一清如水，無跡可尋。」明代李沂所輯的《唐詩援》則評〈晚泊潯陽望廬山〉爲「前半偶然會心，後半淡然適足，遂成絕唱」〔註195〕。這些評論都重在說明這兩首詩淡遠的風格。第三、從「逸品」的「筆簡形具」，有「筆墨之外」的意趣來說。畫品的「逸品」強調不以形似爲能，而亟求簡筆之中能見繁意的特色，更能契合於前述漁洋以〈夜泊牛渚懷古〉與〈晚泊潯陽望廬山〉爲「不著一字，盡得風流」，能由「實」入「虛」、「色相俱空」之意。第四、從「逸品」的「得之自然，莫可楷模」來說。畫品裡的「逸品」要求畫家自然而然、不強學而得的態度，相當於漁洋反覆強調的「佇興而就」、「興會神到」，而〈夜泊牛渚懷古〉與〈晚泊潯陽望廬山〉正好可作爲這類作品的典範。如《唐宋詩醇》讚譽〈夜泊牛渚懷古〉說是「當其意合，眞能化盡筆墨之跡，迥出塵埃之外」的作品。而明代張遜編的《王孟詩評》以〈晚泊潯陽望廬山〉「不經造

〔註192〕同註172，頁73～74。
〔註193〕同註120，頁713及714。
〔註194〕同註168，頁中之15。
〔註195〕同註120，頁714及534。

意作」，而陳衍的《石遺室詩話》則說：「夫古今佇興而得者，莫如孟浩然……『挂席幾千里，名山都未逢。泊舟潯陽郭，始見香爐峰』諸語。」〔註196〕總上論述，由於〈夜泊牛渚懷古〉與〈晚泊潯陽望廬山〉具有畫品裡「逸品」的特色與性格，因此漁洋方說二詩是「畫家所謂逸品是也」。

　　以「逸」爲〈夜泊牛渚懷古〉與〈晚泊潯陽望廬山〉的特色，在漁洋之世似乎頗爲眾詩家所認可。觀《帶經堂詩話》卷三〈眞訣類〉裡有段記錄說：

> 余少時最好李太白「牛渚西江月」，孟浩然「掛席幾千里」諸篇，數數儗之。董侍御玉虯規余曰：律詩須句句做，未可但騁逸氣。余亦深服之。〔註197〕

引文裡董文驥雖然也指出〈夜泊牛渚懷古〉與〈晚泊潯陽望廬山〉具有「逸」的特色，但是董文驥並不贊成漁洋擬作這兩首詩，其中原因或可兩方面說起。第一、從格律層面來說，如前所述，這兩首詩都是「古風式的律詩」，故一方面雖可美之爲「不拘常法」、格律超脫，但一方面也可以說它們並非律詩正格。學詩、擬詩的基本要求是「入門須正」，正如董文驥所強調的「律詩須句句做」。因此〈夜泊牛渚懷古〉與〈晚泊潯陽望廬山〉雖然超脫常態、不爲格律所拘，但終非律詩本色，是入乎格律之內後的出乎格律之外，是反常而合道者，所以董文驥認爲它們並不適合作爲擬作的對象。第二、從美學層面來說，誠如葉朗所云：「逸，本來指一種生活形態和精神境界。」「逸」內容本來是指「要超脫世俗的事務」，而「這種『逸』的生活態度與精神境界，滲到藝術中，就出現了所謂的『逸品』（『逸格』）」。因此所謂的「逸品」其實是「著眼於表現畫家本人的生活態度和生活情趣」〔註198〕。這就意味著「逸品」的形成，很大程度地取決於畫家的獨特性格。不

〔註196〕同註120，頁714及534。

〔註197〕同註50，頁80。

〔註198〕見葉朗著，《中國美學史大綱》（上海：上海人民出版社，1999年6月第一版第四刷），頁292～293。

僅畫品中的「逸品」情形如此，詩品裡的「逸品」亦然。因此當我們說〈夜泊牛渚懷古〉與〈晚泊潯陽望廬山〉的特色爲「逸」，深具淡遠、不黏不脫的美學性格時，同時也不能忽略作用於詩歌內的詩人獨特的個性與超脫的人格。作品的形式，如格律、字詞等因素固然可能加以擬議，但是詩人的特有個性與人格，顯然就不是在可以擬作的範圍內。特別是〈夜泊牛渚懷古〉與〈晚泊潯陽望廬山〉這類能表現詩人獨特氣質，而且個人色彩特別濃郁的詩作。就此董文驥建議漁洋進行律詩創作時，應該避免擬作〈夜泊牛渚懷古〉之類的作品。

筆者認爲，王漁洋之所以將李白的〈夜泊牛渚懷古〉與孟浩然的〈晚泊潯陽望廬山〉，類比爲畫品中的「逸品」，除了在於加強說明他所體會到的「不著一字，盡得風流」外，恐怕更著意的是其詩學典範工程的建構與完成。漁洋的門人吳陳琰在《蠶尾續集》序文裡就說：

先生論詩，要在神韻。畫家逸品居神品之上，惟詩亦然。
〔註199〕

據吳陳琰所說，無論在詩歌或圖畫領域，漁洋都將「逸品」定位於「神品」之上，換句話說，「逸品」是漁洋詩品裡的最高位階。如此說來，同「逸品」一起聯繫論述的「不著一字，盡得風流」，無疑就是漁洋詩學思考中最高的美學理想。而足堪表現這個美學理想的〈夜泊牛渚懷古〉與〈晚泊潯陽望廬山〉，則是漁洋詩學裡的美學典範。至此漁洋「不著一字，盡得風流」——「逸品」——「美學典範」（李白的〈夜泊牛渚懷古〉與孟浩然的〈晚泊潯陽望廬山〉）的詮釋系統，方得到完成。

第四節　王漁洋對司空圖「象外之景」、「味外之旨」的理解

當我們釐清上述問題，並整理出漁洋的詮釋系統之後，其實就不

〔註199〕見四庫全書存目叢書編纂委員會編，《四庫全書存目叢書・集部二二七・蠶尾續集》（濟南：齊魯書社，1997 年 7 月），頁 325。

難理解王漁洋爲什麼會特意去詮釋司空圖詩論裡的某些部分。《帶經堂詩話》卷三〈要旨類〉第二則載云：

> 表聖論詩，有二十四品，予最喜「不著一字，盡得風流」
> 八字。又云：「采采流水，蓬蓬遠春。」二語形容詩境亦絕
> 妙。正與戴容州「藍田日暖，良玉生煙」八字同旨。〔註200〕

「采采流水，蓬蓬遠春」，係出自於《詩品》裡的〈纖穠〉一品。漁洋在引文裡，不僅將「采采流水，蓬蓬遠春」同唐代詩人戴叔倫的「藍田日暖，良玉生煙」之說加以聯繫，並且還指出二者在意旨上有共通之處。考今日戴叔倫集內，並無「藍田日暖，良玉生煙」的記錄，是語或爲戴叔倫佚說。有關該語的引用最早見於〈與極浦書〉，司空圖引之以談其「象外之象，景外之景」的主張：

> 戴容州云：「詩家之景，如藍田日暖，良玉生煙，可望而不
> 可置於眉睫之前也。」象外之象，景外之景，豈容易可譚
> 哉？〔註201〕

「詩家之景」，指的就是詩歌應當具有的理想意境。戴叔倫使用「藍田日暖，良玉生煙」的這一意象，生動地喻示了詩歌的理想意境。「藍田」即今陝西藍田縣，該縣東南方有藍田山，又名玉山，以生產美玉聞名。我們可以這樣理解戴叔倫所謂的「藍田日暖，良玉生煙」。蓋良玉未被石匠開鑿出來以前，是同其他礦石混雜在玉山的石層裡而難以被察覺。不過良玉的難以被察覺，並不代表它不可能被察覺，因爲眞正頂級玉石的特性是，即使它與其他礦石同時地深埋於玉山底層，但是一朝日光照射玉山表面，良玉會透過石層散發出裊裊的煙霧，以暗示它的存在，並藉此表現與其他礦石間的差異。所以戴叔倫說其「可望而不可置於眉睫之前」，就是說石匠雖然可以經由煙霧的現象推知良玉的存在狀態，但畢竟良玉在未經開採之前，石匠還是不可能眞正地看到良玉的實體。用這個意象比喻「詩家之景」時，讀者就如同「石

〔註200〕同註50，頁72。
〔註201〕見清・紀昀主編，《景印文淵閣四庫全書・集部二二・司空表聖文集》，頁1083之501。

匠」；看的到的「煙霧」，就是讀者可以直接觸及的詩歌的語言、文字面；而深藏在石層之中，石匠無法直接觀察到的「良玉」，則相當於詩歌的言外之意、「筆墨之外」。這就像石匠經由煙霧可以推想良玉的存在狀態一樣。由此看來，戴叔倫口中「詩家之景」的內容，就是要求讀者透過想像作用，從構成詩歌的語言、文字面出發，從而達到詩歌的言外之意，就如同我們前面討論的由「實」入「虛」，由草草逸筆到「筆墨之外」一樣。

司空圖將戴叔倫「詩家之景，如藍田日暖，良玉生煙」的說法，提升至理論層次，歸結爲「象外之象，景外之景」。那麼我們該對「象外之象，景外之景」作何理解呢？張少康〈象外之象，景外之景——論司空圖《詩品》〉一文的解釋，頗值得我們參考。張少康說：

> 前一個象和景指的是詩歌藝術形象中的具體的有形的描寫；後一個象和景，指的是由前一個象和景所暗示的和象徵出來的一個無形的、虛幻的景象。也就是說，詩歌在描繪具體的情景之外，還要構成一個令人馳騁遐想、回味無窮的藝術意境。前一景象是實的，是看得見摸得著的，而後一個景象則是虛的，是存在於想像中的，如水中之月，空中之音，可望而不可即。這種詩歌境界中雖然也寫了具體的物象和具體的情意，但其目的不僅僅在此，而是要藉此來體現一個虛實結合、有無相生，既有具體描寫、又有想像內容的藝術空間。〔註202〕

這就是說，司空圖「象外之象，景外之景」中的第一個「象」與「景」，性質是「實」的，它存在於詩歌之內的文字相，我們可姑名之爲「實象」與「實景」；第二個「象」與「景」，性質是「虛」的，它存在於詩歌之外，需要作者的構建與讀者的讀解，我們可姑名之爲「虛象」與「虛景」。我們可以發現，司空圖所追求的部份並不是詩中的「實象」而是詩外的「虛象」，但是「虛象」的生成其實是有賴於「實象」

〔註202〕同註54，頁340～341。

的傳達，雖說「實象」最終是主體要超越的部分，但是作者或讀者卻
是不可能不經由「實象」的作用，直接創構或參與到「虛象」內去。
這其實就是我們前面反覆討論的由「實」入「虛」，從語言、文字層
面到言外之意的論述。誠如宗白華在〈中國美學史中重要問題的初步
探索〉文裡所說：「藝術家創造的形象是『實』，引起我們的想象是
『虛』，由形象產生的意象境界就是虛實的結合，一個藝術品，沒有
欣賞者的想象力的活躍，是死的，沒有生命，一張畫可使你神游，神
游就是『虛』。」〔註203〕「詩家之景」就是藝術家要到達的意境之極，
「可望而不可置之眉睫」，要達到這種詩歌的理想意境誠非易事，所
以司空圖才說它「豈容易譚哉」。

　　王漁洋在前引文裡說「『采采流水，蓬蓬遠春。』二語形容詩境
亦絕妙。正與戴容州『藍田日暖，良玉生煙』八字同旨」，筆者認爲
可以作如下的理解：第一、漁洋以爲「采采流水，蓬蓬遠春」「形容
詩境亦絕妙」，又說該語與戴叔倫之說同旨，就是認定「采采流水，
蓬蓬遠春」具有提示理想「詩境」的作用，這裡的「詩境」相當於戴
叔倫口中的「詩家之景」。換言之，漁洋認爲「采采流水，蓬蓬遠春」
可以用來形容「詩境」，就如同戴叔倫以「藍田日暖，良玉生煙」比
擬「詩家之景」一樣。第二、如上文論述，一方面，司空圖將戴叔倫
「藍田日暖，良玉生煙」的說法歸結爲「象外之象，景外之景」的理
論；另一方面，漁洋又認爲「采采流水，蓬蓬遠春」與戴叔倫的「藍
田日暖，良玉生煙」同一旨趣。那麼在漁洋的思考裡，「采采流水，
蓬蓬遠春」顯然也可以作爲「象外之象，景外之景」的比擬。換言之，
「采采流水，蓬蓬遠春」也是具備「象外之象」特質的詩語。只是漁
洋爲何會將〈纖穠〉品的「采采流水，蓬蓬遠春」與〈與極浦書〉裡
的「象外之象，景外之景」聯繫起來呢？〈纖穠〉品云：

　　采采流水，蓬蓬遠春。窈窕深谷，時見美人。碧桃滿樹，

〔註203〕見宗白華著，《藝境》（北京：北京大學出版社，1999 年 10 月第二
　　　　版第三刷），頁 347。

風日水濱。柳陰路曲，流鶯比鄰。乘之愈往，識之愈眞。
如將不盡，與古爲新。〔註204〕

我們可以發現，〈纖穠〉品裡的前八句，都是鮮明的意象。可見司空圖的該品寫作策略是企圖經由意象化語言的運用，勾勒出一幅活潑熱鬧、生意盎然的春天情境，進而傳達出「纖穠」這一類型的美感經驗。司空圖的策略運用顯然是成功的。在〈纖穠〉品內描繪春天的眾多意象當中，又以「采采流水，蓬蓬遠春」最爲人所矚目。郭紹虞解釋「采采流水，蓬蓬遠春」語說：「采采，鮮明貌。流水，指水波之錦紋言。……蓬蓬，盛貌，言生機勃發蓬蓬然也。春天氣象就是這樣。寫春而曰『遠春』者，韶華滿目，無遠弗至，更見得一望皆春矣。」〔註205〕頗能得司空圖之意。在上文裡我們曾將《詩品》定位爲司空圖向讀者展示出他所體會到的二十四種美感經驗類型。就此而言，「采采流水，蓬蓬遠春」雖然描繪出一幅活潑繁盛、撩人心腸的明媚春色，但是這始終不是司空圖寫作〈纖穠〉品的最終目的。司空圖要傳達給讀者的東西並不是他所描繪的明媚春色，而是蘊含於明媚春色背後，那種「纖穠」類型的美感經驗。若借「象外之象，景外之景」之說詮之，「采采流水，蓬蓬遠春」是「實象」、「實景」（象、景），「纖穠」類型的美感經驗則是「虛象」、「虛景」（象外之象），從「采采流水，蓬蓬遠春」悟解及「纖穠」之美，就是前述由詩歌語言、文字面進入詩歌言外之意的過程。孫聯奎《詩品臆說》說「采采流水，蓬蓬遠春」，以爲「入手取象，覺有一篇精細穠郁文字在我意中，在我目中」〔註206〕，無意當中與漁洋之說暗合。漁洋以「采采流水，蓬蓬遠春」語「形容詩境亦絕妙」，而同戴叔倫「藍田日暖，良玉生煙」同旨的說法，自當從我們上文討論處理解。

在《帶經堂詩話》卷三〈清言類〉第十一則裡，有著一條似乎是

〔註204〕同註58，頁7。
〔註205〕同註58，頁7。
〔註206〕同註58，頁8。

王漁洋閱讀司空圖詩論的筆記資料：

> 戴叔倫論詩云：「藍田日暖，良玉生煙。」司空表聖云：「不
> 著一字，盡得風流」，「神出古異，澹不可收」，「采采流水，
> 蓬蓬遠春」，「明漪見底，奇花初胎」，「晴雪滿林，隔溪漁
> 舟」。〔註207〕

這則引文除了提到我們前文討論過的「藍田日暖，良玉生煙」、「不著
一字，盡得風流」、「采采流水，蓬蓬遠春」之外，尚涉及了〈精神〉
品的「明漪見底，奇花初胎」與〈清奇〉品的「晴雪滿汀，隔溪漁舟」、
「神出古異，澹不可收」。此外值得注意的是，漁洋這裡筆記司空圖
詩論的次序，並不是雜漫無序的隨手抄錄，而是經過排序整理後的結
果，這個現象暗示漁洋對所引諸語有著不同性質的認定。讓我們照引
文的順序，將各語各品出現《詩品》中的次序整理出來：「藍田日暖，
良玉生煙」出自〈與極浦書〉，「不著一字，盡得風流」出自第十一品
〈含蓄〉，「神出古異，澹不可收」出自第十六品〈清奇〉，「采采流水，
蓬蓬遠春」出自第三品〈纖穠〉，「明漪見底，奇花初胎」出自第十三
品〈精神〉，「晴雪滿林，隔溪漁舟」出自第十六品〈清奇〉。我們可
以發現在漁洋筆記的諸語裡，又依照其性質分為兩類：第一類語是理
論性質之語，如「藍田日暖，良玉生煙」、「不著一字，盡得風流」、「神
出古異，澹不可收」屬之。第二類語是意象性質之語，如「采采流水，
蓬蓬遠春」、「明漪見底，奇花初胎」、「晴雪滿林，隔溪漁舟」屬之。
並且第一類語與第二類語之間隱隱有所聯繫，它們的關係近乎是綱要
與詩例的關係。換言之，第一類語是第二類語的理論基礎，而第二類
語則是第一類語的實際例證。此處當可再深論之。

　　先說第一類語。在上文的討論裡，我們可以發現「藍田日暖，良
玉生煙」所代表的「象外之象，景外之景」，幾乎等於經王漁洋詮釋
過的「不著一字，盡得風流」。而「神出古異，澹不可收」所由出的
〈清奇〉一品，全文為：

〔註207〕同註50，頁91。

> 娟娟群松，下有漪流。晴雪滿汀，隔溪漁舟。可人如玉，
> 步屧尋幽。載瞻載止，空碧悠悠。神出古異，澹不可收。
> 如月之曙，如氣之秋。〔註208〕

前八句主要由寫「清奇」之景開始，間及「清奇」之人作「清奇」之事，司空圖以此喻「清奇」之美。末四句則主要寫「清奇」之境的特色。「神出古異，澹不可收」，據呂興昌的解釋，意思是「其精神表現自是超乎俗濁平庸，而有古怪奇異的特色。但這種『古異』卻自然呈露，並無刻意古異的痕跡，故云『澹不可收』」〔註209〕。如此說來，「神出古異，澹不可收」也有「不著一字，盡得風流」之意，差別只在於「澹不可收」近乎「不著一字」，而「神出古異」類似「盡得風流」。綜上討論，第一類語所要陳述的理論，其實可用「不著一字，盡得風流」概括之。再說第二類語。第二類語的共通特色是都擁有極鮮明的意象。所謂的「明漪見底，奇花初胎」、「晴雪滿林，隔溪漁舟」，其實就像我們前面討論的「采采流水，蓬蓬遠春」一樣，是司空圖透過意象的寫作，以俾傳達其所體會到的美感經驗類型予讀者。如〈精神〉品全文爲：

> 欲返不盡，相期與來。明漪絕底，奇花初胎。青春鸚鵡，
> 楊柳樓臺。碧山人來，清酒深杯。生氣遠出，不著死灰。
> 妙造自然，伊誰與裁。〔註210〕

其中漁洋特與之筆記的「明漪絕底，奇花初胎」，就是司空圖藉創構水清可見底、異花含苞待放等意象，告訴讀者何謂「精神」類型的美感經驗。本此，郭紹虞的解釋最當，他說：「絕底，極底也。水波如錦文曰漪。漪而極底鮮明，水之精神可見。胎，謂花始發苞，如人之有胎也。曰初胎，則奇花之精神更可見。一從空間言，一從時間言。」〔註211〕同樣地，「晴雪滿汀，隔溪漁舟」亦同此理。呂興昌說此語是

〔註208〕同註58，頁30。
〔註209〕同註61，頁147。
〔註210〕同註58，頁24。
〔註211〕同註58，頁25。

「雪已停，天已晴，放眼汀州，滿覆積雪，雪光交映中，一片天朗氣清之狀，一掃飄雪時的陰霾沈悶；這是清新之景。隔溪遙望，另一案的汀州上，雪光中數點漁舟，居然可見，其景又甚特別」〔註212〕。讀者可經由司空圖所描寫清新奇特的意象，從而領悟意象之外的「清奇」之美，這就相當於漁洋所強調的「不著一字，盡得風流」。綜上論述，第二類語其實都是被漁洋作爲「不著一字，盡得風流」的詩例所提出的。

在《帶經堂詩話》卷三〈要旨類〉第二則裡，王漁洋表現出他對《詩品》〈沖淡〉、〈自然〉、〈清奇〉品內諸語的喜愛。他說：

> 司空表聖作詩品，凡二十四，有謂「沖澹」者，曰：「遇之匪深，即之愈稀。」有謂「自然」者，曰：「俯拾即是，不取諸鄰。」有謂「清奇」者，曰「神出古異，澹不可收。」是品之最上者。〔註213〕

引文裡提到的〈沖淡〉品的「遇之匪深，即之愈稀」，〈自然〉品的「俯拾即是，不取諸鄰」，及〈清奇〉品的「神出古異，澹不可收」。我們可以發覺，這裡漁洋標舉出來的《詩品》諸語有個相同的特色，就是均可劃歸到我們前述的理論性質之語（第一類語）的範圍內，而非意象鮮明的意象性質之語（第二類語）。何以漁洋會認爲〈沖淡〉品的「遇之匪深，即之愈稀」，〈自然〉品的「俯拾即是，不取諸鄰」，及〈清奇〉品的「神出古異，澹不可收」，是《詩品》的「品之最上者」？筆者認爲這是因爲漁洋標示的諸語背後的理論，能符合於漁洋「神韻說」的某些主要論旨之故。蓋漁洋對〈沖淡〉品「遇之匪深，即之愈稀」、〈清奇〉品「神出古異，澹不可收」的青睞，等於是再次地提倡其「不著一字，盡得風流」的說法；同時，漁洋對〈自然〉品「俯拾即是，不取諸鄰」的聚焦，則反映出漁洋寫詩、論詩強調「佇興而就」、「興會神到」的宗旨與態度。由於〈清奇〉品「神出古異，澹不可收」

〔註212〕同註61，頁146。
〔註213〕同註50，頁72。

的問題筆者已在前文作過討論，此處擬不再贅言論述。

先說〈沖淡〉品的「遇之匪深，即之愈稀」。〈沖淡〉品全文爲：

素處以默，妙機其微。飲之太和，獨鶴與飛。猶之惠風，
荏苒在衣。閱音修篁，美曰載歸。遇之匪深，即之愈希。
脫有形似，握手已違。〔註214〕

「遇」意爲「無心之遇」，「匪深」則是「不深」，「遇之匪深」相當於說無心地之相遇，方見其沖淡之趣。「即」意爲「有意地接近」，「愈希」則是「越見希微疏淡」，「即之愈希」相當於說眞有意地接近時，轉能獲取希微縹渺的意致。綜觀全文脈絡，「遇之匪深，即之愈希」一語，顯然是司空圖對如何追求前文提示的「沖淡」之境作的論述。郭紹虞解說該語爲「如惠風然，如篁音然，無心遇之，似亦不見其幽深，但有意即之，卻又愈覺其希寂而莫之窺尋。詩家沖淡之境，可遇而不可求。於此可見」〔註215〕，就是將「之」解釋爲前面的「沖淡」之境。筆者認爲漁洋舉出「遇之匪深，即之愈希」是「品之上者」，除了是偏嗜〈沖淡〉品內展示的美感經驗之外，更重要地恐怕還是該語能契合於其「神韻說」裡的某些旨趣。呂興昌曾提示說「遇之匪深，即之愈希」二句，既可就作者如何塑造詩中「沖淡」之境而言，亦可就讀者如何欣賞詩中「沖淡」之境而言。因此從塑造一面來說，「詩人處理沖淡之境時必須有如不期而遇那樣，淡淡幾筆，不可露出刻意深求的痕跡。但這並不意味不必細心經營那『淡淡幾筆』，而是說在經營揣摩時（即之），仍要令其呈現超然進入夷希微那種微妙的境界」。從欣賞一面來說，「讀者剛一接觸沖淡之作，似覺平淡無深味，但仔細品味，卻又可以體會出愈來愈豐富的希微之趣」〔註216〕。這麼看來，「遇之匪深，即之愈希」也就暗合於王漁洋反覆提倡的「不著一字，盡得風流」之旨了。

〔註214〕同註58，頁5～6。
〔註215〕同註58，頁6。
〔註216〕同註61，頁99。

再說〈自然〉品的「俯拾即是，不取諸鄰」。〈自然〉品全文爲：

俯拾即是，不取諸鄰。俱道適往，著手成春。如逢花開，
如瞻歲新。眞與不奪，強得易貧。幽人空山，過雨採蘋。
薄言情悟，悠悠天鈞。〔註217〕

司空圖藉著〈自然〉一品的寫作，意圖向讀者展示他所體會到的「自
然」類型的美感經驗。因此該品首兩句「俯拾即是，不取諸鄰」，就
在於點示「自然」這類型美感經驗的特色。從「俯拾即是，不取諸鄰」
語內推論，「自然」類型的美感經驗具有兩個重要特色：第一個特色
是信手拈來，毫不費力，即「俯拾即是」；第二個特色是我身自有，
不假外求，即「不取諸鄰」。楊廷之《詩品淺解》解此語爲「首言隨
手拈來，頭頭是道，次言己所本有，毫不費力」〔註218〕，確實是看
出了「自然」之境的特色。筆者認爲「俯拾即是，不取諸鄰」的觀念，
其實與司空圖〈與李生論詩書〉裡的「直致所得，以格自奇」〔註219〕
之說相通，而彼此可進行相互地印證。而「直致所得，以格自奇」的
「直致」，又相當於我們在第一章討論過的鍾嶸「直尋」說與漁洋的
「佇興而就」等觀念。筆者在第一章裡曾認爲「直尋」就是「藝術直
覺」，延這個思考脈絡下來理解司空圖說的「直致所得，以格自奇」，
就是說詩人即景會心，將透過「藝術直覺」捕捉當下的情境，化爲文
字納寫成詩。同時因爲下筆成詩之際，詩人已將自己獨特的性情、氣
質及思考方式等風格因素注入於文字當中，因此，詩人的作品能傳達
給讀者不同於他者的風格，在風格上來說這是獨樹一幟的，因此司空
圖說「直致所得，以格自奇」。本此，我們可以接續著討論司空圖「俯
拾即是，不假諸鄰」、「直致所得」，同王漁洋「佇興而就」、「偶然欲
書」在觀念上的相通之處。漁洋在《帶經堂詩話》卷三〈佇興類〉第
一則中說：

〔註217〕同註58，頁19～20。
〔註218〕同註58，頁20。
〔註219〕同註201，頁1083之493。

> 蕭子顯云：「登高極目，臨水送歸；蚤雁初鶯，花開葉落。
> 有來斯應，每不能已；須其自來，不以力搆。」王士源序
> 孟浩然詩云：「每有製作，佇興而就。」余生平服膺此言，
> 故未嘗爲人強作，亦不耐和韻詩也。〔註220〕

此外，在《帶經堂詩話》卷十一〈合作類〉第十八則，漁洋則強調：

> 予平生爲詩不喜次韻，不喜集句，不喜數疊前韻。〔註221〕

又《帶經堂詩話》卷三〈微喻類〉第十二則記載：

> 南城陳伯璣允衡善論詩，昔在廣陵評予詩，譬之昔人云「偶
> 然欲書」，此語最得詩文三昧。今人連篇累牘，牽率應酬，
> 皆非偶然欲書者也。〔註222〕

據上引文記錄，我們可以作出以下的分析。首先從藝術對象面來看「佇興而就」、「偶然欲書」時，我們可以說這類活動的開端，是創作主體在沒有任何預設或準備的狀況下，靠著瞬間爆發的「藝術直覺」，從而掌握到某些沒有預期可能掌握的藝術對象。從這點來說，創作主體經由「藝術直覺」對藝術對象的掌握是信手拈來、毫不費力的，這就相當於「俯拾即是」。其次從創作主體本身角度來看「佇興而就」、「偶然欲書」時，我們可以發現由於該活動並沒有預設要掌握某特定的藝術對象，因此「佇興而就」、「偶然欲書」所要倚重的，反而是創作主體用以把握藝術對象的「藝術直覺」。「藝術直覺」本來就內在於創作主體之內而不須外求，只是「藝術直覺」平時多處於沈寂狀態，只有通過偶然的機緣才會整個蹦發出來。「藝術直覺」既爲我身自有，不假外求，那就是「不取諸鄰」了。所以，借漁洋所引的梁代蕭子顯（487～535）說法詮解之，「有來斯應，每不能已」就相當於司空圖的「俯拾即是」，而「須其自來，不以力搆」則相當於「不取諸鄰」。當漁洋的這個詩學思考從觀念面落實到實踐面時，則他在詩歌創作上，反對「和韻」之作的主張；在對當代文學現象的批評上，表現出對時人「連

〔註220〕同註50，頁67。
〔註221〕同註50，頁276。
〔註222〕同註50，頁84。

篇累牘，牽率應酬，皆非偶然欲書者」的反感。理由顯然是因為「和韻」、「酬作」的情形，並不符合「俯拾即是，不假諸鄰」的要求。

　　無論是戴叔倫以「詩家之景，如藍田日暖，良玉生煙」的形象比喻，或者是司空圖「象外之象，景外之景」的理論提出，其實都與王漁洋推重的「味在酸鹹之外」之說同旨。漁洋除了曾在《唐賢三昧集》序文裡標舉司空圖「妙在酸鹹之外」〔註223〕的論詩宗旨外，更於《帶經堂詩話》卷一〈品藻類〉第五則內，引〈與李生論詩書〉之說，稱譽司空圖為晚唐持論第一。他說：

> 與李生論詩曰：「江嶺之南，凡是資於適口者，若醯非不酸也，止於酸而已；若醝非不鹹也，止於鹹而已。酸鹹之外，醇美者有所乏耳。王右丞、韋蘇州澄澹精緻，格在其中，豈妨於道舉哉？」晚唐詩以表聖為冠，觀此……持論，可見其所詣矣。〔註224〕

在漁洋引用的這段文字當中，直接涉及到司空圖詩論中的論詩當「辨味」的問題。換言之，我們這裡要思索的是，司空圖是如何地建立其「辨味」理論？〈與李生論詩書〉原文說：

> 文之難，而詩之難尤難。古今之喻多矣，而愚以為辨於味而後可以言詩也。江嶺之南，凡是資於適口者，若醯非不酸也，止於酸而已；若醝，非不鹹也，止於鹹而已。華之人以為充飢而遽輟者，知其酸鹹之外，醇美者有所乏耳。彼江嶺之人，習之而不辨也宜哉！〔註225〕

「辨味」之說是整篇〈與李生論詩書〉的主題，司空圖以「辨味」來比喻「品詩」，韓經太在其〈韻味與詩美〉文指出，「辨味品詩，乃比喻性美學批評的一種方式」〔註226〕。司空圖在引文中認為討論詩歌問題是一件艱難之事，其原因在於「辨於味而後可以言詩」，討論詩

〔註223〕同註168，頁1。

〔註224〕同註50，頁38。

〔註225〕同註201，頁1083之494。

〔註226〕見韓經太著，《詩學美論與詩詞美境》（北京：北京語言文化大學出版社，2000年1月出版），頁101。

歌之前必先下「辨味」的工夫。從一般人的官能經驗來說，要分辨酸甜苦辣諸味，並不是一件困難之事，但是司空圖卻認爲「辨味」並不容易，可見他所要「辨」的「味」，顯然不是一般普通的酸甜苦辣之味。司空圖以常見的調味料鹺（鹽）與醯（醋）爲例，說鹺與醯本身的味道，就只具有單純的酸與鹹，嶺南之人由於生活習性，並且本身對「味」的要求不高之故，所以在飲食上只要有酸鹹二味就可以得到滿足。相較於嶺南之人，生活在中原地區的人，雖在飢餓時會用鹺與醯來充飢，但是飢餓一過，就會立刻停止不再食用，原因是中原之人都知道，除了鹺的鹹味與醯的酸味之外，還有一種非鹹非酸的「醇美」之味。如此說來，嶺南之人因爲習性的緣故而不知道有「醇美之味」的存在，自然是件理所當然的事。可見從官能經驗面來看司空圖的「辨於味」時，這顯然是指對酸鹹之味與「酸鹹之外」的「醇美」之味的辨別。不過，在上述的司空圖論述裡，「醇美」之味的內容，仍待我們釐清。筆者認爲，呂興昌的解釋值得我們參考，他說：「醇美之味固然不等於醯鹺的酸鹹之味，但無醯鹺，醇美之味亦難產生，換言之，醇美之味正是有待於酸鹹卻又超乎酸鹹之外的『味外味』。」〔註227〕呂興昌指出了「醇美」之味的誕生，係調和酸鹹二味的結果，同時因爲「醇美」之味非酸非鹹，不在酸或鹹的範圍裡，就此司空圖說該味在「酸鹹之外」。司空圖用這個例子說明，眞正頂級的詩歌必須具備如「酸鹹之外」的「醇美」之味或「味外味」，這同時也是司空圖在詩歌層面所要「辨味」的對象。

司空圖所謂的「味在酸鹹之外」，其實相當於我們前文討論的「詩家之景，如藍田日暖，良玉生煙」與「象外之象，景外之景」。陳道鸞在其《詩味論》裡說：

> 「辨於味」，主要就是要辨清常味與醇美之味的區別。對於詩來說，就是要辨清一般的審美價值與更高的審美價值的區別。爲了實現詩的「韻外之致」和「味外之旨」，司空圖

────────────

〔註227〕同註61，頁73。

實際上要求詩作者善於將平常的素材，經過藝術處理，轉化爲最優美的意境，使之具有更高的審美價值。這好比高明的廚師，善於把各種平常味道的材料（鹽、醋等），調制成醇美可口之味一樣。司空圖認爲，詩的「調制」（藝術處理）工作，主要是創造「象外之象，景外之景」。〔註228〕

司空圖的「辨於味」之說，顯然是針對如何把握詩歌的「味外味」而提出的命題，而「味外味」或「象外之象，景外之景」的觀念，正是司空圖詩論的中心思想。綜觀司空圖除了使用「藍田日暖，良玉生煙」、「象外之象，景外之景」、「酸鹹之外」等術語表達上述觀念之外，〈與李生論詩書〉內後半提到的「韻外之致」與「味外之旨」，也是與上說一脈相承的。司空圖說：

近而不浮，遠而不盡，然後可以言韻外之致耳。

今足下之詩，時輩固有難色，倘復以全美爲工，即知味外之旨矣。〔註229〕

這兩段引文中涉及三個問題：第一、「韻外之致」與「味外之旨」，第二、「近而不浮，遠而不盡」與「韻外之致」的關係，第三、「全美」與「味外之旨」的關係。先說第一個問題。關於「韻外之致」，呂興昌從觀念層面分析說：「『韻外之致』指的正是底下這幾種情形：就音樂而言，它來自各種音響的調和，因此不離音響，但卻又超乎各音響之外而具有一種嶄新的美感。就人倫品鑑而言，它來自人的形貌，但卻又超乎形貌之外而具有清遠通達等精神。就繪畫而言，它一方面來自模形，但卻又超乎形似而具有傳神的境界。凡此，都是前述味外味非常貼切的進一步說明。」〔註230〕而「味外之旨」的字面意義就是指味外的意旨，這就相當於「酸鹹之外」的「味外味」。可見「韻外之致」、「味外之旨」，其實只是前述「味外味」觀念的不同表述方式

〔註228〕見陳應鸞著，《詩味論》（成都：巴蜀書社，1996年10月出版），頁63。

〔註229〕同註201，頁1083之495。

〔註230〕同註61，頁76。

而已。再討論第二個問題。司空圖在引文裡指出,「近而不浮,遠而不盡」是達成「韻外之致」的方法。那麼「近而不浮,遠而不盡」討論的主題是什麼呢?筆者認為司空圖這裡所討論的是意象的運用問題。誠如童慶炳在〈詩美常在酸鹹之外——「味外之旨」臆解〉裡所說:「詩的意象具體、生動、可感,這就是『近』,而於具體、生動、可感的意象中又有深厚的蘊含,這就是『不浮』。詩所抒發的情感含而不露,只可意會,不可言傳,就是『遠』;而這悠遠的內含十分豐富,每個人都可以有自己的讀解,而且愈讀愈有味,這就是『不盡』。」〔註 231〕可見「近而不浮,遠而不盡」是強調詩人經由對意象的具體籌畫當中,表現出其蘊蓄感。就此,祖保泉說「近而不浮」的描寫,在於「求意境之實」,「遠而不盡」的蘊蓄,在於「求意境之虛」,「『實』中有『虛』,才能傳神,才能把讀者引入有傾向的想像境界中去,『虛』中有『實』,這個『虛』才有寄託——通過『實』來使讀者的感情昇華,進入『虛』的領悟中去」〔註 232〕。「韻外之致」其實就是我們前文裡討論的「實」入「虛」過程的結果。最後讓我們討論第三個問題。從通篇文脈看來,所謂「全美」就是相當於我們前面所討論的「醇美」。就如同前引文裡,司空圖將「酸鹹之外」與「醇美」連繫起來一樣,此處司空圖也將「味外味」同「全美」作了聯繫。

第五節　王漁洋對司空圖實際批評部分的繼承與詮釋

　　由上討論的司空圖「辨味」理論中,我們可以進一步討論司空圖是如何地以「辨味」作為標準,進而從事實際的批評工作。〈與李生論詩書〉說:

　　　　詩貫六義,則諷諭、抑揚、渟蓄、溫雅,皆在其間矣。然直致所得,以格自奇。前輩編集,亦不專工於此,刻其下

〔註 231〕見童慶炳著,《中國古代心理詩學與美學》(北京:中華書局,1997年 10 月第一版第二刷),頁 104。
〔註 232〕同註 60,頁 22。

　　者耶！王右丞、韋蘇州澄澹精緻，格在其中，豈妨於道舉
　　哉？賈浪仙誠有警句，視其全篇，意思殊餒，大抵附於寒
　　澀，方可致才，亦為體之不備也。〔註233〕

引文裡司空圖在「辨味」理論的基礎上，分別對王維、韋應物及賈島
的詩作，從事文學批評的工作。在進入對司空圖實際批評的討論之前，
筆者想先疏理「詩貫六義」的問題。至於接續「詩貫六義」下來的「直
致所得，以格自奇」，我們已在前文討論過，此處就不再行贅述。「六
義」一詞最早係由〈詩大序〉所提出，其內容是「風」、「雅」、「頌」、
「賦」、「比」、「興」。不過由於資料的缺乏，我們卻無從推知司空圖是
如何地詮釋「六義」，所幸我們還是可藉唐代孔穎達《毛詩正義》，「風
雅頌」為「詩之體」、「賦比興」為「詩之用」的說法，推測司空圖「詩
貫六義」的意思。呂興昌說：「六義正說明可用賦比興的方法創作風雅
頌等不同型態的詩篇。因此詩貫六義指的便是：詩人對詩的創作情形
非常精通。」同時，因為「詩貫六義」的說法是延續上文的「辨味」
說而來，就此我們可以推測司空圖或將「六義」比擬為具酸鹹之味的
醯與醢，以一個人能精熟辨別酸鹹之味比擬詩人能「詩貫六義」，而承
「詩貫六義」下來的「諷諭、抑揚、渟蓄、溫雅」自然指的是不同類
型的詩歌風格。因此「詩貫六義，則諷諭、抑揚、渟蓄、溫雅，皆在
其間矣」其實就是說，「一個詩貫六義的人（即辨於六義），當能創造
出『諷諭、抑揚、渟蓄、溫雅』之味的作品。情形正如一個善於調配
醯醢的廚師，當能烹調出醇美之味一樣」〔註234〕。

　　在上面的引文裡，司空圖分別批評了王維、韋應物與賈島的詩
作。同時，司空圖以「味外味」的有無作為標準，將王、韋、賈三人
的詩歌劃分為正反面兩組：王維、韋應物的詩歌屬於同一類，它們是
具有「味外味」特質的正面組；賈島的詩歌則獨成一類，它是不具有
「味外味」特質的反面組。先討論王維、韋應物的部分。司空圖以「澄

〔註233〕同註201，頁 1083 之 494～1083 之 495。
〔註234〕同註61，頁 80。

澹精緻，格在其中」，來描述王維、韋應物詩歌的主要風格。「澄」是水清的樣子，「澹」則通於「淡」字，有清淡的意思，而「精緻」則有精工細緻之意。「澄澹」是就整首詩的風格而言，「精緻」則是就詩歌的語言而言。司空圖以「澄澹精緻」作為對王、韋詩作特色的概括，其實相當於他在〈與王駕評詩書〉裡對王、韋詩歌的評價：「右丞、蘇州趣味澄夐，若清沇之貫達。」〔註235〕關於王、韋的「澄澹」詩風，歷代詩論家早有定評。關於王維的評論，如前文所引的王鏊《震澤長語》說：「摩詰以淳古澹泊之音，寫山林閑適之趣。」又如沈德潛《唐詩別裁》以「意太深、氣太渾、色太濃，詩家一病，故曰『穆如清風』。右丞詩每從不著力處得之」〔註236〕。關於韋應物的評論，如宋代蘇軾在〈書黃子思詩集後〉以為韋應物能「寄至味於澹泊」，而明代何良俊《四友齋叢說》則說：「左司性情閒遠，最近風雅，其恬淡之趣，不減陶靖節。」〔註237〕至於王、韋在詩歌語言上的「精緻」，歷代評論家也多有所涉及。如清代方東樹《昭昧詹言》之評王維：「敘題細密不漏，又能設色取景，虛實布置，一一如畫，如今科舉作墨卷相似，誠萬選之技也。」又如明代許學夷的《詩源辯體》比較風格相近的韋應物、柳宗元詩歌後，以為「韋、柳雖由工入微，然應物入微而不見工，子厚雖入微，而經緯綿密，其功自見。故由唐人而論，是柳勝韋；由淵明而論，是韋勝柳」〔註238〕。

至於如何解釋接續「澄澹精緻，格在其中」而來的「豈妨於遒舉哉」一語，是眾多司空圖研究者所爭論的焦點。「豈妨於遒舉哉」的解釋結果，會直接影響我們如何理解司空圖對王、韋評價的問題。據筆者的觀察，當代研究者對於「豈妨於遒舉哉」一語，大致上有兩派的解釋：第一派的解釋以郭紹虞主編的《中國歷代文論選》為

〔註235〕同註201，頁1083之493。
〔註236〕同註120，頁279。
〔註237〕同註120，頁738及739。
〔註238〕同註120，頁279及739。

首，其解釋「豈妨於遒舉哉」說：「遒舉，指筆力的挺拔，不黏滯於紙上。作者之意，謂清深淡遠的作品，自成一種風格，與風格遒勁的作品，各善其美，並不互相排斥。」〔註239〕如霍松林主編的《古代文論名篇詳註》、王濟亨與高仲章選注的《司空圖選集注》等研究論著均主此說。〔註240〕第二派解釋以祖保泉的《司空圖詩品注釋及釋文》爲首。祖保泉說：「遒舉：指風格的遒勃挺拔、這三句的大意是王右丞、韋蘇州的詩具有詩思超脫、結構疏曠、語言純樸閒雅的特色，而這種特色卻無礙於他們具有遒勁的另一特色。」〔註241〕如陳良運主編的《中國歷代詩學論著選》等研究論著，即主此論。〔註242〕我們可以發現，這兩派解釋的共通之處，就是都把「遒舉」一詞定位爲一種「風格」或「特色」，這種風格或特色是與「澄澹精緻」截然不同的「遒勁」。而二派的差異在於，第一派的解釋認爲王、韋詩作的主要特色爲「澄澹精緻」，「遒勁」的特色並不在司空圖對王、韋詩作的論述裡面。第二條進路則認爲王、韋的特色雖以「澄澹精緻」爲主，但是在二人詩作裡也同時存在著「遒勁」的特色。這等

〔註239〕見郭紹虞主編，《中國歷代文論選第二冊》（上海：上海古籍出版社，1999 年 3 月第一版第 1 四刷），頁 198。

〔註240〕霍松林主編的《古代文論名篇詳註》（上海：上海古籍出版社，霍松林主編，1997 年 11 月第一版第 7 刷）解釋「豈妨於遒舉哉」說：「遒舉，筆力挺拔。這句說，他們清澄淡遠精工細致的風格，與剛勁挺拔的風格各自見長，並不互相排斥。」王濟亨、高仲章選注的《司空圖選集注》（王濟亨、高仲章選注，太原：山西人民出版社，1989 年 10 月出版）解釋「豈妨於遒舉哉」說：「遒舉，筆力挺拔，剛勁豪放。意爲：王維、韋應物的詩，清淡深遠，自成一種風格，與剛勁豪放的風格各自見長，並不互相排斥。」第一則引文請見《古代文論名篇詳註》，頁 262；第二則引文請見《司空圖選集注》，頁 100。

〔註241〕同註 145，頁 70。

〔註242〕陳良運主編的《中國歷代詩學論著選》（南昌：百花洲文藝出版社，陳良運主編，1998 年 8 月第一版第二刷）對「豈妨於遒舉哉」的解釋是：「王維、韋應物的詩清淡深遠，語言精美雅致，不妨其亦有遒勁挺拔之美。」引文請見《中國歷代詩學論著選》，頁 315。

於是說，在司空圖的論述中，「澄澹精緻」與「遒勁」兩種不同的特色，是同時出現在王、韋詩作身上的。單從邏輯面論斷，其實上述兩派的說法都可以成立。因爲從第一派的觀察角度來看，他們認爲司空圖的論述是單就王、韋詩作的「主要」特色而言，所以相較於「遒勁」，「澄澹精緻」才是王、韋詩作的「主要」特色。因此單就「主要」特色這點來說，「遒勁」的確不是司空圖的討論重點。但是從第二派的觀察角度來看，王、韋詩作的特色固然是以「澄澹精緻」爲主，但是並不意味他們沒有「遒勁」的作品，只是這種「遒勁」是「次要」的特色而已。所以第二派的解釋可以是，在司空圖論述當中，「澄澹精緻」與「遒勁」這兩種特色，是並存在王、韋的詩作內，只在主次順序上有所不同。筆者認爲，司空圖「右丞、韋蘇州澄澹精緻，格在其中，豈妨於遒舉哉」之說，既是延續上文「酸鹹之外」、「醇美」之味的討論，那麼採取第二派說法比較能彌合全文大意。本此所謂的「豈妨遒舉哉」，可以解釋爲王、韋詩作雖以「澄澹精緻」的特色爲主，但是並不妨礙他們詩作具有「遒舉」的一面。司空圖這種在「澄澹精緻」之餘，又指出王、韋詩作「遒舉」面的說法，正呼應於其前文標舉「醇美」之味與後文「以全美爲工，即知味外之旨」的論點。再討論賈島的部分。司空圖以「賈浪仙誠有警句，視其全篇，意思殊餒」評價賈島的詩作。「警句」是指詩中特別挺拔的句子，通常這類句子代表著突出鮮明的意象。司空圖說賈島的詩作內，有時會有靈光一閃的鮮明意象出現，但是就全詩的內容而言，常常陷入貧乏、空虛的狀態。就司空圖看來，這就是空虛、貧乏就是「無味」的表現。司空圖進一步指出賈島詩作的問題，出在賈島個人身上。因爲他「大抵附於蹇澀，方可致才」，習慣以苦吟、苦澀、險怪種種非常態的寫作方式表現他的才氣，所以自然容易拘執於「艱澀」一格，這是司空圖說其「亦爲體之不備也」的原因。就此賈島無法像王維、韋應物一樣「澄澹精緻，格在其中，豈妨於遒舉哉」般地具備「醇美」之味了。

經過上文理論的探討，我們可以說司空圖並沒有將「味外味」的
觀念，限定在某主題類型或某特定風格的作品內。此外，在實際詩例
方面，司空圖在〈與李生論詩書〉的後半段，曾舉出自己的某些詩歌
創作，認為它們符合「味外味」、「韻外之致」的標準。司空圖說：

> 愚幼常自負，既久而逾覺缺然。然得於早春，則有「草嫩
> 侵沙短，冰清著雨銷」。……得於山中，則有……「川明虹
> 照雨，樹密鳥衝人」。得於江南，則有「戍鼓和潮暗，船燈
> 照島幽」。又「曲塘春盡雨，方響深夜船」。得於塞下，則
> 有「馬色經寒慘，雕聲帶晚飢」。得於喪亂，則有……「鯨
> 鯢人海涸，魑魅棘林高」。……又七言云：「逃難人多分隙
> 地，放生鹿大出寒林」。又「得劍乍如添健僕，亡書久似憶
> 良朋」。……又「五更惆悵迴孤枕，猶自燈殘照落花」。……
> 皆不拘於一概也。〔註243〕

引文裡面的詩例，就主題類型而論，雖有寫春景、山水者，但也有寫
關於亂離、邊塞的；就風格而論，有「澄澹精緻」者，有豪放「遒舉」
者，也有具「溫雅」之風者，這是司空圖在最後統合說這些詩例，「皆
不拘一概也」的原因。由這些詩例看來，司空圖的「味外味」的確是
「不主一格」的，這正與我們前文的討論結果，《詩品》乃「不主一
格」的基本思想相通。誠如呂興昌所說，一般人以為司空圖「心目中
最喜愛的詩人是王孟之流，是絕對不正確的。我們只能說，他也相當
欣賞這種清淡閒遠的作品，自己也寫了不少這類的詩作，但他絕未主
張此類詩成就最高，更不能說只有這類清淡閒遠的詩才具有象外象景
外景或韻外致」〔註244〕。

〔註243〕同註201，頁1083之495

〔註244〕同註61，頁56。關於司空圖詩歌創作的特定祈向，讀者可參見江
國貞的《司空表聖研究》（江國貞著，台北：文津出版社，1985年
7月再版）書〈第四編司空表聖之著作及重要作品評介・第二章司
空表聖重要作品評介〉，頁215～226；王小舒《神韻詩史研究》（王
小舒著，台北：文津出版社，1994年6月出版）書〈第四章清澹派
的衰變・第三節司空圖與韻味說〉，頁273～279；及祖保泉的《司
空圖詩文研究》書〈第三章司空圖的詩歌〉，頁44～56。關於司空

那麼，在前引文裡，王漁洋舉司空圖「酸鹹之外」的說法，並截取「王右丞、韋蘇州澄澹精緻，格在其中，豈妨於遒舉哉」的部分與之連結，而不述及司空圖對賈島的評論和司空圖自稱是「不拘一概」的「味外味」詩例，顯然是別具用心的。筆者認爲，漁洋的用心可從以下兩方面說起：第一、從詩風上來說，漁洋將司空圖原本「不拘一格」的「味外味」觀念，根據自己的「前見」與「視域」詮釋成以「澄澹精緻」爲特色的「味外味」觀念。第二、從典範的建立來說，漁洋將司空圖原本沒有提出特定典範的「味外味」，替換爲以王、韋詩作爲主要典範的「味外味」。這點由《帶經堂詩話》卷三《入神類》第二則的記載中可見端倪：

> 司空表聖自標舉其詩曰：「回塘春盡雨，方響夜深船。」玩
> 此數條，可悟五言三昧。〔註245〕

漁洋在引文裡透露出兩個訊息：第一、從「司空表聖自標舉其詩」一語裡，我們相信漁洋知道該語曾出現在〈與李生論詩書〉裡，且曾爲司空圖舉爲「味外味」的詩例。第二、從「五言三昧」句裡，我們可以說漁洋也承認該詩具有「味外味」的特質。「回塘春盡雨，方響夜深船」是司空圖在前述〈與李生論詩書〉裡，自舉爲「得於江南」的詩句。該詩爲司空圖〈江行二首〉之一，全詩爲：

> 地闊分吳塞，楓高映楚天。回塘春盡雨，方響夜深船。行
> 紀添新夢，羈愁甚往年。何時京洛路，馬上見人煙。〔註246〕

關於這首詩的寫作時期，司空圖自己說是「得於江南」。王潤華在《司空圖新論》裡認爲是司空圖四十一歲時「前往宣州做王凝的『上客』時所寫的詩。……其中『此去非名利』正說明他自我放逐的意義。他在長安完全沒有任何機會，因此長途跋涉去宣州，主要就是爲了王凝

圖詩歌創作與理論間的關係，讀者可參見吳調公的《神韻論》（吳調公著，北京：人民文學出版社，1991年1月出版）書〈第九章司空圖的詩歌理論與創作實踐〉，頁148～165。
〔註245〕同註50，頁70。
〔註246〕見《全唐詩》第19冊，頁7247。

的友誼，這點完全說明司空圖孤苦無依的處境」〔註 247〕。王濟亨、高仲章選注的《司空圖選集注》則認爲該詩「從內容可知寫於漢中以下的漢江（即漢水）舟中，是南去逃避兵亂，而不是早年南下宣歙幕府的壯行中。其二尾聯『此去非名利，孤帆任白頭』，早歲意氣風發的神采已經完全沒有了」〔註 248〕。比較上述兩種對〈江行二首〉的繫年，王濟亨、高仲章的說法似乎較合於情理，筆者暫從該說。照王、高二人的說法，此詩或作於「乾寧二年（895 年），五十九歲。在華陰。八月，自華州至鄖陽（今湖北鄖縣）避亂。曾南至涔陽、松滋」〔註 249〕之際。

在〈江行二首〉之一的首聯裡，司空圖主要寫其秋天漢江舟行，天地間一片蕭瑟寥落的情景。頷聯則是表面是寫司空圖舟行的所見之景，而背後則反映出司空圖深蘊的情感。所謂的「回塘」是指南方田園水鄉中，用以蓄水、養殖魚蝦，形狀大小不一的田塘，「回塘春盡雨」，是說回塘盡收春天的雨水，以俾利農民灌溉。「方響」則是古人在船舟上用以當鐘、鈴傳響的方塊狀鐵片，其規格爲長九寸、寬二寸，形狀爲上圓下方。「方響夜深船」是說或彼或我之船的「方響」，叮叮噹噹地響起於夜晚的漢江，警示江上或江邊的舟客即將有夜行船經過。頷聯是司空圖對當下心境的直敘。「行紀」即旅程裡的大事紀，「行紀添新夢」是說旅程裡日復一日的紀行之舉，只是爲了增加自我的幻想，藉之以面對充滿不確定性的將來。「羈愁甚往年」則是說司空圖此次江行羈旅的愁苦，較之以往更甚。尾聯則是寫司空圖對能早日結束亂世的盼望。司空圖一生的仕運與叱吒風雲，與京師長安到東京洛陽的這段官路有密切地關連，同時，京洛之路的繁盛、平靜與否，也直接反映出大唐王朝的盛衰興滅。京洛之路的不見人煙，正代表民生衰敗、民不聊生、李唐朝廷的威信節節日下。如果能於京洛路上「馬

〔註 247〕同註 77，頁 34。
〔註 248〕同註 91，頁 160。
〔註 249〕同註 55，頁 8。

上見人煙」，代表亂局已被平定，同時也表示他可以結束江南的避難之行。今觀司空圖自標有「韻外之致」，而漁洋讚譽爲觀此「可悟五言三昧」的「回塘春盡雨，方響夜深船」，不僅是〈江行二首〉之一裡意象最鮮明的部分，同時也最能淳蓄地表達司空圖的情感。先說「回塘春盡雨」句。春天不僅是一年當中生意最盎然的季節，也往往被用以象徵青春歲華。春雨的降臨最能代表春神重回大地，洗刷一盡寒冬的冰霜，喚回天地宇宙間的生機，就如司空圖在〈早春〉詩裡所寫的「草嫩侵沙短，冰輕著雨消」〔註250〕。只是司空圖身處的時間是秋天，作爲春神使者的春雨已爲回塘盡收池底，這除了意味寰宇內的生氣由充沛走向衰落之外，另一重言外之意就是對年輕時光不再的感傷，若能將此處同〈江行二首〉之二的尾聯「此去非名利，孤帆任白頭」並觀時，詩人傷感生命流逝的愁態則更爲明顯。再說「方響夜深船」句。相較於「回塘春盡雨」的視覺意象，「方響夜深船」是個聽覺意象。詩人告訴我們在眾人都該入眠睡的深夜裡，獨獨他聽到夜深船的「方響」之聲，等於告訴我們他在逃難、羈旅的路途中因爲憂慮而失眠了，這裡的言外之意，除了對「回塘春盡雨」的感傷以外，恐怕還包括對亂世未平的憂慮。清代李懷民的《重訂中晚唐詩主客圖》評此聯云：「余每諷此，其味數日不能去懷，其音數日不能去耳，寫景妙矣，當思其中之情，方得味中之味。」〔註251〕作者透過「實」的意象描寫道出心中「虛」的情意，而讀者透過對「實」的意象的領悟，聽出詩人所要傳達的「虛」的情思，這就是得司空圖所謂的「象外之象，景外之景」、「味外味」，也是該詩具「味外味」的原因。

從是否具備「味外味」這點來看，「回塘春盡雨，方響夜深船」的確合乎司空圖所立下的標準，甚至無愧於王漁洋反覆標舉的「不著一字，盡得風流」。另外就風格、語言面來說，「回塘春盡雨，方響夜深船」則可歸屬至「澄澹精緻」的範圍內。漁洋不列舉同爲司空圖所

────────────

〔註250〕同註246，頁7245。
〔註251〕同註120，頁2752。

舉例、同具「味外味」特質的「馬色經寒慘，雕聲帶晚飢」或「得劍乍如添健僕，亡書久似憶良朋」之類，具頓挫沈鬱或勁健豪放特色的詩爲例以悟「詩家三昧」，而單提出「回塘春盡雨，方響夜深船」這種具「澄澹精緻」特色，顯然是如筆者前文所述，漁洋在自己「前見」與「視域」的影響下，將司空圖原不拘一格的「味外味」，縮小詮釋爲以「澄澹精緻」爲主的「味外味」。清代翁方綱（1733～1818）在《七言詩三昧舉例》的〈單青引〉條下說：「漁洋……先生於唐賢獨推右丞、少伯以下諸家得三昧之旨。蓋專以沖和淡遠爲主，不欲以雄鷙奧博爲宗。……吾窺先生之意，固有不得不以李、杜爲詩家正軌也，而其沈思獨往者，則在沖和淡遠一派，此固右丞之支裔，而非李杜之嗣音也。」〔註252〕正可以作爲筆者上面討論的註腳。

　　如果我們說司空圖以「澄澹精緻」評論王維、韋應物詩歌，是屬於較具肯定性的批評的話，那麼司空圖對白居易、元稹詩作的評篤，則充滿了濃厚的負面評價。司空圖對元、白詩歌批評後來也爲王漁洋承續，成爲其「神韻說」中的實際批評部分。漁洋在《帶經堂詩話》卷一〈品藻類〉第五則裡說：

　　　唐司空圖與王駕論詩曰：「……元白力勍而氣孱，乃都市豪估耳。」……晚唐詩以表聖爲冠，觀此……持論，可見其所詣矣。〔註253〕

從引文資料看來，漁洋顯然贊同司空圖對元白的評價並引之以爲據。考「元白力勍而氣孱，乃都市豪估耳」的說法，出自司空圖的〈與王駕評詩書〉一文。茲將該文中與漁洋所引部分相關者載錄如下：

　　　國初，上好文章，雅風特盛。沈、宋始興之後，傑出江寧，宏思於李杜極矣。右丞、蘇州，趣味澄敻，若清沇之貫達。大曆十數公，抑又其次。元白力勍而氣孱，乃都市豪估耳。
　　〔註254〕

〔註252〕見清・王夫之等撰，《清詩話・七言詩三昧舉例》，頁 290～291。
〔註253〕同註 50，頁 38。
〔註254〕同註 201，頁 1083 之 493。

在筆者所引的後文裡，尚有司空圖對劉禹錫、楊巨源、賈島、劉得仁等人詩作的批評，不過由於與我們的討論無關，所以不擬引載。司空圖的這段文字內，旨對在前輩作家的詩作進行評騭，從而定其優劣地位。清代許印芳說這段文字旨在「論有唐一代詩人優劣，蓋據一時所記者，略舉數人以申其說，故人多遺漏」〔註 255〕，其論甚確。在引文裡司空圖以宏觀的角度，檢視初唐到中唐的詩歌發展，進而提出幾個象徵唐代詩歌發展的重要座標。司空圖認為沈佺期與宋之問的「沈宋體」，是唐代詩歌發展過程裡的第一個座標。司空圖「沈宋始興」的說法，相當於說唐詩的黃金年代是由沈、宋揭開的。王昌齡在司空圖眼中，足堪作為唐代詩歌發展的第二個座標。「傑出於江寧」是說能逐漸開展出「盛唐氣象」的詩人，首推王昌齡。同時也因為龍標的「傑出」，引導出李白、杜甫的「宏思」，從而能大刀闊斧、氣勢磅礴地展現出宏偉的盛唐詩風。因此接續王昌齡而來的唐代詩歌發展第三個座標，是李白與杜甫。同時，司空圖認為李、杜詩的成就，象徵了唐詩的最高頂點，就此他推崇李、杜的詩歌是「極矣」。但是司空圖也注意到了，除了李、杜之外，還有王維、韋應物等詩人，在詩歌創作上與王、李、杜等人走著另一條截然不同的道路，從而開出另一個異於王、李、杜的詩歌傳統。這就是司空圖口中說的「右丞、蘇州，趣味澄敻，若清沇之貫達」。所謂的「大歷十數公，抑又其次」，則是指出唐詩發展到中唐時期，以「大歷十才子」為主要代表的詩人與詩風，從整體的詩歌造詣與成就上來看，尚在其前輩王昌齡、李、杜、王維、韋應物之下。〔註 256〕接下來，就是我們這裡所要討論的「元

〔註 255〕同註 58，頁 51。

〔註 256〕除了上述司空圖對中唐以前唐詩發展的看法，值得我們討論之外，有關何以司空圖對沈、宋、王昌齡、李、杜、王維、韋等人作如此之評，也是另外一個值得注意的焦點。限於篇幅，筆者無法詳述，關於這部份呂興昌在《司空圖詩論研究》（呂興昌著，台南：宏大出版社，1980 年月出版）書〈第三章司空圖的詩論（一）——論詩雜文的分析‧一、與王駕評詩書〉裡，有詳盡的論述與分析。讀者可詳見於該書頁 53～61，

白力勍而氣孱，乃都市豪估耳」的問題。

　　司空圖對元、白，特別是對白居易的態度，其實就如呂興昌所說，當分從「文學性的態度」與「人品鑑賞性的態度」兩個層面作論述。〔註257〕從人品層面來說，司空圖是推崇欣賞白居易的，否則他不會仿效白居易六十七歲作〈醉吟先生傳〉之舉，同樣在六十七歲之年作〈休休亭〉一記，而說：「以是歲是月作是歌，亦樂天作傳之年。六十七，休休乎！且又歿而可以自任者，不愧負於家國矣！復何求哉？」〔註258〕但就文藝層面而論，司空圖說「元白力勍而氣孱，乃都市豪估耳」，顯然是不贊同白居易的詩歌成就。我們就此可以看出，司空圖說元、白「力勍而氣孱，乃都市豪估耳」，其實是單就文藝層面論文藝作品的，而與白居易人格的高劣與否無涉。在「元白力勍而氣孱，乃都市豪估耳」一語裡，「勍」是「豪強」的意思，而「孱」則有「軟弱」之意。司空圖說「元白力勍而氣孱，乃都市豪估耳」，等於說元稹、白居易的詩歌，從外表看起來似乎力量強大，但細究其內在實質卻是軟弱無力，就像都市裡的富賈或暴發戶般地低俗卑鄙。只是，為何司空圖以「力勍氣孱，乃都市豪估耳」來形容元、白的詩作呢？其實在司空圖的批評之前，已經出現過不少與元、白詩歌相關的評論。如杜牧在《樊川文集》卷九〈唐故平盧軍節度巡官隴西府君墓誌銘〉裡，曾引述李戡對元白詩歌的述評：「嘗痛自元和已來有元、白詩者，纖豔不逞，非莊士雅人，多為其所破壞。流於民間，疏于屏壁，子父女母，交口教授，淫言媟語，冬寒夏熱，入人肌骨，不可除去。吾無位，不得用法以治之。」〔註259〕又如張為《詩人主客圖》以白居易為「廣大教化教主」，而元稹為其中「入室三人」之一。〔註260〕我們可以發現李戡與張為雖同以元、

────────────────

〔註257〕同註61，頁58。
〔註258〕同註201，頁1083之496。
〔註259〕見唐‧杜牧撰，《樊川文集》（台北：漢京文化事業有限公司，1983年11月出版），頁137。
〔註260〕見丁福保輯，《歷代詩話續編‧詩人主客圖》（北京：中華書局，1997

白詩歌作爲對象加以評論，但是二人不僅在對元、白詩作的價值判斷上有所不同，甚至似乎在評論的範圍上也有所差異。這就意味著單就元、白詩歌的內部而言，其實還存在著數種風格不同的詩作。

筆者以爲在以下兩則與元、白詩歌相關的《舊唐書》記載，恰恰說明了上述現象。《舊唐書》卷一百六十六〈列傳第一百一十六·元稹〉說：

> 稹聰警絕人，年少有才名，與太原白居易友善。工爲詩，善狀詠風態物色，當時言詩者稱元、白焉。自衣冠士子，至閭閻下俚，悉傳諷之，號爲「元和體」。〔註261〕

上引《舊唐書》的論述可歸納成以下幾點：第一、元稹與白居易友善，年少時曾以詠「風態物色」之詩聞名於世，「元白」之稱由此而來。第二、元、白這類詠頌「風雲物態」的詩作，當時號爲「元和體」。其流傳範圍甚爲寬廣，上至士人大夫、下至市井小民，莫不爲之傳頌流播。這類主要寫杯酒光景、兒女情長、文人間唱和次韻的「纖豔不逞」之作，就是前述李戡恨不得「用法以治之」的對象。另外《舊唐書》卷一百六十六〈列傳第一百一十六·白居易〉則說：

> 居易文辭富豔，尤精於詩筆。自讎校至結綬幾旬，所著歌詩數十百篇，皆意存諷賦，箴時之病，補政之缺，而士君子多之，而往往流聞禁中。〔註262〕

與前引對「元和體」的論述不同，這裡《舊唐書》所強調的，是元、白意存諷賦之志，目的爲箴時病、補政缺的「新樂府」歌詩。這類以「補察時政」、「洩導人情」爲職志，「爲君、爲臣、爲民、爲物、爲事而作，不爲文而作」的「新樂府」，才是張爲推尊白居易爲「廣大教化教主」、元稹爲「入室」的根據。今日研究者所推重的元、白詩作，多屬於「新樂府」歌詩的範圍，而元、白自己所推重的，也是這

年 3 月第一版第三刷），頁 70 及 74。
〔註261〕見楊家駱編，《舊唐書》（台北：鼎文書局，1985 年 3 月第 4 版），頁 4331。
〔註262〕同註 261，頁 4340。

類「新樂府」作品。但是在當時元、白憑之以名著，最爲社會各階層所歡迎、傳頌廣泛者，卻是所謂的「元和體」之作。〔註263〕不過雖然「新樂府」與「元和體」在題材、風格上是南轅北轍，但是二者在藝術表現手法上卻同具有淺俗、直切的特色。

在元、白詩作裡既然同時存在著兩種不同的風格，那麼司空圖「力勍氣孱，乃都市豪估耳」的所指對象爲何呢？筆者同意呂興昌的看法，司空圖指的是「新樂府」一類的歌詩。〔註264〕元、白這類標榜因時因人、爲君爲民而作的詩歌，讀者在初讀之際，很容易直接被詩人澎湃的熱情所感動，這就是司空圖口中的「力勍」。然待讀者細細味之，元、白詩歌語言的直切、淺俗的問題，就顯現出來了。南宋詩評家敖陶孫的《詩評》嘗比喻白居易詩作，「如山東父老課農桑，事事言言皆著實」〔註265〕。既然字字直切、事事言實，則詩歌當然毫無餘韻可言，無法繼續帶領讀者涵泳、參與於詩美當中。元、白詩作自然容易演變成藝術性下降，內在精神愈見疲弱的情形，這就是司空圖所謂的「氣孱」。錢鍾書在《談藝錄》第五十九則〈隨園詩話〉條裡，對白居易詩作的「詞沓意盡，調俗氣靡」頗有妙解：

> 香山才情，照映古今，然詞沓意盡，調俗氣靡，於詩家遠
> 微深厚之境，有閒未達。……其寫實比少陵之眞質，則一

〔註263〕白居易《白氏長慶集》卷四十五〈與元九書〉說：「僕志在兼濟，行在獨善，奉而終始之，則爲道；言而發明之，則爲詩。謂之諷諭詩，兼濟之志也；謂之閒適詩，獨善之義也。故覽僕詩，知僕之道焉。其餘雜律詩，或誘於一時一物，發於一笑一吟，率然成章，非生平所尚者。」又說：「今僕之詩，人所愛者，悉不過雜律詩與長恨歌已下耳。時之所重，僕之所輕。至於諷諭者，意激而言質；閒適者，思澹而詞迂。以質合迂，宜人之不愛也。」這兩段話正代表了白居易與時人在對白詩認知上的落差。上面的兩則引文詳見《白氏長慶集》（唐・白居易著，台北：藝文印書館，1971 年 2 月出版），頁 1102～1103。

〔註264〕同註61，頁 58。

〔註265〕見吳文治主編，《宋詩話全編第 7 冊・敖器之詩話・詩評》（南京：江蘇古籍出版社，1998 年 12 月出版），頁 7541。

沈摯，一鋪張，況而自下矣。故余嘗謂：香山作詩，欲使老嫗都解，而每似老嫗作詩，欲使香山都解；蓋使老嫗解，必語意淺易，而老嫗使解，必詞氣煩絮。淺易可也，煩絮不可也。〔註 266〕

蓋如錢鍾書所言，元、白的「新樂府」既語意淺易又詞氣繁絮，因此當主張「象外之象」、「味外之旨」的司空圖，從藝術面實際衡量元、白「新樂府」的美學價値時，自然只能給予「力勍氣孱，乃都市豪估耳」的評價。

王漁洋繼承了司空圖對白居易的兩種態度。從人品層面說，漁洋肯定白居易曠達高尙的人格，因此同樣讚許韋應物與白居易爲人。如《帶經堂詩話》卷五〈序論類〉第三則所云：「昔白樂天在蘇州賦詩云：『敢有文章替左司。』以今觀之。樂天襟韻曠達，故不減韋公。」〔註 267〕然而一旦落在文藝層面，漁洋則是持另外一種態度，《帶經堂詩話》卷一〈品藻類〉第九則說：

予又嘗謂鈍翁：李長吉詩云：「骨重神寒天廟器」，「骨重神寒」四字，可喻詩品。司空表聖與王駕評詩云：「……元白力勍而氣孱，乃都市豪估耳。」元白正坐少此四字，故其品不貴。〔註 268〕

引文裡漁洋用以品詩的「骨重神寒」一語，係出自唐代詩人李賀的〈唐兒歌〉，本爲形容杜豳公之子的風采神態。清代王琦解釋該語說：「骨重，言其不清而穩也。神寒，言其不躁而靜也。」〔註 269〕可見「骨重神寒」恰恰與「力勍氣孱」所代表的浮露直切相對，就此漁洋才說元、白詩作正「坐少此四字，故其品不貴」。同時也因爲元、白詩作，與漁洋「不著一字，盡得風流」的美學理想有著極大的差距，因此漁

〔註 266〕見錢鍾書著，《談藝錄》（台北：書林出版有限公司，1999 年 2 月第一版第二刷），頁 195。

〔註 267〕同註 50，頁 116。

〔註 268〕同註 50，頁 39。

〔註 269〕見唐・李賀撰，清・王琦解，《李長吉歌詩》（台北：台灣中華書局，1984 年 12 月台四版），頁卷一之 10。

洋對元白詩作、特別是白居易的作品，多有撻伐之處。如《帶經堂詩話》卷一〈品藻類〉第十八則說：

> 唐人詩之多者，除李白、杜甫外，唯退之、樂天為最。退之詩可選者多，不可選者少，去其不可者難。樂天詩可選者少，不可選者多，存其可者亦難。〔註270〕

又〈戲仿元遺山論詩絕句三十二首〉之十說：

> 廣大居然太傅宜，沙中金屑苦難披。〔註271〕

都反覆強調白居易的詩作不可以多選。蓋元、白詩作直切、淺俗的特色，實不能為持「神韻說」論詩的漁洋所認同。

王漁洋以「神韻」論詩，標舉「味外味」、「不著一字，盡得風流」之旨，自然遠不同於元、白作詩「欲使老婦都解」的美學觀。這種根本上的差異，使得漁洋極度不能認同元、白的詩歌理論，也無法同意元白的實際批評。《帶經堂詩話》卷二〈推較類〉第二則記載說：

> 元白因傳香於慈恩塔下，忽睹章先輩八元詩，吟詠竟日，悉令除去諸家之詩，唯留章作。其五六句云：「迴梯暗踏如穿洞，絕頂初攀似出籠。」殊不成語，不知元白何以心折如此？〔註272〕

引文裡，漁洋對於元、白如此讚譽章八元〈題慈恩塔〉「迴梯暗踏如穿洞，絕頂初攀似出籠」幾至無可復加，甚至「悉令除去諸家之詩，唯留章作」的作法，顯得非常不以為然。考章八元〈題慈恩塔〉作：

> 十層突兀在虛空，四十門開面面風。卻怪鳥飛平地上，自驚人語半天中。迴梯暗踏如穿洞，絕頂初攀似出籠。落日鳳城佳氣合，滿城春樹雨濛濛。〔註273〕

章八元〈題慈恩塔〉一詩，可說是準確、具體的把握住詩人登臨慈恩塔的情境。首聯的「十層突兀在虛空，四十門開面面風」，在於描繪慈恩塔的壯觀與威嚴。頷聯「卻怪鳥飛平地上，自驚人語半天中」，

〔註270〕同註50，頁42～43。
〔註271〕同註135，頁106。
〔註272〕同註50，頁51。
〔註273〕見《全唐詩》第9冊，頁3193。

則是寫章八元自己登至慈恩塔半頂的所見所聞。頸聯「迴梯暗踏如穿洞，絕頂初攀似出籠」是元、白最欣賞的部分。章八元徵實式的寫出他在暗塔的樓梯間穿梭，進而登臨塔頂之際，那種彷彿初出牢籠得見光線的心情。尾聯「落日鳳城佳氣合，滿城春樹雨濛濛」，則是寫章八元登臨慈恩塔頂後，下望所得的景色，也是徵實的寫法。我們可以發現章八元〈題慈恩塔〉，在作法上為寫實，在語言上為直切易懂，整體風格可以說是淺俗。在各方面上，〈題慈恩塔〉完全契合於元、白的美學觀，因此自然能獲致元、白的認同與激賞。但是漁洋並不這麼認為，觀其《帶經堂詩話》卷二〈推較類〉第三則說：

> 唐人章八元題慈恩塔詩云：「迴梯暗踏如穿洞，絕頂初攀似出籠。」俚鄙極矣。乃元白激贊之不容口，且曰：「不意嚴維出此弟子。」論詩至此，亦一劫也。〔註274〕

所謂的「俚鄙」，不僅是漁洋對章八元〈題慈恩塔〉一詩特色的概括與批評，更可視為其從「神韻」角度對元、白一脈所作的批評。大陸學者張健就此分析說：「白居易強調主體對客體把握與表現的準確、具體，其所重者在實處，主體的能動性主要體現在對客體的把握與表現上；王漁洋則強調客體作為主體情感符號的簡潔性與隱喻性，其所重者在虛處，主體的能動性主要體現在藝術表現的虛實處理上。因而白居易評論詩歌著眼於詩句對客體的表現，論其對客體情理表現之巧妙；王士禎則著眼於詩句對主體情感的表現上，論其對主體情感表現之含蓄曲折。」〔註275〕可見漁洋對元、白的相關批評，其實源自於其美學觀始終無法與元、白美學觀有所交集之故。

第六節　小　結

　　經由上述的討論後，我們可以針對本章探討的幾個主題，作出以下幾點結論：

〔註274〕同註50，頁51。
〔註275〕同註135，頁111。

第一、筆者在進行本章主題討論之前，曾從西方詮釋學歷史的角度，對「理解」與「詮釋」的問題稍作梳理，並將「理解」與「詮釋」視爲一體兩面的活動，以作爲我們此處討論的基礎。

第二、筆者認爲王漁洋對於司空圖詩論，採取的是一種「詮釋」性的態度，並非對其進行全然的接受。換言之，漁洋所理解到的司空圖詩論是相當片面的，其中蘊含著相當濃厚的漁洋主觀意識。

第三、對於柔性之美的偏愛，以及對「清」、「遠」、「幽」、「淡」等美感質素的格外重視，就是王漁洋詮釋司空圖詩論時的兩大「前見」，它們共同圍造出漁洋詮釋司空圖詩論時的「視域」。由此我們就可以解釋，爲何漁洋特別欣賞《詩品》中的〈含蓄〉、〈纖穠〉、〈沖淡〉、〈自然〉、〈清奇〉、〈精神〉六品，甚至爲何漁洋鍾情於以王、孟派詩歌爲代表的清遠詩風，都可由此獲得解答。

第四、關於王漁洋對司空圖詩論的詮釋脈絡，基本上是以《詩品》的〈含蓄〉品「不著一字，盡得風流」之說作爲詮釋的核心，並結合〈纖穠〉等六品的相關論述，以及司空圖論詩雜著中「象外之景」、「味外之旨」等說法，最後完成以「逸品」爲極境的美學思考。

第五、在實際批評方面，王漁洋也承續了司空圖對元稹、白居易的批評。漁洋從「不著一字，盡得風流」的「逸品」美學理想出發，認爲元、白詩歌創作與理論的問題，出在他們過度重視俚俗、平實，少「韻外之致」的美學觀上。筆者認爲漁洋論詩所以會與元、白如此格格不入，從而大加批評的原因，在於漁洋的美學觀，始終無法同元、白有所交集之故。

第六、司空圖與王漁洋在詩學觀念上的交集之處，主要在於「尊性情」、「傳神」、「言外之意」及重視「藝術直覺」上。特別是司空圖詩學裡的「不著一字，盡得風流」（「言外之意」）之說，經漁洋詮釋後，成爲其「神韻說」裡的重要支柱——「言外之意」。我們可以這麼說，司空圖在「神韻」詩學譜系內的地位，可說是在鍾嶸、皎然等人之上，而與嚴羽同爲「神韻」詩學譜系中的雙璧。